Gevangen

Brooke Morgan bij Boekerij:

Smetteloos
Gevangen

www.boekerij.nl

Brooke Morgan

Gevangen

ISBN 978-90-225-7068-5
ISBN 978-94-023-0148-9 (e-boek)
NUR 305

Oorspronkelijke titel: *Trapped*
Vertaling: Henk Moerdijk
Omslagontwerp: Barbara van Ruijven | B'IJ Barbara
Omslagbeeld: Trevillion Images / Dylan KitcheneR
Zetwerk: Mat-Zet bv, Soest

© 2010 by Brooke Morgan
© 2014 voor de Nederlandse taal: Meulenhoff Boekerij bv, Amsterdam

Niets uit deze uitgave mag openbaar worden gemaakt door middel van druk, fotokopie, internet of op welke andere wijze ook, zonder voorafgaande schriftelijke toestemming van de uitgever.

1

4 juni

Het was een idioot plan, zeker voor haar. Andere vrouwen deed het niets, zo'n internetdate. Op hun gemak wandelden zij een restaurant binnen voor een etentje met hun internetdate en kletsen zonder een spoor van zenuwen over van alles en nog wat. Maar Ellie zat al de hele dag met een knoop in haar maag, een knoop die alleen maar groter was geworden tijdens de paar uur die ze nodig had om de juiste kleding uit te zoeken en die haar verlamde toen ze ten slotte voor de ingang van het restaurant stond.

Ze was niet het type voor online daten, maar Debby had haar overgehaald. 'Je moet mij zien als de achtste dwerg, meisje,' had Debby gezegd. 'Ik heet Afspraakje. Ik fluit een vrolijk deuntje, ik sta je bij en zorg dat je het voor elkaar krijgt. Oké? Je kunt er niet onderuit.'

Ze kon er niet onderuit. Debby had haar opgegeven, haar profielfoto gekozen en erop toegezien dat ze de juiste informatie over zichzelf verschafte. Ze waren continu in de lach geschoten en even had Ellie gedacht dat het één grote grap was. Dat was het ook, althans een poosje, maar dan wel een pijnlijke grap. Het was gemeen, dat wist ze, maar ze hadden gelachen om de mannen die contact met haar zochten, stuk voor stuk heel vreemde kerels. Maar toen was Daniel Litman opeens in beeld gekomen en hadden ze allebei gedacht: wauw! Dit is andere koek.

Een knappe oncoloog van tweeënveertig die nooit getrouwd was geweest.

'Beter dan dit kun je ze niet krijgen, meisje,' had Debby gezegd. 'Geen exen, geen kinderen en een goed salaris. Als jij niet reageert, steel ik jouw identiteit en reageer ik zelf.'

'Vergeet het maar, hij is van mij,' had ze meteen gezegd. Tot haar eigen verbazing, want op dat moment had ze niet geweten of ze al over Charlie heen was of dat ze nog te veel verdriet had van zijn verraad om aan een nieuwe relatie te beginnen.

Na twee weken met Daniel te hebben gemaild, had ze ja gezegd op zijn vraag of ze met hem uit eten wilde gaan.

Had hij haar maar gevraagd voor een kop koffie, dacht ze nu. Als het dan niet zou klikken, kon ze na vijf minuten met een smoesje de benen nemen. Maar dit was een vrij duur restaurant, wist ze. Ze kon moeilijk weggaan terwijl ze aan het hoofdgerecht zaten.

Twee middelbare vrouwen stonden buiten met hun rug naar de gevel een sigaretje te roken. Als ze bij hen ging staan, zou haar gedraal een doel krijgen, maar dat zou wel heel triest zijn: beginnen met roken om je een paar minuten wat beter te voelen. Ze liep naar de deur, maar durfde niet naar binnen te gaan.

Nog heel even.

'Hoi, Daniel, leuk je te ontmoeten.' Of was dit beter: 'Daniel. Hoi. Wat ontzettend leuk je te ontmoeten'? Het klonk allebei afgezaagd. Waarom niet: 'Moet je horen, Daniel, ik ben bloednerveus. Hoe gaat het met jou?'

Zo belangrijk was het nou ook weer niet, dat moest ze zichzelf voorhouden. Ze hadden elkaar wat e-mails geschreven en gingen nu een hapje eten, meer niet. Maar voor haar betekende het erg veel, want Charlie was de enige man met wie ze de afgelopen zeventien jaar uit was geweest.

Maak je niet druk, had Debby gemaild. *Je steekt een teen in een vijver waarin ontiegelijk veel vissen zwemmen, als je begrijpt wat ik bedoel. Ik weet dat ik je heb overgehaald om je in te schrijven, maar deze man maakt een goede indruk. Maak het gewoon gezellig, El. Als je elkaar leuk vindt, kun je misschien nog een keer afspreken. Zo niet, nou, dan is het adios.*

Debby had makkelijk praten, zij stond niet in haar schoenen. Als ze hier was geweest, had ze Ellie onderweg naar het restaurant een hart onder de riem kunnen steken en haar naar binnen kunnen sturen. Debby had het allemaal in gang gezet en was vervolgens pats-boem vertrokken. 'Het spijt me, meid, maar ik kan toch moeilijk nee zeggen tegen CalTech.

Ga maar na... Californië. Geen sneeuw. Filmsterren. Hoeveel ik ook van je hou, tegen Rob Lowe kun je niet op.'

Mailen en bellen was toch anders dan Debby in levenden lijve spreken, maar dat was nou precies waar het vanavond ook om ging, realiseerde Ellie zich. Zij en Daniel konden toch niet eeuwig blijven mailen?

Hij heeft net voorgesteld om samen uit eten te gaan. Ik wil wel, maar ik vind het eng, had ze in haar Facebookbericht aan Debby geschreven.

Zeg ja. Als je niet met hem uit eten gaat, krijg je zo'n relatie die fantastisch is in cyberspace maar in het echte leven geen zak voorstelt, antwoordde ze. *Waarom zou je het eng vinden? Jezusmina, misschien word je wel hopeloos verliefd. En wie weet is dit niet zo'n rioolrat als die overspelige, leugenachtige griezel die jij je ex noemt.*

Maar als ik hem nu helemaal niks vind, of als hij zich een totaal andere vrouw had voorgesteld? Ik weet niet of ik op deze manier een man wil ontmoeten. Het voelt zo gekunsteld.

Dan maar gekunsteld. Het gebeurt aan de lopende band, El. Hou op met smoesjes verzinnen en zeg gewoon ja.

De twee vrouwen gooiden tegelijk hun sigaret op de stoep, drukten hem uit met hun schoen, draaiden zich om en liepen weer naar binnen. Ellie keek op haar horloge: vijf over acht. Hij had gezegd dat hij om acht uur aan hun tafeltje zou zitten en dat hij nooit te laat kwam, tenzij er een noodgeval was, maar dan zou hij haar een sms sturen.

Ze pakte haar mobiel. Geen berichten.

Hij had gekozen voor Acquitaine omdat hij in Chestnut Hill woonde. Ze was blij geweest met zijn keuze, en met het feit dat hij niet voor een nóg chiquere tent in het centrum had gekozen. Hoe minder chic, des te eenvoudiger de kledingkeuze. Nadat ze haar kast zo'n beetje binnenstebuiten had gekeerd, alsof het een filmscène – 'Wat zal ik aantrekken voor deze date?' – uit een romantische komedie was, had ze gekozen voor wat ze als eerste uit de kast had getrokken: een zwarte linnen broek, een wit bloesje zonder mouwen en een zwart jasje. En zwarte open schoenen met een middelhoge hak. In het profiel van Daniel stond dat hij 1 meter 80 was, en in deze schoenen was zij ongeveer 1 meter 65.

Niet dat er in haar kast van die schoenen met sensationeel hoge hakken stonden. Een van de regels van Charlie: geen naaldhakken. Een andere regel: geen rode nagellak.

'Vrouwen met rode nagellak zijn hoeren of callgirls,' verkondigde hij al vroeg in hun relatie. 'Misschien denken ze zelf van niet, maar dat is wel het signaal dat ze afgeven. Dat is wat ze in wezen zijn.'

Als er op een feestje een vrouw met rode nagellak naar hen toe kwam, keek Charlie haar zijdelings aan en knikte veelbetekenend, alsof hij wilde zeggen: 'Moet je die slet zien,' en dan was ze doodsbang dat die vrouw de minachting in zijn ogen registreerde.

Naaldhakken waren in Charlies wereld een graadje minder erg. Die waren niet per se hoerig, al zorgden ze wel voor een verdacht imago.

De bijna lachwekkende ironie van zijn vooroordelen trof haar als een donderslag bij heldere hemel toen ze bij het societynieuws in *Boston Magazine* een foto zag staan van de vrouw voor wie hij haar verlaten had: uitgedost in een of andere designerjurk, met gigantisch hoge hakken en felrode nagellak.

Ze is tien jaar ouder dan ik, doet alles wat ik van jou nooit mocht en je wordt stapelverliefd op haar. Hoe zit dat nou, Charlie?

Ellie had er veel te lang naar gekeken, met bonkend hart, totdat ze het tijdschrift bij het oud papier had gegooid.

Ze had geen naaldhakken aangetrokken maar wel haar nagels rood gelakt, een detail waarmee ze haar zelfstandigheid wilde onderstrepen.

Nu is het genoeg geweest. Als je nog langer wacht, denkt Daniel dat je geen manieren hebt.

Ze haalde diep adem, duwde de deur open en liep het restaurant in. Meteen links was de receptie, en voordat Ellie zelfs maar op het idee kon komen om rechtsomkeert te maken, vroeg een jonge, donkerharige vrouw: 'Wat kan ik voor u doen?'

'Ik heb een afspraak... Hij moet er al zijn. Daniel Litman?'

De jonge vrouw wierp een blik in het dikke boek dat opengeslagen op de lessenaar lag.

'Hij is er al, ja. Als u mij wilt volgen?'

Ze liepen langs de propvolle bar voor in het restaurant en een paar eethoekjes naar de hoofdruimte, die eruitzag als een Franse bistro, met lange tafels langs spiegelmuren. Het was erg druk. Logisch, voor een donderdagavond in juni. Studenten die met hun ouders hun afstuderen vierden, stelletjes op een date, en een tafel met zes wat oudere vrouwen, onder wie de twee rokers.

Ze zag hem zitten aan de tafel achter de rokers, in het midden van het restaurant. Hij zat met zijn gezicht naar de spiegel. Hij bekeek zichzelf en streek met zijn hand zijn haar naar achteren, een gebaar dat haar in één klap zestien jaar terug in de tijd bracht.

Een paar weken nadat ze Charlie had leren kennen, hadden ze het spelletje 'wat vind je leuk/wat vind je vreselijk' gedaan.

'Mannen die in het openbaar in een spiegel kijken,' had ze gezegd, dat stond boven aan haar lijstje met afknappers. Hij kwam onder andere met deze, die erg veel op die van haar leek: 'Ik vind het vreselijk wanneer een vrouw haar make-up bijwerkt als ze in een restaurant zit.'

Daniel Litman zag haar in de spiegel en stond onmiddellijk op en wenkte haar.

'Ellie,' zei hij toen ze bij hem was. 'Hoi.'

Juist toen hij een stap naar voren deed om haar een kus op haar wang te geven, stak zij haar hand uit. Grappig genoeg deed hij meteen een stap naar achteren en stak zijn hand uit terwijl zij naar voren kwam en haar hand terugtrok.

'Oeps!' zei hij. 'Nog maar een keer dan?'

Hij stak zijn hand uit en zij schudde die. Ze had verwacht dat hij haar vingerbotjes zou kraken en constateerde enigszins verrast dat dit niet het geval was. Maar een slap handje was het ook niet, en ze was hem bovendien dankbaar voor zijn 'Nog maar een keer dan?', dat het gênante begin iets minder gênant had gemaakt.

'Ik hoop dat het wat is, dit restaurant,' zei hij terwijl zij tegenover hem op de bank ging zitten. 'Het was egoïstisch van me een tent vlak bij mijn huis te kiezen, het spijt me. Jij had waarschijnlijk liever in het centrum afgesproken.'

'Nee hoor, dit is uitstekend. Ik ben hier eerder geweest. Ik kom hier graag.'

'Ik had liever een tafeltje achterin gewild, maar die waren allemaal bezet.' Hij ging zitten en glimlachte naar haar.

'Waarom wou je achterin zitten?'

'Omdat ik er dan via de achterdeur tussenuit had kunnen knijpen als jij niet zou zijn wat ik verwacht had.' Hij stak een bezwerende hand op. 'Hoho, kijk me niet zo raar aan. Je weet toch dat mensen bewerkte foto's van zichzelf op internet zetten.'

Ze had van Debby begrepen dat sommige mensen nepfoto's plaatsen, maar de manier waarop hij het onderwerp te berde bracht, deed vermoeden dat hij al langer aan het internetdaten was. Terwijl hij in zijn mails het tegenovergestelde had beweerd.

'O god.' Hij zuchtte. 'Sorry. Alweer. Nu lijkt het alsof ik al jaren met dit bijltje hak. Wat niet zo is, dat zweer ik. Dit is pas de derde keer dat ik iemand op deze manier leer kennen. Ik wil alleen maar zeggen dat iemand zich op internet heel anders kan voordoen dan hij is. Begrijp je? Ik formuleerde het nogal tactloos.'

Daniel zag er precies zo uit als op de foto. Licht haar en een krachtige uitstraling, alsof hij veel aan sport of bergbeklimmen deed. Wat niet zo was. En hij had hetzelfde blotebillengezicht als op de foto, een gezicht dat niet klopte met zijn lichaamsbouw en dat voor een tweeënveertigjarige man nogal ongewoon was. Ze vroeg zich af of zijn patiënten niet liever iemand met een stoer, rimpelig gezicht hadden. Als je je leven in handen van een arts legt, wil je misschien dat hij er oud en wijs uitziet, wil je gerustgesteld worden door een oude rot in het vak.

'Wat ik had moeten zeggen is dat je er net zo geweldig uitziet als op je foto,' vervolgde Daniel. 'Wil je een glas wijn?'

'Ja, graag.'

'Rood of wit?'

'Rood, graag.'

'Uitstekend. Laten we eerst maar eens kijken wat we gaan eten en drinken, dan hebben we dat tenminste gehad. Kunnen we daarna wat kletsen.'

'Oké, dat is goed.'

Hij had weinig moeite om de aandacht van de serveerster te trekken: ze kregen de kaart en konden vlot iets bestellen. Ook het glas wijn stond heel snel voor Ellies neus.

'Proost. Op ons eerste samenzijn,' zei Daniel en hij hief zijn glas.

'Proost,' antwoordde ze.

Charlie had ze voor het eerst gezien op een feestje van Rebecca, een vriendin van de universiteit. Ze had iets te veel zoute pinda's gegeten en wilde in Rebecca's keuken een glas water halen op het moment dat Charlie een blikje cola uit de koelkast pakte. Ze raakten aan de praat en stonden om twee uur 's nachts nog steeds in de keuken. Het was heel soepel gegaan, heel vanzelfsprekend, zo anders dan dit geforceerde etentje.

'Ik heb bewondering voor het werk dat je doet, Daniel,' zei ze na haar eerste slokje wijn. 'Je zult het als oncoloog niet altijd gemakkelijk hebben.'

'Leuk is anders. Maar het is wel bevredigend.'

'Onderweg hiernaartoe zat ik te denken: de mensen die bij jou komen moeten er allemaal erg beroerd aan toe zijn. Zenuwachtig, in de war, doodsbang. Dat komt door het woord "kanker", denk je ook niet? De manier waarop het gebruikt wordt in de alledaagse taal, je weet wel, in zinnen als "Het terrorisme verspreidt zich als een kankergezwel over de wereld". Niemand die zegt dat het terrorisme zich als een hartaanval over de wereld verspreidt.'

Dat klonk alsof ze erop had geoefend. En dat was ook zo.

Maar hij knikte, ogenschijnlijk geïnteresseerd, en zij ontspande een beetje.

'Je hebt gelijk. Het woord "kanker" is zo beladen omdat het zo'n sluipende ziekte is. Een hartaanval verspreidt zich niet. Kanker wel. Wat overigens niet betekent dat een hartaanval niet dodelijk kan zijn.'

'Natuurlijk niet.'

'En wat je zegt over mijn werk klopt ook. De mensen die bij mij komen zijn inderdaad nerveus en van streek. Sterker nog, er is niemand die graag bij mij wil komen. Maar goed, wie komt er wel graag bij de dokter? Niemand toch? Ook niet bij de tandarts trouwens.' De glimlach die hij op zijn gezicht toverde deed haar vermoeden dat hij zelf heel vaak naar de tandarts ging.

Het was vreemd om zo weinig over hem te weten, en wát ze wist stelde eigenlijk niets voor. Ze vond dat hij leuke antwoorden had gegeven op de verschillende persoonlijke vragen op de datingsite. Hij had gevoel voor humor, wekte niet de indruk vreemd of wanhopig te zijn en deed zichzelf niet beter voor dan hij was. De mails die ze hadden uitgewisseld, waren kort maar leuk geweest. Hoewel ze het doodeng had gevonden om hem te ontmoeten, had ze er ook naar uitgezien. Maar dat nam niet weg dat ze in feite gewoon vreemdelingen voor elkaar waren.

Ze stelde zichzelf gerust met de gedachte dat het in dat opzicht net als iedere andere kennismaking was.

'Ik zal het maar meteen zeggen...' Daniel boog zich naar haar toe, veegde de blonde haarlok weg die voor zijn voorhoofd hing. 'Ik heb er een bloedhekel aan om over kanker te praten. Ik ben er al de hele dag mee bezig. Overal waar ik kom zijn er mensen die mij iets vragen over iemand die het heeft en die willen dat ik er iets aan doe. Maar eerlijk gezegd vind ik het afschuwelijk om er 's avonds of als ik niet aan het werk ben over te praten.'

'Dat snap ik. Daar kan ik helemaal in komen.'

Ellie zocht naar andere gespreksonderwerpen, maar enkele tellen later al drong het tot haar door dat het juist zijn werk was geweest wat Daniel zo aantrekkelijk had gemaakt. Niet dat ze uitvoerig over kanker wilde praten, maar ze was diep onder de indruk van het feit dat hij zieke mensen hielp, zelfs hun leven redde.

In haar verbeelding was hij ongelooflijk aardig en medelevend geweest, en misschien was hij dat ook wel, maar ze moest toegeven dat ze voorzichtig was geworden nadat ze hem in de spiegel naar zichzelf had zien kijken. Het was een instinctieve reactie en niet helemaal eerlijk tegenover hem. Ze moest het uit haar hoofd zetten en meer haar best doen.

'Vertel eens wat over je zoon,' zei hij voordat ze een andere vraag had kunnen bedenken. 'Tim. Vijftien, toch? Waar is hij nu?'

'Hij is weg met vrienden. Het is zijn laatste avond in de stad, morgen gaan we verhuizen, al zal hij de weekenden nog wel hier bij zijn vader zijn. Tamelijk idioot dus dat ik nu hier zit, maar... o wacht... dat had ik je al geschreven, of niet?'

'Ja. Maar ik heb jou niet verteld dat ik misschien ook ga verhuizen. Iets verder dan jij. Een tijdje terug heb ik gesolliciteerd naar een baan in Londen en het lijkt erop dat ik hem ga krijgen. Dat heb ik vanmiddag te horen gekregen. Als er geen kink in de kabel komt zit ik de komende twee jaar in Engeland. Ik vertrek zondag al.'

De serveerster kwam eraan met het voorgerecht en zette dat op tafel. Zijn mededeling bracht haar van haar stuk. Niet dat ze al had geoefend op haar nieuwe naam ('Ellie Litman'), maar ze had een enorme stap gezet door zich op deze manier te laten meeslepen door een man. Ze had zich aangemeld voor die datingsite omdat Debby zo had aangedrongen, niet omdat ze dacht iemand tegen te komen voor wie ze warm zou lopen. Dus toen Daniel zijn intrede maakte in haar cyberspace, was ze blij verrast geweest. Zelfs de stressvolle voorbereiding op het etentje was op een leuke manier spannend geweest, had herinneringen aan eerdere spannende ervaringen opgeroepen. En nu, terwijl ze nauwelijks de kans had gekregen hem te leren kennen, vertelde hij dat hij voor langere tijd naar het buitenland ging.

'Ik weet nog niet helemaal zeker of ik het wel moet doen,' zei Daniel. 'Het is allemaal politiek. Als je niet in de medische wereld zit, heb je geen idee hoe groot de invloed van de politiek is. Maar ik zal je niet lastigvallen met mijn verhalen...'

Toch deed hij dat, en uitgebreid ook. Ze deed haar best om de namen te onthouden van alle artsen en bestuurders die de revue passeerden, en ze deed nog harder haar best om alle achtergrondgeluiden te negeren en zich volledig op zijn verhaal te concentreren. De vrouwen aan het tafeltje naast hen waren echter zo luidruchtig dat ze steeds verder over de tafel leunde en op een gegeven moment zelfs onopvallend haar ene oor afdekte met haar hand.

Vrijwel alles wat hij zei ging langs haar heen. Hij stak hartstochtelijk zijn verhaal af en dat bewonderde ze, maar ze kende de mensen in kwestie niet en het politieke gekonkel binnen de medische wereld was haar volkomen vreemd. Haar gedachten dwaalden soms af, naar Tim, naar de verhuizing van morgen, en dan moest ze zichzelf wakker schudden en tot concentratie manen. Zijn e-mails waren kort geweest. Maar nu was hij zo lang van stof dat ze nauwelijks doorhad wanneer het ene verhaal ophield en het andere begon.

Ze waren klaar met het hoofdgerecht. Tegelijk praten en eten ging hem net zo gemakkelijk af als de aandacht trekken van de serveerster.

Vond ze hem leuk? vroeg ze zich af toen hij begon aan een anekdote over een achterbakse concullega.

Ja.

Best wel.

Intelligent en soms grappig. En hij had mooie blauwgroene ogen.

Maar eigenlijk vond ze weinig echt aantrekkelijk aan hem, en de teleurstelling die ze had gevoeld toen hij haar over zijn mogelijke verhuizing vertelde, ebde alweer weg. Ze voelde een enorme afstand, alsof ze hem op een televisiescherm zag in plaats van dat hij in levenden lijve tegenover haar zat.

Hoe ongepast de flitsen uit het verleden ook waren, ze kon de vergelijking met haar eerste kennismaking met Charlie opnieuw niet weerstaan. Het was geen liefde op het eerste gezicht geweest, maar het kwam erbij in de buurt. Toen hij haar na hun lange gesprek in de keuken naar haar studentenhuis had gebracht, was ze voor hem gevallen. Totaal, absoluut, met vlinders en al. Nog wekenlang voelde ze gefladder in haar buik zodra ze hem zag.

'Wat is er toch met je, Ellie? Je bent ineens zo uitgelaten,' had haar moeder gezegd toen ze een week nadat ze Charlie had leren kennen thuis was in New York voor de vakantie. Ze had niet gereageerd, maar even later had haar moeder haar vanaf de andere kant van de keukentafel met toegeknepen ogen aangestaard en gezegd: 'Je bent uitgelaten én je wilt niets eten. Hoe heet hij?'

'*Lang zal ze leven...*'

Geschrokken keek Ellie om en ze zag hun serveerster en twee obers met een verjaardagstaart naar het tafeltje naast hen lopen. Ze wierp een blik op Daniel, die half glimlachte, met zijn ogen rolde en toen 'Lang zal ze leven' meezong met de andere gasten. Ellie deed ook mee, al wist ze drommels goed dat ze een vreselijke stem had. Vijf vrouwen stonden op, één bleef zitten en nam de taart in ontvangst. Ze juichten en klapten toen de jarige de kaarsjes uitblies.

'Ik had toch een tafel achterin moeten regelen, niet omdat ik er dan makkelijk tussenuit had kunnen knijpen, maar omdat we dan geen last van die herrie hadden gehad. Oeps. Tweede misser.'

Een succesvolle tweeënveertigjarige oncoloog hoorde naar haar idee geen 'oeps' te zeggen, en ze vroeg zich af wat zijn patiënten zouden denken als hij zoiets tijdens een consult zei.

'Hoe dan ook, ik ga maar door over al die toestanden in het ziekenhuis en we hebben het nog helemaal niet over jou gehad. Ik heb genoten van jouw e-mails.'

'Dank je. Ik ook van de jouwe. Maar het is best raar, dat hele internetgedoe.'

'Absoluut. Ik weet het. Ik begrijp eigenlijk niet waarom ik me heb aangemeld: een vriendin heeft me overgehaald. Goed, dat zegt natuurlijk iedereen, maar het is echt zo. Ze zei dat ik alleen maar met mijn werk bezig ben en dat het een misdaad is om op mijn tweeënveertigste ongetrouwd te zijn en zelfs niet te daten. Dit was volgens haar de makkelijkste manier om daar verandering in te brengen.'

'Dan kunnen we elkaar de hand schudden.' Ellie glimlachte. 'Ik ben overgehaald door een vriendin, en dat is ook echt waar.'

'Maar het blijft een vreemde manier om iemand te leren kennen, vind je niet?' Hij leunde naar voren. Hun beider ongemak was een bindende factor.

'Volkomen gestoord.'

'Ik heb je gegoogeld, weet je. Dat klinkt opdringerig, maar het is tegenwoordig een soort reflex geworden.' Hij veegde de blonde lok weg die weer over zijn voorhoofd was gevallen. Ze zag hem voor zich met een haarband die de lok in toom hield en moest een glimlach onderdrukken. 'Hoe dan ook, ik kon je niet vinden. Er waren heel wat Ellie Waltersen, maar daar zat jij volgens mij niet tussen. Heb je mij gegoogeld?'

'Ja,' zei ze blozend. 'Debby, de vriendin die mij heeft overgehaald, zei dat ik dat moest doen, om te controleren of je wel echt degene was die je zei dat je was.'

'Je hoeft het niet uit te leggen. Iedereen doet het. Soms krijg ik het idee dat de technologie ons afstandelijker en achterdochtiger maakt, terwijl ze juist is bedoeld om ons dichter bij elkaar te brengen. We zitten alleen achter onze computer, sturen berichten cyberspace in en gaan iemands gangen na in plaats van gewoon een gesprek met diegene te voeren. Dat klinkt misschien vreemd, uit mijn mond. Ik ben pro-wetenschap. Ik zou de technologie niet zwart moeten maken.'

'Ik vraag me soms af welke invloed e-mail heeft op de manier waarop mensen schrijven, of ze anders schreven toen ze nog echte brieven schreven. Misschien vertrouwden ze elkaar destijds meer toe of zo.'

'Zou kunnen. Maar vertel eens, Ellie. Ben je wel eens in Europa geweest? Hou je van reizen?'

Ze voelde zich op het verkeerde been gezet. Hij veranderde opeens van onderwerp, stelde zo'n typische vertel-eens-wat-over-jezelfvraag, net toen ze dacht hem een beetje te leren kennen.

'Ik ben naar Parijs geweest,' antwoordde ze. Het 'op huwelijksreis' liet ze maar weg. 'Maar ik zou dolgraag nog een keer naar Europa gaan. Je vindt het zeker wel een spannend idee: naar Londen verhuizen?'

'Absoluut. Ik ben natuurlijk eerder in Londen geweest, maar om daar te werken, aan den lijve te ervaren hoe de National Health Service werkt, dat moet ongelooflijk interessant zijn.'

En daar ging-ie weer, hij stak van wal over de voor- en nadelen van een goede gezondheidszorg, met dezelfde hartstocht als waarmee hij gesproken had over de machtsspelletjes in de medische wereld. Even had ze gedacht dat het gesprek over het schrijven van e-mails en brieven zou gaan, over hoe mensen met elkaar communiceerden, maar het pakte anders uit. En vragen als 'Hou je van reizen?' en 'Wat doe je in je vrije tijd?' wilde ze hem echt niet horen stellen. Die informatie stond al in hun internetprofielen.

Op internet was het veel makkelijker. Om alle aandacht op je gevestigd te krijgen, vragen te moeten beantwoorden, dat is zo vervelend. En wat moet ik zeggen? Mijn man heeft mij anderhalf jaar geleden verlaten voor een ander? Ik ben op m'n twintigste met hem getrouwd en heb geen flauw idee hoe het in de wereld van de singles werkt.

Waarom is hij eigenlijk bij je weggegaan, Ellie?

Hij had het haar niet gevraagd, maar de vraag zal gerust bij hem zijn opgekomen. Vrouwen leven met je mee als zoiets gebeurt. Ze zijn bang dat ze de volgende zijn. Maar mannen zien je alleen maar als iemand die is gedumpt door een andere man.

De tijd ging snel, Daniel praatte over wonen en werken in Londen, betrapte zichzelf weer en verontschuldigde zich voor het feit dat hij steeds aan het woord was.

'Wat ik je nog wil vragen... Waarom Bourne? Waarom ga je juist naar Bourne verhuizen?'

Een paar minuten eerder had hij om de rekening gevraagd en voordat ze de kans kreeg te reageren op zijn vraag, stond de ober al naast hun tafeltje. Ze wilde haar portemonnee pakken om haar deel van de rekening te betalen, maar hij had een stapel biljetten tevoorschijn gehaald en gaf die aan de ober. 'Ik trakteer, Ellie. We zijn in mijn buurt, hier betaal ik.'
'Dat is heel erg aardig van je.'
'Geen probleem. Maar ik heb nog geen antwoord op mijn vraag gekregen. Waarom ga je in Bourne wonen?'
'Toen ik veertien was huurde mijn tante een huis in Bourne, op Mashnee Island, waar ik die zomer twee weken ben geweest. Ik had een heerlijke tijd, en toen ik overwoog om weg te gaan uit Boston, kwam Bourne als eerste bij me op.'
'Dat is helemaal aan het begin van de Cape, toch?'
'Ja, vlak na de brug.'
Er viel een ongemakkelijke stilte en ze zocht juist naar een manier om die te doorbreken, toen hij zei: 'Je zult inmiddels wel doorhebben dat ik niet zo goed ben in praten over koetjes en kalfjes, of iets grotere koeien of kalveren. Of ik ratel maar door, alsof ik meedoe aan een verkiezingsdebat en de enige kandidaat ben, of ik probeer de grapjas uit te hangen. Dat heb je nog niet meegemaakt, dat ik grappig probeer te zijn. En wees maar blij. Dat is waarschijnlijk ook de reden dat ik nooit getrouwd ben.'
Er ging een huivering door hem heen. 'Ik ben goed in mijn werk en voel me daar volkomen op mijn gemak, maar dit soort afspraakjes liggen mij minder en ik voel me er al helemaal niet bij op mijn gemak.'
Deze bescheiden bekentenis raakte haar, dit was meer de Daniel die zij online had leren kennen en ze had liever gezien dat hij dit aan het begin van de avond had gezegd. Hij was ook zenuwachtig. Om de een of andere reden was het niet in haar opgekomen dat hij zich net zo zou voelen als zij.
'Ik voel me ook niet zo op m'n gemak bij dit soort afspraakjes, Daniel.'
'Daar merk ik anders weinig van.'
'Sinds ik op mijn negentiende mijn ex-man leerde kennen, ben ik niet meer met andere mannen uit geweest. Ik werd al zenuwachtig van het idee.'

'Zeg, wat vind je ervan om nog eens af te spreken, mocht er opeens iets gebeuren waardoor mijn verhuizing naar Londen niet doorgaat?'

Ze kon moeilijk weigeren, na wat hij zojuist had gezegd over zichzelf en over daten. Ze wist ook niet zeker of ze wel nee wílde zeggen. Ze had gemengde gevoelens over hem, en hij ongetwijfeld over haar. Zo ging dat nu eenmaal bij een eerste afspraakje. Fantastisch was het niet geweest, maar een regelrechte ramp kon ze het ook niet noemen.

'Natuurlijk. We houden contact en jij laat me weten hoe of wat, of je vertrekt of niet.'

'Doen we. En de volgende keer zal ik wat minder praten, als er tenminste een volgende keer komt, dat beloof ik.'

'Het viel best mee. Je had het over interessante dingen, echt waar. Ik heb een leuke avond gehad.'

'Mooi zo, dan moeten we nu maar opstappen.' Hij bekeek zichzelf niet in de spiegel voordat hij opstond en deed geen poging haar aan haar arm of elleboog weg te leiden. Dat pleitte voor hem.

Tijdens de koffie had ze met haar mobiel een taxi gebeld, dus met een beetje geluk stond die al buiten op haar te wachten.

'Het beste, Ellie,' zei hij toen ze op de stoep stonden. 'Het kan heel goed uitpakken, die verhuizing naar Bourne. Ga maar na, een nieuwe start: *Bourne again!*'

'Daniel...'

'Ik weet het. Flauwe woordspeling. Ik zei toch al, ik probeer grappig te zijn tegen beter weten in. Het is maar goed dat je bijna van me af bent. Kijk, daar is je taxi al. Perfect getimed.'

De taxi kwam tot stilstand en het raampje aan de passagierskant zoemde naar beneden. Daniel sprak leunend op het portier de chauffeur aan en draaide zich vervolgens om.

'Yep, dat is jouw taxi. Tot ziens, Ellie. Bedankt voor je geduld.'

Hij wilde haar een kus geven en zij stak haar hand uit, precies zoals het aan het begin van de avond was gegaan. Maar nu moesten ze er beiden om lachen, waarna hij haar alsnog een kus op haar wang gaf. Ellie stapte in, gaf de chauffeur het adres en zwaaide naar Daniel toen ze wegreden.

Ze liet zich tegen de achterleuning vallen en voelde nu pas hoe gespannen ze de hele avond op die muurbank in het restaurant had gezeten.

Dat was het. Het was best gezellig, maar ik ga niet verder op die datingsite. Als hij hier blijft en mij nog een keer uit vraagt, zeg ik misschien wel ja. Maar ik ga niet meer online op mannenjacht. Het is te vreemd om iemand op die manier te leren kennen.

En stel dat Tim erachter kwam? Debby kan dan wel zeggen dat iedereen het tegenwoordig doet, maar misschien vind ik het wel gênant als hij ervan weet.

De taxichauffeur deed zijn ruitenwissers aan. Rijdend over Beacon Street keek Ellie naar de regen die tegen de vooruit sloeg. Bij een van de cafés waar ze langskwamen stond een jong stel duidelijk te wachten op een taxi. De vrouw was zwanger, de man had zijn arm om haar schouders geslagen. Ellie draaide zich om terwijl ze langsreden en bleef naar hen kijken.

Zo waren Charlie en ik vijftien jaar geleden ook, dacht ze. *Jong en gelukkig en samen, toekomstplannen makend.*

Je denkt dat je iemand kent en dan doet diegene iets wat je nooit van hem of haar had verwacht en dan raak je helemaal de kluts kwijt, de hele wereld tolt om je heen, alsof je op een vreselijk feest bent en de drank verkeerd is gevallen.

Maar het ging steeds iets beter. Ze zou er wel komen, waar dat ook zijn mocht. Hoe dan ook, niet in Boston. Morgen zouden Tim en zij vertrekken uit de stad, weg van Charlie. Ze gingen aan het water wonen, met een prachtig uitzicht.

Debby zou ze missen. Enorm. Debby had een soort magische uitwerking op haar, ze kon van elke situatie iets grappigs maken, ze zag altijd de rare of komische kant ergens van, ging recht op haar doel af en sleepte Ellie met zich mee.

'Jezus, jij bent bijna net zo klein als ik,' had ze gezegd toen ze elkaar voor het eerst waren tegengekomen in de lift van hun flat. 'Ik hoop dat jij die nieuwe bent op vierhoog. Ik wil zo graag een kleine medemens in mijn buurt hebben.'

'Dat ben ik inderdaad,' had Ellie lachend gezegd, en zo was hun vriendschap begonnen.

Iedere keer dat ze Debby zag, stelde ze zich voor dat zij Annie speelde op Broadway, dat ze met haar rode haar en sproeten de longen uit haar lijf zong en danste. Ze kon zich nauwelijks voorstellen dat Debby aan het MIT doceerde en een wiskundegenie was. 'Dus jij kan vijf minuten stilzitten? Daar geloof ik helemaal niks van,' had Ellie gezegd toen Debby had verteld wat voor werk ze deed.

'Ik sta hier niet te liegen, meissie. Je kijkt verdomme naar een genie. Knoop dat maar goed in je oren.'

Debby hield ervan om mensen te ontleden, als kikkers in een laboratorium. En als het om Charlie ging, analyseerde ze er lustig op los.

'Die ex van jou is een wannabe-kakker met ontzettend lange tenen,' zei ze op een avond. Ze zaten in haar flat een wijntje te drinken.

'Deb, je kent hem niet eens.'

'Nou en of ik hem ken! Jij hebt mij zelf verteld dat hij uit een arbeidersgezin komt, toch? En dat hij zich op zijn Gucci's omhoog heeft gewerkt. Wat ik me trouwens nauwelijks kan voorstellen, dat je op zulke instappertjes met van die gouden kettinkjes iets voor elkaar krijgt in de wereld. Wie heeft dat in godsnaam bedacht: kettinkjes op herenschoenen? En nu vertel je me ook nog dat hij bij de Country Club is gegaan? Waar het wemelt van die brave blanke kakkers? Dan is het toch zonneklaar dat we met een sociaal klimmertje te maken hebben? Hij moet er onderhand eelt van op zijn handen hebben.

Behalve dan dat...' Ze nam een slok wijn, stond op en ging weer zitten. 'Staat hij al in het *Social Register*? Dat grote zwarte boek waarin dat soort lui willen staan, met adres en telefoonnummer en al? Facebook voor snobs, zeg maar, maar dan zonder internet. Je gaat me toch niet vertellen dat hij daarin staat?'

'Nee, tenminste nog niet. Hij zou het wel graag willen.'

'O mijn god! Hoe heet die vogel ook alweer, die nooit een poot aan land zet? Een albatros, toch? Hij heeft een ego als een albatros. Hij blijft maar vliegen. En nu is hij vertrokken met die trut van een Sandra Cabot, alleen maar omdat de trut van achteren Cabot heet. Wat zeggen ze hier ook alweer? Even denken... O ja, ik weet het weer: "Welkom in Massachusetts, het land van bonen en kabeljauw, waar de Lodges alleen met de Cabots praten en de Cabots alleen met God." Charlie heeft een Cabot

gescoord. Zo voorspelbaar, mannen die een treetje hoger willen komen. Al heeft hij er wel een eigen draai aan gegeven. Toch? Zij is toch ouder dan hij? Waar kent hij haar eigenlijk van?'
'Ik weet niet. De Cougar Club?'
Debby moest lachen en Ellie ook, opgelucht dat dit pijnlijke onderwerp na al die tijd en met een flinke dosis humor weer enigszins te verteren was.
'Ik snap niet hoe je het met die idioot hebt uitgehouden. Goddank hoef je niet meer met hem te praten. Je kunt hem moeilijk als oud vuil behandelen, want je moet rekening houden met Tim, maar je hoeft tenminste niet meer echt met hem te praten. Laten we daarop toosten.' Ze was weer opgestaan en tikte haar glas tegen dat van Ellie.
Ellie stond ook op en nipte aan haar wijn. Ze voelde zich ongemakkelijk. Als Debby Charlie echt had gekend, zou ze hem niet zo gemakkelijk van tafel vegen. Ellie zag hem voor zich, zittend in een stoel, het ene been over het andere geslagen, ogen iets toegeknepen, vragen stellend aan Debby op een weldoordachte manier, zoals hij dat als geen ander kon. Charlie gaf je niet het gevoel dat je de enige persoon in de kamer was, hij gaf je het gevoel dat je de enige andere persoon op een onbewoond eiland was, een eiland waar je niet meer weg wilde omdat je daar met hém was.
Knap om te zien was hij eigenlijk niet: hij was klein, maar een paar centimeter groter dan Ellie, zijn ogen stonden verontrustend dicht bij elkaar en op de zijkant van zijn gezicht zat een moedervlek, waar hij vaak aan zat te friemelen als hij zich ergens op concentreerde. Bij Charlie ging het niet om zijn uiterlijk, het ging om zijn aantrekkingskracht. In de huidige wereld van het daten was het uitoefenen van 'aantrekkingskracht' blijkbaar het nieuwe 'scoren', maar Charlies aantrekkingskracht had niet alleen maar tot doel de ander in bed te krijgen, hij wilde er ook achter komen wat iemand bewoog, hij wilde binnendringen in je psyche, je als het ware in slaap wiegen en ondertussen uithoren.
Debby mocht hem dan een idioot noemen, Ellie wist dat ook Debby in de ban van Charlie zou zijn geraakt als hij haar tot het middelpunt van zijn aandacht had gemaakt.
Maar zij nipte aan haar wijn en zweeg. Debby had Charlie bestempeld

als een extreem egocentrische sociale klimmer. Ze maakte graag grappen ten koste van hem, en van Ellie mocht ze. Het was zinloos om hem te verdedigen, áls ze dat al wilde. Charlie was bij haar weggegaan. Charlie was verleden tijd.

De chauffeur stopte voor haar flat. Ellie betaalde, trok haar jas over haar hoofd tegen de regen en rende naar binnen.

Ik wil Debby spreken, dacht ze toen ze de lift in stapte. Ik wil bij haar aankloppen en vragen of ze nog even komt napraten over vanavond. Ik wil dat ze mij aan het lachen maakt.

Haar woning was vrijwel leeg. De afgelopen week hadden zij en Tim in slaapzakken op de grond geslapen, ze had alleen wat borden en pannen en bestek hier gehouden. Alle andere spullen stonden al in het huisje in Bourne.

Voor Ellie was de flat een tijdelijke oplossing, dus heel erg vond ze het niet. Toen de echtscheiding een feit was, had Charlie hun vierkamerappartement in Back Bay, met uitzicht op de Charles River, verkocht en ze hadden de winst gedeeld. Hij had een ander huis gekocht, maar zij had gekozen voor een huurwoning. Ze had meer tijd nodig om haar koers uit te stippelen, was te overstuur geweest om zich meteen al weer vast te leggen.

In de maanden nadien kregen haar plannen geleidelijk vorm. Ze wilde weg uit Boston. Te veel slechte herinneringen. Als ze een nieuw leven moest beginnen, wilde ze dat op een nieuwe plek doen. Niet te ver van Boston, zodat Tim nog gemakkelijk naar zijn vader kon, maar wel de stad uit. Naar de plek die zij op haar veertiende zo geweldig had gevonden: Cape Cod.

De zoektocht naar een leuk huis, de koop, de verhuizing, alles maakte deel uit van het proces waarmee ze de touwtjes weer zelf in handen kreeg. Dat gevoel kende ze niet. Ze had altijd op Charlie vertrouwd, zelfs haar deeltijdbaan bij het Museum of Fine Arts had ze gekregen via vrienden van hem.

De verhuizing was in allerlei opzichten een symbolische gebeurtenis. Tim had er helemaal geen zin in, maar hij had grote problemen op school en Ellie dacht dat het hem goed zou doen: een nieuw huis, een nieuwe school, een nieuw begin.

Nog één nacht. Morgen om deze tijd zitten we in het huisje.
Ze deed haar jasje uit, liep naar de slaapkamer, ging op de grond zitten en zette haar laptop aan.

Ha Debby,
Was je maar hier, dan zou ik je kunnen vertellen over vanavond. Hoe dan ook, het was oké, maar ik ben niet smoorverliefd geworden en hij ook niet. Wat waarschijnlijk maar goed is ook, want het ziet ernaar uit dat hij twee jaar in Londen gaat wonen.
We hebben afgesproken elkaar nog een keer te ontmoeten als hij niet weggaat. Dus... Wat valt er nog meer te vertellen? Hij was aardig. Maar... hij zei twee keer 'oeps'. Op zich wel schattig, maar iets te veel Hugh Grant, vind je niet?
En morgen ga ik verhuizen. Tim vindt het nog steeds niks, maar als we eenmaal daar zijn en hij ziet hoe mooi het er is, denk ik dat hij wel bijdraait.
Grappig... Jij zit aan de Stille Oceaan en ik vanaf morgen aan de Atlantische. Ik hoop dat ik in Bourne iemand als jij leer kennen, maar ik weet het: dat zal lastig worden. Was je nou maar niet verhuisd!
Goed. Ik heb twee wijntjes gedronken en ga nu slapen.
Het spijt me dat Daniel en ik niet hoteldebotel van elkaar zijn. Dat had jij natuurlijk te gek gevonden.
Ik mis je vreselijk.
Liefs, Ellie

Ze sloot de computer af en pakte een pyjama. Tim logeerde bij een vriend, dus ze hoefde niet bang te zijn dat hij veel te laat thuis zou komen. Ze ging nog wat lezen en dan zou ze vanzelf in slaap vallen.
Terwijl ze haar pyjama aantrok hoorde ze een sirene.
Politie of ambulance?
Wat maakte het uit.
Ze ging rechtop zitten. De beelden slopen binnen, ze voelde ze van opzij naar haar toe kruipen, als een afschuwelijke slijmerige substantie die onder de deur door kroop.
Adem in.

Het is niet gebeurd.
Adem uit.
Het is niet gebeurd.
Waarom? Waarom moest ze die ochtend per se naar Starbucks? Waarom moest ze nou net opvangen wat die mensen aan dat andere tafeltje zeiden?

Ze had de herinneringen steeds weten te verdringen, maar sinds die ochtend bij Starbucks dromden ze samen aan de rand van haar geest: kleine dingen, dingetjes van vroeger, en ze riepen heel veel op.

'Begin met je tenen, Ellie. Span ze, en dan ontspannen. Nu je enkels. Goed zo. Zo ga je omhoog, spannen en ontspannen. Laat los.' In haar hoofd hoorde ze de stem van dokter Emmanuel. 'Goed zo. En nu de ademhalingsoefeningen. Probeer nergens aan te denken.'

Adem in.
Het is niet gebeurd.
Adem uit.
Het is niet gebeurd.
Het is niet gebeurd.

De herinneringen trokken zich terug. Het werd weer helder in haar hoofd. Ellie deed haar ogen op. De sirenes waren weg.

2

5 juni

Dit was geen goed begin. Het was een ontzettend belangrijke dag, maar alles leek fout te gaan. Het regende pijpenstelen, non-stop, er leek geen einde aan te komen, en ze stonden vast op de Bourne Bridge, in een late vrijdagmiddagfile.

Tim was constant aan het rommelen met zijn gordel: hij maakte hem los, trok hem zo ver mogelijk uit, klikte hem vast en maakte hem een paar tellen later weer los. Ellie werd er gek van, en dat wist hij. Dit was zijn manier om te zeggen: 'Mam, je verpest mijn leven. Als ik iets niet wil, dan is het wel naar Bourne verhuizen. Denk maar niet dat ik ga doen alsof ik het leuk vind.'

Als hij zo'n bui had als nu, zou hij alleen maar nóg vervelender doen als ze hem zou vragen op te houden.

De automobilist voor hen reed een halve meter naar voren en iedereen achter hem deed hetzelfde. Alsof ze iets kostbaars hadden gewonnen, alsof het oorlog was en ze enkele cruciale centimeters land op de vijand hadden veroverd. Tim trok nog maar eens aan zijn gordel, deed alsof die hem mateloos boeide, terwijl Ellie door haar raampje naar buiten staarde en hoopte dat het zou ophouden met regenen en dat de file zou oplossen.

Zo had ze zich deze rit niet voorgesteld. Ze hadden met open raampjes over de brug moet sjezen, een glimp moeten opvangen van het Cape Cod Canal onder hen. Toen ze een week geleden dezelfde rit had gemaakt, scheen de zon, het water had geschitterd en ze had zich voorgesteld dat Tim naast haar zat, zoals nu, alleen dan opgewonden en enthousiast, misschien zelfs met een 'Gaaf' reagerend op de zeilboten in de diepte.

Een week geleden was ze in een mum van tijd naar de overkant gereden. Ze was in achtenvijftig minuten van Boston naar het huisje gereden en de hele middag bezig geweest met uitpakken en alles leuk inrichten voor Tim. Ze had zich zo gelukkig gevoeld, zo vervuld van een onvoorstelbaar gevoel van vrijheid, dat ze in haar eentje had staan dansen, als een tiener die naar een feestje gaat.

Ik word gek van je, kappen nou met die gordel.
Nee, niets zeggen.
Hij komt geheid met een sarcastische reactie en dan krijgen jullie ruzie en loopt de rest van de dag ook in de soep.
'Ik heb blauwe lakens op je bed gedaan.'
'Leuk.'

Als kind was Tim dol geweest op blauwe lakens, het was altijd een feestje als zijn bed daarmee was opgemaakt. Nu hoopte ze dat hij weer even dat jongetje zou worden dat gaf om zoiets onnozels als een laken en dol was op zijn moeder, even niet die recalcitrante vijftienjarige die zich doodergerde aan zijn moeder.

Ellie wist niet of zijn gedrag gewoon puberaal was of dat hij meer last had van de scheiding dan hij wilde toegeven. Hij leek er redelijk goed mee om te gaan, maar hoe ze ook probeerde iets uit hem te krijgen, hij liet haar nooit merken wat hij er echt van vond. En op school was het 't afgelopen jaar ook belabberd gegaan: hij was blijven zitten.

Ze haalde hem weg bij zijn vrienden. Natuurlijk was hij boos, dat begreep ze wel. Maar als ze in Boston zouden blijven, moest hij het jaar overdoen. Ze wist dat hij dat absoluut niet wilde, alleen al het idee. En als hij naar een andere school in Boston zou gaan, was hij zijn vrienden ook kwijt.

Ondertussen wilde Charlie dat hij als een bezetene ging leren, zodat hij kon worden aangenomen op een kostschool. Maar Ellie werd misselijk van de gedachte dat ze Tim op die manier het huis uit zouden sturen.

Ze boog zich voorover, leunde op het stuur. Ze stonden precies midden op de brug, op het hoogste punt.

'De eerste keer dat ik over deze brug ging, vertelde mijn tante dat de acteur die Superman speelde in de originele tv-serie, in de jaren vijftig van de vorige eeuw, de rol van Superman op een gegeven moment zo vaak gespeeld had dat hij dacht echt te kunnen vliegen. Hij kwam in zijn Supermanpak naar deze brug en sprong eraf met het idee er als een raket vandoor te gaan, maar viel natuurlijk als een baksteen naar beneden en overleed. Een vrij triest verhaal, vind je ook niet?'

Tim strekte zijn nek om door zijn raampje een blik op de bovenkant van de brug te kunnen werpen. 'Hoe heeft hij dat gedaan dan? Je komt toch niet over dat hek heen, met die naar binnen gebogen punten?'

'Dat was er toen waarschijnlijk nog niet. Dat zullen ze wel later hebben gemaakt, zodat mensen niet meer konden springen.'

'Dat zal wel, ja.' Tim wiebelde in zijn stoel, zoekend naar de beste houding.

Ellie herinnerde zich de eerste keer dat ze hem in de auto had gezet, in het kinderstoeltje. Hij had een wit babypakje met blauwe stippen aangehad. Nu droeg hij een gescheurde spijkerbroek en een zwart T-shirt en was hij al bijna 1 meter 80.

'Wauw. Hoe kan een klein vrouwtje als jij zo'n reus als Tim hebben gemaakt?' had Debby gevraagd.

'Ik zou het niet weten. Charlie is ook klein, maar hij zei altijd dat zijn opa lang was, dus misschien heeft het gen voor lengte een generatie overgeslagen,' had ze geantwoord.

'Maar aan het begin van de brug zag ik een bord met het nummer van de Zelfmoordlijn,' zei Tim. 'Toen we daar een eeuw geleden stonden. Dus er zijn blijkbaar nog steeds mensen die van de brug proberen te springen. En trouwens, die Superman wilde er misschien ook gewoon een eind aan maken. Hoe wisten mensen dat hij dacht dat hij kon vliegen? Heeft hij tegen iemand gezegd dat hij kon vliegen?'

'Goeie vraag. Ik weet het niet.'

Ellie wist ook niet of het Supermanverhaal waargebeurd was of dat het een oude plattelandsmythe was, en ze wist eigenlijk ook niet waarom ze het Tim verteld had. Maar ze had hem in ieder geval afgeleid: hij speelde niet meer met zijn gordel. Hij staarde naar de gebogen punten van het hek, die de brug tegen de springers moesten beschermen. Of beter gezegd andersom, om de springers tegen de brug te beschermen.

'Waarom zijn jullie eigenlijk met elkaar getrouwd?' had hij gevraagd toen ze naar de huurwoning verhuisden. De vraag was uit de lucht komen vallen. 'We hielden van elkaar, Tim,' had ze gezegd. 'Maar soms lopen de dingen niet zoals je zou willen.' Ze had verwacht dat hij haar zou uithoren, maar hij had alleen maar geknikt en was verdergegaan met uitpakken. Hij wist van Sandra Cabot, maar ze wist niet hoeveel hij wist, of hij doorhad dat zijn vader een verhouding met haar had.

Toen ze hem verteld hadden dat ze gingen scheiden, hadden zij en Charlie gezegd dat ze heel jong getrouwd waren en in de loop der jaren van elkaar vervreemd waren geraakt, en dat het voor iedereen beter was als ze uit elkaar gingen. Tim had niet doorgevraagd, en Charlie had hem pas met Sandra kennis laten maken toen de scheiding rond was.

Hoewel Ellie af en toe geneigd was Tim de waarheid te vertellen over de ontrouw van zijn vader, deed ze dat niet. Ze wist dat het zijn relatie met Charlie niet ten goede zou komen en dat met name haar zoon het slachtoffer zou worden van het gebruik van zulke wapens.

'Deze brug... lijkt op een zwangere vrouw die achteroverleunt, met haar buik omhoog.'

'Ja, inderdaad. Goed gezien. Dat klopt.'

Zo nu en dan kon Tim uit het niets met zo'n omschrijving komen, en altijd weer was Ellie verbaasd en blij tegelijk. Hij had echt aandacht voor zijn omgeving, vergeleek dingen met elkaar, dacht op een manier die ze niet van hem verwachtte. En het bleef niet bij een gedachte, hij sprak uit wat hij dacht. Hij wilde nog dingen met haar delen, sommige dingen tenminste, af en toe.

'Kijk, er komt beweging in. Eindelijk.'

Opeens konden ze weer doorrijden, niet stapvoets, maar met enige snelheid, alsof een loodgieter de verstopping aan de andere kant van de Cape, in Provincetown, had verholpen. Ze reden de brug af en kwamen bij de rotonde, in het midden waarvan in felgekleurde bloemen de woorden 'Welkom in Cape Cod' stonden.

'Moet je zien. Dat is toch smakeloos?'

'Tim, alsjeblieft. Laat het.'

'Kom op nou, mam.'

'Oké, je hebt gelijk. Het is smakeloos.'

Ellie sloeg rechts af, langs de delicatessenwinkel annex bushalte, waarna ze een tijdje over slingerwegen reden. Tim zei niets, hij had de oortjes van zijn iPod in, maar toen ze een blik op hem wierp zag ze dat hij de omgeving opnam en zenuwachtig werd van wat hij zag.

Hij zou niet alleen een nieuw huis krijgen, maar een heel nieuwe woonomgeving. Ze zag dat hij links en rechts speurde naar tekenen van leven: winkels, koffietentjes. Bourne had niet eens een hoofdstraat. Vlak bij hun huisje zat een kleine supermarkt en iets verderop nog een koffietentje. De school waar hij naartoe zou gaan was in Bourne, maar als je wilde winkelen moest je aan de andere kant van de brug zijn en naar Buzzards Bay rijden.

En de grote supermarkt, de in onbruik geraakte bioscoop, de vooral op vakantiegangers gerichte winkels en restaurants in Buzzards Bay waren niet bepaald Tim-vriendelijk.

Om op bekend terrein te komen moest hij een half uur rijden naar het grote winkelcentrum. Maar hij was vijftien en had nog geen rijbewijs. Wat dat betreft zou hij dus afhankelijk zijn van haar of van de ouders van zijn vrienden.

Lange slingerwegen en cranberrystruiken. Dat zag hij. Wat zou hij denken? *Ik zit in de rimboe. Met mijn moeder.*

Hij had steeds geweigerd mee te gaan naar het huisje, waarschijnlijk omdat hij dacht de verhuizing te vermijden door die simpelweg te negeren. Maar nu kon hij er niet meer omheen en gingen ze er echt wonen, en Ellie voelde de paniek in hem opborrelen.

'Tim...' Ze gebaarde hem zijn oortjes uit te doen. 'Het wordt heus wel leuk, ik beloof het. We zitten pal aan het water en op een paar minuten lopen is een heerlijk strand. Er wonen hier veel mensen die in Boston werken. Dit is echt geen Timboektoe, al denk je dat nu misschien wel.'

'Je meent het. Dit is Bourne, Massachusetts. Echt een paradijs. Ze staan in de rij om hier te mogen wonen. Het loopt storm.'

'Wauw. Moet je zien,' zei hij op vlakke toon. 'Dat bord daar rechts voor de Aptucxet Handelspost. Waarin zouden ze handelen? Postzegels?'

'Dat is een historische plek. Er zit nu een museum. Volgens mij over de geschiedenis van Bourne.'

'Tjonge, boeiend. Ik kan niet wachten. Wanneer gaan we?'

'Tim, ik weet dat het moeilijk voor je is. Maar het was ook moeilijk

voor je geweest als we in Boston waren gebleven. Dat heb je zelf gezegd. Als je íéts positiever probeert te zijn en wat minder vooringenomen naar de hele situatie kijkt, voel je je misschien ook wat beter.'
'Mam, ik ben toch meegegaan? Ik ben toch niet weggelopen?' Hij hing onderuit in zijn stoel. 'Laten we er eerst maar eens naartoe rijden.'
Ze waren nog niet bij het water, dus het was begrijpelijk dat hij nog niet heel enthousiast was. Zodra hij het uitzicht zou zien en het tot hem door zou dringen dat hij daar elke ochtend van kon genieten, zou hij zich een stuk beter voelen.

Ze kwamen bij een T-kruising met recht voor hen een kleine begraafplaats. Ellie ging naar rechts en na een meter of twintig naar links, naar een plaatsje dat volgens de wegwijzer Mashnee Village heette. Daar was ze op haar veertiende met haar tante op zomervakantie geweest.

Het waren de mooiste twee weken van haar leven, en misschien had ze een huis vlak bij Mashnee gekocht omdat ze die bijzondere tijd wilde herbeleven, maar wat dan nog? Het kon toch geen toeval zijn geweest dat het huisje in de verkoop was gekomen juist toen zij besloten had iets te gaan kopen?

Tijdens die vakantie bij haar tante in Mashnee had ze heel wat uurtjes dagdromend uitgekeken over de baai naar dat grote, schitterende, van grijze houten planken opgetrokken huis dat boven op een heuveltje stond. Het huis had de vorm van een heksenhoed, op de begane grond was een grote veranda rondom en op de eerste verdieping een schitterend balkon met uitzicht op het Cape Cod Canal.

Het werd omringd door een stenen muur, die de zee op afstand moest houden. Het stond moederziel alleen op een heuvel, even charmant als eigenaardig, met dat kegelvormige dak. De rondvaartboten op het kanaal minderden altijd vaart bij het huis en ze wist dat de gids er dan iets over vertelde, misschien van wie het was of wie er woonde. Ellie had haar tante een paar keer gevraagd of ze ook zo'n rondvaart mocht maken, maar dat was er nooit van gekomen.

Ze zag vaak mensen lopen op het grasveld bij het huis, maar het was te ver om te kunnen zien hoe oud ze waren of wat voor kleren ze droegen. Maar ze stelde zich voor dat ze in het Heksenhuis – het huis van een *goede* heks – een zalig leven leidden, dat ze spelletjes deden en met z'n allen rond de eettafel zaten en elkaar verhalen vertelden en lachten. Zó anders dan het flatje in Manhattan waar zij met haar moeder was gaan wonen nadat haar vader vertrokken was.

Haar tante zou het huis in Mashnee nooit meer huren, maar Ellie dacht heel vaak terug aan die zomer, en op die momenten zag ze altijd het huis op de landpunt voor zich.

Het kon geen toeval zijn dat Cape Cod als eerste bij haar opkwam toen ze aan verhuizen dacht, en dat ze bij haar derde bezoek aan de plaatselijke makelaar ontdekte dat het huisje dat bij het Heksenhuis hoorde, er maar tweehonderd meter vandaan stond, te koop was. Ze had prompt een bod gedaan, zonder het zelfs maar gezien te hebben.

Ze hadden inmiddels iets meer uitzicht. Als het niet zo grijs en regenachtig was geweest, had Tim het kanaal kunnen zien en het strand en het water, en misschien had dat hem wat opgemonterd, maar het was zo grauw dat Ellie nauwelijks Mashnee Village kon zien, aan het einde van de verhoogde weg recht voor haar. De verzameling vakantiehuisjes had aan weerszijden een strand waar je fijn kon zwemmen en waar tieners op zonnige zomerdagen heerlijk konden rondhangen.

'Zie je dat, recht voor ons? Dat is Mashnee. Het zijn hoofdzakelijk vakantiehuisjes, maar er is ook een leuk restaurant en dat is het hele jaar open, dat heb ik nagekeken. We zitten op de punt daar vlak voor. Aan deze weg hier.' Ze draaide de Agawam Point Road op.

'Het was eerst een zandweggetje, maar ze hebben hem verhard. Zie je die huizen hier aan het begin? Die waren er nog niet toen ik hier op vakantie was. Mijn tante reed een keer deze weg in toen we de omgeving aan het verkennen waren. We wilden het grote huis helemaal op de punt bekijken, maar we dachten dat we misschien op eigen grond waren en maakten rechtsomkeert. Daar... zie je het? Groot hè?'

'Dat is van ons? Ik dacht dat het veel kleiner was. Wauw!'

'Nee, nee. Dat is het niet. Ons huis is inderdaad kleiner. Het hoorde vroeger bij het grote huis.'

De weg mocht dan geasfalteerd zijn, smal was hij nog altijd: de struiken schraapten aan twee kanten langs de auto. Tim was even enthousiast geweest toen hij dacht dat ze in het grote huis gingen wonen. Hoe zou hij reageren als hij zag dat hun huisje daarbij in het niet viel?

Voor hen lag een miniversie van de verhoogde weg naar Mashnee, het was de oprit die leidde naar het cirkelvormige pad vlak voor het Heksenhuis, dat op zijn eigen schiereiland stond. Hun huisje lag aan een met gras begroeid zijweggetje vlak voor de oprit.

'Is dít het?' vroeg Tim toen ze voor het huisje tot stilstand kwamen.

Toen Ellie het voor het eerst zag, had ze ook 'Is dit het?' gedacht, maar die gedachte was onmiddellijk gevolgd door: 'Dit is precies wat ik altijd al gewild heb.' Het had op de voorkant van een tijdschrift over het heerlijke plattelandsleven kunnen staan: een wit huisje met rozenstruiken aan weerszijden van de oude houten voordeur. Maar dan wel een betere versie van een schattig maar standaard cottage, omdat het aan de kust stond. Vanuit de woonkamer had je uitzicht op het Cape Cod Canal en de twee slaapkamers aan de achterkant keken uit op een kleine inham.

'Ja, dit is het. Kom, pak je rugzak. De rest komt later wel. We gaan je kamer bekijken.' Ellie stapte uit, haalde de sleutels uit haar tas en deed de voordeur open, zenuwachtig en trots, en leidde Tim met zachte hand vanuit de regen naar binnen.

'Jezus, mam. De woonkamer is net een pompoen,' zei hij meteen toen hij binnenkwam. Hij bracht schertsend een hand voor zijn ogen. 'Het is knaloranje. Hoe zit dat eigenlijk? Als het huis van jou is mag je toch zelf bepalen in welke kleur je het schildert?'

'Ik heb het al laten schilderen. Deze kleur heb ik gekozen. Ik wilde iets vrolijks. Anders dan anders.'

'Dat anders is in ieder geval gelukt. En al die meeuwen dan?'

Vanaf het moment dat de koop rond was, was Ellie allerlei houten meeuwen gaan verzamelen, die ze op tafeltjes en boekenplanken had gezet. Misschien had ze zich een beetje laten gaan, omdat ze wist dat Charlie het smakeloos had gevonden, maar ze hield nu eenmaal van dat soort prullen.

'Ik vind ze leuk. Maar kom eens mee… naar achteren.' Ze ging hem voor naar zijn slaapkamer. 'Dit is jouw kamer. Zie je die kleine baai? Mooi toch? Zelfs in de regen. Je kijkt uit op het water. Dat zei je toch altijd, dat je wil uitkijken op water?'

'Misschien toen ik vier was of zo.' Tim draaide zich om. 'Hij is wel erg klein. Nog niet half zo groot als mijn kamer bij pap. En kleiner dan mijn kamer in onze flat. En het stinkt.'

'Ik weet het, schat. Als het droog is zet ik de deuren en ramen open en kan het wat doorwaaien, dan is die geur zo weg.'

'Als het ooit ophoudt met regenen, ja.' Hij ging op zijn bed zitten en zette zijn handen onder zijn kin. 'Geef het nou maar toe, mam. Het is klein en het stinkt. Het is een krot.'

Vorige week had ze zich nog een voorstelling gemaakt van zijn reactie: 'Gaaf, mam. Dit uitzicht is geweldig. Ik heb altijd uitzicht op water willen hebben.'

'Voor ons is het groot genoeg, het ligt aan het water, het is leuk, en als de zon schijnt wordt het alleen maar leuker. We hebben gewoon pech dat het vandaag regent. Het komt goed, Tim, dat beloof ik je. Je went er wel aan.'

'Het is klote.'

'Kom op. Niet zo snel oordelen.'

Hij boog zich vooroverr en pakte zijn rugzak op, zette hem op zijn schoot, maakte hem open en viste zijn laptop eruit.

'Heb ik een keus dan? Of moet ik op straat gaan leven? Of met Sandra opgescheept zitten, wat nog erger is. Dit is echt oneerlijk, mam.' Hij drukte op een knop en de MacBook kwam snorrend tot leven. 'Je zei dat er hier wifi is, toch? Eens kijken of het werkt, even inloggen.'

'Wacht. Ik wil eerst nog wat praten. Vertel maar wat er in je omgaat. We kunnen...'

'Dat heb ik al verteld. Ik vind het klote dat we hier gaan wonen. Verder valt er weinig te zeggen. Mooi, hij pakt het signaal op. Wat is het wachtwoord?'

'Wat het altijd is, dat weet je onderhand wel. Maar luister, ik vind echt dat je het hier een kans moet geven.'

'Ik snap het, mam. Goed? Ik ben nu even bezig.'

'Tim, ik wil zeker weten dat het wel gaat.'

'Niks aan de hand.' Hij zuchtte en staarde naar het computerscherm.

Ellie wilde hem het liefst een knuffel geven, maar hij was zo terughoudend en afstandelijk dat ze wist dat hij haar zou afwijzen. Ze liep de kamer uit, liet hem alleen met zijn cyberspace, waarin hij elk moment kon verdwijnen.

Wat had je dan verwacht, Ellie? Dacht je nou echt dat hij het hier leuk zou vinden? Jij wilde zo graag je eigen weg volgen dat je niet goed nadacht over de gevolgen, of wel soms? Ik had je slimmer ingeschat.

Ellie plofte neer in een van de leunstoelen in de zitkamer.

'In deze kamer zal nooit iemand huilen.'

Dat had de schilder gezegd toen hij de eerste oranje verfstreken op de muren van de woonkamer had gezet. Het was een krankzinnige kleur, dat realiseerde zij zich ook wel, maar die stond ergens voor. Een vrolijke, krankzinnige kleur die vol leven zat.

Goed. Ik ga niet zitten janken. Maar...

Maar Charlie zat nog in haar hoofd, als een parasiet die zich een weg naar binnen had gevreten en zich in haar hersenen genesteld had, of als de rinkelende ketens die de geest van Jacob Marley altijd bij zich had.

Over een tijdje is hij uit mijn hoofd. Ik heb hem uit mijn hart gekregen, uit mijn hoofd lukt ook nog wel.

Val dood, Charlie. Dit komt goed. Daar ga ik voor zorgen.

Geklop op de deur deed haar opschrikken.

'Hallo?' riep iemand. Een vrouw. Ellie sprong op en liep naar de voordeur. Toen ze opendeed zag ze een vrouw in een felgele oliejas met een grote capuchon. Ze leek zojuist van een vissersboot te zijn gestapt.

'Hoi, ik ben Louisa Amory... Zeg maar Louisa. Ik zag het licht branden en wilde je verwelkomen. We hebben alleen via de makelaar contact gehad en ik wilde je even persoonlijk begroeten. Maar als je het druk hebt ga ik weer.'

'Nee hoor. Wat aardig van je. Ik ben Ellie, maar dat wist je al.' Ze stak haar hand uit en schudde die van Louisa. 'Kom verder. Blijf niet in die regen staan.'

Louisa kwam binnen, veegde haar voeten op de mat en trok de capuchon van haar oliejas naar achteren.

'Wauw.' Haar blik gleed door de kamer. 'Wat een mooie kleur.'

'Meen je dat?'

'Ja. Echt.' Louisa glimlachte.

Ze leek eind vijftig, begin zestig. Lang en dun, met donker, golvend haar tot op haar schouders, donkerbruine ogen en een lang, aantrekkelijk gezicht. *Een knappe vrouw,* dacht Ellie. *Zo'n vrouw waar je moeilijk niét naar kunt kijken.*

'Ik help je even met je jas.' Toen Louisa de mouwen van haar armen liet glijden, zag Ellie dat haar hele rechteronderarm gesierd werd door zilveren armbanden. Ze veranderde in één klap van een vissersvrouw in een zigeunerin.

'Wat een schitterende armbanden,' merkte Ellie op.

'Dank je. Er zijn veel dingen die je niet meer kunt dragen als je wat ouder wordt, maar een heleboel armbanden kan volgens mij altijd. Althans, dat hoop ik.'

'Het staat je geweldig.'

'Dat is aardig van je.' Louisa's blik gleed nog een keer door de kamer. 'Ik vind het echt leuk. Het kon wel een vrolijke noot gebruiken.' Ineens zweeg ze, schudde haar hoofd. 'Hoe dan ook, zoals ik al zei, ik wil je welkom heten in Bourne. Ik weet dat je hier een tijdje bezig bent geweest, maar ik liep je steeds mis. Je kent dat wel, wanneer mensen elkaar proberen te bellen en voortdurend elkaars voicemail krijgen. Maar dan anders.'

'Wil je koffie of thee? Of iets anders?'

'Koffie graag, als je hebt. Maar je bent je nog aan het installeren, dus als het lastig is dan...'

'Nee hoor, geen probleem. Ik heb vorige week alles al op orde gebracht en al wat boodschappen gedaan. Er is ook koffie.'

'Zonder koffie valt niet te leven,' zei Louisa. Ze droeg ook een stel zilveren halskettingen van verschillende lengte. Aan de langste, die tot halverwege haar borst kwam, bungelde een turquoise hartje.

'Dat is een waarheid als een koe,' zei Ellie terwijl ze de oliejas ophing. 'Ga maar zitten. Ik ga koffie voor je maken.'

'Mooier kan niet. Ik kom even gedag zeggen en vragen of ik misschien iets kan doen en dan word ik bediend. Ik denk dat ik vaker bij je aanklop.'

Ellie glimlachte en liep naar de keuken aan de achterkant van het huis, rechts van de woonkamer.

'Hoe drink je je koffie?' riep ze over haar schouder.

'Zwart graag.'

Louisa zou je niet snel op de golfbaan aantreffen, of in een zwart cocktailjurkje op een borrel, dat zag Ellie zo. Tot haar grote opluchting. Tussen Charlies kakvrienden zaten heus wel een paar aardige mensen, maar ze had zich bij hen nooit helemaal op haar gemak gevoelt. 'Ellie, luister even,' had Sukie Hancock gezegd toen ze haar na een etentje apart had genomen. 'Je moet het niet over "tapijt" hebben. Ik weet het, het is stom, maar mensen letten daar op. Het is "vloerkleed". Tapijt leggen mensen van muur tot muur, als ze geen mooie vloer hebben, om die lelijke planken onder te verbergen.'

Ellie had gebloosd. Maar toen Sukie wegliep, had het weinig gescheeld of ze had 'Tapijt! Tapijt! Tapijt!' geschreeuwd.

'Ik ben zo ontzettend blij dat ik dit huis gekocht heb,' zei ze toen ze met de koffie de woonkamer in kwam en Louisa een van de mokken gaf.

'En ik ben blij dat er hier weer iemand woont.' Louisa zette de mok aan haar lippen en nam een slok. 'Lekker. Ik kon wel wat cafeïne gebruiken. Dit huis heeft trouwens een aardig tijdje leeggestaan. Mijn zoon heeft hier gewoond. Met zijn vrouw.'

'Ze zijn verhuisd?'

'Pam, zijn vrouw, is overleden.' Louisa zette haar mok neer. 'En Joe... mijn zoon... is naar Washington verhuisd.'

'Wat vreselijk, van je schoondochter.'

'Ja, dat is vreselijk. Mijn man Jamie is tien jaar geleden overleden. Ik weet hoe erg het is om je levensgezel kwijt te raken. Joe heeft geen vader én geen vrouw meer. Dat gun je niemand. Hoe dan ook, toen ik dit huisje te koop zette, hoopte ik op een jonge koper.'

'Zo jong ben ik niet.'

'Hou op, zeg.'

'Mam? Is er iemand...?' Tim was uit zijn kamer gekomen, maar bleef ineens staan toen hij Louisa zag.

'Tim, dit is mevrouw Amory.'

'Louisa.'

'Louisa. Zij woont in het grote huis aan het einde van de weg. Dit huisje was ooit van haar. Ze komt ons welkom heten. Louisa, dit is mijn zoon Tim.'

'Hoi, Tim.' Louisa stond op en schudde zijn hand. 'Grappig. Ik hoopte op een jonge koper met een kind. En kijk jullie nou. Echt een kind is hij niet meer, maar toch... in ieder geval geen saaie oude volwassene. Leuk je te ontmoeten.'

'Ja, leuk.' Enigszins verlegen streek hij zijn haar naar achteren. 'Je hebt een schitterend huis. Net een grote heksenhoed.'

'Dat dacht ik vroeger ook altijd,' zei Ellie.

'Dat zeggen wel meer mensen.' Louisa ging weer zitten. 'Een grote, grijze heksenhoed. En weet je dat de punt van de hoed, de zolder, echt griezelig is. Toen ik klein was, durfde ik daar nauwelijks te komen. Ik vind het er nog steeds doodeng. Hoe oud ben je, Tim?'

'Vijftien.'

'Hoe oud was je dan toen je hem kreeg, Ellie? Tien?'

'Eenentwintig.'

'Je ziet er walgelijk jong uit voor een vrouw van zesendertig. Het zou verboden moeten worden, dat iemand er zo jong uitziet. En wat vind je van jullie nieuwe huis, Tim?'

Louisa kneep haar ogen een beetje dicht en keek hem onderzoekend maar vriendelijk aan.

'Ik weet nog niet wat hier allemaal te doen is,' antwoordde hij.

Gezien alle mogelijke antwoorden die hij had kunnen geven, was Ellie opgelucht dat hij hiermee kwam.

'Nou, het is zomer, dus je kunt zwemmen. Om te beginnen.'

'En maandag begint zijn zomercursus in Bourne,' merkte Ellie op.

'O, echt?' Louisa trok haar wenkbrauwen op. 'Is dat leuk, of is dat balen?'

'Dat is balen.'

Er verscheen zelfs een lach op Tims gezicht.

'Balen' was niet echt een woord dat bij Louisa's leeftijd paste. Ze droeg een kakikleurige spijkerbroek en een wit shirt met lange mouwen. Heel eenvoudig, maar toch zeer stijlvol. Ze had voor elkaar gekregen wat de meeste oudere vrouwen die Ellie kende nooit lukte: zich kleden op een manier die niet overdreven jeugdig was maar ook niet oubollig. Ellie kon haar ogen niet van haar afhouden. Ze was zelfverzekerd, maar niet arrogant. En ze had Tim aan het lachen gemaakt. Wat je toch een wonder mocht noemen. Dat was zelfs Debby nog niet gelukt.

'Hoe ouder ik word, hoe vaker ik denk dat we het helemaal verkeerd doen.' Louisa verschoof iets naar voren in haar stoel en richtte zich tot Tim. 'Ik bedoel dat kinderen meestal heel veel energie hebben. Toch? Ze blijven maar rondrennen en willen nooit een middagdutje doen. Eigenlijk zouden zij dus elke dag naar kantoor moeten om zich uit de naad te werken. Als ze dan een jaar of dertig zijn, kunnen ze naar school gaan. Tegen die tijd stellen ze het ook op prijs.'
'Dus dan zie je kleuters met koffertjes naar banken gaan en zo?'
'Precies.'
'Gaaf.' Tim lachte weer. 'Dat lijkt me wel wat.'
'Ik ken iemand bij die zomercursus in Bourne. Een goede lerares, ik denk dat je haar wel mag. En daar is heus wel wat te doen hoor, Tim.'
'O ja, wat dan? Een bezoekje aan het museum van de Aptucxet Handelspost?'
'Tim...'
'Inderdaad. Daar moet je echt naartoe gaan. Kun je wat leren over de lokale geschiedenis.'
'Boeiend hoor.'
'Tim...'
'Het is goed, Ellie,' zei Louisa met een lach. 'Tim heeft helemaal gelijk. Het museum is inderdaad niet erg boeiend, maar er is één verhaal dat ze goed in beeld brengen, over de Billington Boy. Die Billington Boy is mijn held, dus ik zal je een museumbezoek besparen en zelf het verhaal vertellen. Ga eens zitten, ik kan me moeilijk concentreren als je blijft staan.'
Tim ging zitten op de stoel die aan de andere kant van de bank stond.
Ellie vroeg zich af hoe het mogelijk was dat hij meteen deed wat Louisa hem vroeg, zonder demonstratief een wenkbrauw op te trekken.
'Goed, het zit zo.' Louisa boog zich naar voren en keek Tim strak aan. 'Wij stammen af van de Billingtons, via mijn vader. De Billingtons kwamen naar Amerika met de Mayflower. Dat is echte geschiedenis, ja.'
'Oké.' Tim knikte. 'Ik snap het.'
'De reizigers op de Mayflower hadden natuurlijk hun kinderen bij zich. Sommigen hadden bijzondere namen, zoals Wrestling Brewster en Resolved White, maar de twee jongens van Billington hadden heel ge-

wone namen: Francis en John. Ze waren echter wel een stelletje deugnieten. Tijdens de reis weet Francis aan wat kruit te komen, waarmee hij kogeltjes maakt waarvan hij er een in een kruitvat schiet. Het vat ontploft en er ontstaat brand, en als een paar oudere opvarenden die niet geblust hadden, was de Mayflower... hoe zal ik het zeggen... verleden tijd geweest.

Hoe dan ook, Francis en John zijn dus niet zomaar een stel jongens. De Mayflower overleeft de brand, legt aan bij Plymouth Rock, waar de reizigers van boord gaan en in Plymouth een nederzetting stichten. En op zekere dag, het is dan 1856, verdwijnt de zesjarige John Billington. Spoorloos.

Iedereen in paniek. Blijkt dat hij aan de wandel is gegaan en door de Massasoits, een lokale indianenstam, is gevonden. De indianen nemen hem op, verzorgen en voeden hem een paar weken lang en brengen hem dan terug. Een wonderbaarlijke redding van een verdwaald jongetje, nietwaar?

Maar mijn broer en ik dachten altijd dat John helemaal niet verdwaald was, volgens ons wilde hij gewoon die strenge Pilgrims in hun saaie zwarte kleren ontvluchten. Het is namelijk nogal een afstand van hier naar Plymouth als je geen auto hebt. John nam de benen en wilde waarschijnlijk maar wat graag bij die indianen blijven. Wij vonden het heel zielig voor de Billington Boy dat hij terug naar Plymouth werd gesleept.'

Louisa woonde niet voor niets in het Heksenhuis, haar verhaal was betoverend. Ellie was niet de enige die werd meegesleept. Tim ook. Louisa had gezegd dat ze als kind bang was voor de zolder, dus ze moet daar zijn opgegroeid. Ellie vroeg zich af of het huis van je jeugd evenveel invloed heeft op je persoonlijkheid als je ouders of je genen.

'Ik ben een keer met schoolreisje naar het openluchtmuseum in Plymouth geweest. Volgens mij heb je gelijk. Ik durf te wedden dat die jongen expres wegliep. Dat zou ik ook hebben gedaan.' Tim grijnsde, hij oogde heel gelukkig.

'Dat was de geschiedenisles.' Louisa stond op. 'Ik moet naar huis.'

'Moet je echt naar huis?'

Blijf nog even, smeekte Ellie in stilte. *Door jou voelt het hier veel beter.*

'Ik ben bang van wel. Bij dit weer heb ik nogal veel last van lekkage. De pannen die ik eronder heb staan, stromen ondertussen waarschijnlijk over. Ik kan beter even gaan kijken.'

'Fijn dat je langsgekomen bent,' zei Ellie terwijl Louisa naar de kapstok liep en haar oliejas pakte.

'Ik vind deze felle kleur echt heel leuk, Ellie. Helemaal op een troosteloze dag als vandaag,' zei ze en ze knikte naar de muur.

'Meen je dat? Je vindt het leuk?' vroeg Tim.

'Ja.'

Ellie zag dat Tim zijn mening aan het bijstellen was. Misschien was het toch niet zo'n verkeerde kleur.

Zijn mobieltje ging en hij viste het toestel uit zijn broekzak.

'Het is papa,' zei hij.

Ellie trok een scheef gezicht.

'Hé, pap. Wacht even.' Hij legde zijn hand op het spreekgedeelte. 'Ik ga naar mijn kamer. Dag, Louisa, het was gezellig.'

'Dat vond ik ook, Tim.'

Hij vertrok naar zijn slaapkamer.

'Als je zin hebt kun je een keer bij mij langskomen, Ellie,' zei Louisa. 'Je bent altijd welkom en ik zou het heel leuk vinden. En Tim mag natuurlijk ook komen.'

'Dank je. Heel aardig dat je even langswipte.'

'Goed, nu moet ik weer en wind gaan trotseren. Honderd procent vloeibare zonneschijn. Tot snel.' Ze zwaaide en ging ervandoor.

Misschien dat het toch nog een fijne avond wordt, dacht Ellie toen ze deur dichtdeed. *Ik heb geluk met mijn buren. Eerst Debby en nu Louisa.* Toen ze zich omdraaide, was Tim weer uit zijn kamer gekomen.

'Heb je honger, schat? Ik dacht op onze eerste avond spaghetti te eten. Wat vind je daarvan?'

'Prima.' Hij krabde op zijn voorhoofd.

'Louisa is een leuk mens, niet?'

'Ze is wel tof voor een oude vrouw.'

'Ik zou dolgraag haar huis vanbinnen zien. Wat is het toch een wonder dat dit huisje juist nu te koop kwam te staan. Wat een geluk hebben we, vind je ook niet?'

Hij reageerde niet. Ellie wist dat ze klonk als een positivo, maar ze kon het niet laten.

'Je gaat het hier heus leuk vinden, Tim. Ik weet het zeker.'

'Mam.'

'Ja?'

'Doe nou maar gewoon. Wat je ook zegt, het blijft klote.'

Hij beende terug naar zijn kamer en smeet de deur dicht. Ellie ging zitten, de moed zonk haar ineens in de schoenen. Ze was ervan uitgegaan dat hij net als zij verliefd zou worden op dit huis, in haar enthousiasme had ze het meteen gekocht. Maar ze had er beter aan gedaan hem bij de beslissing te betrekken zodat ze samen, als gelijkwaardige partners, aan hun nieuwe leven konden beginnen. Het was niet goed geweest om hem voor een voldongen feit te stellen. Wanneer kwam een moeder tot het besef dat haar zoon geen kind meer was? Tim was vijftien, geen vijf, maar Ellie wist dat een deel van haar hem altijd als een kind zou blijven zien.

Ze moest aan het eten beginnen, maar ze wilde eerst nog kijken of ze mail had, misschien had Debby haar een bericht gestuurd dat haar zou opmonteren. Haar laptop zat nog in de hoes en lag naast de tv in de hoek van de kamer. Ze pakte hem, ging op de bank zitten en zette hem aan.

Er waren twee berichten: een van Debby en een van Daniel. Van dat laatste schrok ze. Ze had niet verwacht dat hij al zo snel contact met haar zou zoeken. Ze opende zijn mail eerst.

Ha Ellie,
Ik hoop dat de verhuizing goed is gegaan en dat jullie je al een beetje thuis voelen. Londen blijkt door te gaan. Ik vertrek zondagavond. Ik kreeg het nieuws toen ik terugkwam van ons afspraakje. Ik kan je dus schrijven over hoe de gezondheidszorg daar werkt, als je dat leuk vindt. Want ik vond het heel gezellig met je. Misschien kan ik een soort correspondent in Londen worden, dan houd ik je op de hoogte van alles wat er in mijn leven gebeurt! Haha. Laat me weten of je contact wilt houden, maar ik hoop hoe dan ook dat het leven in Bourne je zal bevallen en dat het je goed gaat.
Groeten, D.

Hoe moest ze hierop reageren? Wilde ze met hem blijven mailen? Hij liet de keus aan haar. Haar gevoel zei nee. Een tweede afspraakje was mogelijk geweest, maar wat voor zin had het om elkaar te schrijven? Hij zou haar over zijn werk vertellen en waar zou zij het dan over moeten hebben? *Het is hier lekker weer en Tim lijkt zich eindelijk wat beter te voelen.* En dan? Het zou voor hen beiden een last worden. Ze bleef een paar tellen roerloos zitten. Toen klikte ze op Beantwoorden.

Ha Daniel,
Het was echt heel leuk om je te ontmoeten. Nog bedankt voor het heerlijke etentje. Jouw berichten zullen mij heus niet vervelen, maar... ze stopte, fronste... *we staan allebei aan het begin van een nieuwe periode en...* en wat...? *we moeten ons richten op de toekomst. Je zult het heel druk krijgen. Mocht je terugkomen naar Boston, neem dan contact met mij op zodat we kunnen bijpraten. Ik weet zeker dat je het daar fantastisch gaat vinden. Bedankt voor alles, en ik hoop dat het jou ook goed gaat.*
  Groetjes, Ellie

Ze aarzelde, maar klikte toen op Verzenden en daarna snel op de mail van Debby.

Lieverds, jammer dat die date geen groot succes was. Ik zou nu ook graag bij jou zijn, dan konden we het er uitgebreid over hebben. Misschien dat hij de volgende keer wel een tien scoort, mocht er een volgende keer zijn. Zo niet, dan zul je ook iemand vinden die perfect bij jou past. En vrienden ga je ook krijgen. En die zijn dan leuker dan ik zodat ik jaloers word, jij vals kutwijf! Ik heb nu haast, maar ik schrijf je snel weer. Liefs, ook voor Tim. xxx

Debby stond ook aan het begin van een nieuwe fase. Voor Ellie zou het wennen worden om haar niet altijd tot haar beschikking te hebben.
  Terwijl ze opstond en naar de keuken liep, moest ze denken aan Louisa en daarna aan de Billington Boy. Wilde hij echt zo graag bij de indianen in Bourne blijven? Was hij verdwaald of gevlucht, zoals zij? Nee, niet gevlucht, verbeterde Ellie zichzelf. Vertrokken. Maar waarheen?
  Naar een plek waar minder vaak sirenes klonken.

3

8 juni

Ellie zette Tim af bij het gebouw waar hij de eerste dag van zijn zomercursus zou hebben. Ze hoopte dat hij achter die deur een stel nieuwe vrienden zou vinden en bij thuiskomst door bleef ratelen over zijn belevenissen. De kans daarop was klein, dat wist ze ook wel, maar na een weekend waarin het met bakken uit de hemel was gekomen scheen nu gelukkig de zon, zodat hij vanochtend in elk geval iets had meegekregen van het schitterende uitzicht waarover zij het al zo vaak had gehad.

Onderweg terug naar huis kwam ze langs het Atwoods Café en ze besloot te kijken of het wat was. Ze was er al eerder langsgereden, maar toen had ze het zo druk gehad met de verhuizing en de inrichting van het huisje dat ze zichzelf geen koffiepauze had gegund. Het zag er onaantrekkelijk uit, maar dat vond ze juist leuk, dat het duidelijk een plek was voor de lokale bevolking en niet voor toeristen.

Ze parkeerde naast de twee auto's die er al stonden, stapte uit en opende de hordeur.

Binnen zag het er snoezig uit, met aluminium stoelen, rood-wit geblokte tafelkleedjes en op elk tafeltje een vaasje bloemen.

'Ellie!'

Ze draaide zich om en zag links van haar Louisa zitten.

'Hé, Louisa.'

'Kom hier zitten.'

'Graag.' Ellie glimlachte en dacht: ik begin er al bij te horen.

'Wat kan ik voor je bestellen? Koffie?' vroeg Louisa terwijl Ellie plaatsnam. 'Met een muffin? Ze hebben hier tegenwoordig allerlei soorten.'

'Koffie is goed. Een cappuccino, als ze dat hebben.'

'Natuurlijk. Een cappuccino, graag,' riep Louisa naar de serveerster achter de bar. 'Vroeger niet, hoor. Ik bedoel, eerst hadden ze dat niet, cappuccino. Deze tent zit hier al een eeuwigheid. De vissers kwamen hier altijd 's ochtends, dan zaten ze aan de bar zwarte koffie te drinken, te roken en te praten over of ze wilden bijten. Wij vroegen ons als kinderen altijd af wie er dan moest bijten.'

'Komen ze niet meer?'

'Nee. Het is te modern geworden. Dat lijkt niet zo, ik weet het, maar die mannen drinken echt geen cappuccino, zelfs niet als ze er geld op toe krijgen. En van muffins willen ze al helemaal niets weten. Een donut gaat er wel in. Maar een muffin? Dat is vloeken in de kerk.'

Louisa had een spijkerbroek aan en een donkerblauw T-shirt dat zo groot was dat de mouwen tot haar ellebogen kwamen, en ze was nog steeds omhangen met armbanden en halskettingen. Ellie keek naar haar sprankelende ogen, het was alsof alles wat Louisa zag haar amuseerde of boeide.

'Klinkt als een tent voor stoere alfamannetjes, ooit.'

'Absoluut. En weet je, soms mis ik dat. Ik weet dat het niet politiek correct is en dat je er dood aan kunt gaan, maar ik mis de sigarettenrook en de manier waarop ze aan die bar hingen. Nu is het een en al vrolijkheid en vrouwelijkheid, die bloemetjes zeggen genoeg.'

'En de muffins.'

'En de muffins,' zei Louisa lachend. 'Maar ze hebben gelukkig wel oog voor de historie. Kijk maar...' Ze draaide zich om en wees naar de muur. 'Oude foto's van mannen die triomfantelijk hun vangst laten zien.'

Er hingen ongeveer vijftien zwart-witfoto's van trotse vissers met hun indrukwekkende vangst. Ze hadden allemaal een pet op en niemand lachte.

'Zie je die bovenste? Dat is mijn zoon Joe. Je moest eens weten hoe blij hij was toen hij op deze muur kwam te hangen. Dat is een gestreepte zeebaars, hij was achttien toen hij die ving. Hij zei dat hij bij het binnenhalen bijna zijn pols brak.'

Ellie keek omhoog en zag een lange, schriele jongen met de ogen van Louisa. Hij hield de vis aan zijn bek omhoog en toonde hem aan de fotograaf. Zijn mond stond strak en vreselijk serieus.

'Hij ziet er zo vastberaden uit,' zei ze. 'En zo knap,' voegde ze er snel aan toe, deels omdat het waar was en deels omdat ze wist dat iedere moeder dat wilde horen. 'Je vertelde dat hij in Washington woont. Wat voor werk doet hij?'

'Hij is de rechterhand van senator Brad Harvey.'

'Wauw. Dat is niet niks.'

Ze kon het zich nauwelijks voorstellen, deze magere jongeman in de machtige wandelgangen van Washington. Toen Louisa over hem verteld had, had ze gedacht dat hij kunstenaar was of in elk geval iets creatiefs deed. Was hij echt zo'n man die tijdens etentjes lobbyisten gewiekst naar zijn hand zette?

Het zijn heus niet allemaal van die geslepen types, zei ze tegen zichzelf. En Brad Harvey had een goede reputatie. Bovendien wilde ze en kon ze niet geloven dat een kind van Louisa met wapenlobbyisten aan tafel zou zitten, al was het maar voor een kop koffie.

'Joe is zeer betrokken bij de politiek. En hij vond het beter om vanuit het systeem zelf te werken. Je zult hem binnenkort wel ontmoeten, hoop ik. 's Zomers komt hij vrij vaak langs. Ik denk graag dat hij voor mij komt, maar ik weet dat het in Washington snikheet kan zijn.'

De jonge serveerster kwam met de koffie. Ellie zei 'Dank je wel' en vroeg zich af of alle moeders hetzelfde waren: immens trots, hopend dat hun kinderen net zo veel van hen hielden als zij van hun kinderen, worstelend met het onontkoombare volwassen worden van hun kroost.

Al was dat laatste niet voor alle kinderen weggelegd.

'Ellie?'

'Sorry.'

Ze drukte het weg, begroef het diep. Als ze niet alleen was, ging dat veel makkelijker.

'Je was even helemaal weg.'

'Ja. Ik moest denken aan de zomer die ik hier doorbracht, in Mashnee, en hoe vaak ik toen naar jouw huis keek en daarover fantaseerde.'

'Nou, ik zal je binnenkort een rondleiding geven. Wanneer je maar wilt.'

'Dat zou fantastisch zijn.'

'En neem Tim mee. Ik ben nu al dol op hem. Hij doet me een beetje aan Joe denken op die leeftijd. Voor Tim was het leuker geweest als het hier niet zo veranderd was. Toen ik een tiener was, gingen we hier vaak 's middags heen. De vissers kwamen 's ochtends, de pubers 's middags. Toen hadden ze nog van die zithoeken, elk met een eigen jukebox. We bestelden shakes met witte en pure chocola en luisterden liedjes. Al die beroemde hitjes, zoals "My Boyfriend's Back" en "He's A Rebel". Maar dat is vóór jouw tijd, toch? Mijn god, ooit moet ik toch gewend raken aan het feit dat ik oud ben. Ooit. Misschien.'

'Je bent niet oud, Louisa.'

'Dat ben ik wel. Maar laten we het vooral niet over mijn leeftijd hebben, anders ga ik me nog zielig voelen! Zeg, ik ga mezelf op kreeft trakteren. Onderweg naar Pocasset kom je langs een geweldige viswinkel. Je kunt meerijden, dan zet ik je later hier weer af. Of ken je die zaak al? De Lobster Trap?'

'Nee, die ken ik niet. Lijkt me erg leuk.'

'Mooi.'

Louisa had een oude zwarte Saab.

Ze reed langzaam, wees Ellie zo nu en dan op een huis en vertelde wie er woonden. Toen ze bijna bij de begraafplaats waren, zette ze de auto stil en zei: 'Zie je dat huis rechts? Daar zat een oud snoepwinkeltje. Ik liep er met mijn broer John naartoe en dan vulden we onze zakken met chocoladerepen. Het winkeltje was van twee oudjes.'

'Waar woont je broer nu?'

'Je zult het niet geloven, maar het is echt waar. Hij zit in Alaska. Hij is sledehondendrijver, hij doet mee aan de Iditarod en de Yukon Quest. Terwijl hij toch ook al op leeftijd is. Eigenlijk heb ik nooit begrepen hoe onze ouders, die vrij stijf waren, ons hebben kunnen voortbrengen. Ik verdween naar de hippies van Haight-Ashbury en John naar Alaska met zijn husky's.'

Bij de begraafplaats sloegen ze links in plaats van rechts af en reden richting Pocasset, een rit van tien minuten. Ze kwamen langs een scheepswerf, waarna Louisa aan de rechterkant van de weg stopte, pal voor de Lobster Trap.

'Een keer, Joe zal een jaar of tien zijn geweest,' zei Louisa terwijl ze uitstapten, 'hadden ze hier een reusachtige kreeft. Echt enorm. Een kolos. Joe vond het geweldig en wilde per se dat ik hem kocht. Ik zei wel tien keer dat grote kreeften niet lekker zijn, oud en taai, maar toen zei hij: "Ah, alsjeblieft. Voor kerst én voor mijn verjaardag. Goed?" Ik zwichtte.'

'Hoe smaakte die?'

'Ten eerste was het een rotklus om hem te koken. Ik kon nergens een pan vinden waar hij in paste. En hij was ontzettend goor. Ik wist dat Joe hem ook goor vond. Maar hij deed alsof hij hem heerlijk vond, de schat. En er was zo veel over dat hij nog dagenlang walgelijke kreeftsalades en kreeftensoep naar binnen moest werken.

Mijn man Jamie en ik probeerden niet te lachen, we zagen dat hij zich heel groot hield, maar soms hielden we het niet meer en dan werd Joe boos en zei: "Niet lachen. Er valt niets te lachen. Het is heerlijk. Dit is de lekkerste kreeft die ik ooit heb gegeten."'

Ellie glimlachte en dacht aan Tim. Hij zou precies hetzelfde hebben gedaan.

Ze gingen de winkel in: er stonden een grote bak vol kreeften en een toonbank met schelpdieren en allerlei soorten vis.

'Dag, mevrouw A. Wat wordt het vandaag?' vroeg de grijze man met het witte schort achter de toonbank aan Louisa.

'Een mooie kreeft, Kyle. Niet te groot,' antwoordde ze, waarna ze Ellie aan hem voorstelde. 'Of nee, maak er maar drie kreeften van, als je wilt. Dan kunnen jij en Tim bij mij komen eten, Ellie. Is dat goed? Dan kan ik jullie meteen het huis laten zien.'

'Maar ik wil jouw plannen niet in de war sturen. Je wilt toch ook wat tijd voor jezelf?'

'Ben je gek. Ik heb genoeg tijd voor mezelf. Ik vind het leuk als jullie komen.'

'Nou, graag dan. Ontzettend bedankt.'

Toen Louisa haar afzette bij haar auto en 'Tot straks' zei, had Ellie het gevoel dat ze de grens die haar scheidde van de lokale bevolking was overgestoken. De manier waarop Kyle haar had aangesproken, had Ellie duidelijk gemaakt dat Louisa in Bourne een instituut was. Zij had Ellie onder haar hoede genomen en Ellie liet dat maar al te graag toe. Ze had de omgeving op eigen houtje willen verkennen, maar het was veel leuker met een gids erbij, alsof je de sleutel in handen hebt waarmee je alle goede deuren kunt openen.

En Louisa's onbekommerde houding was besmettelijk. Telkens wanneer ze tijdens de terugrit een huis zag waar Louisa iets over had verteld, leefde ze op, ze zag zelfs het oude snoepwinkeltje voor zich, en hoe de jonge Louisa en haar broer er hun zakken volpropten en dezelfde weg terug naar huis namen als Louisa nu.

Zo veel vrijheid had Ellie in haar jonge jaren niet gehad. Zij woonde in een donker, triest appartement in het westen van Manhattan, met een moeder die haar best deed maar eigenlijk nooit goed had verwerkt dat haar man haar na zes jaar huwelijk had verlaten. Ellie kon zich haar vader amper herinneren. Een verhaal zoals Louisa had verteld over Joe en de kreeft was haar totaal vreemd.

Nee, ook zij moest zichzelf niet zielig gaan vinden. Ze glimlachte toen de woorden van Louisa door haar hoofd gingen en bedacht aan hoe vaak ze moest glimlachen wanneer ze met Louisa samen was.

Lachte Tim maar wat vaker. Hij woonde ook bij zijn moeder, net als zij vroeger, maar zijn leven zou totaal anders zijn: afwisselend, plezierig, boeiend. Hij zou zich later herinneren hoe ze zwommen en zeilden en visten. Misschien zou er zelfs een foto van hem en een gigantische vis aan de muur bij Atwoods komen te hangen. Hij zou in elk geval niet zo'n stadsjongen worden die nooit achter zijn computer vandaan komt.

Tim hield van kreeft.

Debby had haar altijd aan het lachen gemaakt.

Maar Louisa had haar en, belangrijker nog, Tim aan het lachen én glimlachen gemaakt.

Als ik dit aan Debby vertel, dacht Ellie, zegt ze: 'Zie je wel, ik zei toch dat je een nieuwe beste vriendin zou vinden, vals kutwijf.'

De rondleiding begon aan de achterkant van het huis, in de keuken. Louisa had hen om half zeven welkom geheten en aan Tim gevraagd of zijn eerste dag op de zomercursus inderdaad flink balen was geweest, waarop hij had geantwoord: 'Op een schaal van 1 tot 10 zou ik zeggen: een zeven voor balen.'

'Oké.' Ze knikte. 'Een zeven is goed. Ik had een twaalf verwacht.' Ze vroeg hun om verder te komen en zei: 'Eerst een rondleiding, dan de kreeft. Ik zal proberen het boeiend te maken, Tim, maar laat het weten als je het saai vindt. Ik stop dan niet met de rondleiding, maar ik kan wel wat griezelverhalen verzinnen, misschien met vampiers of zo, om er wat jeu aan te geven. Kom, we gaan eerst naar de keuken.'

Ze ging hun voor door de woonkamer en de eetkamer. De gigantische keuken lag aan de achterkant van het huis. Afgezien van een koelkast, een fornuis, een mooie, grote houten tafel en een paar maffe, met de hand beschilderde stoelen, een met 'Vino' op de achterkant en een andere met 'Slemper', waren er twee gigantische granieten gootstenen.

'In die gootstenen deden ze de was, met de hand,' vertelde Louisa toen ze Ellie zag kijken. 'Toen ik jong was, hadden we nog geen drinkwaterleiding. De huismeester, Allan Bourne, moest altijd drinkwater halen. Tientallen liters tegelijk. Dat kun je je toch haast niet meer voorstellen?

Ik weet nog heel goed dat als ik hier in de zomer was en ik in bad wilde gaan, er roestkleurig water uit de kraan kwam. Het water dat in de keuken uit de kraan kwam konden we ook niet gebruiken, dat was al even slecht. Maar wat achteraf gezien echt vreemd is, is dat ik elke zomer weer stomverbaasd was als ik de kraan opendraaide. Alsof ik het niet wist.'

Toen ze klaar waren op de begane grond hadden ze de aparte eetkamer gezien, die volgens Louisa zelden gebruikt werd, en een kleine salon, een gigantisch grote woonkamer, twee slaapkamers, een badkamer, een tv-kamer en een werkkamer, stuk voor stuk met elkaar verbonden door een doolhof van gangen, zodat je vanuit de slaapkamers rechtstreeks naar de keuken kon, of vanuit de keuken naar de eetkamer: er waren zo veel deuren en zo veel gangen, er was zo veel ruimte, en er was vooral heel veel licht.

'Niet te geloven,' zei Ellie. 'Vanuit elke ruimte kun je het water zien, zelfs vanuit de badkamers.'

'Dat is boven ook zo. Elke kamer in het huis kijkt uit op het water.'

'En ik vind het geweldig dat het zo licht is.' Ellie moest weer denken aan de sombere woning van haar moeder.

'Maar de muren zijn wel donker,' merkte Tim op. Hij bekeek de oude houten lambrisering in de woonkamer. 'Daardoor krijgt alles diepte. Ik bedoel, het is hier licht, maar er zijn overal schaduwen. Buiten in de zon is het zo ontzettend helder... Misschien komt dat doordat er geen grote gebouwen of bergen zijn of zo. Buiten is er nauwelijks schaduw. Hier binnen is er meer... hoe moet ik het zeggen... reliëf of zo.'

'Tim Walters.' Louisa liep naar hem toe en legde haar hand op zijn schouder. 'Je hebt me zojuist laten weten dat je een kunstenaar bent, jij stiekemerd.'

Tim haalde zijn schouders op. En bloosde. Dat deed Ellie goed.

'Je zou een groot roer en een kompas in het midden van deze kamer moeten zetten,' vervolgde hij. Ellie merkte dat het compliment van Louisa hem gesterkt had. 'Dit huis is eigenlijk een groot schip.'

'Kom eens.' Louisa nam hem bij de arm en liep naar de trap. Ellie volgde hen. 'Kijk eens naar deze foto.'

Op de muur tegenover de trap hing een stel foto's, Ellie vermoedde dat het hoofdzakelijk oude familieportretten waren. Louisa haalde er een van het haakje en gaf hem aan Tim.

'Shit!'

'Tim...'

'Sorry, mam, maar moet je kijken. Ongelooflijk.'

Ellie ging naast hem staan. Het was een foto van het huis, maar dan volledig omgeven door water. Het pad naar het huis was overstroomd, waardoor het afgesloten was geraakt van het land.

'Die is genomen in het jaar van orkaan Bob,' vertelde Louisa. 'Het lijkt echt net een schip, hè, op deze foto?'

'Zeker wel.' Tim staarde naar de foto.

'Er zijn wel zwaardere orkanen geweest, maar dit is de enige foto die we hebben waarop te zien is hoe het huis eruitziet na een zware storm.'

'Gaaf. Dat wil ik wel een keer in het echt meemaken. Dat zou onwijs cool zijn.'

'Ik kan een kopie voor je laten maken,' zei Louisa. 'Voor als je het pas over een paar jaar met eigen ogen kan zien. Goed... dan gaan we nu naar boven.' Ze nam de foto aan van Tim, legde hem op de boekenplank onder de foto's en liep de lange trap op. Tim schudde ongelovig het hoofd, en Ellie ook.

Het Heksenhuis was precies zoals ze het zich in haar kinderlijke fantasie had voorgesteld, en dat deed Ellie enorm veel plezier. Ze had zich allerlei dingen verbeeld, en die bleken nu te kloppen. Er woonden inderdaad bijzondere mensen in dit huis. En Tim was getuige van deze ontdekking, sterker nog, hij was net zo in de ban van het huis als zij.

Toen ze op de overloop kwamen, bleef Louisa staan.

'Goed, we zijn nu op de eerste verdieping, die tweedracht kon zaaien. Want de slaapkamers aan de ene kant hebben een balkon en die aan de andere kant niet. Lastig om mensen niet te bevoordelen als je een huis vol gasten hebt.'

Een huis vol gasten? Jeetje, dacht Ellie, en ze keek de gang in. Hoeveel slaapkamers waren er wel niet? Op de eerste verdieping bleken er zeven te zijn, wat het totaal op negen bracht. Hoe deden ze dat vroeger, toen er nog geen drinkwater uit de kraan kwam? Hoe vaak was Allen Bourne wel niet op en neer gelopen?

Alle kamers waren ruim genoeg voor een groot tweepersoonsbed, hoewel er in drie kamers, de kamers die niet aan de balkonkant lagen, twee eenpersoonsbedden stonden. Het meubilair riep nostalgische gevoelens op, al kon Ellie niet precies zeggen uit welke tijd het stamde. Misschien uit de jaren veertig of vijftig, maar de inrichting van de badkamers was zeker ouder. Louisa had met het huis hetzelfde gedaan als met haar uiterlijk: het was niet modern of trendy, maar het kwam ook niet oud en duf over. Er lagen erg leuke gehaakte spreien op de bedden, er hingen aquarellen aan de muren, er lagen her en der grote zitkussens en op de bedden grote slaapkussens, en in de slaapkamer van Louisa stond een schattige schommelstoel.

Het huis zat zogezegd goed in zijn vel, concludeerde Ellie. Het was helemaal in harmonie, niets schuurde, het voelde alsof het altijd zo was geweest en altijd zo zou blijven.

'Nu zijn we bij wat we vroeger "de naaikamer" noemden.'

Ze waren bij de laatste kamer aangekomen, die verstopt zat aan de achterkant, boven de keuken. Het was de enige kamer op de eerste verdieping zonder bed, er stonden alleen een stoeltje, een staande lamp en een piano.

'Kan een van jullie spelen?'

'Nee,' zei Tim.

'Mooi. Want hij is zo vals, je zou er niet eens op wíllen spelen. Mijn familie heeft vele talenten, maar muzikaliteit hoort daar niet bij. God mag weten waarom we 'm hebben.'

'Gaan we nu naar de zolder?' vroeg Tim.

'Ga je gang, Tim. Maar ik blijf er ver vandaan.'

Ellie besteeg met Tim de wenteltrap bij de naaikamer. Toen ze boven waren, zei hij: 'Zo eng is dit toch niet?'

Maar Ellie snapte Louisa wel. De zolder was niet alleen leeg, stoffig en bedompt, er waren langs de zijkanten ook van die opbergruimtes onder het schuine dak, dat op sommige plekken zo ver doorzakte dat het leek of het elk moment kon instorten en het hele huis zou meesleuren.

Ze waren in de punt van de heksenhoed, het enige donkere gedeelte van het huis. Ellie zou hier ook niet graag komen.

Nadat ze de trap waren afgedaald, nam Louisa hen mee terug naar de begane grond en vervolgens naar buiten, naar een kleine ruimte rechts van de veranda, waar harken en andere tuinspullen stonden. Louisa wees op een van de muren, waar Ellie enorm veel streepjes zag met namen en data erboven. Met de streepjes was de groei van de kinderen bijgehouden. Haar oog viel op het oudste streepje, dat uit 1918 stamde.

'Kijk. Hier is Joe.' Louisa hurkte neer en wees op een streep. 'En dat is een zomer later.' Ze wees op een hogere streep. 'Degene die hiermee begonnen is, was geniaal. Ik kan me elke keer dat we keken hoe lang Joe was, nog herinneren.'

Ellie bekeek de verschillende namen en data en droomde ervan ook zoiets te hebben: een huis waarin zo veel herinneringen en levens samenkwamen. Ze kon zich haar vader al nauwelijks herinneren, laat staan zijn ouders. En haar grootouders van moederskant waren vóór haar geboorte overleden.

Ik benijd Joe Amory, zei ze in zichzelf en ze keek naar de streep waar zijn naam boven stond. *Ik hoop dat hij inziet hoe bijzonder het is om dit allemaal te hebben.*

Haar mijmering werd ruw onderbroken toen ze bedacht dat de vrouw van Joe overleden was. Waarom had ze daar niet bij stilgestaan? Omdat ze alleen maar gedacht had aan hoe het zou zijn om een kind van

Louisa te zijn en in dit huis te wonen? Dat was geen excuus. Zij had hem benijd, terwijl hij door een hel moest zijn gegaan. Ze riep zichzelf tot de orde en liep achter Louisa en Tim aan naar de keuken.

'Goed,' zei Louisa toen ze weer binnen waren. 'Tim, als jij nu eens de tafel dekt. Ik zal je laten zien waar alles ligt. Ellie, kun jij dan de maïs schoonmaken? Dan ga ik de kreeften koken. Als je daar niet tegen kan, moeten jullie maar de andere kant op kijken en een liedje zingen of zo. En denk dan maar aan de boter. Boter bij de kreeft, boter bij de maïs. Hoe heerlijk dat is.'

Ze gunt een ander heel veel, dacht Ellie. Meer heb je eigenlijk niet nodig: mensen die een ander veel gunnen.

4

15 juni

Louisa zette haar auto aan de kant om haar brievenbus te legen en zag dat Ellie hetzelfde aan het doen was.

'Gevonden,' zei ze toen ze uitstapte. 'Twee zielen, één gedachte.' Ze liep naar Ellies auto. 'Ik stond net nog bij jou voor de deur, maar je was er niet. Ik had vanochtend een goed idee. In Buzzards Bay zit een winkel waar ze luchtfoto's van deze streek verkopen. Misschien leuk voor Tim, dacht ik, voor op zijn kamer. En jij gaat mee om een goede uit te kiezen.'

'Briljant idee,' zei Ellie met een glimlach. 'Hij heeft nog niets op zijn kamer, behalve die foto die jij hem hebt gegeven, van jouw huis na die storm. Volgens mij is hij in de ban geraakt van het huis, net als ik op die leeftijd.'

'Wat ontzettend leuk. Goed, ik kijk even of ik post heb en dan gaan we. Als je tenminste niets anders te doen hebt.'

'Helemaal goed.'

Ellie had een witte korte broek en een groen T-shirt aan. Louisa zag tot haar tevredenheid dat ze wat kleur begon te krijgen en er al veel beter uitzag dan die eerste avond. Toen ze het huisje te koop zette, had Louisa gehoopt dat er leuke mensen in zouden komen, maar dat ze zo leuk zouden zijn als Ellie en Tim had ze in haar stoutste dromen niet verwacht. Zij en Ellie hadden nog een paar keer koffie gedronken bij Atwoods en ze was een keer bij Ellie en Tim gaan eten: ze ontwikkelden een hechte vriendschap, alle drie, en Louisa kon haar geluk niet op.

Beter had ik het niet kunnen krijgen, dacht ze, en ze opende haar brievenbus, die leeg bleek te zijn. Ik hoop alleen dat Joe dat ook vindt wanneer hij kennis met hen maakt.

Ellie sprong in de Saab en Louisa startte de motor, ondertussen een blik werpend op de enveloppen die Ellie vasthield. 'Nog iets interessants?'

'Nee, alleen wat rekeningen.'

'Als Jamie de telefoon opnam, zei hij altijd: "Hebt u iets leuks te vertellen?" De post maakte hij nooit open, dat liet hij aan mij over. Hij zei: "Er zit bijna nooit iets leuks tussen, toch? Alleen maar rekeningen."'

'Dat is nu nog meer zo dan vroeger, omdat we geen brieven meer krijgen. Iedereen stuurt e-mails.'

'Daar heb je gelijk in.'

Met een zucht stopte Ellie de enveloppen in haar tas.

'Ik heb een plan. Ik moet een baantje hebben. Ik vind het afschuwelijk om financieel afhankelijk te zijn van Charlie. Het leek mij eerlijk om de helft van de opbrengst van het appartement te nemen, en een bijdrage voor het levensonderhoud van Tim leek mij ook redelijk. Maar aan die partneralimentatie heb ik een hekel, die geeft me het gevoel dat hij mij nog altijd in zijn macht heeft. Ik wil zelfstandig zijn, maar ik heb geen opleiding. Dus heb ik me bij het Cape Cod Community College opgegeven voor een secretaresseopleiding en een computervaardigheidscursus. Ik begin in september.'

'Een secretaresseopleiding? Ik wil je niet beledigen, Ellie, noch alle secretaresses, maar ik zie jou niet de hele dag blind typen.'

'Ik voel me niet beledigd hoor,' lachte Ellie. 'Daarom had ik het jou nog niet verteld. Ik wist dat jij er geen heil in zou zien. Maar ik kon niets anders verzinnen. Ik was nog heel jong toen ik trouwde en Tim kreeg, en Charlie vond dat ik thuis moest blijven, werk en moederschap gingen volgens hem niet samen. Als we iemand moesten betalen om voor Tim te zorgen, zei hij, ging daar al het geld in zitten dat ik zou verdienen. Toen Tim wat ouder was hielp hij mij aan dat deeltijdbaantje bij het museum, maar ik werkte alleen maar in het winkeltje. Ik heb geen diploma's. En ik ben zesendertig.'

'Tja.' Louisa knikte. 'Ik snap het.'

Soms vergat ze hoe jong Ellie getrouwd was. Waarom was ze in het huwelijksbootje gestapt voordat ze een vervolgopleiding had gedaan? Ellie was een intelligente en bovendien knappe vrouw: tenger, donkerbruin haar tot op haar schouders, donkere ogen en gelaatstrekken die deden denken aan Loretta Young. 'Wie?' had Ellie natuurlijk gevraagd toen ze dat had gezegd, waarop Louisa zei dat ze op zoek zou gaan naar een dvd van een oude film met Loretta Young, zodat ze het zelf kon zien.

Had ze voor het huisje-boompje-beestje niet eerst wat om zich heen willen kijken? Aan de andere kant, wat kan dat je schelen als je tot over je oren verliefd bent? En als er geen waarzegger is die jou vertelt dat je man er na vijftien jaar vandoor gaat met een ander?

'Ik begrijp dat het lastig is als je geen opleiding hebt, maar laat mij er even over nadenken. Er moeten andere mogelijkheden zijn.'

'Graag. Dan hoor het ik wel als je iets weet.'

De rest van de autorit hadden ze het over Tim en zijn zomercursus. Het ging beter met hem, vond Ellie, maar hij was nog altijd niet blij met de verhuizing. 'Hij mist zijn vrienden in Boston,' zei ze.

'Wacht maar tot hij een vriendinnetje krijgt,' zei Louisa. 'Hij is vijftien. Hij zal snel verliefd worden.'

'Tim? Verliefd? Mijn god, nu voel ik me pas echt oud.'

'Dan kunnen we elkaar de hand schudden,' zei Louisa lachend.

In de winkel speurden ze tussen tientallen grote luchtfoto's van de streek naar een goede, en Ellie dacht die op een gegeven moment te hebben gevonden.

'Kijk, daar is jouw huis, vrijwel in het midden. En de Railroad Bridge staat er ook op. Perfect.'

'Goed, dan neem ik deze. Dat is dan mijn verlate welkomstgeschenk en haal het niet in je hoofd het af te slaan.'

Tijdens het afrekenen aan de toonbank kreeg Louisa een idee.

'Luister eens, Ellie. Tim moet het hier wel moeilijk hebben. Hij heeft geen rijbewijs en kan dus niet zelf ergens naartoe rijden. Hij is afhankelijk van anderen. Waarom koop je niet een fiets voor hem? Iets verderop zit een fietsenwinkel. We kunnen nu even gaan kijken.'

Ellie legde haar hand op de toonbank, alsof ze steun zocht.

'Ellie?'

Ze sloot haar ogen, van haar gezicht viel niets af te lezen, dat was uitdrukkingsloos.

'Ellie? Gaat het?'

Louisa legde haar hand op Ellies onderarm. Bij de eerste aanraking opende Ellie haar ogen.

'Ja. Sorry. Het gaat wel. Het is gewoon de hitte.'

De hitte? Het was warm, maar heet was het zeker niet. In de winkel was het zelfs een beetje koud.

'Kun je nog wel naar de fietsenzaak?' vroeg Louisa terwijl ze betaalde en de foto aannam van de winkelier. 'Want ik denk echt dat Tim een fiets moet hebben.'

'Nee hoor... Ik bedoel, hij heeft nog nooit een fiets gehad. We woonden in de stad. Hij had geen fiets nodig. Hij kan niet eens fietsen. Laat die winkel maar zitten. Bovendien vind ik het leuk om hem overal naartoe te brengen.'

'Oké. Goed dan. Maar wel jammer.'

'Het is niet anders.'

Op de terugweg bestookte Ellie haar met vragen over Jamie: hoe was hij? Hoe hadden ze elkaar leren kennen? Waar waren ze getrouwd? Louisa vertelde het haar graag, maar tegelijk moest ze denken aan de wezenloze uitdrukking op Ellies gezicht in de fotowinkel, die erg veel leek op de afwezige blik die ze bij haar gezien had toen ze de eerste keer koffie dronken bij Atwoods. En die laatste opmerking, 'Het is niet anders', die paste helemaal niet bij haar. Met al die vragen leek hun gesprek eerder op een interview. Steeds als ze probeerde het gesprek in de richting van Ellie te sturen, als ze iets vroeg over haar verleden, bijvoorbeeld hoe ze Charlie had ontmoet, gaf Ellie een heel bondig antwoord en richtte zich vervolgens zo snel mogelijk weer op Jamie.

'Je zult hem wel vreselijk missen,' zei ze toen Louisa de oprit van het huisje in draaide.

'Inderdaad. Maar we zijn vijfentwintig jaar bij elkaar geweest. Joe en Pam maar vier. Dát doet pijn. Het overlijden van Pam zou Jamie ook veel verdriet hebben gedaan. In zekere zin ben ik blij dat hij dat niet heeft hoeven meemaken.'

Ze keken beiden zwijgend voor zich uit. Toen draaide Ellie zich naar haar toe.

'Waarom kom je vanavond niet eten? Ik heb bij de Lobster Trap mosselen gehaald. Ik ben iets te enthousiast geweest en heb er veel te veel gekocht, meer dan genoeg. Ik weet zeker dat Tim het ook leuk vindt als je komt.'

'Graag.'

'Mooi, ik zie je wel verschijnen. En heel erg bedankt voor de foto. Hij is schitterend.' Ellie stapte uit, pakte de foto van de achterbank, sloot het portier en stak een hand op ten afscheid.

Iedereen heeft zo zijn eigenaardigheden, dacht Louisa toen ze achteruit wegreed. Jamie wreef over zijn knieën als hij zenuwachtig was. Joe was zo bijgelovig dat hij een maand lang dag en nacht hetzelfde T-shirt aanhad omdat hij dacht dat het geluk bracht. Als Ellie zo nu en dan even van de wereld was, wat dan nog? Louisa's leeftijdgenoten waren in de jaren zestig massaal van de wereld geweest door de hasj. En dat was vaak niet voor even.

Ze reed haar eigen oprit op en zette de Saab voor het huis, stapte uit, liep naar de veranda, schopte haar sandalen uit en ging in haar lievelingsstoel zitten, met haar voeten op een krukje.

Ellie had verteld dat ze altijd vanaf Mashnee naar haar huis keek. Maar Louisa had zelf ook een huis waar ze soms naar keek. Aan de overkant van de baai, ook zo'n mooi groot huis aan de kust, maar dan met een platform op het dak. Daar stonden de vrouwen van de walvisvaarders op wanneer ze wilden kijken of hun mannen al terugkeerden van de vaart. Omdat er regelmatig schepen niet terugkeerden, noemden ze zo'n platform een 'weduweplatje'.

Ik ben nu de weduwe, dacht ze. Al mijn vriendinnen hebben hun man nog. Ze nodigen me uit, maar ik ben altijd de enige vrouw die alleen is. Ik zou liever niet zien hoe zielig ze het voor me vinden.

Maar nu heb ik Ellie en Tim. Ze hebben de punt nieuw leven ingeblazen.

Ik ben echt vreselijk dol op hen.

En Joe zal hen ook erg leuk vinden.

Hoop ik.

5

27 juni

'Ik wil het er niet over hebben.'

'Joe, dit is belachelijk. Ik heb mijn excuses aangeboden, meer kan ik op dit moment niet doen. Het is verkocht. Laten we er niet te lang bij stilstaan.'

'Enig idee wat een godsgruwelijke hekel ik aan die zin heb?' Hij gooide de handdoek die hij had meegenomen naar het strand op de bank voor het raam. "Laten we er niet te lang bij stilstaan." Waarom niet? Omdat we verder moeten? Omdat we het verleden moeten vergeten?'

'Joe...'

'Nee, mam, ik meen het. Je hebt het huisje verkocht zonder het mij te vertellen. Je hebt mij niet eens een kans gegeven het zelf te kopen. Nu wonen er mensen die mij volslagen vreemd zijn, maar daar moet ik dan maar "niet te lang bij stilstaan". Ik heb het zo gehad.' Met een diepe zucht plofte hij neer in de leunstoel. Louisa ging hem niet vertellen dat hij niet met zijn natte zwembroek in die stoel moest zitten. Daarvoor was het al te laat en haar zoon te oud.

'Veel geluk heeft het ons niet gebracht, Joe. Dat weet je zelf ook wel. Ik dacht dat je liever niet aan die tijd herinnerd wilde worden.'

'Dus dat is genoeg reden om mij met een kluitje in het riet te sturen? Je had ook kunnen vragen wat ik wilde.' Hij schudde zijn hoofd. 'We hebben daar goede tijden gehad, mam. Fantastisch mooie tijden. We waren daar gelukkig. Dat je het verkocht hebt is niet te rechtvaardigen, hoe hard je het ook probeert. Het was de plek van Pam. Ze vond het er heerlijk. Ik kan er niet bij dat je dat niet begrijpt.'

Louisa vond het vreselijk dat hij zo verbitterd klonk, maar dat was sinds de dood van Pam niet anders geweest en dat kon ze ook wel begrijpen. Het leven gaat niet gewoon door nadat je een geliefde verloren hebt, dat gold althans niet voor de mensen die zij kende en van wie zij hield. Maar toen ze het huisje te koop had gezet, had ze echt gedacht daar goed aan te doen.

Joe zou daar toch niet met een ander willen wonen, als er ooit een ander in beeld kwam. En het stond daar maar, leeg, een eeuwige herinnering aan een verloren liefde. Louisa had niet verwacht dat hij zo kwaad zou worden. Anderzijds had ze onbewust misschien het vermoeden gehad dat hij zo zou reageren, anders had ze het hem niet pas verteld nadat de verkoop was afgerond. Hij was kwaad geworden toen ze hem ten slotte op de hoogte had gebracht, maar toen hij vanochtend bij aankomst die auto op de oprit van het huisje had zien staan, was het blijkbaar zo confronterend geweest dat zijn woede weer was opgeborreld.

'Het spijt me, Joe.'

Hij zei niets. Hij staarde naar het water buiten, waarschijnlijk verzonken in gedachten aan vroeger, dacht ze. Dat gebeurde vaker, zo vaak dat het haar zorgen baarde: dan trok hij zich terug in zichzelf en kon ze weinig anders dan zich afvragen hoe ver hij zich had teruggetrokken.

'Een schrale troost, misschien, maar de vrouw die het gekocht heeft is heel aardig. Ze heet Ellie. En ze heeft een zoon die Tim heet. Ik heb ze de afgelopen tijd vaak gesproken. Ik mag ze heel erg graag.'

Ik word ouder, Joe, wilde zij zeggen. Door hen is het net of ik weer een gezin heb. Ik voel me weer nuttig. En jonger. Ik kan niet zeggen dat zij weer leven in de brouwerij hebben gebracht, want dan gaan je gedachten meteen terug naar Pam en naar alles wat je kwijt bent geraakt. Maar het is wel zo. Ze zijn gezellig. En door hen voel ik me zonder jou en Jamie minder alleen.

Dit grensde echter aan zelfmedelijden, en ze wilde absoluut niet dat Joe haar zielig zou vinden. Als hij wist dat zij zich alleen voelde, zou hij zich schuldig voelen en zou ze een last voor hem zijn, en dat was wel het laatste wat zij wilde.

'Het is vreemd,' zei ze, al leek hij niet te luisteren. 'Ellie doet me aan iemand denken en ik kom er maar niet achter aan wie. Hoe dan ook, ze doet me aan iemand denken, en haar zoon doet me denken aan jou op die leeftijd.'

'Hoezo? Ook een chagrijnige slungel?'

Louisa was blij dat hij zich had omgedraaid en antwoord gaf.

'Een echte puber. Maar wel een die over de dingen nadenkt.'

'En vast ook opstandig en uitdagend, als hij jou aan mij doet denken. En de vader?'

'Ze zijn gescheiden. Hij is niet meer in beeld. Een advocaat in Boston.'

'Ik weet eigenlijk niet waarom ik naar ze vraag, want ik wil het er niet over hebben. Misschien zal ik ooit wennen aan het feit dat zij er nu wonen, maar nu nog niet.' Hij zweeg even. 'Je hebt het echt verknald, mam.'

'Ik geloof het ook.'

'Laten we het dus maar over iets anders hebben.'

'Dat is goed.'

Kon ze hem maar helpen, zijn pijn en verdriet verlichten. Dat is wat moeders moeten doen en tot op zekere hoogte ook konden doen wanneer hun kinderen klein zijn. Maar Joe was vijfendertig, hij was lang, slank en donker, in haar ogen een onwaarschijnlijk knappe man. Het enige wat hem kon helpen was een vrouw die nog leefde, en dat kon Louisa niet voor hem regelen.

Misschien had ik het huisje niet moeten verkopen. Maar ik kon de aanblik ervan en de gedachte aan Pam niet langer verdragen. En hoe jij ernaar keek, hoe jij ernaartoe ging en er urenlang bleef. Dat moest ophouden.

'Hoe is het in Washington?' vroeg ze.

'Het oude liedje. Een gekkenhuis. Harvey is een van de goodguys, een senator die tenminste echt iets wil bereiken. Het is dus wel bevredigend om voor hem te werken. Soms.' Hij draaide zich om en staarde weer uit het raam.

Als ouder ben je zo gelukkig als je ongelukkigste kind, had iemand ooit tegen haar gezegd.

Joe was haar enige kind, en de afgelopen tweeënhalf jaar was hij diep ongelukkig geweest. Langer nog, eigenlijk. Al vanaf het moment dat Pam te horen had gekregen dat ze ongeneeslijk ziek was.

Louisa miste haar ook. Vreselijk. Maar zij miste bovendien de onbezorgde Joe, de enige die lachte, grappen maakte, gek deed.

De jongen, of nee, de man met de uitdagende houding.

Al die kleine overwinningen vormden samen een grote, dacht Ellie toen ze Tim van de parkeerplaats naar het honkbalveld van Bourne High zag lopen. Ze zag aan zijn tred dat hij zich niet op z'n gemak voelde, maar het ging erom dát hij daar liep. Hij was blij geweest toen ze hem hadden gevraagd eens te komen meetrainen, maar nu was hij natuurlijk zenuwachtig. Dit was weer een kans om wat aansluiting te vinden, wat haar mogelijk nog blijer en zenuwachtiger maakte dan Joe zelf.

Ze startte de auto en reed de parkeerplaats af. Als ze iets niet wilde dan was het wel blijven kijken. Ze had nooit begrepen waarom ouders naar Wimbledon gaan, of naar een ander groot sporttoernooi, om hun zoon of dochter te zien spelen. Bij elk punt van de tegenstander ga je een beetje dood. Niet omdat je per se wilt dat jouw kind wint, maar omdat je weet hoeveel verdriet het zal hebben wanneer er verloren wordt.

Het komt goed, zei ze tegen zichzelf. Aan slag is hij niet echt fantastisch, maar hij is een heel goede veldspeler. Dat moet toch opvallen.

Ze kende de weg al goed, begon vertrouwd te raken met de omgeving. Mensen als Kyle herkenden haar wanneer zij de winkel in stapte, de serveerster bij Atwoods zei 'Hetzelfde als altijd?' wanneer Louisa en zij binnenkwamen, en ze had enkele ouders ontmoet van andere kinderen op de zomercursus. Allemaal kleine overwinningen.

Voor hun vertrek naar het honkbalveld had Ellie in de woonkamer gezeten en haar blik in de rondte laten gaan. Want hij was nu bijna klaar. De boeken stonden op de planken, de bank zag er comfortabel uit en was dat ook, de salontafel was eenvoudig en gemaakt van sloophout, en de twee oranje-wit gestreepte stoelen met bijpassende witte kussens die ze vorige week gekocht had, pasten er ontzettend goed bij. Oké, de meeuwen waren kitscherig, maar zij vond ze nu eenmaal schattig.

Aan het huis van Louisa kon het niet tippen. Maar het was net zo goed bijzonder.

Ze had bijna alles zelf gedaan. Ze was niet afgezet, althans, niet voor zover ze wist, en had ook niet te veel geld uitgegeven.

Ze zat op haar bank, keek naar de oranje muren en begon hardop te lachen. Louisa had nog niet nagedacht over een alternatief voor de secretaresseopleiding, maar toen ze een keer met Tim bij haar at, had ze gezegd: 'Wat vind je van binnenhuisarchitectuur, Ellie?' Tim was zo ongeveer gestikt in zijn eten.

Louisa had gezegd dat Joe dit weekend zou komen. Ze had ook verteld dat Joe niet blij was geweest met de verkoop van het huisje.

'Hij went er wel aan,' had ze gezegd. 'Maar het betekende veel voor hem en Pam, dus dat kan een tijdje duren.'

Joe Amory was een geheimzinnige man. Hoe vreemd dat misschien ook klonk, in zekere zin leek hij op de Daniel Litman met wie zij in de Acquitaine kennis had gemaakt: ze wist vrij veel over hem en tegelijk helemaal niets. Het was spannend om hem nu in levenden lijve te zien. Zou hij zijn zoals Louisa hem beschreven had? In dat geval was hij een soort superheld, zoals Tim een superheld zou zijn in de ogen van iemand die Ellie over haar zoon had horen vertellen.

Waren er moeders die met een onbevooroordeelde blik naar hun kinderen keken? Zij kende ze niet. Er was een tijd, toen Tim jonger was en Ellie omging met andere moeders die kinderen van Tims leeftijd hadden, dat ze soms de neiging had om te zeggen: 'Het is niet te geloven! Onze kinderen zijn stuk voor stuk hoogbegaafd en geniaal. Niemand heeft een kind dat niet op alle fronten uitblinkt.' Niet dat zij zelf niet dacht dat Tim een uitblinker was. Nee, zij wíst dat hij een uitblinker was.

Toen ze bij het stuk van de Agawam Point Road arriveerde waar de weg rechtdoor ging en uitkwam op de oprit van Louisa's huis, zag ze een onbekende auto voor het Heksenhuis staan. Joe was er dus al.

Louisa moet in de wolken zijn.

Terwijl ze de oprit van het huisje op draaide, zag ze dat haar voordeur wijd openstond. Was Louisa om de een of andere reden binnen geweest en had ze bij vertrek vergeten af te sluiten? Of zat ze binnen op haar te wachten? Maar waarom zou ze de deur dan open laten staan?

Verbluft deed Ellie de motor uit, pakte haar tas, stapte uit en liep naar het huis.

Wat is hier in godsnaam gebeurd?

Ze stond op de drempel en keek haar woonkamer in.

Alle meubels lagen op hun kant. Her en der op de vloer lagen boeken. Lampen waren omgegooid. Overal lagen kleren.

Ze deed een stap naar voren maar bedacht zich.

Niet doen. Er kan nog iemand binnen zijn.
In de keuken? In haar slaapkamer? In Tims slaapkamer? Ze hield haar adem in en luisterde.
Ze hoorde niets.
Ze deed nog een stap naar voren. Haar slaapkamerdeur en die van Tim stonden open.
'Wie je ook bent, ik ga nu de politie bellen,' riep ze.
Geen reactie.
Ze pakte haar mobiel uit haar tas en klapte hem open.
'Ik meen het. Kom tevoorschijn. Ik ga de politie bellen.'
Alsof de politie hier zo snel zou zijn.
Een politieauto...
Niet aan denken. Dat kan niet. Nu niet.
Wat moet ik doen?
Doen alsof.
'Ja, agent. Er is ingebroken. Er zit iemand in mijn huis. Het adres is 101 Agawam Point Road. Mijn man kan elk moment thuiskomen, maar u moet meteen komen.'
Geen beweging, geen geluid.
Er is niemand. Rustig blijven. De voordeur stond wijd open. Op klaarlichte dag.
Degene die dit heeft gedaan, is allang weg.
Met haar mobiel in de hand liep ze tussen de rommel in haar woonkamer door naar de keuken. Daar was niemand. Ook in de slaapkamers bleek niemand te zijn.
Er was niemand meer. Het huisje was leeg.
Wat hadden ze gestolen? Ze draaide zich om naar de woonkamer. De televisie in de hoek stond er nog.
De laptops... Shit! Tim gaat door het lint als ze zijn laptop hebben gestolen.
Ze ging naar Tims kamer en zag zijn laptop op zijn bureau staan. De twee foto's hingen nog aan de muur. Alles was hier feitelijk onaangeroerd. Degene die dit gedaan had, was niet op zijn kamer geweest.
En mijn laptop?
Haar laptop lag in haar kamer, op de grond naast de stoel, waar ze

hem had achtergelaten. Ze waren hier wel geweest, de kast stond open en een groot deel van haar kleren was eruit gehaald en lag nu her en der op de grond in de woonkamer.

Sieraden?

Ellie had weinig waardevols: haar enige dure sieraad was haar verlovingsring, en die had ze bij hun scheiding teruggegeven aan Charlie. Ze bewaarde haar oorbellen en armbanden in een kistje op de bovenste plank in haar kast. Ze strekte zich, pakte het kistje en keek erin. Alles zat er nog in.

Er was niets gestolen.

Ze ging weer naar de woonkamer en keek naar de troep.

Iemand heeft een grote puinzooi willen maken. Maar waarom? Voor de lol?

Het was stom van haar dat ze de voordeur niet op slot had gedaan toen ze wegging.

Was het technisch gesproken wel een inbraak, als ze de deur niet op slot had gedaan? Maar Louisa deed haar deur ook nooit op slot. Dit was Bourne, geen Boston.

Misschien had een stel jongeren uit Bourne elkaar uit pure verveling opgehitst om dit te doen. Ze hadden de deur geprobeerd en toen die open bleek te zijn, waren ze naar binnen gegaan en hadden ze de boel overhoopgehaald.

Misschien was het wel vaker gebeurd, bij andere mensen. In de flats aan het begin van de weg of in de huisjes in Mashnee.

Louisa zou dat weten. Misschien was het vaker gebeurd, maar had ze niets gezegd omdat het alleen lastig was en verder weinig voorstelde.

Ellie zou het haar vragen.

Maar Joe was er. Ze wilde haar nu niet storen.

Of ze moest het heel snel doen. Het haar even vragen en meteen weer weggaan. Als het vaker gebeurde, moest ze misschien aangifte doen. En als het een los incident was, moest het haast wel een weddenschap zijn geweest of zo.

Louisa zou het niet erg vinden als ze het haar vroeg. Als er inderdaad sprake was van een inbraakgolf die nu deze buurt had bereikt, zou zij het juist willen weten.

Ellie wierp nog een blik in de kamer, liep naar buiten en deed de deur op slot.

Louisa hoorde iemand op de deur kloppen en stond op.

'Misschien is dat Ellie wel,' zei ze. 'Of Tim. Die komt soms in z'n eentje langs.'

'Shit.' Joe stond op. 'Ik smeer 'm.'

'Joe...'

Maar hij was al weg, liep naar de keuken aan de achterkant van het huis.

'Ellie. Hoi. Ik hoopte al dat jij het was, of Tim. Kom verder.'

Ellie had een afgeknipte spijkerbroek aan met een T-shirt van de Red Sox erop en haar tas hing over haar schouder.

'Ik wil je niet storen, Louisa. Ik weet dat Joe er is. Ik wil je alleen wat vragen.'

'Vraag maar raak. Maar kom wel even binnen dan.'

'Nee, echt. Ik wil alleen maar weten of er hier de laatste tijd veel inbraken zijn gepleegd.'

'Inbraken? Nee. Niet dat ik weet. Hoezo?'

'Er is iemand in het huisje geweest. Ik had niet afgesloten toen ik Tim naar het honkbalveld bracht. De woonkamer is overhoopgehaald, maar gelukkig is er niets gestolen. Ik vroeg me af of zoiets eerder is voorgevallen?'

'Nee.' Louisa schudde haar hoofd. 'Niet dat ik weet. Jezus, dat is afschuwelijk. Ze hebben de woonkamer overhoopgehaald?'

'Het is een bende. Maar zoals ik zei, ze hebben niets meegenomen.'

'Mijn god, hoe bizar. En beangstigend. Kom even binnen voor een kop koffie of thee. Wat zeg ik? Een borrel is waarschijnlijk beter. Heb je de politie gebeld?'

'Nee. De deur zat niet op slot en er is niets gestolen. Wat kan de politie dan doen? En nee, dank je, ik kom niet verder. Ik moet alles opruimen voordat Tim terugkomt.'

'Joe en ik zullen wel even helpen.'

'Nee.' Ellie schudde haar hoofd. 'Echt. Het is schitterend weer en hij is er net. Het is maar één kamer. Dat lukt heus wel. Maar bedankt voor

het aanbod.' Ze boog naar voren en gaf Louisa een kus op de wang. 'Tot snel.'
'Ellie, alsjeblieft. Laat ons toch helpen.'
'Geen sprake van. Het is mijn huis en dus mijn puinhoop. Tot ziens.' Zij draaide zich om en liep weg.
Louisa vloog naar de keuken, waar Joe met een beker koffie en een bagel aan tafel zat.
'Dat was Ellie. Er is ingebroken in het huisje en alles is overhoopgehaald. Er is niets gestolen, maar ik vind dat we haar moeten helpen met opruimen.'
'Dacht het niet.' Hij pakte de bagel. 'Haar probleem.'
'Joe.'
'Mam.' Hij keek op, zijn ogen stonden vijandig.
'Nou, ik ga haar helpen. Ik kom hier later nog op terug.'
Die toon had ze al jaren niet meer tegen hem aangeslagen.
Ze haalde Ellie halverwege in.
'Louisa, ik heb toch gezegd dat ik het wel alleen kan. Ga terug. Echt.'
'Nee. Ik ben hier nu. Ik ga niet terug.'
'Goed dan.' Ellie knikte. 'Maar ik laat je niet lang blijven.'
Toen ze bij de deur kwamen, pakte Ellie haar sleutels en deed open.
'Jezus!' riep Louisa uit, en ze liet haar blik over de puinhoop gaan. 'Het is inderdaad een bende.'
'Ik weet het. Maar de kamer van Tim is nog netjes. En de keuken ook. En mijn kamer hebben ze deels met rust gelaten, ze hebben mijn kleren uit de kast gehaald en in de woonkamer op de grond gesmeten.'
'Ik begrijp er niets van. Waarom zou je zoiets doen? Weet je zeker dat er niets gestolen is?'
'In elk geval niets kostbaars. Volgens mij hebben ze helemaal niets meegenomen.'
'Dat is dan een schrale troost.' Louisa fronste. 'Wat kan ik voor je doen? Waar zal ik beginnen?'
'Je hoeft dit echt niet te doen.'
'Ik ga je helpen, Ellie. Geen mens die mij tegenhoudt. Zeg maar wat ik moet doen.'
'Goed dan. Je zou de boeken kunnen terugzetten in de boekenkast.'

'Natuurlijk.' Louisa liep naar de muur met de boekenkast. 'Die konden ze in elk geval niet van de muur krijgen. En ze hebben de boeken hier op de grond voor de kast gesmeten.'

'Waarom hebben we het eigenlijk steeds over "zij"?' Ellie was begonnen met het oprapen van haar kleren. 'Iemand kan zoiets ook in z'n eentje doen.'

Louisa bukte, pakte een stapeltje boeken, kwam overeind en keek Ellie aan.

'Je hebt gelijk. En het is vreemd dat er niets gestolen is. Zou het Charlie geweest kunnen zijn?'

'Charlie? Waarom zou hij?'

'Ik weet het niet. Hij heeft je bedrogen, dus dat hij een gluiperd is staat wel vast.'

'Hij is geen gluiperd. Ik heb misschien die indruk gewekt, maar dat is onterecht. Hij zou zoiets nooit doen. Bovendien heeft hij geen enkele reden.'

Ze droeg de opgeraapte kleren naar haar slaapkamer terwijl Louisa de boeken terugzette. Toen Ellie terugkwam, vroeg Louisa: 'Dus Charlie heeft ook goede kanten? Dat moet haast ook wel. Jij bent tenslotte verliefd op hem geworden.'

'Hij is heel erg slim.' Ellie haalde haar schouders op. 'Goed, in alle eerlijkheid. Hij is niet alleen heel slim, hij is ook innemend. Hij is zo'n type... als je op een druk feest bent en Charlie staat ergens in een hoek, zou je met hem willen praten, ook al weet je niet waarom.

En hij is gedreven. Zelf zou hij ook zeggen dat hij gedreven is. Hij verwacht veel van anderen en wat dat betreft maak ik me soms zorgen om Tim. Maar hij verwacht nog meer van zichzelf. Hij is een perfectionist. Ik betwijfel of hij ooit ergens tevreden over is.' Ze bracht nog een stapel kleren naar haar kamer.

Toen Louisa nog wat boeken van de grond pakte, zag ze een van Ellies meeuwen liggen. Kapot.

'Kijk dit dan.' Ze raapte het op toen Ellie binnenkwam. 'Iemand heeft het kapotgetrapt.'

'Verdomme!' Ellie speurde de vloer af. 'Daar naast die lamp ligt er nog een. Ook stuk, verdomme!' Haar blik gleed langs de boekenplanken en de tafels. 'Allemaal.' Ze raapte nog wat kleren van de grond. 'Hieronder liggen ze ook. Allemaal aan gruzelementen.'

'Ik vind het heel erg voor je, Ellie. Ik weet hoe verknocht je aan ze was.'

'Ik kan nieuwe kopen.' Ze rechtte haar rug. 'Ik koop nieuwe. Stelletje idioten! Ik kan ze wel vermoorden. Ik ga in de keuken een vuilniszak pakken.'

Toen ze terugkwam ging ze tussen de rommel op jacht naar de meeuwen en deed ze in de vuilniszak.

'Deze vond ik het mooist,' zei ze en ze bekeek het piepkleine meeuwtje in haar hand. 'Ik word hier echt zo pissig van.'

'Dat zal best.' Om Ellie af te leiden vroeg Louisa: 'Denk je dat Charlie genoeg heeft aan Sandra Cabot, of zal hij haar ook bedriegen?'

'Ik weet het niet. Ik denk dat hij haar om wat voor reden dan ook wilde veroveren en dat vervolgens gewoon deed. Niets kon hem daarvan weerhouden. Ik niet. Tim niet. Maar hij is geen casanova, als je begrijpt wat ik bedoel. Volgens mij had hij geen andere affaires.' Ellies gezicht vertrok en ze gooide de meeuw in de vuilniszak. 'Hoe dan ook, wat mij betreft mag Sandra hem hebben. Kan ze leren omgaan met al zijn regels.'

'Regels? Welke regels?'

'Hij vond dat mensen niet moesten niezen. Onder andere. Volgens hem kon iedereen het tegenhouden en als je wel niesde had je geen manieren... en je maakte ook nog eens andere mensen ziek.'

'Dat meen je toch niet?' Louisa lachte. 'Dus je moest elke nies onderdrukken?'

'Inderdaad, en we konden nooit iets drinken uit karton of plastic. Daar had hij een bloedhekel aan.'

'Zoals die koffiebekers met een deksel erop?'

'Precies ja. Die konden dus niet. En ook geen water uit plastic flesjes. Hij vond het afschuwelijk als mensen in de metro of in de bus of in het vliegtuig aan die flesjes lurkten. Hij moest sowieso niets hebben van eten en drinken in het openbaar.'

'En in een restaurant dan?'

'Dat was geen probleem.'

'Zolang je maar niet niesde.'

'Precies.' Ellie lachte. 'Heel vreemd, ik weet het. Maar de meeste regels, nou ja, die leken wel zinvol. Omdat ze over beleefdheid gingen. Een andere regel was dat je een ander nooit over je dromen moest vertellen. Volgens hem denken mensen altijd dat hun eigen dromen reuze boeiend zijn, terwijl ze voor anderen strontvervelend zijn. En daar heeft hij gelijk in.'

Hoe was het voor Ellie geweest om te leven met een man die er zulke regels op na hield? Louisa had er niet tegen gekund, dat wist ze zeker. Jamie had nooit zulke regels, sterker nog, je kon hem eerder een anarchist noemen.

Ze glimlachte toen ze dacht aan de middag dat hij het skateboard van Joe had willen uitproberen en slingerend als een bezetene over de stoep was gevlogen terwijl hij 'Born to Run' zong.

'Goed, in dat niet vertellen van je dromen zit misschien wel iets. Maar om daar nu een regel van te maken? Hij klinkt als een controlfreak.'

'Zoals ik al zei, hij is gedreven. Maar dat geldt tegenwoordig voor zo veel mensen. En ik weet zeker dat je hem aardig zou vinden. Wat je niet moet vergeten is dat ik hem van alles de schuld gaf toen hij bij mij wegging. Hoe fijn dat ook mocht wezen, ik weet dat het te gemakkelijk was. Ik moet zelf ook een aandeel hebben gehad in het mislukken van ons huwelijk. Achteraf kan ik zeggen dat ik me te afhankelijk heb opgesteld. Hij regelde namelijk alles. Bij hem voelde ik me veilig.'

Louisa betwijfelde ten zeerste of ze Charlie Walters aardig zou vinden. En ze kon er nog steeds niet bij dat Ellie zo jong getrouwd was en had gewild dat iemand zich over haar ontfermde. Bij hem voelde ze zich veilig. Waar werd ze door bedreigd dan?

Je moet het geheim van de liefde niet willen ontrafelen. Je weet toch dat het een eeuwig mysterie is.

Toen alle kleren weer in de kast lagen en Louisa alle boeken op de planken had gezet, tikte Ellie met haar knokkels op haar hoofd en zei: 'Mijn god, wat ben ik een sufkop. Ik had je koffie moeten aanbieden voordat we begonnen. Ik ga nu voor je zetten.'

'Ik ga mee.'

Ze liepen naar de keuken en Louisa leunde op de bar terwijl Ellie voor koffie zorgde.

'Het zal je wel goed doen dat Joe hier nu is.' Ze goot water in de kan, zette er een filter op en deed de kast open om de koffie te pakken.

'Hé, dat is vreemd.' Ze staarde naar de open kast. 'Ik had een flesje wodka. Dat stond hier naast de koffie. Van Debby gekregen toen ze naar Californië vertrok en ik ben er sindsdien niet aan geweest. Het is weg.'

'Dus ze maken een puinzooi van je kamer en stelen de drank. Het is vast een stel baldadige jongelui geweest.'

'Ongetwijfeld. Zouden ze ook de wijn uit de koelkast hebben gepakt?' Ellie liep naar de koelkast en deed hem open.

'Krijg nou...'

'Wat?'

'Shit.'

'Wat? Wat is er, Ellie?'

Er kwam geen reactie, dus liep Louisa naar Ellie toe en ging naast haar staan. Toen zag ze het witte papiertje dat met plakband op een melkpak was geplakt.

Iemand had er iets op getypt: BETRAPT.

Ellie deed een paar stappen naar achteren, zakte neer op een van de stoelen aan het keukentafeltje en legde haar hoofd in haar handen. Louisa hoorde haar diep ademhalen.

'Ellie?' Ze deed de koelkast dicht en legde een hand op Ellies schouder. 'Gaat het?'

'Ik snap het niet...' Ze hief haar hoofd en schudde het langzaam. 'Waarom...?'

'Wie het ook zijn, ze spelen een spelletje met je. Het is gewoon een soort halloweengrap. Alleen geen leuke,' zei Louisa, maar Ellie leek haar niet te horen.

'Louisa?' Haar ogen waren plotseling volgestroomd met angst. 'Welke dag is het? De hoeveelste is het vandaag?'

'27 juni.' Louisa keek haar aan. 'Hoezo?'

Ellie schudde haar hoofd en hield daar niet mee op.

'Het is nog geen juli. Natuurlijk is het nog geen juli... Zou je mij even alleen willen laten. Alsjeblieft?'

'Weet je het zeker?'

'Ja. Ik kom zo naar buiten. Ik heb een paar minuten voor mezelf nodig.'

'Goed.'

Verward liep Louisa naar buiten en ging op het gras voor het huisje zitten. Joe en Pam hadden vaak gezegd dat ze een veranda wilden maken, maar dat was er nooit van gekomen.

Wat is er in vredesnaam aan de hand?

Even later kwam Ellie naar buiten en ging naast haar zitten. Ze zei alleen maar 'Dank je', maar haar stem klonk rustig, en de angst die Louisa bij haar had gezien, was verdwenen.

'Misschien moet je toch de politie bellen, Ellie. Er kunnen vingerafdrukken op dat briefje zitten. Of in de woonkamer. Ze kunnen…'

'Het zijn kinderen. Ik heb gekeken en de wijn was weg. Het briefje zal inderdaad een soort halloweengrap zijn. Een politieauto voor de deur als Tim terugkomt is wel het laatste wat ik wil. Hij mag het niet weten, oké? Hij doet een oefentraining bij het honkbalteam, vindt net wat aansluiting. Hierdoor raakt hij alleen maar van streek. Begrijp je, Louisa?'

Het kwam recht uit Ellies hart, maar Louisa twijfelde.

'Louisa, ik smeek het je. Dan wordt het alleen maar zwaarder voor me. Alsjeblieft.'

'Goed dan. Maar beloof jij dan dat je voortaan de deur op slot doet? En dat je me belt als je bang bent, om wat voor reden dan ook?'

'Dat beloof ik.'

Ze hoorde dat Ellie nog een paar keer diep in- en uitademde. Toen sprong ze opeens op.

'Ik ga verder met opruimen. Ga jij maar naar huis. Het gaat wel weer.' Ze veegde haar broek af, hoewel er niets op zat om af te vegen. 'Het gaat wel weer.'

'Maar die meubels dan? Daar heb je toch hulp bij nodig…' Louisa stond ook op.

'Nee hoor. Dat lukt me wel. Krijg ik meteen wat beweging. Ik wil niet dat je lang blijft, dat heb ik toch gezegd? En dat meende ik.'

Ellie klonk vastbesloten.

'Goed, maar als je iets nodig hebt, bel me dan.'

'Het komt wel goed. Bedankt voor alles, Louisa.'

'Geen dank. Het voelde niet als werk. Wij vormen een goede schoonmaakploeg.'
'Misschien moet ik er mijn werk van maken. Van schoonmaken.' Ellie lachte zwakjes.
'Nou, tot ziens dan maar.' Louisa gaf haar een knuffel en ging naar huis.

Het kunnen inderdaad kinderen zijn, dacht ze. Dat BETRAPT kan een gestoorde grap zijn. Pubers die zich in de zomervakantie doodvervelen. Maar dan nog maakt het haar van streek en in de war. Waarom had Ellie haar de keuken uit gestuurd? En waarom had ze in vredesnaam gevraagd welke datum het was?

Het gaat je niets aan, Louisa, hoorde ze Jamie al foeteren. Je wilt toch niet zo'n buurvrouw zijn die een plaag wordt, die ongevraagd overal haar neus in steekt.

Je hebt gelijk, Jamie. Maar we zijn vriendinnen, niet alleen maar buurvrouwen. Maar goed, je hebt gelijk. Als ze mij iets wil vertellen, áls er iets te vertellen valt, zal ze dat heus wel doen. Wanneer zij dat wil.

Moest ze haar eigen huis voortaan ook goed afsluiten? Nee, dat zou Jamie vreselijk hebben gevonden.

Maar de manier waarop Joe zich vandaag had gedragen, zou hij nog erger hebben gevonden.

Louisa versnelde haar pas en liep tussen de stenen zuilen van het toegangshek door naar de trap van haar veranda.

Joe zat in hardloopbroek en T-shirt in de woonkamer en typte wat op zijn BlackBerry. Ze ging in de stoel tegenover hem zitten en wachtte. Toen hij ten slotte opkeek, zei ze: 'Klaar?'
'Ja.'
'Leg hem dan even weg, alsjeblieft.'
Hij legde de mobiel op het zijtafeltje.
'Jij hebt me teleurgesteld.'
Hij trok zijn wenkbrauwen op en hield zijn hoofd schuin.
'Ellie had onze hulp nodig en je bent ertussenuit geknepen. Dat is onbehoorlijk van je, Joe. En dat is niets voor jou. Waarom gedraag je je opeens zo lomp?'

'Wanneer heb je mij voor het laatst de les gelezen, mam? Ik kan het me niet precies herinneren, maar ik weet wel dat je toen ook het woord "onbehoorlijk" gebruikte.'

'Als dat zo is, zal ik daar wel een reden voor hebben gehad. Net als nu.'

'Luister, het is haar huisje, zoals je mij inmiddels ettelijke malen duidelijk hebt gemaakt. Het zijn haar zaken.'

'Dat slaat nergens op.'

'Maar het is wel zo.'

'Als het iemand anders was geweest, had je geholpen. Dat weet ik zeker.'

Hij haalde zijn schouders op.

'Je moet hier echt iets aan doen, Joe.'

'Zal best.'

'Wat? Zit je opeens weer in de pubertijd? Zo klink je namelijk.'

'Ik snap wat je bedoelt, ja.' Hij stond op. 'En nu ga ik hardlopen.'

'Het was helemaal overhoopgehaald. En iemand had een briefje op een melkpak in de koelkast geplakt. Er stond BETRAPT op. Misschien dat het klierende kinderen zijn, maar zorgwekkend is het wel.'

'Of ze heeft vijanden gemaakt. Misschien is ze minder aardig dan je denkt.'

'Als je niet voor haar zou weglopen, zou je weten dat ze wel degelijk zo aardig is als ik denk.'

'Ik ga. Over een uurtje ben ik terug.'

Terwijl hij naar de deur liep, riep zij hem nog na: 'Joe. Je vader zou teleurgesteld zijn geweest.'

'Dat zei je de vorige keer dat je mij de les las ook, mam.'

De hordeur viel met een klap dicht.

Ellie was klaar met opruimen. De meubels stonden weer op hun plek, alles was als vanouds, behalve de meeuwen dan. Het briefje had ze verscheurd en in de vuilniszak gegooid.

Die stomme kinderen hadden er nu wel genoeg lol aan beleefd. Misschien dat ze in het huisje hadden rondgehangen toen het nog leegstond en nu boos waren omdat het bewoond was. Dat hadden ze dan duidelijk gemaakt, ze zouden het niet nog een keer doen.

Ze was in paniek geraakt toen haar oog op het briefje viel, maar ze had zichzelf met ademhalingsoefeningen weten te kalmeren. Dit voorval kwam op een slecht moment, juist toen ze het gevoel had dat Tim en zij beiden begonnen te aarden, en op een dag die te dicht bij de dag lag waaraan ze van zichzelf niet mocht denken.

Maar dat was toeval. En toeval is niet uit te bannen.

Ik ga Debby bellen om het haar te vertellen, en dan zegt ze dat de daders mijn meeuwen een belediging van de goede smaak vonden en mij een artistiek lesje wilden leren.

Ze pakte de telefoon van het tafeltje bij de televisie, toetste het nummer van Debby's huistelefoon in, kreeg haar voicemail en hing op. Ze was er niet, maar misschien had ze gisteravond een e-mail gestuurd.

Ellie haalde de laptop uit de slaapkamer en ging op de bank in de woonkamer zitten. Toen ze haar mail controleerde, zag ze tot haar verbijstering dat ze een bericht had van Daniel Litman, verstuurd vanaf een ander e-mailadres.

Ha Ellie, daar ben ik weer. Ik weet dat we niet zouden doorgaan met mailen, maar gisteravond zat ik in m'n eentje in een restaurant hier in Londen en aan de tafel naast me was iemand jarig en die werd toegezongen, net als die avond bij Acquitaine. Ik moest natuurlijk aan jou denken.

Ik ben hier nu al een tijdje en voel me, hoe triest het ook klinkt, een beetje eenzaam. Ik heb het druk met mijn werk, met het uitzoeken van alle verschillen tussen de medicijnen hier en die in Amerika, maar als je naar een ander land verhuist, raak je je verleden kwijt. Ik kan niet met iemand naar de kroeg gaan en zeggen: 'Weet je nog toen...?' Een nieuw begin is in sommige opzichten goed, maar ik ben een belangrijk deel van mezelf kwijt. Heb jij dat gevoel in Bourne ook? Ik weet dat het niet ver van Boston is, maar mis jij iemand? Ik weet dat je Tim hebt, maar zijn er momenten dat je je eenzaam voelt? Een beetje, hoe moet ik het zeggen, alsof je vast bent gelopen? Ik hoop van niet, maar ik zou toch graag weten hoe het met je gaat.

Ik ben overgestapt naar een Engelse internetprovider, vandaar dat ik een ander adres heb.

Ik durf te wedden dat de zee bij Bourne schitterend is. Ik woon niet ver

van de Thames, maar als ik een paar dagen vrij heb, ga ik denk ik maar eens naar de kust, naar Cornwall misschien. Ze zeggen dat het een goede plek is voor wat zelfreflectie, als ik daar tenminste niet te oud voor ben, en ik hoop dat je het niet erg vindt dat ik contact met je zoek. Wees gerust, je hoeft niet te reageren als je dat niet wilt. Ik had gewoon zin om te schrijven, meer niet.
Groeten, D.

Ellie las de mail nog twee keer door. Het was aandoenlijk hoe hij toegaf zich eenzaam te voelen zonder melodramatisch te doen. Hij stak een hand uit, maar dwong haar in geen enkel opzicht die te pakken. Ze had niet gedacht dat hij iemand was die veel nadacht over het leven of zichzelf, maar dat was hij blijkbaar wel, en ze vond het mooi dat hij instinctief de zee opzocht voor zijn rust.

Misschien herinnerde hij zich haar opmerking over dat brieven toch anders zijn dan e-mails en probeerde hij haar op andere gedachten te brengen. Hoe dan ook, ze wilde reageren, met een e-mail die even openhartig en vriendelijk was als die van hem.

Beste Daniel,
Ik vind het heel leuk dat je me geschreven hebt. Ik denk dat ik mij hier eerst ook eenzaam en vastgelopen voelde, maar in het huis naast het mijne blijkt een ongelooflijk aardige vrouw te wonen met wie ik goed bevriend ben geraakt. Vandaag kwam ze nog helpen opruimen. Een stel kinderen is mijn huis binnengedrongen en heeft een enorme puinhoop gemaakt. Mijn eigen fout, ik had de deur niet op slot gedaan toen ik wegging.

Hoe dan ook, de zee is hier echt schitterend. Het huisje kijkt uit op het Cape Cod Canal en er varen de hele dag boten voorbij, grote tankers en motorbootjes en mooie jachten. Als het donker is lijken het net spookschepen, helemaal als het mistig is.

Achter het huisje is een klein moerasgebied, als je daardoorheen loopt kom je bij een strandje waar we kunnen zwemmen. Rechts is een kleine, beschutte inham. Ik wil misschien een roeiboot kopen, zodat ik daarnaartoe kan varen om er een tijdje te zitten. Het ziet er zo vredig uit. Misschien dat ik zelfs wel op zeilles ga. Hoewel het waarschijnlijk bij die roeiboot blijft. Misschien kan ook ik dan wat aan zelfreflectie doen. Volgens mij ben je daar nooit te oud voor.

Laat je me weten hoe het gaat in Engeland? Cornwall klinkt goed, ook al heb ik geen idee waarom ik dat zeg. Ik weet niets over Cornwall. Maar het ligt aan de kust, dus moet het er mooi zijn.

Sinds het etentje bij Acquitaine ben ik niet meer naar een restaurant geweest. Misschien wordt er voortaan altijd als wij naar een restaurant gaan 'Lang zal ze leven' gezongen aan het tafeltje naast ons. Dat vind ik best, zolang ik maar niet mee hoef te zingen. Je hebt gehoord hoe vals ik zing!

Pas goed op jezelf.

Groetjes, Ellie

Ze verzond de mail en bedacht dat het contact nu veel minder stroef verliep dan toen ze tegenover elkaar zaten bij Acquitaine. Er stond niets op het spel: ze hoefden niet te beslissen of ze elkaar nog een keer wilden zien en of ze zich lichamelijk tot elkaar aangetrokken voelden.

Dit kon een man-vrouwrelatie zijn zonder de gebruikelijke spanningen. Debby's opmerking dat een cyberspaceliefde in het echte leven niet werkte, was discutabel. Daniel was duizenden kilometers bij haar vandaan en dat zou nog twee jaar zo blijven. Zij waren meer twee mensen die elkaars dagboekaantekeningen lazen. Lang zou het waarschijnlijk niet duren, ze dacht dat dit soort correspondenties nooit lang duurden, maar het was leuk en interessant, en een fijne toegift na een niet zo'n fijne dag.

Ellie sloot haar computer af en keek op haar horloge. Tim zou haar bellen wanneer hij klaar was met honkballen.

Betrapt.

Wat bedoelden ze daarmee?

Niets.

Een slechte grap.

Ze ging naar haar slaapkamer, trok haar badpak aan, pakte een handdoek en haar mobiel en liep naar buiten, naar het stukje zand achter het huisje. Een strand kon je het niet noemen, in haar mail aan Daniel had ze het overdreven. Maar het was groot genoeg voor een paar handdoeken.

Halverwege ging ze terug. Ze was vergeten de deur op slot te doen.

6

7 juli

Ze zaten met z'n allen rond een tafel bij de Windsurfer en dronken cola. Een slecht restaurant was het niet, zeker niet voor zo'n oubollig oord als Mashnee, maar Tim was er niet helemaal bij. Het honkballen was geweldig geweest: hij mocht bij het team, hoewel hij er aan slag niets van had gebakken. Gelukkig had hij het goedgemaakt door een fantastisch dubbelspel op te zetten.

Maar nu hadden ze het over mensen van wie hij nog nooit had gehoord, jongens en meisjes die niet naar de zomercursus waren geweest en die zich in september weer op school zouden melden. Hij dacht aan wat zijn vader altijd zei: 'Mensen die hun vakantiefoto's laten zien, zouden doodgeschoten moeten worden. Alsof iemand daar belangstelling voor heeft. Ze willen alleen maar laten zien dat zij ergens geweest zijn waar jij nog niet geweest bent. Saai. Laat nooit vakantiefoto's zien aan mensen die er zelf niet bij waren. Nog een regel van de Walters, Tim.'

Dit kwam eigenlijk op hetzelfde neer: de anderen hadden het over mensen die hij niet kende, maar hij kon hun moeilijk vertellen dat ze een regel aan hun laars lapten. Bovendien hadden zij hem uitgenodigd, wat hij niet verwacht had.

Zijn moeder zou hem wel kunnen schieten als ze ontdekte dat hij naar de Windsurfer was gegaan met Sam, die een jaar ouder was dan hij en nog maar net zijn rijbewijs had, want zij zag overal gevaar in. Maar hij zou vanaf Mashnee lopend naar huis gaan en zeggen dat hij een lift had gekregen van een van de ouders en dan zou ze er nooit achter komen.

Hij stond op het punt iets te zeggen, misschien een vraag te stellen, zodat hij niet zo'n buitenstaander zou zijn, toen Jared, de eerstehonkman, een verhaal begon af te steken over privéscholen, hoe slecht die waren en dat er alleen maar arrogante kakkers op zaten. Tim hield zijn mond en was blij dat hij niet had verteld dat hij in Boston op een privéschool had gezeten.

Het ging er eigenlijk om dat hij niet wilde vertellen dat hij het verknald had en het jaar over had moeten doen, dus als ze hem vroegen waar hij vandaan kwam, zei hij alleen maar dat ze uit Boston kwamen. Blijkbaar vond niemand het de moeite waard om door te vragen, dus kon hij niet worden uitgemaakt voor 'kakker' of 'domme kakker'.

'Hé,' zei hij en hij keek opzichtig op zijn horloge. 'Ik moet naar huis. Ik zie jullie wel weer, en bedankt voor de lift.'

'Ja man, later,' zei Sam, waarna ook de andere drie hem gedag zeiden.

Hij nam de benen voordat ze hem vragen konden stellen over zijn oude school.

Ik bedenk nog wel iets. Ik moet ervoor zorgen dat ze er niet achter komen.

Hij liep over de veranda van de Windsurfer naar de trap die naar de weg leidde, deed zijn honkbalhandschoen aan en sloeg er zijn linkervuist in. Hij had de handschoen al soepel gemaakt maar had zin om hard tegen het leer te slaan. Eigenlijk had hij gewoon zin om te slaan. Wat dan ook.

Hij zat bij het team. Dat was top. En de zon scheen. En de stranden aan beide kanten van de weg waarover hij liep waren tof. Maar...

Maar hij was gedwongen tot deze verhuizing. Hij had geen keus gehad. Waarom hadden ouders die van hun eigen leven een puinhoop maakten, het recht om zo'n ingrijpende beslissing voor hun kind te nemen? Daar begreep hij niets van. En het was de beslissing van zijn moeder geweest. Niet die van zijn vader. Zijn vader wilde echt niet dat hij hier ging wonen.

Zijn vader wilde dat hij probeerde op Groton te komen, de kostschool waar de zoon van Sandra ook op zat, en dat was nog erger dan hiernaartoe verhuizen. Hij had Fred maar één keer gezien, maar dat was genoeg. Voor geen goud wilde Tim op dezelfde school belanden als hij, en al helemaal niet als dat een kostschool ergens in de rimboe was. Maar goed, hij maakte geen schijn van kans om te worden aangenomen.

Op het strand rechts van hem zag hij een groepje meisjes in bikini frisbeeën in het water. Volgende keer moest hij hier maar eens gaan zwemmen.

Zijn moeder behandelde hem als een kleuter, zijn vader was aan de haal gegaan met een heks van een vrouw en zelf was hij een prutser die zijn schooljaar verknald had.

Het ging echt lekker zo.

Het enige andere voordeel van de verhuizing was dat hij in september zijn oude schoolvrienden niet onder ogen hoefde te komen. Zittenblijven was per definitie een ramp. De zittenblijvers konden doen alsof het ze niets kon schelen en ze in hun nieuwe klas geweldige vrienden hadden, maar in feite waren het allemaal dombo's. Dus óf je blijft zitten en staat bekend als een dombo, of je gaat naar een andere school, zoals hij deed, en begint daar met een schone lei.

Hij zou voor de tweede optie kiezen, dat stond als een paal boven water, maar dan zou hij niet hiernaartoe verhuizen. Er waren zat andere scholen in Boston. Boston – de stad. Bioscopen, winkels, metro. Omdat hij nog geen echte vrienden had, beperkte zijn uitgaansleven zich hier tot een bezoekje aan Louisa. Goed, zij was grappig en tof en zou hem leren pokeren, maar ze was wel boven de zestig.

Ze waren alleen maar hiernaartoe verhuisd omdat zijn moeder zo graag aan het water wilde wonen. Ze was ooit twee weken op vakantie geweest in Mashnee en daar praatte ze over alsof het de twee mooiste weken van haar leven waren. En misschien waren ze dat ook wel. Shit.

Maar waarom huurde ze dan niet een vakantiehuisje in Mashnee, als die plaats zo belangrijk voor haar was? Waarom had ze per se een huis willen kopen?

Hij schopte een steen weg, sloeg in zijn handschoen en liep de Grey Gables Road op.

'Hé, mooie handschoen.'

Ineens liep er een man naast hem. Hij zweette als een otter en was blijkbaar aan het hardlopen.

'Dank u,' zei hij.

'Waar sta je?' De man was langzamer gaan lopen en wandelde nu even snel als Tim. Hij zag er netjes uit, dus Tim besloot rustig door te lopen.

'Korte stop.'

'Ah, de beste plek. Wat is je slaggemiddelde?'

Tim aarzelde.

'Waardeloos.'

'Het mijne ook, vroeger. Maar ik ging toen veel oefenen in de slagkooi.'

'Dat zou ik waarschijnlijk ook moeten doen.'

'Woon je hier in de buurt?'

'Ja. In het huisje aan het einde van deze weg.'

'O.' De man bleef staan. Tim ook. 'Juist ja.' De man bukte, maakte zijn veter vast en kwam weer overeind. 'Ik woonde hier vroeger ook. Het huis aan het eind is van mijn moeder.'

'Louisa?'

'Ja. Louisa.' Rond zijn mond verscheen een flauwe glimlach. 'Ik ben Joe.' Tim schudde de uitgestoken hand. Hij wilde het zweet op de hand bijna van zijn eigen hand vegen, maar zag op tijd in dat dat nogal onbeleefd zou zijn.

'Ik ben Tim. We zijn hier begin juni komen wonen.'

'Dat heb ik gehoord, ja.'

De man die zich Joe noemde bleef staan, en Tim vond het moeilijk om zomaar weg te lopen. Dat was ook onbeleefd.

'Er zijn een paar slagkooien op Cranberry Highway, iets voorbij Buzzards Bay, niet zo ver hiervandaan. Daar kun je mooi oefenen.'

'Dat klinkt goed.' Tim knikte.

'Waar woonde je eerst?'

'In Boston.'

'Dus je gaat naar een nieuwe school. Zal wel lastig zijn.'

Hij haalde zijn schouders op.

'Je zult je vrienden wel missen.'

'Ja. Maar ik heb vorig jaar... eh... ik heb het verprutst. Ik bedoel, ik heb niets gedaan. Dus moest ik het jaar overdoen. Daarom doe ik die zomercursus. Om mijn achterstand in te halen. Als het goed gaat, kan ik op Bourne High gewoon doorstromen.'

Waarom vertelde hij dit? Wat wist hij er nou van?

'Oké.' Joe glimlachte. En toen begon hij echt te lachen, wat Tim zo kwaad maakte dat hij alle beleefdheidsregels even vergat.

'Wat is daar zo grappig aan?'

'Het spijt me.' Joe veegde het zweet van zijn voorhoofd. 'Ik wilde niet lachen, Tim. Ik lachte niet om jou. Toen ik ongeveer net zo oud was als jij ben ik van school gestuurd. Daar moest ik aan denken. Meer niet.'

'Van school gestuurd?'

'Yep.' Joe begon weer te lopen en Tim liep met hem mee.

'Wat had je gedaan?'

'Ik noemde de leraar een... Nou ja, ik schold hem uit voor iets heel ergs. Diezelfde dag werd ik van school getrapt.'

'En toen was er stront aan de knikker.' Tim kon het scheldwoord wel raden en was onder de indruk. 'Je ouders konden je zeker wel wurgen.'

'Niet echt. We woonden in Californië, in Haight-Ashbury, wat toen echt een plek voor hippies was. Mijn vader was nogal tegendraads. Hij kwam uit Boston, uit een keurige familie, net als mijn moeder, maar ze waren hartstikke links en verhuisden naar San Francisco.

Hoe dan ook, een paar dagen nadat ik van school gestuurd was, zeiden mijn ouders dat ik 's middags even weg moest omdat zij wat te regelen hadden, en toen ik terugkwam bleken ze een feest voor mij te hebben georganiseerd. Ze hadden gigantisch veel vrienden uitgenodigd, kunstenaars en mensen uit de filmwereld, allemaal heel succesvol en allemaal van school gestuurd. Ik kreeg van iedereen een schouderklopje. Alsof ik lid was geworden van een exclusieve club.'

'Dat meen je niet!'

'Zo ging het echt. Niet dat mijn ouders niet wilden dat ik mijn school afmaakte, want dat wilden ze wel. En dat heb ik ook gedaan. Maar mijn vader trok zich nergens wat van aan. Mijn moeder wel, maar zij hield zo veel van mijn vader dat ze alles deed wat hij wilde. Hij is tien jaar geleden overleden. Aan een hartaanval.'

'Dat heeft Louisa, ik bedoel "je moeder", al verteld. Het spijt me.' Tim wist niet wat hij anders moest zeggen.

'Mij ook. Ik denk trouwens niet dat ik hetzelfde zou doen als mijn kind van school getrapt zou worden. Ik zou een veel strengere ouder zijn. Maar goed, ik heb geen kinderen.' Hij bleef staan. Het duurde even voordat Tim besefte dat ze bij de afslag naar het huisje waren.

'Als je het leuk vindt kan ik je morgenochtend die slagkooien laten zien.'

'Dat zou ik heel erg leuk vinden.'
'Goed, kom maar om een uur of tien.'
'Doe ik.' Tim knikte. 'Tot dan.'

Hij keek hoe Joe in de richting van Louisa's huis draafde. Toen draaide hij zich om, hij had geen zin om naar binnen te gaan en ondervraagd te worden door zijn moeder en dus sloop hij naar de achterkant en liep vervolgens door naar de inham. Daar was een stukje zand, een armetierig strandje waar... o shit... zijn moeder zat. Hij wilde zich omdraaien, maar zij riep hem al. Toen sjokte hij maar verder en ging ook op het strandje zitten, maar wel zo ver mogelijk bij haar vandaan.

'Hoe ben jij teruggekomen?' vroeg ze.
'Ik kon meerijden met de vader van een van de jongens.'
'En hoe ging het, schat? Hebben jullie gewonnen?'
'Ja. Met één punt verschil.'
'Dat is geweldig!'
'Ja.'

Ze keek naar hem alsof ze wilde zeggen 'Praat toch met me'. Hij draaide zijn hoofd weg en staarde naar een schip dat aan de overkant van het kanaal voor anker lag. Zijn moeder had gezegd dat het een opleidingsschip van de marine was. Hij had niet gevraagd wat voor opleiding ze dan kregen en was niet van plan dat nu te doen.

Ze vroeg in elk geval niet door. Ze was opgestaan en ging zwemmen.

Een vader die een feestje organiseerde voor zijn zoon nadat hij van school was gestuurd? Beter kon toch niet? Zijn vader was woedend geweest omdat hij bleef zitten, was totaal over zijn toeren. 'Het enige voordeel van jouw vertrek naar Bourne is dat je daar geen zak te doen hebt en je misschien op het briljante idee komt om eens te gaan leren! Als je hard werkt, kun je misschien terugkomen in je eigen jaar en dan kan ik je aanmelden voor Groton. Want anders, Tim, wordt het een of andere openbare school. En ik kan niet dulden dat mijn kind naar zo'n soort school gaat. Begrijp je wat ik bedoel, als ik zeg dat ik het niet kan dulden?' Tim had geknikt. Precies wist hij het niet, maar hij kon het wel raden.

Hij hield van zijn vader maar hij haatte hem ook. Voor zijn moeder gold hetzelfde. Ze deden wat ze wilden en gingen ervan uit dat hij het allemaal wel goedvond.

Hij pakte een handje zand en gooide het in het water.

Moest hij partij kiezen? Moest hij achter zijn moeder of zijn vader gaan staan?

Zijn moeder had tenminste niet van die rare regels.

Maar zijn vader was succesvol, machtig, sterk.

Later, als hij klaar was met school – als hij tenminste ooit zijn diploma haalde – zou hij niet worden als zijn ouders. Hij wilde worden als de vader van Joe. Hij zou tegendraads zijn, op een idiote plek gaan wonen en altijd zijn eigen gang gaan.

Maar tot die tijd zat hij gevangen.

7

8 juli

Ellie werd wakker in een bed dat dusdanig was omgewoeld dat het leek of ze met de lakens gevochten had. Toen ze rechtop ging zitten in een poging de restanten van een nachtmerrie van zich af te schudden, kreeg ze een klap in haar gezicht: het misselijkmakende besef dat het vandaag die dag was. Ze liet zich achterovervallen en krulde zichzelf op in foetushouding.

Over vierentwintig uur was het voorbij. Meer was het niet. Ze moest de dag zien door te komen. Maar de herinneringen bundelden hun krachten en drongen zich op. 'Je kan het niet meer,' zeiden ze, 'we komen eraan. *Kijk maar, er zitten nog stukjes van de nachtmerrie in je hoofd. We komen eraan. Je kunt niet om ons heen.'*

Ze kneep haar ogen zo hard mogelijk dicht, balde haar vuisten.
'*Het is 8 juli, Ellie...*'
Adem in.
Het is niet gebeurd.
Adem uit.
Het is niet gebeurd.
'*Je kunt niet meer om ons heen. Je kunt ons niet wegdrukken. Hou daar toch mee op.*'
Adem in.
Het is niet gebeurd.
Adem uit.
Het is nooit gebeurd.
Waarom werkt het niet?
Omdat ze het de laatste tijd te vaak deed.
Vanwege die keer in Starbucks.

'Mam, ben je wakker?'

Tim.

Ze veerde op. Sprong uit bed.

'Momentje, Tim. Ik kom eraan.'

Blijf in beweging. Blijf bezig. Hou ze op afstand en zorg dat ze je niet kunnen inhalen.

Ze ging naar de badkamer, poetste haar tanden, waste haar gezicht, kwam terug en kleedde zich aan.

'Wat wil je voor je ontbijt?' vroeg ze toen ze de woonkamer in liep. 'Zeg het maar, dan maak ik het voor je.'

'Je hebt uitgeslapen.'

'Echt?' Ze keek op haar horloge: half tien. Normaal stond ze om acht uur op.

'Ja. Ik ga wel zo naar Louisa. Joe brengt me naar de slagkooien.'

'Oké. Geen probleem.' Joe was er dus weer. Misschien dat ze hem deze keer te zien kreeg.

Tim had een spijkerbroek en een T-shirt van de Red Sox aan. Ellie liep naar hem toe en gaf hem een knuffel.

'Mam, zo is het wel genoeg.' Hij week achteruit. 'Ik hoop dat ik ze een beetje raak. Zo slecht ben ik niet. Ik wil niet dat hij denkt dat ik echt slecht ben.'

'Dat zal hij vast niet denken. Ik hou van je, Tim.'

'Ja, ik weet het. Gaat het wel? Is er iets met je?'

'Nee hoor, het gaat wel. Kom, ik zal wat eieren met spek voor je bakken.'

Het was weer een zonnige, warme dag. Tim was in een goede bui en at snel zijn ontbijt op. Alles zou goed komen, Ellie wist het zeker. Terwijl hij met Joe een paar ballen ging slaan, ruimde zij op. Strak kon ze wat brownies voor hem bakken. Hij moest zich hier thuis gaan voelen, daar moest zij zich op richten. Hij begon in elk geval weer een beetje tegen haar te praten.

Gisteravond had ze niets willen forceren, tijdens het eten was ze zwijgzaam geweest en daarna had ze in de woonkamer gezeten met haar laptop. Ze had zich ingehouden en afgezien van haar gebruikelijke gepush en gepor, en dat had gewerkt. Tim was ook in de woonkamer komen zitten en na tien minuten stilte, tien minuten waarin hij, dat wist ze, zich afvroeg wanneer ze hem zou vragen naar zijn dag terwijl zij haar mond hield, begon hij te praten.

Hij vertelde wat over de jongens van het team en daarna over zijn afspraak met Joe. Toen hij zei dat Joe van school was getrapt en vervolgens werd getrakteerd op een feestje, moest ze lachen.

'Geniaal,' zei ze. 'Ik wou dat ik zoiets kon doen, maar volgens mij zou me dat niet lukken.'

'Dat zei Joe ook. Maar hij heeft geen kinderen.'

Toen Louisa haar vertelde dat ze in Haight-Ashbury had gewoond, zag Ellie haar voor zich: bloemen in het haar, in een minirok, naar iedereen het vredesteken makend.

'Droeg je toen ook al heel veel armbanden?' had ze gevraagd.

'Ja, en van die Indiase tunieken. En geknoopverfde T-shirts. Ik ging er echt helemaal voor.'

Ellie vond het wel vermakelijk dat Joe, die nu voor een Amerikaanse senator werkte, zijn leraar had uitgescholden – Tim had niet gezegd welk woord hij had gebruikt, maar het zal ongetwijfeld hondsbrutaal zijn geweest. Die tegendraadsheid zat waarschijnlijk in zijn genen. En aangezien hij met Tim naar de slagkooien was gegaan, moest hij net als Louisa een gul mens zijn.

Nadat Tim was vertrokken en ze klaar was met opruimen en schoonmaken, ging Ellie zitten, maar een tel later stond ze alweer op.

En nu?

Bezig blijven.

Brownies. Ga die brownies bakken voor Tim.

Ze ging naar de keuken, maakte het beslag en zette het in de oven.

En nu?

E-mail.

Haar laptop stond op de keukentafel. Debby had haar een lange mail gestuurd over een of andere man op wie ze gevallen was, en Ellie stak haar een hart onder de riem. *Hij klinkt geweldig,* schreef ze. *En zeg nou niet dat het weer zo'n onbeantwoorde liefde wordt. Hij is duidelijk ook gek op jou.*

Toen ze klaar was met de mail aan Debby begon ze aan een mail aan

Daniel. Ze schreven elkaar nu twee keer per dag, aan het begin en het einde van hun beider dagen, en Ellie genoot steeds meer van de correspondentie. Ze keek er tegenwoordig naar uit om zijn naam in haar inbox te zien, en in de loop van de dag bedacht ze wat ze hem in haar avondmail zou vertellen. En ze probeerde goed en mooi te schrijven. Iets wat ze sinds haar schooltijd niet meer had gedaan.

Juist toen ze *Beste Daniel* had getypt, hoorde ze een auto de oprit op rijden. Ze ging naar de voordeur, deed open en zag Tim uit de auto van Joe stappen.

'Hoi,' riep ze. Ze wilde Joe bedanken, maar hij reed al achteruit de oprit af. 'Heeft hij haast of zo?' vroeg ze Tim.

'Geen idee. Aan slag is hij heel goed, trouwens. Ik heb veel van hem geleerd. En hij zei dat hij volgend weekend weer hierheen komt. 's Zomers is het in Washington te heet. Hij zei dat hij me dan op zaterdagavond meeneemt naar een wedstrijd. Ze hebben hier een eigen competitie en die heeft best een goed niveau. Joe is tof.'

'Dat klinkt geweldig.'

Maar waarom had hij niet even hallo gezegd? Ze had graag kennis met hem gemaakt, de Joe uit de verhalen vergeleken met de echte Joe. Ellie zag de auto naar het huis van Louisa rijden.

'Ik heb het warm. Ik ga een duik nemen.'

Tim liep naar zijn kamer, trok een zwembroek aan en ging naar buiten. Ellie dook weer achter haar laptop. Ze moest verder met de mail aan Daniel en daarna wat eten. Maar toen ze nog maar net twee zinnen geschreven had, kwam Tim alweer het huis binnengestormd.

'Iemand heeft allemaal troep op het strand gegooid. Te goor gewoon. Vieze luiers. Allerlei rotzooi... Getver. Daar ga ik echt niet zwemmen.'

'Wat?'

Ellie sprong op en vloog naar het strand. Het was een bende, alsof iemand drie vuilnisbakken had omgekeerd: gebroken flessen, etensresten, colablikjes en, zoals Tim al had gezegd, vieze luiers. Ze sloeg een hand voor haar mond en deinsde terug.

'Zie je wel?' Tim stond achter haar. 'Welke klootzak doet zoiets?'

'Ik weet het niet.' Ze schudde haar hoofd.

'Waarom op ons strandje? Heeft een plezierjacht hier zijn afval ge-

dumpt of zo? Ik heb mensen afval vanaf hun boot in het water zien gooien. Wat een klootzakken!'
Waarom op ons strandje?
Waarom?
'Hoe krijgen we deze troep ooit weg?' vroeg Tim.
'Ik weet het niet.'
'Het stinkt.'
'We zullen het toch moeten opruimen,' zei Ellie, maar ze maakte geen enkele aanstalten.
De jongelui die de woonkamer overhoop hadden gehaald, zouden zij hierachter zitten?
Of was het wat Tim zei, had een plezierjacht hier zijn afval gedumpt?
Het lijkt tegen mij gericht.
'Ik weet even niet hoe we het moeten aanpakken.'
'Dus moeten we het maar gewoon laten liggen?'
'Ik weet het niet, Tim. Oké?'
'Oké.' Hij stak zijn handen op. 'Sam belde mij toen ik weg was met Joe. Hij vroeg of ik naar het strand in Mashnee kwam. Ik was het niet van plan, maar nu misschien wel. Als jij het goedvindt tenminste.'
'Dat mag wel hoor.' Ze knikte. 'Ga maar.'
Hij draaide zich om en liep weg.
'Mam?' Hij keek nog even over zijn schouder. 'Gaat het wel?'
'Ja hoor. Ga jij nou maar. Veel plezier.'
Hij liep weg en Ellie keek hem na.
Kinderen groeien op, krijgen hun eigen leven en vliegen uit. Zo moet het ook. Over een paar jaar ging Tim studeren en zou zij een trotse moeder zijn, een toeschouwer die last zou krijgen van het legenestsyndroom.
Zo moest het ook. Een andere manier was er niet.
Hou ermee op, Ellie. Nu. Tegenwoordige tijd. Blijf in het hier en nu. Doe iets aan deze rotzooi.
Ze richtte haar blik op het afval. Ze kon het niet.
Het lijkt tegen mij gericht.
Maar dat is niet zo. Dat kan niet.
Ze keek uit over het kanaal en zag boten heen en weer varen. Er waren inderdaad idioten die hun afval in het water gooiden. Zij had het ook ge-

zien, en ze had die onnadenkende stommelingen die de oceaan als vuilnisemmer gebruikten maar al te graag in hun kraag gegrepen.

Er voer een mammoettanker langs, ze zag hoe het kielzog uitwaaierde over het kanaal en ten slotte op haar strandje aanspoelde en over het stinkende afval stroomde.

Later... Ik ruim het later wel op.

Ze ging weer naar binnen, bracht de laptop met een tikje op de spatiebalk tot leven en probeerde zichzelf af te leiden met het voltooien van de mail aan Daniel. Maar ze kon zich niet concentreren en klikte op 'E-mail ophalen'.

Een nieuw bericht. Van Charlie.

'Wat wil hij nou weer?' mompelde ze en ze opende de mail.

Ellie,
Ik wil jou op de hoogte brengen voordat je het van een ander hoort. Sandra en ik gaan trouwen. In december.
Charlie.

Ellie leunde achterover, sloot haar ogen, bracht haar vuist naar haar mond en beet op haar knokkels.

Ze had het kunnen verwachten, ze wist dat het zou gebeuren, maar niet zo snel al. En niet vandaag.

Ongewenste beelden raasden door haar hoofd: Charlie die bij hun eerste kennismaking aan de keukentafel zit en opeens haar hand pakt. Charlie die in de kerk op haar staat te wachten terwijl zij naar het altaar loopt. Zo ernstig en tegelijk zo sereen. Charlie die vlak na Tims geboorte naar het gezicht van zijn zoon kijkt en breed glimlacht zoals zij hem nog nooit had zien glimlachen. Trots en opgewonden. Zó blij dat het een jongen was. Charlie die in de stoel in hun woonkamer luistert naar haar stomme verhaal over het vinden van een goede loodgieter en zijn reactie daarop: 'Ik doe het wel, El. Laat het maar aan mij over. En als het mij niet lukt, zoek ik iemand die het wel kan.'

Herinneringen die boven kwamen drijven. Waarom zaten er geen slechte herinneringen tussen, beelden die geen nostalgie opriepen?

Krijg het heen en weer.

Ze klapte de laptop dicht, stond op en liep naar de deur. Ze wilde nu niet alleen zijn, ze wilde Louisa spreken. Maar eenmaal buiten voelde ze dat de andere herinneringen aan de rand van haar bewustzijn op de loer lagen.

Ga weg! Uit mijn hoofd, verdomme!

Het geluid van een automotor deed haar opschrikken. Het was een huurauto en Joe Amory zat achter het stuur, hij reed naar de doorgaande weg. Ze keek naar de voorbijrijdende auto, ze zag dat hij haar zag, maar hij sloeg geen acht op haar en keek weer strak voor zich uit.

Haar angstdroom sneed als een mes door haar hoofd: Tim die zo snel als hij kon over de weg rende, de auto achter hem die steeds harder reed, zijzelf die 'Stop!' schreeuwde. Ze zag hem struikelen en realiseerde zich al tijdens zijn val dat hij zou sterven.

Ze wilde geen seconde langer alleen zijn. Het kon haar niet schelen dat de deur nog niet op slot zat. Ze moest naar Louisa.

8

'Het is zo mooi hier. En zo vredig. Je zit hier vast heel graag te kijken naar de boten die voorbijglijden en de meeuwen in de lucht. Je vertelde dat je spelletjes deed. Wat voor spelletjes?'

Ze zaten op de veranda. Ellie had haar voeten onder zich getrokken en beide handen om een koffiemok geslagen. Louisa zat languit, haar voeten gekruist op een houten krukje.

Ellie had enigszins buiten adem op de drempel gestaan, en toen ze samen naar de keuken waren gelopen om koffie te maken, had ze Louisa verteld over het strand en de e-mail van Charlie.

'Maar ik wil er niet over praten, Louisa. Ik wilde je wel vertellen wat er gebeurd is, maar nu wil ik het over iets heel anders hebben, zodat ik dat andere even kan vergeten.'

Wat was er in 's hemelsnaam aan de hand? vroeg Louisa zich af toen ze water opzette. Eerst het huisje overhoopgehaald en nu dit. Goed, boten dumpten soms hun afval in het water en dat was echt afschuwelijk. Maar die idioten gooiden normaal gesproken maar een paar dingen overboord. Wat flessen of blikjes. Lege sigarettenpakjes. Geen vuilniszakken vol. Maar Ellie was zo gedecideerd dat Louisa eigenlijk geen keus had, ze moest met haar op de veranda zitten en een 'normaal' gesprek voeren.

'We deden allerlei spelletjes. Verstoppertje, slagbal, krijgertje. En we verzonnen ook spelletjes. Als ik ooit nog eens naar een psych moet, is het omdat ik een te gelukkige jeugd heb gehad. Dan zit hij meteen met een mond vol tanden. Volgens mij is "gelukkige jeugd" voor psychologen een oxymoron.'

'Een psycholoog kan je toch niet echt helpen.'

'Denk je dat?'

'Ja. Ze hebben gewoon een of andere theorie en proberen de mensen alleen maar in een wetenschappelijk hokje te plaatsen.'

'Misschien wel, ja. Ik probeerde Joe over te halen naar een psycholoog te gaan voor zijn rouwverwerking, maar dat wilde hij niet. Trouwens, jammer dat jullie nog geen kennis hebben gemaakt.' Louisa tilde haar been iets op en legde haar blote voeten naast elkaar. 'Hij moest het vliegtuig pakken naar Washington. Zondag... Ik haat die dag. Altijd vertrekkende mensen.'

'Het was heel aardig van hem dat hij Tim heeft meegenomen naar de slagkooien.'

'Hij vond het erg leuk. Mannen zijn in wezen nog jongens.'

'Daar zou je wel eens gelijk in kunnen hebben.'

Louisa nam Ellie op, die naar het water keek en zich niet bewust was van Louisa's onderzoekende blik. Ze voerden weliswaar een zogenaamd normaal gesprek, maar Ellie klonk vlak en afstandelijk. Ze was flink aangeslagen door het nieuws dat Charlie ging hertrouwen, en daar kwam die troep op het strand nog eens bij.

'Hé!' Louisa klapte in haar handen en stond op. 'Ik was het bijna vergeten. Ik heb nog een verrassing voor je.'

'Echt?' Ellie draaide zich om en haar gezicht klaarde op.

'Ja. Kom maar. Neem je koffie mee. Ik laat het je zien.'

Louisa leidde haar via de verandatrap naar de zijkant van het huis, waar de garage was.

'Blijf jij maar hier. Ik zal het brengen.'

Louisa trok de garagedeur omhoog aan de hendel onderaan, ging naar binnen en zag achterin de oude fiets van Joe staan. Ze pakte het stuur, reed hem achterwaarts naar buiten, het daglicht in.

'Kijk eens!' Ze glimlachte. 'Deze is voor Tim. Ik weet dat hij niet kan fietsen, maar dat kunnen we hem leren. Hij zal het geweldig vinden.'

Roerloos staarde Ellie naar de fiets. De koffiemok gleed uit haar hand.

'Ellie?'

Ze draaide zich om en vloog weg, rende alsof de duivel haar op de hielen zat, maar vlak bij het einde van Louisa's oprit struikelde ze en viel.

'Ellie!' Louisa rende naar haar toe. Ze zat voorovergebogen, met neerhangend hoofd, op het grove zand. 'Gaat het, Ellie?'

'Ik moet ademhalen. Laat me ademhalen.'

Ze sloot haar ogen, begon diep in en uit te ademen, maar stopte daar een ogenblik later al mee en keek op.

'Het werkt niet. Lieve hemel, wat moet ik nu?'

'Ellie... lieverd.' Louisa ging naast haar zitten en trok haar naar zich toe. 'Wat is er aan de hand? Ik begrijp het niet.'

'Ik kan het niet...' Tranen biggelden over haar wangen. 'Ik wil het niet. Ik kan het niet. Dwing me niet!'

Het huilen werd snotteren. Ze wapperde met haar handen, alsof ze een zwerm bijen wilde verjagen. Louisa greep haar polsen en hield die stevig vast.

'Zorg dat ze weggaan! Haal ze uit mijn hoofd!'

'Wat moet er weg? Waar heb je het over?'

'Ik kan ze niet verdringen. Ze laten het niet toe. Ik haat ze, ik haat ze, ik haat ze.'

Ze is een kind. Een kind dat instort, net als Joe toen hij twee was.

'Hou daarmee op, Ellie. Nu!'

'Ik wil hem niet zien,' zei Ellie tussen de snikken door. 'De fiets. Ik wil hem niet zien.'

'Ik zet hem terug in de garage. Als jij tot bedaren bent gekomen, zet ik hem terug.'

'De sirenes. Al die sirenes... Het is niet echt gebeurd. Toch?' Haar hele lijf schokte.

'Sssjjj...' Louisa aaide ritmisch over haar hoofd. 'Het is goed. Het komt allemaal goed.'

'Het komt niet goed. Zij is er ook. Ik zie haar. Er is overal bloed en... en die rennende, krijsende vrouw, en mijn moeder krijst ook...'

'O, lieverd toch, waar heb je het over?'

'En de sirenes... Ze gillen, en ik gil ook, en het is vandaag.'

'Wat is er vandaag?'

'Waarom vandaag? Het is vandaag gebeurd. Maar het is niet gebeurd. Dus waarom? Ik kan niet zorgen dat het niet gebeurd is. De fiets... zit in mijn hoofd. Haal hem eruit. Alsjeblieft. Hij moet weg.'

'Ellie. Rustig. Vertel het me maar.'

'Ze ligt daar. O god, ik heb haar vermoord.'

Wát…?

'Ellie.' Louisa bracht haar bovenlichaam naar achteren en nam Ellies gezicht in haar handen, dwong haar naar haar te kijken. 'Waar heb je het over? Zeg het. Vertel het me.'

'Nee.' Ze sloot haar ogen. 'Het is niet gebeurd.'

Louisa liet Ellies gezicht los en nam haar weer in haar armen. Haar hart bonkte tegen haar borst, leek elk moment uit elkaar te knallen. Zo hard moet een hart niet bonken, dacht Louisa. Als ze niet kalmeert, krijgt ze nog een hartaanval.

'Ellie, adem tegelijk met mij in en uit. Luister naar mijn ademhaling en adem dan in en uit.'

'Dat lukt niet. Het werkt niet. Ze ligt daar maar. Ze is dood. Ik heb haar vermoord.'

'Haal je al tegelijk met mij adem? In en uit.'

Louisa ademde rustig en diep in en uit en wachtte tot Ellie mee ging doen. Dat deed ze na een minuut. Haar ademhaling werd rustiger, maar haar hart bonkte nog als een bezetene en het snikken werd ook niet minder.

'Ellie, blijf tegelijk met mij ademhalen. Goed? Mooi zo. Zo gaat het beter. Diep en rustig ademhalen.'

De zon brandde op hun hoofd. Louisa hoorde de meeuwen krijsen en de deinende belboeien in het kanaal klingelen. Ze durfde zich niet te verroeren, want misschien zou Ellie dan weer onrustig worden. Tien minuten lang ademden ze tegelijk in en uit en toen pas begon Ellies hart wat langzamer te kloppen. Maar Louisa durfde zich nog steeds niet te verplaatsen of iets te zeggen, een van de duizenden vragen te stellen die bij haar waren opgekomen. Ellie kon zo weer terugvallen.

'Het is voorbij.' Het was Ellie die ten slotte de stilte verbrak. 'Het is voorbij.'

'Wat is voorbij?'

'Alles.'

'Mooi.'

'Maar stel dat het terugkomt? Wat moet ik dan?'

'Ellie, luister. Zolang ik niet precies weet wat er aan de hand is, kan ik je niet helpen of antwoord geven op jouw vragen.'

'Ik moet dokter Emmanuel spreken.'

'Wie is dokter Emmanuel?'

'Een hypnotherapeut op de afdeling.'

Hypnotherapeut? Afdeling? Een psychiatrische afdeling? Was er echt iets gebeurd, of verbeeldde Ellie het zich? Het bloed, iemand vermoord... Was het echt gebeurd? Of kwam het door een hypnose of zoiets?

Louisa wachtte, het voelde alsof ze al uren in dezelfde houding zat. Toen hield het gesnik op en voelde Ellies ademhaling weer redelijk normaal.

'Het gaat wel weer.' Ellie trok zich voorzichtig terug uit Louisa's omarming. 'Het spijt me, Louisa. Ik weet niet waarom... Het gaat wel. Het komt wel goed. Het was de fiets. Daardoor moest ik... Het spijt me. Ik ga nu naar huis. Wees gerust, het komt goed.'

'Ik ben er helemaal niet gerust op, Ellie. Je hebt net een soort traumatische ervaring gehad. Het gaat echt niet goed met je. Wat was er aan de hand? Wat is er gebeurd? Ik laat je pas gaan wanneer je het mij verteld hebt.'

'Er is niets.' Ellie draaide haar gezicht weg. 'Er is niets.'

'Maar je zei dat...'

'Er is niets gebeurd. Er valt niets te vertellen.' Haar stem klonk emotieloos.

'Dat is gelul en dat weet je zelf ook. Kijk me aan, Ellie. Nu.' Ellie richtte haar blik op Louisa. Die legde haar handen op Ellies schouders en keek haar indringend aan.

'Is er iemand doodgegaan?'

Ellie sloot haar ogen. Louisa hield haar adem in.

'Ja.' Ze schudde haar hoofd. 'Nee. Dokter Emmanuel zei dat ik het kon laten lijken alsof het niet gebeurd is. En als het niet gebeurd is, is ze niet doodgegaan.'

'Doe je ogen open, Ellie. Kijk me aan. Goed, ik heb geen idee wat er aan de hand is. Maar ik weet wel dat als er iets gebeurd is, je moeilijk kan blijven zeggen dat het niet gebeurd is. Als er iemand dood is gegaan, kun je dat feit niet wegstoppen.'

'Dat kan ik wel. Ik zal wel moeten. Je begrijpt het niet...'

'Nee, ik begrijp het inderdaad niet. Maar ik wil wel dat je naar mij luistert. Joe werd gek van verdriet toen Pam overleden was. Maar niet zoals andere mensen. Hij liet geen traan. Omdat hij het niet kon accepteren. Hij ontkende het, ging door met zijn leven en deed alsof Pam nog leefde. Als hij naar de bioscoop ging, kocht hij twee kaartjes. Naderhand praatte hij met haar over de film. Luister je? Begrijp je wat ik zeg?'

Ellie knikte.

'Ik weet zeker dat het voor hem beter was om zijn kop in het zand te steken. Een tijdje althans. Maar uiteindelijk was het verkeerd, alleen wist ik niet hoe ik het kon veranderen. Ik kon hem niet helpen. Maar op een dag kwam hij bij me zitten en zei: "Mam, ik weet dat Pam dood is. Ik reed vandaag langs het ziekenhuis en moest aan haar denken toen ze daar lag en hoe dapper ze toen was, ik liet de herinnering toe. Fantastisch hoe zij ermee omging. Het drong tot me door – en wat een pijn voelde ik daarbij, verdomme – dat zolang ik mezelf voorhield dat ze nog leefde, ik haar die moed ontnam, haar beroofde van een stuk van haar leven. Als ik mijn ogen bleef sluiten voor haar dood, had ik geen respect voor haar."'

'Geen respect?' De ogen van Ellie lichtten even op, al wist Louisa niet precies waarom.

'Ja. Joe had gelijk. Pam verdiende de erkenning van haar dood net zozeer als de erkenning van haar leven. Ik weet niet wat er met jou gebeurd is, Ellie, maar als jij iemand... als er iemand is overleden en jij weigert dat te aanvaarden, weiger je ook te aanvaarden dat diegene heeft geleefd en is gestorven. Dan heb je geen respect.'

Ellie zweeg, maar Louisa kon de radertjes in haar hoofd bijna horen ratelen. En toch gebeurde er niets. Ze zei niets, maar ze probeerde ook niet weg te komen.

'Blijf hier. Ik kom zo terug.' Louisa kwam met moeite overeind, het voelde alsof ze tien ronden gebokst had.

Ze liep naar de fiets, die op zijn kant in het zand lag, pakte hem op en reed hem terug de garage in. Toen ze weer bij Ellie was, stak ze haar hand uit. 'Kom. Je moet iets drinken. En je moet uit de zon.'

Ellie gehoorzaamde als een klein kind en liet zich door Louisa naar het huis brengen. 'Ga hier maar in de schaduw zitten,' zei ze toen ze op de veranda waren. 'Ik haal wat water voor je.'

Het zit te diep, dacht ze toen ze de koude kraan opendraaide en wat ijs uit de vriezer haalde. Wat het ook is, ze laat het niet naar boven komen.

'Alsjeblieft.' Ze gaf Ellie een glas water en ging met haar eigen glas in dezelfde stoel zitten als daarnet. Nu staarden ze beiden naar het kanaal.

'Louisa?'

Ellie keek haar met trieste ogen aan.

'Ja?'

'Ik wil haar niet respectloos bejegenen. Dat is het laatste wat ik wil.'

'Dat weet ik wel.'

'Ik kan niet... Het werkt niet meer. Ik kan zeggen dat het niet gebeurd is, maar dat voelt niet zoals het eerst altijd voelde. Het voelde heel echt. Maar nu... Nu is zij echt en ik wil respect voor haar hebben. Dat geloof je toch wel, hoop ik?'

'Ja. Wie is "zij", Ellie? Kun je me dat vertellen?'

'Dat wil ik wel, maar...' Ze zweeg. 'Kun je mij een paar minuten alleen laten? Ik heb een moment voor mijzelf nodig.'

'Natuurlijk. Ik ga op het muurtje zitten, goed?'

'Ja. Dank je.'

Louisa ging naar de muur die het huis omringde en als stormvloedkering fungeerde. Ellies instorting was een mentale storm geweest die haar had doen stranden op een plek en te midden van emoties waar Louisa zich geen voorstelling van kon maken. Ze wierp een steelse blik over haar schouder, zag Ellie in de stoel zitten met haar armen om haar eigen lichaam geslagen.

Heb ik de juiste keus gemaakt? Of dwing ik haar iets te doen wat ze niet aankan?

Jezus, was Joe er maar.

Stel dat ze iemand heeft vermoord...?

Louisa probeerde zichzelf tot bedaren te brengen door herinneringen op te halen aan vroeger, toen ze als kind op ditzelfde muurtje zat te wachten tot ze met de anderen iets ging doen: een spelletje, zwemmen, een stukje varen in de boot. Maar de beelden van Ellies radeloze blik, haar gesnik, haar nauwelijks hoorbare 'Ik heb haar vermoord', ze bleven zich opdringen en duwden alle andere gedachten weg.

Waarom ik? Ik ben te oud voor dit soort dingen. Dit vergt te veel van me.

Louisa zag Pam op het ziekenhuisbed zitten, haar hoofd opzij, de morfinepomp op haar buik. Ze was kaal en leek tien jaar oud, engelachtig. 'Weet je,' zei ze, 'veel mensen op deze afdeling zeggen: waarom ik? Waarom moet dit juist mij overkomen? En ik denk dan: waarom jij niet? En waarom ik niet? Waarom zou jij... Waarom zou ik... Waarom denken mensen dat ze zo bijzonder zijn dat hun niets kan overkomen? Dat snap ik niet.'

Pam had het veel zwaarder, Louisa. Verman jezelf.

Ze staarde naar de berg stenen die zo'n honderd meter van de oever in het water lag. Met haar broer had ze die de Steenberg gedoopt, heel fantasievol, en vaak voeren ze er 's middags met hun roeibootje naartoe om te vissen. Het stond Louisa nog levendig voor de geest dat ze een stukje slijmerige witvis aan het haakje deed, de lijn van een H-vormig stuk hout rolde en wachtte op de hapering die aangaf dat het aas op de bodem lag. Vervolgens bleven ze daar uren zitten in de hoop beet te krijgen, op een gegeven moment te zien dat er kleine rukjes werden gegeven aan de lijn. Hoe vaak had ze wel niet gedacht dat ze beethad, de lijn opgewonden binnengehaald, enkel om tot de ontdekking te komen dat het stukje witvis nog altijd onaangeroerd aan de lijn bungelde?

'Louisa?' Ellie stond naast haar.

'Kom maar naast me zitten.'

'Ik wil het vertellen.'

'Weet je het zeker?'

'Ja. Maar is het goed als we naar binnen gaan. Naar de woonkamer?'

'Natuurlijk.' Ze stond op en samen liepen ze naar het huis.

'Ik vind die lambrisering erg mooi,' zei Ellie toen ze naast elkaar op de bank gingen zitten. 'Het is hier altijd zo koel.'

Ze zwegen even, staarden beiden naar het kanaal.

'Ik wil dat jij weet wie ze was. Ik heb het nog nooit aan iemand verteld.'

'Ellie, lieverd, neem je tijd.' Louisa pakte haar hand en kneep erin.

'Ze heette Hope. Ze was jarig... op 8 juli... vandaag. Ze werd zes. Ze had een fiets gekregen. Een roze fiets met blauwe linten aan de handvatten. Ze had rossig haar en twee paardenstaartjes. Volgens mij was ze volmaakt.' Ellie zweeg even en haalde diep adem.

'Ze woonde in een buitenwijk van New York. In New Rochelle. Ik weet niet hoeveel slaapkamers hun huis had, maar ik weet dat ze enig kind was. Ik weet niet op welke school ze zat.' Ze beet op haar lip. 'Ik heb haar vermoord, Louisa. Ik heb haar vermoord.' Ze sloot haar ogen, en Louisa zag het gevecht dat ze moest leveren om ze weer te kunnen openen.

'Ik was zeventien en had net mijn rijbewijs. Mijn moeder wilde naar haar oude kapper in New Rochelle. Ze werkte in de stad en ging daar ten slotte ook wonen, maar nergens knipten ze haar haar zo goed als bij die kapper in New Rochelle. Volgens mijn moeder konden we er samen wel naartoe rijden. Zij zou naar de snelweg rijden en zodra we de stad uit waren kon ik achter het stuur kruipen. Dat was natuurlijk hartstikke spannend.'

Louisa knikte.

'Toen we van plek wisselden en ik moest rijden, was ik zenuwachtig en ik reed dan ook langzaam. Na een tijdje waren we nog een paar straten verwijderd van Marie, de kapster. Mijn moeder had de routebeschrijving en zei welke kant ik op moest. Ik reed langzaam, keek recht vooruit, concentreerde me op de weg.

Het huis van Hope had een oprit die afliep. Ze zal opgewonden zijn geweest over haar nieuwe fiets, zoals ik opgewonden was omdat ik autoreed, en stond waarschijnlijk te popelen om hem te proberen. Ze reed de oprit af en had geen controle meer over de fiets. Ik zag haar niet aankomen. Ik keek niet opzij. Maar ik reed zo langzaam... Ik had haar moeten zien. Ik moet tijd hebben gehad om te remmen.'

'Ellie, jij had niet...'

'Nee, wacht. Laat me uitpraten.

Er was een doffe klap. Ik wist niet wat het was. Ik dacht dat er iets met de auto was. Ik trapte op de rem en toen hoorde ik een vrouw "Hope" schreeuwen, mijn raampje stond open, ik hoorde haar schreeuwen en toen begon mijn moeder ook te schreeuwen, en ik weet nog dat ik de auto in de parkeerstand zette. Ik weet niet hoe ik dat deed noch hoe ik uit de auto ben gekomen.

Ik zag de fiets voor de auto liggen en al dat bloed. En dat kleine lijfje lag daar, en ik begon te gillen en toen viel ik flauw. Toen ik bijkwam klonken er sirenes en zag ik overal zwaailichten. Ik kon er niet naar kijken. Ik sloeg mijn handen voor mijn ogen. Hope is onderweg naar het ziekenhuis overleden.'

'Wat erg. Het spijt me voor je,' zei Louisa en ze kneep zo hard als ze kon in Ellies slappe hand.

'Ik belandde ook in het ziekenhuis. Maar dat was anders, want ik leefde nog. Iedereen zei tegen me dat het niet mijn schuld was. Ik reed langzamer dan de toegestane snelheid, zij was met haar fietsje in de baan van mijn auto gekomen. Niemand begreep dat dat er allemaal niet toe deed. Ik had beter moeten opletten. Ik had naar links en naar rechts moeten kijken, niet alleen recht vooruit. Ik had op tijd moeten remmen.'

'Ellie, die mensen hadden gelijk. Het was een ongeluk. Jij kon er niets aan doen.'

'Ik leefde nog, Louisa. Begrijp je dat dan niet? Ik leefde nog en zij niet. Ze was nog maar zes jaar. Ik had niet achter het stuur moeten gaan zitten. Ik had het niet moeten doen... Nooit...' Ze keek weg van Louisa, schudde haar hoofd en draaide het toen weer terug.

'Naderhand verstopte ik me in mijn kamer. Ik kwam er niet uit. Ik bleef daar zitten malen. Stel dat we drie minuten eerder weg waren gegaan. Stel dat mijn moeder een andere kapster had genomen. Stel dat er onderweg meer stoplichten waren geweest. Allemaal dingen die de dag anders hadden kunnen doen verlopen, zodat het niet gebeurd was. Dat was het enige wat ik nog deed, en anders sliep ik. Ik sliep en sliep en dacht na over hoe die dag anders had kunnen lopen en sliep dan weer verder. Mijn moeder kon het niet aan, wat niet zo gek is. Ik zat een half jaar op een psychiatrische afdeling. Ze wisten geen raad met me. De zielenknijpers konden me niet helpen. Ik at niet, ik sliep alleen maar. Ik wilde wegkruipen in een hoekje en sterven.' Ze trok haar benen op en sloeg haar armen om haar knieën, haar hand lag nog altijd in die van Louisa.

'Totdat er een andere dokter bij me kwam, dokter Emmanuel, een hypnotherapeut. Hij vroeg mij niet wat de andere dokters vroegen, hij zei niet dat het mijn schuld niet was. Hij had als arts in Kroatië gewerkt en zich omgeschoold tot hypnotherapeut. Hij zei dat de geest tot alles in staat was. Hij had gezien dat mensen zonder verdoving een operatie ondergingen, na hypnose.

Hij zei dat als ik de waarheid niet aankon, ik die moest veranderen. Ik kon mezelf inprenten dat het niet gebeurd was. Ik weet dat het vreemd klinkt, maar het werkte wel. Eerst bracht hij me onder hypnose. En daardoor ging ik me beter voelen, een tijdje tenminste. En een tijdje was al heel wat voor mij. Hij leerde me hoe ik mijzelf onder hypnose kon brengen. Als ik het gevoel had weer weg te zakken, kon ik die ademhalingsoefeningen doen en tegen mezelf zeggen dat het niet gebeurd was.

Ik voelde me schuldig, omdat ik besefte dat ik wilde leven. Maar dat kon alleen maar als ik deed wat dokter Emmanuel gezegd had. Het werkte. En het bleef werken. Het ging beter met me. Ik kon naar huis. Ik kon weer naar school. Het is vreemd en ik heb er geen verklaring voor, maar ik ontwikkelde een soort systeem, een zelfverdedigingsmechanisme. Als ik werd herinnerd aan wat er gebeurd was, was het mijn eerste reactie die herinneringen weg te stoppen, heel diep. En als dat niet werkte, deed ik de oefeningen van dokter Emmanuel, die zelfhypnose. En na verloop van tijd hoefde ik die steeds minder vaak te doen en op een gegeven moment zelfs helemaal niet meer, of nauwelijks. Ik denk dat ik mezelf er goed in had getraind. Maar...' Haar blik gleed van Louisa naar het plafond.

'Maar wat?'

'Een paar maanden geleden zat ik op een middag bij Starbucks koffie te drinken. Naast mij zaten twee meisjes te kletsen. Een van hen, een leuke blondine van een jaar of twintig, zei tegen het andere meisje: "Ik zit nog te trillen. Het is al een week geleden, maar ik zit nog steeds te trillen. Ik had hem dood kunnen rijden. Hij rende de straat op, achter een bal aan, en ik trapte zo hard als ik kon op de rem en kwam een paar centimeter bij hem vandaan tot stilstand. Ongelooflijk. Een paar centimeter." Het andere meisje zei: "Laat het achter je, Janice. Ga verder met je leven. Er is niets ergs gebeurd." En die Janice, het blonde meisje, zei: "Maar stel dat ik niet had geremd? Het was nog maar een jongetje. Hoe had ik dat ooit kunnen verwerken? Daar was ik nooit meer overheen gekomen."

Ik wist niet hoe snel ik daar weg moest komen. Maar de herinnering achtervolgde me en bleef dat doen. En het is alleen maar erger geworden. Gisternacht had ik een nachtmerrie over Tim die dood werd gereden. En vandaag is de dag dat het gebeurd is. En toen zag ik die fiets. Ik kon het niet meer wegdrukken en de zelfhypnose werkte niet en… Het spijt me, Louisa. Het spijt me dat je dit moet meemaken. Maar ik kon het niet meer tegenhouden. En door wat jij zei, besefte ik dat het niet goed is om het diep weg te stoppen. Dat is niet respectvol tegenover Hope.'

'Voor jou is het ook niet goed, Ellie. Je moet door een hel zijn gegaan. Je hebt het niemand verteld? Zelfs Charlie niet?'

'Nee, zelfs Charlie niet. Wat vreemd is, want hij kan mensen er juist heel goed toe bewegen om hem iets te vertellen. En op onze eerste avond samen had ik het ook bijna gedaan. Maar ik wilde niet dat hij mij ging zien als iemand die een klein meisje had vermoord. En het ziekenhuis, ik wilde niet zeggen dat ik daar gelegen had. Hij vindt het afschuwelijk om geen controle te hebben. Hij drinkt niet, heeft zelfs nog nooit een slok wijn genomen. Hij zou het vreselijk hebben gevonden dat ik op die manier de weg kwijt ben geraakt.

Die afdeling waar ik zat, Louisa, die was heel eng. Sommige mensen daar… Toen ik net in m'n eentje buiten zat, moest ik daaraan denken, aan hoe bang ik was en dat ik nog zo jong was en dat dokter Emmanuel in mijn ogen een soort god was. Hij bood me een uitweg. Het was voor mij de enige manier om ermee om te gaan. Hij was mijn steun en toeverlaat. Zoals Charlie mijn steun en toeverlaat was in mijn huwelijk. Dat wil ik niet meer. Ik ben geen meisje meer. Ik ben een moeder.'

'Een geweldige moeder.' Louisa liet Ellies hand los en legde een arm om haar schouder.

'Maar…' Ellie veegde met de bovenkant van haar vuist haar tranen weg. '… Hope had ook een moeder. Mevrouw Davis. Ik ben nooit naar haar toe gegaan. Dat had ik wel moeten doen, naar de ouders gaan. Hope zou vandaag vijfentwintig zijn geworden.' Ze keek Louisa met smekende ogen aan. 'Een onschuldig kind.' Ze legde haar hoofd in haar handen. 'Ze zal toch wel in de hemel zijn, Louisa? Ze zal me toch wel vergeven hebben?'

'Ze is in de hemel,' zei Louisa, en met bonkend hart trok ze Ellie naar zich toe. 'En ze heeft het jou vergeven.'

9

Tim probeerde niet naar haar te staren. Hij keek heel even en keek dan snel weer weg. Ze zat in kleermakerszit op het zand en leek zich in haar afgeknipte spijkerbroek en witte T-shirt volledig op haar gemak te voelen. Zij hoefde niet te benadrukken hoe sexy ze was, meer dan daar zitten en zichzelf zijn hoefde ze niet te doen. De twee andere meisjes hadden een bikini aan en probeerden met hun manier van bewegen de aandacht op zich te vestigen, maar Lauren had dat niet nodig. Giechelen deed ze ook niet. Dat was bij die andere twee, Kerry en Leslie, wel anders, die giechelden de hele tijd.

Sam en Jake waren aan het flirten met Kerry en Leslie, wat Tim allang best vond. Helemaal toen Sam opstond, Kerry's hand pakte en haar naar het water sleepte, waarna Jake met Leslie hetzelfde deed.

'Haal het niet in je hoofd,' zei Lauren.

'Ik was niets van plan,' antwoordde hij zacht.

'Je weet toch dat ze proberen ons te koppelen?'

'Ja. Dat lijkt me vrij duidelijk.' Hij schudde zijn hoofd en begon het zand vlak voor hem glad te strijken.

'Ik zei tegen Kerry: "Hoe zit dat? Een dubbele date is niet genoeg voor jullie? Jullie willen een drievoudige? Denk daar eerst maar eens goed over na. Dan heb je ook een grotere auto nodig."'

Tim glimlachte en tekende met zijn wijsvinger iets in het zand. Dan hoefde hij haar niet aan te kijken. En zou ze misschien niet merken dat hij begon te blozen.

Ze pakte steeds wat zand, maakte een vuist en liet het zand tussen haar vingers weer weglopen. 'Dus jij bent die nieuwe jongen. Uit Boston. En wat vind je van het schattige kleine Bourne?'

'Dat het klein is heb ik ondertussen wel door.'
Toen ze lachte had hij het gevoel een homerun te hebben geslagen. *Jezus. Verman jezelf.*
'Wat ben je aan het tekenen?'
'Een huis. Dat daar.' Hij keek op en wees over het water naar het huis van Louisa.
'Dat vind ik zo'n mooi huis.' Ze stond op, liep naar hem toe en ging een halve meter bij hem vandaan zitten, weer in kleermakerszit, met haar ellebogen op haar knieën, haar kin in haar hand, kijkend naar wat hij tekende.
'Vergeet de veranda niet. Dat is het mooiste van het huis.'
'Het dak is het mooist.'
'Vind je?'
Hij knikte.
'Hoe doe je dat? Als ik teken wordt het altijd een rommeltje.'
'Je maakt dus moderne kunst.'
Weer die lach. Hij voelde dat ze naar hem keek, hem opnam.
'Ik kan een paar dingen tekenen. Een hond. Met name een teckel. En het profiel van Fred Flintstone.'
'Er moet eigenlijk een hond bij het huis. Als je hem daar tekent...' Hij wees de plek aan... 'lijkt het alsof hij naar binnen gaat om te eten.'
'Dat is goed.' Ze boog zich vooroer en tekende met haar vinger een hond in het zand.
'Dát is een hond?'
'Het is goed met je, Michelangelo.'
Nu durfde hij haar goed te bekijken. Haar korte blonde haar hing iets over haar gezicht. Ze had een wat scherpe neus, een intelligente neus, noemde hij het. En haar blauwe ogen keken fonkelend de wereld in.
'Wat zijn jullie aan het doen?' Opeens stond Kerry voor hen, drijfnat. Ze zwiepte met haar haardos alsof het een lasso was. 'Wat is dat? Shit, Tim, dat is ongelooflijk. Echt niet te geloven. Vind je ook niet, Lauren?'
Lauren schoof van hem weg terwijl hij de zandtekening uitveegde.
'Waarom doe je dat nou?' vroeg Kerry.
Hij gaf geen antwoord. De anderen waren ook teruggekomen en de

groep was weer compleet, ze zaten op dezelfde plekken als eerst, de anderen weer even luidruchtig en flirterig terwijl Tim steelse blikken op Lauren wierp. Alleen zag hij nu dat ze ook steeds naar hem keek.

10

22 juli

Een week lang had Ellie het gevoel te moeten herstellen van een griep. Ze voelde zich zwak en lusteloos, had geen trek in eten en moest zich er echt toe zetten om te koken voor Tim. Soms zat ze uren op het strand – de troep had ze samen met Louisa opgeruimd – en staarde naar het kanaal. Om de een of andere reden bleef haar blik altijd hangen bij de indrukwekkende spoorbrug, met zijn torens op beide oevers en een middendeel dat langzaam neerging wanneer er een trein aan kwam, zodat die de waterbarrière kon nemen.

De manier waarop de zilverachtige punten van de torens schitterden in de zon deed haar denken aan het Chrysler Building in New York, en ze vroeg zich af wie de brug had ontworpen, wie hem had gebouwd. Soms vroeg zij zich af hoe het zou zijn om boven op het middendeel te zitten terwijl dat zakte. Ze vermoedde dat het op en neer gaan van de brug door een hydraulische installatie werd aangedreven. Maar stel dat het systeem op hol sloeg en de brug opeens weer omhoogging terwijl er een trein overheen reed. Stel dat degene die de installatie bediende een fout maakte?

En hoe zou diegene zich dan voelen?

Ze had Louisa verteld over deze gedachten omdat ze haar alles vertelde. Louisa zou nooit dingen zeggen als 'Doe eens normaal' of 'Hou toch eens op met dat sombere denken'. Nee, ze luisterde en knikte en zei dan: 'Zullen we een eindje gaan wandelen?' of 'Waarom gaan we niet met de boot? Niet ver, gewoon een stukje varen.' En tijdens die wandeling of boottocht vertelde Louisa dan ook vaak iets over zichzelf.

'President Cleveland had hier een huis, op die punt, vlak voor de spoorbrug. Het leek sprekend op mijn huis en werd het Summer White

House genoemd, maar een paar jaar geleden brandde het af. Soms denk ik dat mijn huis verdrietig is. Omdat het zijn tweelingbroer mist.'

Ellie luisterde, en als ze in de boot zaten liet ze haar hand door het water glijden, wat een kalmerende uitwerking op haar had. Bij elk tochtje stuurde Louisa het bootje naar de inham achter het huis, de plek waar ze naartoe ging voor wat zelfreflectie, zoals Ellie tegen Daniel had gezegd. De inham lag verstopt en was zo ver van het kanaal dat de boeggolven van grote schepen er niet kwamen: een vreedzame, veilige haven. Louisa liet het anker neer, haalde twee pindarepen tevoorschijn en gaf er een aan Ellie.

'Als ik hier ben, moet ik vaak aan de indianen denken,' zei ze tegen het einde van de week. 'Bourne had een indiaanse naam, Mahamet, die "Pad van de Lastdragers" betekent. Dan denk ik: welk pad? Waar leidt dat pad naartoe? Waar gingen ze heen? Naar Hyannis? Provincetown. Of de andere kant op, richting Boston? En welke last droegen ze mee?'

'Je doet dit allemaal voor mij, Louisa. En ik zal het je nooit kunnen teruggeven. Ik voel me als de last die jij mee moet dragen.'

'Last? Doe normaal, zeg. Weet je waar ik de tijd mee doodde voordat jij hier kwam? Met spelletjes patience op de computer. Ik vind het heerlijk dat je hier woont, Ellie, dat weet je. En ik weet dat jij je een stuk beter voelt. Je zit nu in de stilte ná de storm. Je leert te leven met iets wat je al die jaren hebt willen onderdrukken. Maar je doet het en je doet het goed, je bent een sterke vrouw en ik heb bewondering voor je.

Bovendien, wie anders wil er in deze baai pindarepen met mij eten?'

Ellie lachte en vroeg zich af of Louisa gelijk had. Leerde ze inderdaad te leven met de waarheid? Nadat ze Louisa had verteld wat er gebeurd was, had ze twee keer een nachtmerrie gehad, maar die waren niet zo beangstigend geweest als eerst. Ze voelde ook opluchting, want ze hoefde de herinneringen niet meer weg te drukken of zichzelf onder hypnose te brengen. Haar verdriet en schuldgevoel zouden nooit meer weggaan, maar ze vocht er in elk geval niet meer tegen.

Aan het begin van de tweede week ging ze minder vaak in haar eentje naar het strand, ze kookte weer en voelde zich fysiek sterker. Als ze met Louisa een wandeling maakte, gingen ze niet alleen naar het einde van de Agawam Point Road en weer terug, maar liepen ze door tot Mashnee, waar ze bij de Windsurfer een kop koffie dronken. Of ze reden naar

Atwoods. En bij elk boottochtje vroeg Ellie aan Louisa of ze iets verder konden varen; zodoende waren ze al bijna tot het einde van het kanaal gekomen.

'Binnenkort, als het een keer rustig weer is, kunnen we naar Cleveland's Ledge gaan,' had Louisa voorgesteld. 'Daar staat een enorme vuurtoren en het is op open zee. Je zult het geweldig vinden. Dat garandeer ik je.'

Ellie geloofde haar.

Dit weekend was Louisa echter naar een vriendin in Boston en Tim was ook in Boston, bij Charlie. Ellie vreesde het vooruitzicht van een eenzaam weekend in het huis, ze was bang dat ze overspoeld zou worden door herinneringen. Toen dat niet gebeurde, beschouwde ze dat als de doorbraak die ze nooit voor mogelijk had gehouden.

Vrijdagavond keek ze tv, zaterdagochtend wandelde ze naar Mashnee en weer terug, daarna mailde ze Debby en Daniel, en al die tijd had ze geen onheilspellend gevoel. Met Debby maakte ze grappen over het aanstaande huwelijk van Charlie, met Daniel wisselde ze verhalen uit over hun studietijd. Alles verliep heel gewoon.

Ik dacht dat ik een normaal leven leidde. Maar ik droeg altijd dat geheim in me mee. Het was er altijd, en het was een geheim dat ik niet eens mocht delen met mijn hele ik. Toen ik het aan Louisa vertelde, vertelde ik het ook aan mijn hele ik. De waarheid is niet altijd een bevrijding, maar ik zie nu wel in hoe je jezelf kunt opsluiten in leugens.

Ze zat op het gras voor het huisje, genoot van de laatste zonnestralen van de dag, toen ze Joe Amory aan zag komen lopen. Ze verwachtte dat hij zou doorlopen, hij had haar nog nooit aangesproken, al had hij vorig weekend met Tim een honkbalwedstrijd gezien. Tim was naar Louisa gegaan, Joe had hem meegenomen en hem na afloop voor het huis afgezet. Ellie was dus verbaasd toen ze zag dat Joe haar oprit op liep.

'Hallo,' zei hij en hij bleef op anderhalve meter van haar staan.

Hij was lang en zo dun dat je hem bijna schriel kon noemen, en zijn hoekige gezicht zou heel aantrekkelijk zijn geweest als hij niet zo ontevreden keek.

'Hoi,' zei ze. Ze stond op maar bleef vervolgens staan. Hij straalde onbenaderbaarheid uit.

'Ik zit op Tim te wachten, maar hij komt maar niet. We komen te laat voor de wedstrijd.'

'O nee. Wat vervelend. Hij is het zeker vergeten. Hij is er niet, hij is dit weekend bij zijn vader. Ik wist donderdag pas dat hij daarheen ging, maar hij had moeten doorgeven dat hij met jou naar een wedstrijd zou gaan.'

'O.'

Hij wilde zich onmiddellijk weer omdraaien en terug naar huis lopen, dat voelde ze.

Ellie wilde meer weten over de zoon van de vrouw die in korte tijd de belangrijkste persoon in haar leven was geworden, op Tim na dan. Louisa was als familie, en het was raar om geen gesprek aan te knopen met haar zoon.

'Joe, ga niet weg,' zei ze. Ze zocht in zijn gezicht naar sporen van Louisa, maar zag slechts zijn ijzige blik. 'Dank je wel dat je zo aardig bent voor Tim. Dat je met hem naar de slagkooien en de wedstrijd bent geweest. Dat had je niet hoeven doen. Ik ben je heel dankbaar.'

'Ik mag Tim graag. Hij heeft een goed gevoel voor humor.'

'Hij vertelde dat je van school bent gestuurd, en over dat feest en zo.'

'Dat had ik hem misschien beter niet kunnen vertellen. De boodschap is nogal dubbel.' Hij glimlachte bijna.

'Dat is waar,' zei Ellie. Zij glimlachte wel. 'Maar het blijft een fantastisch verhaal.'

'Mijn vader was een fantastische man.'

'Ik weet het. Je moeder heeft het een en ander verteld.'

'Goed, nou...'

Ellie aarzelde, deed een stap naar voren. 'Ik hoop dat je het niet erg vindt dat ik het zeg, maar ik zou heel graag naar een honkbalwedstrijd gaan. Tim denkt dat ik niets van sport weet, maar ik was echt een jongensmeisje. Ik ben dol op honkbal. Dus ik zal geen domme vragen stellen, alleen maar kijken. Zou dat kunnen? Kan ik de plaats van Tim innemen?'

'Ik...' Joe wipte van zijn ene been op zijn andere, ze kon zien dat hij een uitvlucht zocht. 'Oké. Goed dan. Ik ga de auto halen en pik je dan op.'

'Dank je. Dat zou geweldig zijn. Ik ben Ellie trouwens. Maar dat wist je al, toch?'

Hij knikte. Hij had tegen zijn zin ja gezegd, eigenlijk alleen omdat hij niet snel genoeg een smoes had kunnen verzinnen, was haar idee, maar dat kon haar weinig schelen. Zij durfde zich nu wel op glad ijs te wagen. En voor haar betekende het een normaal avondje uit: een honkbalwedstrijd, een hotdog, dingen waarbij mensen zich geen zorgen maakten over sirenes of zwaailichten.

Ze was bij Acquitaine binnengelopen en dat was een goede beslissing gebleken. En dit was niet eens een afspraakje, dit waren twee mensen die op een zonnige zaterdagnamiddag in juli naar een honkbalwedstrijd gingen. Normaler kon je het haast niet krijgen.

'Ik ben over een paar minuten terug,' zei hij.

'Ik zal klaarstaan.'

Hij draaide zich om en liep naar het huis van Louisa. Ellie ging naar binnen, liep door naar de slaapkamer en pakte een sweater voor de frisse avonduren.

Toen ze de voordeur achter zich dichttrok en op slot deed, wachtte Joe haar al op in de huurauto, met draaiende motor. Ze ging op de passagiersstoel zitten, maakte haar gordel vast en leunde naar achteren.

'Fijn dat je dit wilt doen,' zei ze.

'Geen probleem,' antwoordde hij.

Zakelijk, laconiek, weinig spraakzaam: in het geheel niet als zijn moeder.

Joe stuurde met zijn rechterhand, zijn linkerelleboog lag op de rand van het openstaande raampje.

'Wie spelen er?' vroeg ze.

'Bourne tegen Wareham. Moet een mooie wedstrijd worden.'

De rit duurde een kwartier en werd in stilte doorgebracht. Ellie dacht na over Daniel en hun mailcorrespondentie, die steeds beter werd. Op papier was hij ongedwongen: de ene keer informatief, de andere keer filosofisch of grappig.

Dat ze in deze levensfase bevriend was met een man was haast net zo verrassend als haar vriendschap met Louisa en deed haar beseffen dat ze in haar tijd met Charlie in een emotionele woestijn had geleefd. De mensen met wie ze toen omging waren vrienden van hem en niet van haar, en of het nu nodig was of niet, ze had het gevoel gehad dat ze bij hen altijd op haar hoede moest zijn.

Hoe zouden Joe's mails zijn? Ze stelde zich voor dat een bericht van hem nog geen twee zinnen zou beslaan.

'We zijn er.' Eindelijk zei hij iets. Ze reden de parkeerplaats van de middelbare school op en hij parkeerde de auto. 'Precies op tijd.'

Ze stapten uit, liepen naar de tribune, die een paar honderd meter achter de school stond, en gingen achter het eerste honk zitten, op de tiende rij.

Ellie hield ervan als het wegstervende zonlicht samenviel met het licht dat vanuit de masten op het groene gras en de vier honken viel. Er ging een gemoedelijk geroezemoes door het stadion terwijl de veldspelers naar hun plek liepen en de werper zijn eerste bal gooide. Ze gaf zich over aan het ritme van de wedstrijd, op haar gemak in de meute, blij met haar rol als toeschouwer. Joe ontspande ook, wisselde zo nu en dan wat woorden uit met de oude dikzak die aan de andere kant naast hem zat.

Hij kon dus een gesprek voeren. Alleen niet met haar. Hij juichte zelfs heel even toen de tweede honkman van Bourne een éénhonkslag sloeg.

Het was spannend, het stond lange tijd 2-2, tot de korte stop van Bourne diep in de achtste inning een homerun sloeg met twee spelers op de honken. Joe en Ellie sprongen beiden schreeuwend op en hij draaide zich naar haar toe en gaf haar spontaan een high five. Toen het tot hem doordrong wat hij gedaan had, leek hij zich te schamen en hij ging snel weer zitten.

De negende inning bracht geen verandering in de score. Bourne won. Joe zei de dikzak gedag en ze liepen terug naar de auto. Ellie hoorde mensen zeggen dat Bourne misschien kampioen kon worden.

'Wat denk jij?' vroeg Ellie toen ze de parkeerplaats af reden. 'Gaat Bourne kampioen worden?'

'Absoluut,' antwoordde hij. Het was voor het eerst dat ze Joe echt zag glimlachen, en op dat moment zag ze een stukje Louisa in hem, wat haar stimuleerde om door te gaan.

'Puur uit nieuwsgierigheid. Wat had die leraar gedaan dat jou ertoe bracht hem zo uit te schelden?'

'Hij beschuldigde mij ervan geld uit de collectebus te hebben gejat. Hij had toch al de pest aan mij, waarschijnlijk omdat ik ook een etter wás, maar goed, zoiets zou ik nooit doen, en ik was zo kwaad dat ik me niet kon inhouden en hem een grote bek gaf.'

'En toen ging je naar een andere school?'

'Ja, en ook daar had ik moeite om mijn mond te houden.'

'Dat kan ik me haast niet voorstellen. Dat jij veel praatte, bedoel ik.'

Hij wierp een blik opzij.

'Je hebt gelijk. Erg spraakzaam ben ik niet geweest.'

'Niet bepaald.' Ellie lachte en was verbaasd dat hij dat ook deed.

'Over koetjes en kalfjes praten kan ik niet zo goed.'

Dat was precies wat Daniel had gezegd in dat restaurant.

Ze probeerde zich Joe voor te stellen toen hij jong was, enig kind, rennend door dat gigantische huis. 'Het is gebouwd voor een groot gezin en ik heb er altijd een groot gezin willen stichten,' had Louisa haar verteld. 'Dat wilden Jamie en ik allebei. Maar na Joe konden we geen kinderen meer krijgen. We probeerden dat te compenseren door 's zomers talloze mensen uit te nodigen. Dat is natuurlijk wat anders, maar het hielp wel.'

'Louisa heeft mij verteld over haar zomers hier toen zij jong was. Waren die van jou net zo leuk als die van haar?'

'Ja, eigenlijk wel. Elke augustus verruilden we Californië twee weken voor hier, en ik genoot er met volle teugen van. Mijn vader en moeder nodigden vrienden uit Boston uit, met hun kinderen, en dan hadden we een heerlijke tijd samen. We gingen varen of vissen of, als het mooi weer was, buiten spelletjes doen, en als het regende deden we verstoppertje in huis.' Hij trommelde met zijn vingers op het stuur. Ellie wilde juist een volgende vraag stellen toen hij zei: 'Toen ik elf was verstopte een jongen van mijn leeftijd, Bert heette hij, zich in een van de badkamers boven. Hij wist zich in het medicijnkastje boven de wastafel te wurmen. We konden hem niet vinden, dat kastje was zo klein dat niemand eraan dacht daar te kijken. Na een paar uur kwam hij eruit en zei waar hij zich verstopt had en liet ons zien hoe hij het gedaan had. Altijd als ik daaraan terugdenk, vraag ik me af of Bert later als slangenmens zijn brood is gaan verdienen.'

'Ik hoop het.'

'Hoezo?' Hij wierp weer een blik opzij.
'Het is leuk werk. En hij zou gebruikmaken van zijn talent.'
'Jij bent...'
'Ik ben wat?'
Hij schudde zijn hoofd.
'Als je zoiets zegt moet je de zin afmaken.'
'Jij bent anders. Meer wou ik niet zeggen. Ik ben denk ik gewend om te praten met vrouwen die in de politiek zitten.'
'En hoe zijn die dan?'
'Anders dan jij.'
Ellie voelde zich op haar gemak bij hem en begon te vertellen over Tim, wat er gebeurd was op zijn school in Boston en dat ze zich zorgen maakte of hij in september aansluiting zou vinden bij de andere scholieren van Bourne High.
'Kinderen zijn veerkrachtig. Hij redt zich wel. Hij is misschien een beetje lastig nu, maar dat is normaal. Als ik jou was, zou ik me pas zorgen maken als hij dat niet was. Niemand wil een sulletje als zoon.'
'Wedden van wel?'
'Oké.' Hij haalde zijn schouders op. 'Moeders wel.'
'Wilde Louisa dat jij een sulletje was?'
'Goede vraag. Ik weet het niet. Maar ik denk dat ze al heel snel wist dat ik niet zo'n soort jongetje was. Dus als ze dat wilde, heeft zij zich snel aangepast. Trouwens, zo erg was ik nou ook weer niet.'
'Precies erg genoeg.'
'Inderdaad.'
Toen ze de oprit van het huisje bereikten, vond Ellie het jammer dat ze niet meer tijd hadden, want hij leek zich juist wat te ontspannen.
De auto stond in parkeerstand, de motor liep nog: ze wist dat ze uit moest stappen, maar ze aarzelde, vroeg zich af of het een goed idee was om hem uit te nodigen voor een kop koffie. Juist toen ze tot de conclusie was gekomen dat het veel te opdringerig was, ze had zichzelf tenslotte ook al uitgenodigd voor de wedstrijd, zei hij: 'Waarom kom je niet een kop koffie of thee drinken? Ik wil niet...' Hij zweeg even. 'Het zou leuk zijn om nog wat te kletsen.'
'Laat je me dan het medicijnkastje zien waar Bert zich in verstopte?'

'Jazeker.' Hij zette de auto in zijn achteruit en reed naar het huis.

Tegen de tijd dat ze bij de voordeur waren, was hij kennelijk van gedachten veranderd, want eenmaal binnen stelde hij voor in plaats van koffie een wijntje te nemen.

Met hun glas in de hand gingen ze naar boven en hij opende het medicijnkastje boven de wastafel in de badkamer. Ellie vond het wonderbaarlijk dat een jongetje, en zeker een elfjarig jongetje, daarin had gepast en vroeg zich opnieuw af wat er van de jongen terecht was gekomen.

'Misschien is hij wel advocaat geworden... Je weet het niet. "Bent u in het nauw gedreven? Ik weet er alles van. Laat mij u helpen,"' opperde ze.

'Of hij is directeur van een fabriek waar ze medicijnkastjes maken.'

'Piepkleine medicijnkastjes.'

Joe lachte.

'Als ik me hier ergens moest verstoppen,' zei ze, 'zou ik in dat kastje in de naaikamer gaan zitten, daar in de muur bij de piano.'

'Goede keus. Ik weet nog dat iemand zich daar verstopt had. Niet zo moeilijk te vinden als Bert in zijn medicijnkastje, maar het scheelde niet veel.'

Ze gingen naar beneden, naar de woonkamer. Ellie nam plaats op de bank, Joe op de stoel naast het raam, schuin tegenover haar.

Hier had ze ook gezeten toen ze Louisa over Hope had verteld. Maar door Joe voelde de kamer ineens heel anders. Eerst had Ellie de kamer gezien als iets van haar en Louisa, wat nogal verwaand was, maar ze kon het niet helpen. Naar haar idee was het een vrouwelijke kamer en ze stelde zich zo voor dat de mannen vroeger in de belendende eetkamer na de maaltijd een sigaar opstaken terwijl de vrouwen hier wat gingen kletsen.

Toen ze Louisa vroeg of het vroeger inderdaad zo was, had zij gezegd: 'Zo formeel? En zo rolbevestigend? Misschien wel, ja. Maar ik heb dat zelf niet meegemaakt.'

Joe had zijn rechterenkel op zijn linkerknie gelegd en voegde daarmee een mannelijk element aan de woonkamer toe. Ellie zag hem zo zitten in Washington, in gesprek met senatoren.

'Rook jij sigaren?' vroeg ze in een opwelling.

'Nee. Ik vind ze stinken.'

Hij zei verder niets en stelde haar ook geen vraag. Ze voelde zich ongemakkelijk en keek naar het plafond. De kroonluchter boven hen was gemaakt van ijzer en leek op een hangplant: de gloeilampen waren de bloemen, die werden omringd door uitbundig geschilderde bladeren.

'Ik vergeet het steeds aan Louisa te vragen. Die kroonluchter, zoals die beschilderd is met al die kleuren, zo bijzonder. Waar heeft ze hem gekocht?'

'Ze heeft die met mijn vader en wat vrienden gekocht bij een of andere grote ijzerhandel en op een regenachtige dag hebben ze hem beschilderd. Hoewel mijn vader de kost verdiende met zijn handel in moderne kunst, had hij geen greintje artistiek talent. Daarom ziet die lamp eruit als een knutselwerkje van de lagere school. Diezelfde dag beschilderden ze twee keukenstoelen. Die heb je wel gezien, toch? Een met "Vino" erop, rood op zwart, en de andere met "Slemper". Ik heb het nooit gevraagd, maar ze zullen het wel gedaan hebben toen ze stoned waren.'

'Heb jij wel eens drugs gebruikt?'

'Af en toe wat hasj, meer niet. En jij?'

'Nee. Nooit. Ik was bang voor drugs.'

'Zie je dat verlichte jacht daar in het kanaal?' Hij wees naar het raam en zij knikte.

'Toen ik achttien was rookte ik een joint en ging ik vissen, precies daar waar nu dat jacht vaart. Opeens zag ik iets bewegen in het water, een gigantische grijze kop kwam boven, verdween weer, kwam weer boven, ritmisch verplaatste hij zich zo door het kanaal. Hij kwam op ongeveer een meter van mijn boot, een verbluffend mooie walvis. Ik dacht dat de hasj sterker was dan normaal, dat ik hallucineerde, maar later bleek het een echte walvis te zijn geweest. Hij was verdwaald en probeerde terug te komen naar zee. Ik zag het 's avonds op het lokale nieuws.'

'Heeft-ie het gehaald? Is hij bij zee gekomen?'

'Ja. En ik kan niet beschrijven hoe opgelucht ik was. Het was die schitterende stomkop gelukt daar te komen waar hij thuishoorde.'

'Net als de Billington Boy.'

'Jezus!' Joe lachte. Als hij ontspande werden zijn ogen groter, waardoor de nerveuze spanning van zijn gezicht leek te glijden. 'Ik had het kunnen weten, dat mijn moeder dat jou verteld heeft. Ze is dol op dat verhaal.'

'Zij denkt dat hij niet verdwaalde, maar weg is gelopen.'
'Dat denk ik ook.'
Ze hadden beiden hun wijn op en keken naar het nachtelijke bootverkeer op het kanaal.
'Kom.' Joe stond op. 'Door jou zit ik weer helemaal in mijn jeugd... Ik wil je iets laten zien.' Hij liep naar de deur en pakte onderweg een zaklamp van een bijzettafel.
Ellie volgde hem over de oprit en tussen de stenen zuilen van het toegangshek door naar de grote tuin, die grensde aan het strand.
'Gaan we naar het strand?'
'Nee. Ik had mijn eigen versie van Berts medicijnkastje. Die wil ik je laten zien.'
Hij zwaaide met de zaklamp en liep naar rechts, naar de bloemperken voor de struiken die de tuin omzoomden.
'Oost-Indische kers... Die moeten we zien te vinden. Kijk.' Hij richtte de zaklamp naar beneden. 'Daar heb je ze. Snoezige oranje bloemetjes. Ik heb echt totaal geen verstand van bloemen, maar deze onthoud ik altijd. Oost-Indische kers. Kijk...' Hij duwde wat takken weg achter de bloemen en richtte de lamp op een soort holte tussen de struiken.
'Hier verstopte ik mij altijd als we verstoppertje deden met een buut. Niemand kon me hier vinden.' Hij zakte door zijn knieën en kroop erin. 'Kom, er is genoeg ruimte. Maak je geen zorgen om die bloemen. Die komen vanzelf wel weer omhoog. Moet je kijken.'
Ze volgde zijn voorbeeld en ging naast hem zitten in dat vreemde hol waarin de zaklamp als een reuzenkaars zijn licht verspreidde.
'Ongelooflijk toch? Ik schopte een keer de bal in de bosjes, stuitte op deze plek en dacht meteen: dit is het!'
'Ik krijg het gevoel dat ik weer tien ben.'
'Ik weet het. Ik ben vijfendertig, maar altijd als ik hier zit voel ik me weer vijf en dat is wat telt. De rest van de tijd speel ik dat ik volwassen ben.'
'Dat doe ik de hele tijd. Ik hoor mijzelf tegen Tim zeggen wat hij wel en niet moet doen, en dan denk ik al heel snel: alsof ik het allemaal weet.'
'Dat kan ik me goed voorstellen.'
Ze zaten beiden in kleermakerszit, en toen Joe verschoof om iets makkelijker te zitten, raakte zijn knie de hare. De aanraking trok door haar

hele lichaam en bracht haar in één klap terug naar de tijd dat ze zó sterk naar Charlie verlangde dat haar hele lijf ervan tintelde. De aanraking met zijn knie duurde maar een seconde, maar ze schrok enorm van het verlangen dat ze voelde.

'Pam, mijn vrouw, zou een fantastische moeder zijn geweest.'

Ellie wilde bijna haar hand naar hem toe brengen om hem aan te raken, maar ze hield zich in. Ze wist niets te zeggen. Zijn woorden waren te zwaar. Ze spraken van zo'n enorm verlies dat ze zich er niet toe kon brengen een zogenaamde troostrijke maar in feite nietszeggende reactie te geven.

Louisa had, nadat ze het verhaal van Ellie had gehoord, nooit de clichés in de mond genomen waarmee de psychiaters en psychologen in het ziekenhuis strooiden.

Wat zij wel een keer had gezegd, toen ze op het terras van de Windsurfer zaten: 'Er gebeuren verschrikkelijke dingen in ons leven, Ellie. Jamie had geen dodelijke hartaanval moeten krijgen op zijn tweeënvijftigste. Pam had geen kanker moeten krijgen op haar eenendertigste. Hope had niet op haar zesde mogen sterven. Maar zulke verschrikkelijke dingen gebeuren nu eenmaal, daar is geen ontkomen aan. Dat neemt echter niet weg dat er ook ruimte is voor geluk… Misschien zijn het korte momenten, maar die momenten stapelen zich op. Degene die carpe diem bedacht, had het mis. Je plukt de dag niet, je plukt die momenten. Die je vervolgens uit alle macht probeert bij je te houden.'

Joe en Ellie zaten stil naast elkaar. De zaklamp begon te flikkeren.

'O jee, ik geloof dat de batterij bijna op is,' zei hij. 'Tijd om hier weg te gaan.'

'Prima.'

Ze kropen naar buiten en veegden hun kleren schoon.

'Laten we even op het muurtje gaan zitten,' opperde hij. 'Of wil je terug?'

'Nee hoor, dat is goed.'

Ze beklommen de heuvel en liepen naar de muur waar Ellie aan Louisa had gevraagd of ze die dag naar binnen konden gaan. Joe ging zitten en Ellie volgde zijn voorbeeld. Het was halvemaan, het puffen van een vissersboot op het kanaal dreef over het water hun kant op. Ellie zag de lichten van de huizen aan de overkant.

Hoe verder je naar het oosten ging, hoe ruiger het landschap werd. De meeste mensen kwamen hier voor de lange stranden en talrijke zandduinen bij oorden als Wellfleet, maar zij hield toch meer van de wisselwerking tussen mens en natuur. De weerspiegeling van de lichten in het water, de boten, het gevoel verbonden te zijn met andere mensen en met de elementen, en dat allemaal tegelijk.

'Het is vloed,' zei Joe. 'Je kunt het niet zien, maar vlak hieronder ligt een grote rotsplaat. Ik weet niet wat die daar doet, maar dat was ook zo'n speciaal plekje voor me. Grappig dat kinderen altijd van die schuilplekken weten te vinden. Als het eb was zat ik daar vaak na te denken. God weet wat er allemaal door mijn hoofd ging, maar ik kon daar uren doorbrengen.'

'Ik groeide op in New York. Daar had je niet veel van zulke toevluchtsoorden. Ik kon ze in elk geval niet vinden.'

'Dat is jammer.'

'Ik heb er nooit bij stilgestaan, maar je hebt wel gelijk. Ik hoop dat Tim ook zijn speciale plekjes heeft.'

'Dat hoop ik ook.' Joe leunde achterover, trok wat gras los en stak een spriet in zijn mond. 'Ik kauw graag op gras. Misschien was ik in mijn vorige leven een koe.'

'Is het jou wel eens opgevallen dat de meeste mensen die het over hun vorige leven hebben, zeggen dat ze een Arabische prinses of een Vikingstamhoofd waren? Ik ben nog nooit iemand tegengekomen die zei dat hij een koe was.'

'Hé, een beetje meer respect voor de koe mag wel hoor.'

'Sorry.' Ze stak haar handen op. 'Ik zal het nooit meer doen.'

Ze vervielen in stilzwijgen en Ellies blik dwaalde af naar de spoorbrug rechts van hen. De brugwachter zou wel vrij hebben. In de kroeg zitten, lol hebben. Of slapen.

'Als het zo rustig en vredig is als vanavond,' zei Joe, en hij trok een knie op naar zijn borst, 'vind ik het hier treurig. Als de wind loeit of de regen neerklettert of er een dichte mist hangt, heb ik tenminste het gevoel dat de natuur het druk heeft, aan het werk is. Maar op een avond als deze is alles zo leeg. Triest.'

'Maar op een avond als deze kun je alles wel heel goed horen. De krekels, het geronk van de boten, de boeien... werkelijk alles. Het is helemaal niet leeg. Als de bestuurder van de boot die zojuist langsvoer aan het zingen was geweest, zouden we hem woordelijk hebben verstaan. De natuur is echt wel aan het werk, als versterker.'

'Als versterker?' Joe lachte.

'Je weet best wat ik bedoel.'

'Had de bestuurder van die boot maar gezongen.'

'Kun jij zingen?'

'Totaal niet.'

'Ik ook niet.'

Ze had de neiging hem weer even aan te raken. Dus stond ze maar op.

'Ik moet naar huis.'

'Goed.' Joe gooide de graspriet weg en stond ook op. 'Ik loop met je mee.'

'Dank je.'

Terwijl ze naar de weg liepen, zocht Ellie naar de sterren van de Grote Beer, zodat ze iets had om zich op te richten en niet zou denken aan die behoefte aan lichamelijk contact.

'Kijk nou toch, die sterren zijn zo helder dat ze op de lichtmasten van het honkbalstadion lijken, ze werpen hun licht op de wedstrijd die wij als mensen hier op aarde spelen.' Ze ademde diep in, genoot van de zilte lucht. 'Ik vraag me af welke teams tegen elkaar spelen. En wie er wint.'

Joe bleef opeens staan.

'Weet je, jij bent echt...'

'Ik ben echt wat? Nu doe je het weer. Je moet je zin afmaken.'

'Nee, laat maar.' Hij schudde zijn hoofd en liep door.

'Joe?'

'Laat maar.'

Ze waren bij haar deur.

'Daar schieten we wat mee op, hè, met "Laat maar".'

Wat wilde ze? Stond ze te vissen naar een compliment? Nee. Ze had geen flauw benul wat ze wilde. Misschien had hij 'Jij bent echt gestoord' willen zeggen. Ze wilde zo graag weten wat er in zijn hoofd omging dat ze ervan schrok.

'Ellie.' Hij leunde met zijn rug tegen de deur van het huisje. Zijn handen in zijn zakken. 'Soms doen mensen precies wat goed is. Je begrijpt wel wat ik bedoel, toch? Heel veel mensen proberen te doen wat goed is, maar de meeste slaan de plank helemaal mis. Toen wij op die schuilplek van mij zaten, toen ik zei dat Pam een geweldige moeder zou zijn geweest, zouden de meeste mensen wat gezegd of gevraagd hebben, maar jij niet. Daar wil ik je voor bedanken.'

Ze knikte, keek omhoog naar zijn gezicht en bedacht hoe sterk de uitdrukking daarop veranderd was.

'Waardoor komt het? Wat maakt jou zo anders?' Hij haalde zijn hand uit zijn zak en legde die op haar elleboog.

'Ik ben niet anders.'

Ze had het gevoel dat haar elleboog het middelpunt van haar lichaam was.

'Ellie. Wat gebeurt er met ons?'

'Ik weet het niet.'

'Ik ook niet.'

Zijn hand kwam los van haar elleboog. Ze voelde hem nu op haar schouder.

'Moeten we het weten?'

'Nee.' Ze fluisterde het.

Zijn hand ging naar de achterkant van haar nek. Hij trok haar gezicht naar zich toe, kuste haar, licht, trok zijn hoofd terug, om haar een seconde later weer naar zich toe te trekken en te kussen, nu met veel kracht en hartstocht, die zij beantwoordde, zodat ze even later hevig aan het zoenen waren en Ellie alle opgekropte spanning uit haar lichaam voelde stromen.

De ontlading, de kracht van het onbewuste verlangen en de manier waarop die al haar gedachten aan de kant schoof, het voelde alsof ze bedwelmd werd. Heel lang had ze veel verdrongen en geprobeerd te begrijpen wat ze niet kon verdringen. Maar dit was als een windvlaag die haar hoofd leegmaakte. Het enige wat nog telde was haar lichaam. En het zijne.

Het lukte haar als een soort slangenmens een hand in haar zak te krijgen, de sleutels tevoorschijn te halen en de deur open te maken terwijl ze bleven zoenen, waarna ze verstrengeld en zoenend door de woonkamer naar haar slaapkamer liepen en op het bed neervielen. Geen van hen wilde ophouden met zoenen, alsof ze beiden wisten dat het einde van de zoen het einde van alles zou betekenen. Ze bleven verstrengeld terwijl ze hun broek openritsten en wriemelend uittrokken, waarna ze de liefde bedreven met dezelfde hevigheid als waarmee ze elkaar eindeloos, als bezetenen, hadden gezoend.

Ze voelde hem klaarkomen, zijn lichaam verkrampen, maar wat ze vooral voelde was dat zijn mond niet langer op de hare was.

'Joe?'

Hij rolde van haar af en bleef met zijn elleboog over zijn ogen naast haar liggen.

Wat zou nu 'goed' zijn? Ze kon zijn ogen niet zien, maar zijn mond was strak, een rechte lijn.

'Joe?' vroeg ze opnieuw. Opeens was ze bang om hem aan te raken.

'Dit is helemaal niet goed.'

Hij ging rechtop zitten en stapte uit bed, en terwijl hij naar zijn broek en boxershort zocht ging zij ook rechtop zitten en keek hoe hij zich aankleedde.

'Joe...'

'Ik had dit niet moeten doen. Jij had dit niet moeten doen. Het is fout.'

Hij liep de kamer uit. Zonder achterom te kijken.

23 juli

Op de tafel stonden een glas sinaasappelsap en een kop koffie. Ellie wist dat ze iets moest eten, maar ze had geen trek. Het woord 'fout' bleef maar in haar hoofd rondspoken. Wat zo vanzelfsprekend had geleken, was fout geweest. Ze had voor het eerst in zeventien jaar gevreeën met een andere man dan Charlie en het was fout geweest. Joe was zonder een woord vertrokken. Fout.

Zij had gewoon een gezellige avond willen hebben. Maar ze was in bed beland met iemand die ze nauwelijks kende. Fout, fout, fout.

Ze pakte haar koffie en vouwde haar handen om de mok.

Hoe had dit kunnen gebeuren?

Ze nam de avond nog een keer door, ze probeerde zich te bedenken hoe het anders had kunnen lopen, op welk punt het onomkeerbaar was geworden, of ze vóór dat punt hadden kunnen stoppen.
We werden er allebei door overvallen. We dachten allebei niet meer na.
Maar ik verlangde zo naar hem.
En ten slotte wilde hij er alleen maar zo snel mogelijk vandoor.
Ze was er al bang voor geweest, en toen het gebeurde, toen ze het kloppen op de deur hoorde, stond ze langzaam op en liep aarzelend, met de mok in haar hand, naar de voordeur in de wetenschap dat het Joe was die haar nog een keer kwam vertellen hoe fout het was geweest. Het zou ongemakkelijk en vervelend zijn, maar ook dit was onvermijdelijk. Twee mensen die zich tegenover elkaar verontschuldigden voor het feit dat ze met elkaar gevreeën hebben. Met de akelige bijkomstigheid dat een van de twee had gewild dat er sprake was van echte intimiteit en niet alleen van een tijdelijke overwinning van de lichamelijke lust op het verstand.

'Ellie,' zei hij toen zij de deur opende. Het verbaasde haar niet dat zijn gezicht net zo strak stond als toen hij van haar af was gerold.

'Joe, kom verder.'

'Nee, dat gaat niet. Ik moet mijn vliegtuig naar Washington halen. Ik wil alleen maar zeggen dat het me spijt dat ik zo ben weggelopen.'

'Ik begrijp het wel.'

Dit was het huisje van hem en Pam geweest. God weet wat er nu door zijn hoofd ging.

'Luister.' Hij wreef over zijn voorhoofd. 'We moeten vergeten wat er vannacht gebeurd is. Ik bedoel dat we beter kunnen doen alsof het nooit gebeurd is.'

'Ja. Alsof het nooit gebeurd is.'

'Dat is beter.'

'Ja.'

'Goed dan.'

'Goed.'

'Dan ga ik nu weg.'

'Oké.'

Hij draaide zich om en liep naar zijn auto. Zij deed de deur dicht en staarde ernaar.

Het was ongemakkelijk en vervelend geweest, maar het was voorbij.
Dus waarom voelde ze zich nu opeens zo ellendig?

Omdat ze toch een klein beetje had gehoopt dat hij naar binnen zou komen om met haar te praten, om haar te vertellen wat er allemaal door hem heen ging. En om te luisteren naar wat zij te vertellen had over haar gevoelens.

Omdat 'alsof het nooit gebeurd is' de slechtste woorden waren die hij had kunnen kiezen om haar af te wijzen.

11

6 augustus

Lauren woonde in een van die nieuwe huizen. Zo min mogelijk scheidingswanden en zo veel mogelijk glimmende gadgets. Op zich niets mis mee. Natuurlijk niet te vergelijken met Louisa's huis, maar goed, een huis als dat van Louisa had Tim nog nooit gezien. Het huis van Lauren stond aan de weg naar Pocasset en keek niet uit op het water, maar dat werd goed gemaakt door de aanwezigheid van Lauren. Ze zat in een grote stoel, met haar benen over de zijleuning, hij op een kruk aan de keukenbar.

Ze had hem een sms gestuurd waarin ze schreef dat ze zijn nummer had gekregen van Sam en of hij zin had om na school bij haar langs te komen. Sam kon hem brengen. Hij probeerde al weken om haar nog een keer te zien. Hij wilde niets liever, wat dacht ze dan? Toch had hij maar één woordje teruggestuurd: 'Tuurlijk.'

Ze hadden over scheidingen gepraat, wat vreemd genoeg nog interessant was ook. Hij had nooit gedacht zo'n gesprek te kunnen hebben, maar Lauren had een aparte kijk op de wereld en deed hem dingen anders zien.

'Je gaat me toch niet vertellen dat je zo'n sukkel bent die wil dat zijn ouders weer bij elkaar komen?' zei ze nadat ze had opengedaan en hem naar binnen had geloodst en had uitgelegd dat dit het huis van haar moeder was en dat haar ouders drie jaar geleden gescheiden waren; hij had toen verteld dat zijn ouders nu bijna twee jaar gescheiden waren.

'Tuurlijk niet,' had hij geantwoord, en hij dacht: dat is precies wat ik wil. Tenminste, ik dácht dat ik dat wilde.

'Echt, ik begrijp die idioten niet. Leven ze soms in sprookjesland of zo? Mensen gaan niet zomaar uit elkaar, toch? Die kinderen denken dat alle problemen dan opeens de wereld uit zijn? Ze willen zeker wonen bij twee mensen die niet van elkaar houden en toekijken terwijl ze elkaar het leven zuur maken? Dan heb ik nog liever zo'n stiefmonster in huis. Echt, ik zou een hele cabaretvoorstelling kunnen maken over mijn ruziënde ouders. Maar geloof me, het was heus niet leuk om al dat geruzie aan te horen.'

'Mijn ouders maakten geen ruzie. Mijn vader had een ander en ging weg. Mijn vader en moeder verzonnen er een heel verhaal omheen, dat ze uit elkaar waren gegroeid en zo, maar mijn vader is er gewoon vandoor gegaan met die Sandra.'

'Ja, moet je nagaan. Als hij terug zou komen, zou hij weer een verhouding krijgen en zou je alles nog een keer moeten meemaken. Cola?'

Hij knikte.

Ze liep naar de koelkast, pakte twee blikjes en gooide er een naar hem. Ze droeg weer haar afgeknipte spijkerbroek, met een zwart T-shirt waarop 'No, I Can't' stond. Haar benen waren bruin, ze droeg felroze lipstick en kleine, stervormige oorbellen.

Hij wilde naar haar toe gaan, haar cola uit haar hand pakken en haar kussen. Hij wilde weten hoe ze in elkaar zat.

'Jij bent ook enig kind, toch?' vroeg ze en ze liep naar de stoel, plofte neer en gooide haar benen over de leuning. Hij had om zich heen gekeken en gekozen voor een plekje aan de bar. Op veilige afstand. Misschien dat ze het wel stoer vond.

'Klopt.' Tim trok zijn blikje open.

'Klote is dat, vind je ook niet? Niemand met wie je over je gestoorde ouders kunt praten. Niemand die het echt begrijpt.'

'Zo heb ik er eigenlijk nooit naar gekeken.'

'En je hebt niemand om te plagen.'

'Maar je kunt je broer of zus alleen plagen als je ouder bent. Denk maar aan de jongste in een groot gezin. Die wordt meer geplaagd dan de grootste nerd op school.'

'Dat is waar.' Lauren lachte. 'Waarom zijn jullie eigenlijk verhuisd? Waarom is Michelangelo weggegaan uit Boston?'

'Mijn moeder heeft iets met Bourne.' Hij draaide zijn kruk een halve slag en nam een slok cola. 'En ik heb het verknald op school. Ik bleef zitten.'

'Ergo: die zomercursus.'
'"Ergo"?'
'Vind ik een leuk woord.' Ze haalde haar schouders op.

Tim vertelde het verhaal over Joe die van school werd gestuurd en het feestje dat zijn ouders voor hem gaven, en hij genoot van haar reactie, die vergelijkbaar was met die van hem toen hij het verhaal had gehoord.

'Dat is zo... zo ontzettend gaaf! Wat zou ik die mensen graag ontmoeten.'

'Ik neem je wel een keer mee. Ze wonen in dat huis... je weet wel... dat huis dat ik in het zand tekende, dat jij zo mooi vindt.'

'Je liegt!'

'Nee, serieus.'

'O nee.' Ze sprong op uit haar stoel. 'Dat is mijn moeders auto. Ze is vroeg thuis. Oké, gewoon beleefd zijn. Goed? Opstaan als zij binnenkomt, een stevige hand geven en haar goed aankijken, al die onzin, en dan kun je beter weggaan. Als je blijft zal ze je ondervragen, alsof je verdacht wordt van terrorisme. Maar ik bel je nog. Goed?'

'Goed.'

Toen Laurens moeder binnenkwam, deed Tim precies wat hem gezegd was: hij stond op, schudde stevig haar hand, keek haar strak aan en zei toen dat hij weg moest.

'Leuk je te ontmoeten, Tim,' zei ze. 'Je bent een beleefde jongeman. Ik hoop je snel weer te zien.'

Lauren en hij wisselden een blik uit en toen ging hij weg. Hij vermoedde dat hij er ongeveer twintig minuten over zou doen om terug te wandelen. Twintig minuten waarin hij het gesprek met Lauren weer kon afspelen, keer op keer. Hij kon extra langzaam lopen, des te meer tijd zou hij hebben om alles nog eens door te nemen.

Lauren leek wel een beetje op haar moeder, alleen had zij bruin haar en miste ze die scherpe, intelligente neus. Ze was al vrij oud, maar daar was hij ondertussen wel aan gewend. De moeders van zijn vrienden waren bijna allemaal ouder dan zijn moeder, sommigen liepen al tegen de vijftig.

Hij wist eigenlijk nooit of het nu een voordeel of een nadeel was om een jonge moeder te hebben. Soms dachten ze dat zijn moeder zijn zus was, wat echt klote was, maar als het op school inloopdag was voor alle moeders was het leuk, want zijn moeder was dan altijd de leukste.

De afgelopen weken deed ze trouwens een beetje raar. Eerst was ze heel stil geweest en had ze niet eens gekookt en zo. Hij was bang geweest dat ze ziek was. Maar nu voelde ze zich beter en gedroeg ze zich zoals altijd. Alleen zat ze vaker achter haar computer. Toen hij een keer had gevraagd wat ze steeds aan het doen was, had ze hem verteld dat ze een soort penvriend had die in Londen woonden en dat ze met elkaar mailden.

'Hij heet Daniel,' had ze hem verteld. 'En hij is kankerarts. Oncoloog.'

'Hoe ken je hem?' had hij gevraagd.

'Hij woonde in Boston. Hij is een vriend van Debby,' had ze gezegd. En toen had ze gebloosd.

Ze vond hem dus leuk.

Maar daar was niets mis mee. Hij woonde toch in Londen. Hij zou niet opeens voor de deur staan en bij hen intrekken, zoals met dat leeghoofd Sandra was gebeurd. Hoewel hij haar al een tijdje niet meer had gezien, wat een grote plus was.

Waarom moest hij nou daaraan denken, terwijl hij juist wilde denken aan de manier waarop Lauren op haar stoel had gezeten, hoe ze had gelachen en wat ze had gezegd, aan de blik die ze op het eind hadden uitgewisseld?

En aan wat nog het mooiste van alles was, dat zij hem had uitgenodigd bij haar langs te komen. Ze moest hem dus wel leuk vinden.

Of niet?

Het regende niet, maar het voelde vochtig, warm en klef. Ellie had geen airco in het huisje gewild, maar op dagen als deze had ze daar spijt van. Ze had Daniel al gemaild, maar dit was een van die saaie dingen die ze met hem kon delen. Even overwoog ze hem nog een mail te sturen, een oneliner zoals: 'Airco of geen airco: wat vind jij?', maar eigenlijk was dat een belachelijk idee. Soms vergat ze dat hij arts was, een hectisch leven leidde en dergelijke overbodige woordenwisselingen niet op prijs stelde. Hoewel strikt genomen al hun e-mails overbodig waren.

De internetdate die tegenover haar aan dat tafeltje bij Acquitaine had gezeten, was nu haar mailvriend Daniel Litman, met wie ze grote delen van haar leven kon delen. Hij wist ondertussen net zo veel over haar als Louisa, al had ze hem nog niet verteld over het ongeluk. Ze kon zich er niet toe zetten. Nog niet. Maar het scheelde niet veel.

E-mail was natuurlijk een heel modern communicatiemiddel, maar steeds vaker schoot het door haar heen dat het eigenlijk een heel ouderwetse manier was om elkaar beter te leren kennen.

Ze had het al een keer eigentijds aangepakt en dat was mislukt: hoe goed had zij Charlie eigenlijk gekend toen zij met hem trouwde? En in hoeverre zat seks het kennismakingsproces in de weg?

In heel veel opzichten, meende zij. Seks was een snelle versie van het langzame pad naar intimiteit, het pad dat voerde langs de trage kennismaking en die ene gedachte vermeed: wanneer kan ik weer met hem of haar naar bed?

Of seks was de kortste weg naar een doodlopende steeg, zoals in het geval van Joe: een avontuurtje dat linea recta naar een blinde muur liep.

Misschien dat het moderne daten voor andere vrouwen wel werkte, maar voor Ellie niet. De mails werkten voor haar wel. Dat was echte intimiteit. Ze kon met hem praten zonder zich af te vragen of ze er goed uitzag of leuke kleren aanhad. Ze konden gebeurtenissen uit verleden en heden uitwisselen, en ook gevoelens. Het leek haar in dit stadium van hun vriendschap zelfs geen probleem om hem een paar dagen na het voorval met Joe in het kort te vertellen wat er die avond gebeurd was. Niet te uitgebreid, maar wel dat ze een klik met hem voelde, dat ze een hechte band hadden gekregen en dat hij toen was dichtgeklapt. Ze wist niet in hoeverre Daniel tussen de regels kon lezen en zou begrijpen dat ze met Joe naar bed was geweest.

Ik weet dat ik het eigenlijk vreemd zou moeten vinden om het met jou over een andere man te hebben, maar onze relatie is anders, toch? Het doet me verdriet dat wij niet zo'n band hebben. Ik wil dat jij mij ook vertelt over de vrouwen in jouw leven. Ik wil daarmee niet zeggen dat je dingen moet vertellen die je niet gepast vindt, dat weet je ook wel. Maar ik wil dat je mij in vertrouwen kunt nemen zoals ik jou in vertrouwen heb genomen. Zoals ik je al eerder vertelde, houd ik weinig achter voor Louisa. Maar wel als het over Joe gaat, natuurlijk. Ik hoop dat je het niet erg vindt dat ik over hem schrijf.

Het spijt me voor je dat het niet goed afliep met Joe, Ellie, was een van de dingen die hij terugschreef. *Het spijt me dat het je verdriet doet. En natuurlijk wil ik dat je mij zulke dingen vertelt. Alleen ben ik bang dat ik jou wat dat betreft weinig te vertellen heb. Mocht dat wel zo zijn dan zal ik het je laten weten.*

Ze was blij dat hij geen vriendin had, en ze was daardoor teleurgesteld in zichzelf, want ze gunde Daniel ook een nieuw en gelukkig leven. Maar als hij echt iets met een ander zou krijgen, of zij, zou hun correspondentie vrijwel zeker minder worden en waarschijnlijk zelfs helemaal ophouden.

De mails waren haar dierbaar geworden. Ze wilde helemaal niet dat het ophield.

'Hoi, mam,' zei Tim toen hij binnenkwam. 'Zit je weer achter de computer? Wat heeft je penvriend te melden?'

'Hij heeft net iets geschreven over een voetbalwedstrijd waar hij naartoe is geweest.'

'O ja, dat nemen ze daar erg serieus.' Tim legde een paar enveloppen op tafel, liet zich voor de bank neerploffen en pakte de afstandsbediening. 'Ergo al die hooligans en zo.'

'"Ergo"?'

'Vind ik een mooi woord.' Hij haalde zijn schouders op en zij glimlachte. Ze zette haar laptop uit.

'Fijn dat je de post hebt meegebracht. Heeft Sams vader je aan het einde van de weg afgezet?'

'Bij een vriend, en vanaf daar ben ik naar huis gelopen.'

'Aardig van hem.' Ellie liep naar de tafel, pakte de enveloppen, bekeek ze vluchtig en dacht aan Jamie Amory, die geen post wilde openen. Dit waren ook alleen maar rekeningen. Behalve de laatste. Haar naam en adres stonden in getypte letters op de voorkant, maar ze kon zien dat het een of andere brief was. Ze maakte hem open en haalde de brief eruit. Een paar getypte alinea's en daaronder, met zwarte inkt, 'Joe'.

Tim bleef tv-kijken, zij ging naar de keuken en pakte een stoel.

Ellie,
Ik moet een paar dingen duidelijk maken. Ik ben bang dat je te veel hebt gemaakt van wat er tussen ons gebeurd is. Er is nog een ander in mijn leven. Wij zijn nog maar een maand bij elkaar, maar volgens mij zit er toekomst in. Het spijt me als ik jou op verkeerde ideeën heb gebracht, en ik kan me voorstellen dat het niet makkelijk is in je eentje, om maar te zwijgen van jouw vriendschap met mijn moeder en het feit dat die een belemmering kan vormen voor een probleemloze breuk tussen ons.

Ik denk dat het beter is als we voortaan uit elkaars buurt blijven. Dan vermijden we in elk geval een ongemakkelijke ontmoeting.

Ik wil me nogmaals verontschuldigen als ik jou op enigerlei wijze op het verkeerde been heb gezet. Ik hoop dat je een gelukkige en productieve toekomst hebt.

Joe

Ze las het nog een keer.
Ik ben bang dat je te veel hebt gemaakt van wat er tussen ons gebeurd is?
Het spijt me als ik jou op verkeerde ideeën heb gebracht?
Ik kan me voorstellen dat het niet makkelijk is in je eentje?
Een gelukkige en productieve toekomst?
Neerbuigender kon het eigenlijk niet.

Ze had die afschuwelijke afsluiting geaccepteerd, dat 'laten we doen alsof het nooit gebeurd is', omdat ze dacht dat hij zich geen raad wist met zijn schuldgevoelens en verdriet vanwege Pam. Maar dit? Dit was een bittere pil.

Ze had geen contact met hem gezocht sinds hij die ochtend was vertrokken. Desondanks ging hij ervan uit dat ze naar hem hunkerde, dat ze er 'te veel van gemaakt had'. En hij had iets met een ander, hoewel hij daar niets over gezegd had en in deze brief geen enkele verantwoordelijkheid nam of blijk gaf van schuldgevoelens omdat hij die andere vrouw, wie ze ook wezen mocht, bedrogen had? Deze man had een ego zo groot als een albatros.

Goed. Als het zo moet, Joe, dan moet het maar zo.
Louisa zou het verwerpelijk vinden. Maar ik heb haar niets verteld,

zoals jij al vermoedde. Ik zou haar niet kunnen kwetsen. Ze aanbidt jou, ze is jouw moeder. Ik zal je niet laten afgaan. En geloof me, ik loop met een wijde boog om je heen als je hier bent.

Jezus! Ik had nooit gedacht dat je zo'n klootzak zou zijn.

Goed gedaan, Ellie. De eerste man met wie je naar bed gaat na Charlie denkt dat de wereld om hem draait. Ga zo door.

'Mam, moet je kijken.'

Ellie pakte het papier op, scheurde het doormidden, scheurde vervolgens de helften doormidden, gooide alles in de vuilnisbak onder de gootsteen en ging naar de woonkamer.

'Wat is er?'

'Kijk, hij is op het nieuws. Senator Harvey, die man van Joe. Hij heeft lopen rommelen met jongetjes. Dat is toch niet te geloven? Joe moet ten einde raad zijn.'

Ellie ging zitten en keek naar het nieuws.

Senator Brad Harvey was een pedofiel. Het kon niet anders dan dat Joe ten einde raad was. Tien minuten geleden zou ze Louisa hebben gebeld en naar haar toe zijn gegaan om haar te steunen. Maar als ze dat nu zou doen, zou ze niet geloofwaardig klinken, dat wist ze. Joe had het vast niet geweten, hij mocht dan een klootzak zijn, een monster was hij niet. Maar ze was te kwaad om Louisa oprecht steun te bieden.

Joe had haar niet alleen behandeld als een smoorverliefde tiener, de alleenstaande vrouw die geen controle had over haar gevoelens, hij had bovendien een wig gedreven tussen haar en Louisa. En haar met een nieuw geheim opgezadeld.

Spoel het bandje terug en vraag niet of je mee kan naar die honkbalwedstrijd.

Het bandje kan helemaal niet teruggespoeld worden.

12

11 augustus

Toen Lauren en Tim de keuken in liepen, maakte Louisa's hart een sprongetje. Ze waren zo jong en zo vol van elkaar. Ze hadden nog een heel leven voor zich. Louisa wist dat Tim graag het lef wilde hebben om Laurens hand te pakken. En ze wist dat Lauren ook graag wilde dat hij dat lef had, maar ze bleven op veilige afstand van elkaar, gingen tegenover elkaar aan tafel zitten terwijl zij plaatsnam aan het hoofdeinde en niet te veel probeerde te lachen.

'En hoe vond je de rondleiding?' vroeg ze aan Lauren, die ze meteen leuk had gevonden. Het meisje had pit, dat voelde ze. En aan haar ogen kon je zien dat ze ook heel slim was.

'Schitterend!' Lauren zat op Slemper, Tim op Vino. 'Dit huis is net een mens. Zo'n mens die je pas na een eeuwigheid echt goed kent.'

'Lauren speelt heel goed piano. Ze heeft even gespeeld op de piano die boven staat,' merkte Tim op.

'Geweldig. Ik moet hem laten stemmen. Dat moet al heel lang gebeuren.'

'Ik weet het niet, soms is het juist leuk om op een valse piano te spelen. Dat kan heel grappig klinken. Wauw! Muffins met bosbessen. Mag ik er een?'

'Daar zijn ze voor.' Louisa bood Lauren de schaal aan. 'Bosbessenmuffinmix van Betty Crocker. Kan niet mislukken.'

'Hier zult u wel gestoord van worden.' Lauren pakte een muffin en knikte naar de *New York Times* die naast Louisa lag. 'Dat gedoe met senator Harvey. Tim vertelde dat uw zoon voor hem werkt.'

'Werkte.' Louisa zuchtte. 'Joe is zo verschrikkelijk kwaad. Hij kan niet geloven dat hij het niet wist.'

'Hoe had hij het moeten weten? Het was niet voor niets een geheim. En Harvey wist dat geheim blijkbaar goed te bewaren. Zelfs zijn vrouw wist het niet.'

'Dat heb ik ook tegen Joe gezegd. Weet je, op dagen als deze verlang ik naar vroeger. Toen ik zo oud was als jullie geloofden we allemaal in vrede en liefde en flowerpower. En een tijdje dachten we dat het ook echt kon, de wereld veranderen. Maar het is niet gelukt en we leven nog steeds in een wereld met verachtelijke politici en oorlogen die we niet kunnen winnen. Oorlogen die we niet zouden moeten strijden. Er is niets veranderd.'

'Jullie hebben het in elk geval geprobeerd,' zei Tim. 'Nu denkt iedereen alleen maar aan zijn cijfers en naar welke universiteit ze moeten en welke baan ze later krijgen.'

'Ja, we hebben het geprobeerd. Maar we hebben ook massaal het bijltje erbij neergegooid. Maar goed, laten we het er maar niet over hebben. Te triest voor woorden. Ik wil weten hoe jullie elkaar hebben leren kennen.'

'Op het strand in Mashnee.' Lauren trok haar wenkbrauwen op. 'Ze hebben ons gekoppeld. Vrienden van school.' Ze haalde haar schouders op. 'Heel saai. Ik weet het.'

'Nee hoor, helemaal niet saai. Zo heb ik mijn man Jamie ook leren kennen. We gingen naar een feestje en een paar van mijn vrienden spraken met hem af dat hij mij zou ophalen.'

'En toen?' Lauren boog zich naar Louisa. 'Kom op, ik wil alles weten.'

'Oké.' Louisa lachte. 'Hij haalde me op, hij had een Kever en was waarschijnlijk de slechtste chauffeur die ik ooit heb meegemaakt. Telkens als hij schakelde, kraakte het aan alle kanten. Maar toen ineens... We luisterden naar de radio, hij zette hem harder en het was een liedje dat ik ook leuk vond. En toen zei hij: "Wil je even het stuur overpakken en voor mij sturen? Ik heb het snikheet." Ik pakte het stuur vast en hield de auto op de weg terwijl hij zijn trui over zijn hoofd trok. Dat was het. Op dat moment wist ik dat we samen een lange reis gingen maken. Een levenslange reis.'

'Dat is geweldig. Zo romantisch. Dat moment waarop je het echt weet, zeg maar.' Lauren kijk even naar Tim, die op zo'n manier glimlachte dat Louisa hem wel zou kunnen omarmen.

Kalverliefde, dacht ze. Niets is zo mooi.

Ze praatten over school en aten ondertussen de schaal met muffins leeg. Het viel Louisa op dat ze elkaars manier van praten nabootsten, elkaars mening beaamden, lachten om elkaars grappen. Zonder dat het zoetsappig werd. Ze kon zien dat ze goed bij elkaar pasten.

Waren er in ieder geval twee mensen die het meezat.

Toen ze weggingen, zeiden ze dat ze de korte route naar Mashnee namen, langs de kust in plaats van over de weg. Ze stond op de veranda naar hen te kijken en zag dat Tim de hand van Lauren pakte en haar over wat rotsen heen hielp. Toen hij haar hand vervolgens niet losliet, was dat voor Louisa reden voor een zacht 'Yes!' met gebalde vuist.

Samen een team vormen, zo omschreef zij liefde en vriendschap. Je kunt kibbelen, ruziemaken, je ergeren, boos worden, maar als je weet dat je bij hetzelfde team hoort, gaat het goed.

Had Joe maar wat meer mensen in zijn team. Na de onthullingen over Harvey was zijn wereld ingestort; hij was woedend en ten einde raad. Toen het nieuws eenmaal op straat lag, zat de pers constant achter hem aan. Louisa had gezegd dat hij moest komen uitrusten in Bourne. Hij had geaarzeld, maar ten slotte was hij voor haar aandringen gezwicht.

De eerste paar dagen had hij in zijn slaapkamer zitten lezen.

'Ik heb het gevoel dat ik moet ontgiften,' had hij gezegd. 'Dus ben ik Jane Austen aan het lezen. Interessant genoeg komen er in *Sense and Sensibility* geen pedofielen voor.'

Overdag las hij, 's avonds zaten ze samen te eten en te kletsen. Maar hoe graag Louisa hem ook langer dan een weekend te logeren had, in deze situatie vond ze het afschuwelijk.

'Ik zie mijzelf alleen in de politiek, mam,' zei hij op woensdagavond tegen haar, toen ze haar zelfgemaakte vissoep aten. 'Nu haat ik het, maar het is het enige wat ik kan. Morgen ga ik een paar dagen naar Boston om te praten met wat oude kennissen, kijken wat er allemaal speelt. Als ze tenminste nog met me willen praten.'

'Natuurlijk willen ze dat, Joe. Ze weten dat jij er niets mee te maken hebt.'

'Ja, maar ik zat in de kring rond Brad Harvey. Verdomme, ik kan het nog steeds niet geloven. Hoe heb ik het niet kunnen zien?'

'Omdat hij goed geheimen kon bewaren.'

Louisa hoorde een auto. Ze draaide zich om, zag Joe nu over de oprit aan komen rijden en liep de trap af om hem te begroeten.

'Hoe was het in Boston?' vroeg ze toen hij uitstapte.

'Niet zo slecht als ik verwacht had.' Hij pakte zijn tas. 'Volgende week heb ik een paar sollicitatiegesprekken.'

'Dat is geweldig. Kom snel naar binnen. Ik heb nog een paar muffins met bosbessen over. Tim en zijn nieuwe vriendin waren er net. Kom, dan kunnen we even praten.'

'Later, mam. Is dat goed? Ik wil even zwemmen, mijn hoofd leegmaken.'

'Dat is goed. Dan ga ik even naar Ellie, denk ik. Waarom kom je ook niet, nadat je gezwommen hebt?'

'Nee, dank je. Ik moet mijn cv in orde maken.'

'Joe, het komt heus wel goed. Ik weet het zeker.'

'Niet voor die jongetjes, mam. Voor hen komt het nooit meer goed.'

Hij sjokte de trappen op en Louisa liep naar het huisje.

Hoeveel mensen hadden het van senator Harvey geweten en hun mond gehouden?

Was het voor hem gemakkelijk geweest een geheim leven te leiden?

Voor Ellie was het niet gemakkelijk geweest, dat wist ze. De waarheid was bij haar als dat buitenaardse wezen uit de film *Alien*: ze zit diep in haar verborgen en komt dan opeens naar buiten als ze openbarst.

Omdat ze zo in beslag werd genomen door de problemen van Joe, had Louisa Ellie de laatste tijd wat minder vaak gesproken. Op dinsdag had ze Ellie en Tim willen uitnodigen voor het avondeten, maar toen ze het aan Joe voorlegde, had hij het plan meteen afgekeurd.

'Je moet haar echt eens ontmoeten, Joe. Bovendien kan je wel wat afleiding gebruiken.'

'Ik héb kennis met haar gemaakt, in het weekend dat jij in Boston bij Joanna was en ik hier in m'n eentje zat,' antwoordde hij. 'En je hebt gelijk, ze is aardig. Maar ik heb nu geen zin in mensen. Ik ben uitgepraat en Brad Harvey is dan het hete hangijzer dat niemand durft aan te raken. Laat maar, oké?'

'Goed dan.'

Van Ellie had ze niet gehoord dat ze Joe had gesproken, wat vreemd was, hoewel het waarschijnlijk bij een plichtmatig 'Dag' was gebleven.

Ellie heeft ook mensen in haar team nodig, dacht Louisa. Joe en Ellie zouden elkaar als vrienden nu goed kunnen gebruiken. Maar ik zal ze niet dwingen. Dat doen alleen slechte moeders. Het werkt namelijk nooit.

Op zo'n vier meter van het huis bleef Louisa staan. Ze deed nog een paar stappen naar voren en bleef toen weer staan.

Wat is dit nou?

Dat kan niet waar zijn.

Maar dat was het wel.

Ze begon te rennen, want ze moest het weghalen voordat Ellie het zou zien.

Precies op het moment dat ze het van het gras pakte, hoorde ze deur van het huisje opengaan.

In paniek liet Louisa het vallen.

Een roze fietsje met blauwe linten aan de handvatten.

Ze hoorde Louisa zeggen: 'Ellie, ga terug naar binnen,' maar ze stond als aan de grond genageld. Daar lag het, op de grond, met het stuur op zijn kant en de blauwe linten uitgestrekt op het gras. Precies zoals het had gelegen op die straat in New Rochelle.

Louisa pakte het fietsje op.

'Ik haal het weg. Ga terug naar binnen.'

Het lukte Ellie niet haar blik af te wenden.

Het fietsje van Hope.

Louisa liet het weer vallen en kwam naar haar toe.

'Gaat het? Ellie?'

'Het is het fietsje van...'

'Nee, dat is het niet. Dat kan niet.'

'Maar het is wel zo. Kijk maar.' Ze was als versteend. Het fietsje lag drie meter bij haar vandaan en ze kon geen stap verzetten, niet ernaartoe en niet ervandaan.

'Ik weet dat het erop lijkt, maar....'

'Wacht! Er zit geen mandje op. Er zat een rieten mandje op. Wat is daarmee gebeurd?'

'Luister.' Louisa legde een hand op Ellies arm. 'Dit is niet hetzelfde fietsje.'

'Zat er een mandje op? In mijn herinnering wel. Maar misschien ook niet...'

'Je bent je rot geschrokken. Kom mee naar binnen. Je moet even zitten.'

'Nee.' Ellie schudde haar hoofd. 'Wacht... Ik weet het niet meer. Ik weet niet meer of er een mandje op zat. Zat er een mandje op?'

'Ik weet het niet, lieverd. Kom mee.' Ze probeerde Ellie met zachte drang naar het huisje te krijgen, maar zij week geen centimeter van haar plek.

'Het was helemaal verbogen... het voorwiel. Wie heeft het gemaakt?'

'Dit is een nieuwe, Ellie. Het is niet hetzelfde fietsje.'

'Wacht! Ik weet het niet...' Ze deed haar ogen dicht. 'Er was een... De zon schitterde in iets zilverachtigs. Voordat ik flauwviel zag ik de zon schitteren in die zilverachtige... bel. Er zat een bel op.' Ze deed haar ogen open en kwam een stap dichterbij. 'Er zit geen bel op.'

'Je moet nu echt mee naar binnen.' Louisa had een arm om haar heen geslagen en leidde haar terug naar het huisje. 'Ga zitten.'

Ze ging zitten. Haar ogen knipperden, haar hersens probeerden gedachten samen te voegen, maar die ketsten steeds op elkaar af.

'Ik begrijp het niet.'

'Ik ook niet,' zei Louisa. 'Dit is afschuwelijk. Echt afschuwelijk.'

'Als dat fietsje niet van haar is... van wie is het dan?' Ellie draaide zich om en keek haar strak aan. 'Van wie is dat fietsje dan?'

'Ik weet het niet. Iemand heeft het daar neergelegd.'

'Maar waarom?'

'Ik heb geen idee. Ik ga iets te drinken voor je halen.'

'Nee, niet weggaan. Wie zou... Zou het niet iemand... Kan hier niet een meisje hebben gefietst en toen... Maar waar is zij dan? Waar is ze, Louisa? Stel dat ze gewond is? We moeten haar vinden.'

'Ik denk niet dat er iemand op gefietst heeft. Ik denk dat iemand het daar heeft neergelegd om jou te kwetsen.'

'Maar waarom?'
'Wist ik het maar.'
'Ik wilde haar geen pijn doen.'
'Ik weet het. Het was een ongeluk, lieverd. Ik weet het.'
'Ik begrijp het niet.' Ellie drukte haar handen tegen haar gezicht.
'Ik ga wat water voor je halen. Ik ben zo terug, dat beloof ik.'
Ze protesteerde niet. Ze kon niet meer nadenken. Het leek of haar hoofd leeg was, alsof iemand alle gedachten eruit had geschept.
'Hier. Neem een slokje.' Louisa was terug en reikte haar een glas water aan. Ellie nam een slok en gaf het terug.
'Volgens mij moeten we de politie bellen. Dat fietsje... de inbraak... het strand. Het kan allemaal met elkaar te maken hebben, Ellie.'
'Wat is het verband dan?'
'Daar moeten we achter zien te komen. En de politie kan ons daarbij helpen.'
'Hoe?'
'Misschien zitten er vingerafdrukken op het fietsje. Verdorie, ik had het niet moeten vastpakken.'
'Vingerafdrukken. Is het daar neergelegd door een misdadiger?'
'Nee, misschien niet een misdadiger, maar... degene die ook het huisje overhoop heeft gehaald en al die troep op het strand heeft gegooid. En het briefje op dat melkpak heeft geplakt.'
'Briefje?'
Denk na. Laat je hersens werken.
Ze ging rechter zitten.
Denk na. Concentreer je.
'Het briefje... Wacht... Degene die dat briefje schreef heeft ook die fiets daar neergelegd. Maar wat... Het is niet logisch, Louisa. Als het met elkaar te maken heeft... hoe dan? Niemand weet van Hope. Alleen jij en mijn moeder. Dus niemand weet van die fiets. Het is niet logisch.'
'Misschien ben je vergeten dat je het een keer aan iemand verteld hebt?'
'Nee.'
'Goed, ik moet nadenken. Ik neem snel een kop koffie. Ik ben zo terug.'

Ellie probeerde ook na te denken, maar het beeld van het fietsje bleef op haar netvlies staan. Het roze fietsje met de blauwe linten.

'Goed, ik heb mijn portie cafeïne gehad.' Louisa ging weer naast haar zitten. 'En wat mij in de keuken te binnen schoot… Heeft het ongeluk in de krant gestaan?'

'Wat?'

'Het ongeluk. Heeft het in de krant gestaan?'

'Ik weet het zeker, er zat een rieten mandje op…'

'Ellie!' Louisa knipte voor Ellies gezicht met haar vingers en Ellie deinsde terug. 'Geef antwoord. Stond het ongeluk in de krant?'

'Ik weet het niet… Ik denk… Wacht. Ja. Mijn moeder zei dat het in de plaatselijke krant stond, in New Rochelle. Dat had ze van haar kapper gehoord. Maar het was maar één alinea. "Maak je geen zorgen," zei mijn moeder. "Van onze bekenden leest niemand deze krant, en het is maar een klein stukje." Alsof het ertoe deed dat andere mensen ervan wisten of niet…' Het beeld van het fietsje was van haar netvlies. Ellie kon weer helder denken. 'Dat was voordat ik naar het ziekenhuis ging.'

'Het ziekenhuis. Je artsen wisten het, uiteraard.'

'Mijn artsen? Die stelden domme vragen en zeiden domme dingen. Waarom zou een psychiater zoiets doen? Ik weet zeker dat ze mij al vergeten waren toen ik daar de deur uit liep.'

'En dokter Emmanuel?'

'Hij is hypnotherapeut, Louisa. Hij hielp oorlogsslachtoffers in Kroatië. Hij laat geen briefjes achter met BETRAPT erop, smijt geen kleren door de woonkamer en trapt ook geen meeuwen kapot.'

'Ik weet 't. Het spijt me. Ik ga gewoon alle mogelijkheden af. Iedereen die weet wat er gebeurd is.'

'Het spijt mij ook. Ik wilde je niet afkatten. Het is alleen zo… Het is niet logisch. Niets ervan.'

Ellie pakte het glas water van tafel en nam nog een slok.

'Er is blijkbaar iemand die mij hartgrondig haat,' zei ze ten slotte.

'Er is iemand die jou heel erg bang wil maken.'

'Willen ze me bang maken, of willen ze iets anders?'

'Wat bedoel je?'

'Misschien willen ze me laten boeten. Ik heb nooit geboet voor wat ik gedaan heb. Niet echt.'

'Ellie, het was een ongeluk. En je hebt een half jaar op een psychiatrische afdeling gezeten. Je hebt echt wel geboet.'

'Ik leef nog. Ik heb gestudeerd. Ik ben getrouwd, heb Tim gekregen. Hope heeft dat nooit kunnen doen. Zij heeft nooit verliefd kunnen worden. Ze heeft de eerste klas niet eens af kunnen maken.'

Het bleef een poosje stil.

'Stel je voor,' zei Ellie ten slotte, 'dat het jouw kind overkomt. Als ik aan Tim denk…'

'Niet doen, Ellie. Dat helpt niet.'

'Ik kan niet níét eraan denken. De ouders van Hope zullen er elke dag aan denken. En ik ben nooit naar hen toe gegaan. Ik zat zo vol schuld en schaamte, ik kon het niet.'

'Ik weet niet of een bezoek aan hen goed voor jou zou zijn geweest.'

'Het was laf van me. Ik was bang voor wat zij zouden zeggen, hoe ze eruit zouden zien. Ik kon de confrontatie niet aan. Ik kon de confrontatie met mezelf niet eens aan.'

'Haar ouders…' Louisa schoof haar armbanden langs haar arm op en neer. 'Woonden die in New Rochelle?'

'Ja, maar later zijn ze verhuisd. Dat hoorde mijn moeder ook van haar kapster. Zij wist alles van iedereen en mijn moeder bleef gewoon bij haar komen. Dat begrijp ik niet. Ik zou dat nooit doen. Ik snap niet dat ze zich nog in die buurt wilde vertonen.'

'Waar zijn ze naartoe verhuisd?'

'Naar Newton. Ik weet het nog zo goed omdat mijn moeder zei: "Newton… *new town*. Een nieuwe plek. Dat is goed. Dan kunnen ze ook een nieuw gezin stichten." Alsof Hope een hond was en ze alleen maar een nieuwe pup moesten aanschaffen. Ik denk dat mijn moeder ook alles verdrong. Op een andere manier misschien, maar toch.'

'Newton, Massachusetts?'

'Ja.' Ellie keek naar Louisa en zag in haar ogen dat haar iets te binnen schoot. 'O, mijn god.'

Was het logisch? Hadden de ouders van Hope na negentien jaar besloten om dit soort dingen te doen? Waarom dan? En met welk doel? Om haar bang te maken? Om haar pijn te doen?

Ze had het er een half uur met Louisa over gehad, maar ze bleven in kringetjes ronddraaien en kwamen steeds weer uit bij dezelfde vraag: waarom doet iemand zoiets? Zou het de familie Davis kunnen zijn?

'Ik moet een luchtje scheppen,' had Ellie ten slotte gezegd. 'Ik wil naar het strand.'

'Ik ga mee.'

'Nee. Bedankt voor het aanbod, maar je hebt genoeg gedaan. Ik vind het heel vervelend dat je dit allemaal weer moet meemaken. Het spijt me heel erg, Louisa.'

'Jij kan er niets aan doen.'

'Kun je de fiets weghalen? Hem ergens neerzetten?'

'Ja, natuurlijk. Weet je zeker dat je alleen wilt zijn?'

'Ja.'

'Ik kom straks nog wel even langs.'

'Dank je. Voor alles.'

Ze verlieten het huisje. Ellie sloot af en ging naar het strand, ze zorgde ervoor dat de fiets niet in haar blikveld kwam. Eenmaal aan het strand trok ze haar sandalen uit, rolde haar spijkerbroek op en liep het water in. Langs het water lag een grillige lijn van zeewier. Ze plukte stukjes zeewier op en legde die op een hoopje op het strand, waarna ze terugliep om nog meer wier te halen.

Ze wist niet hoe de moeder van Hope eruitzag. Ze had haar horen gillen maar niet gezien, en als ze haar wel had gezien, had ze de herinnering gewist. Nadat ze flauw was gevallen, had iemand haar opgepakt en naar de andere kant van de weg gedragen. Wanneer was de ambulance gekomen? Ze wist het niet meer. Er was zo veel dat ze niet meer wist. De politie die haar ondervroeg, dat wist ze nog wel. Dat ze hun vragen beantwoord had, zich in een andere wereld waande, in een vreemd oord waar haar stem klonk als die van een robot, waar ze het gevoel had op zichzelf neer te kijken, als in een surrealistische droom.

Haar moeder moet haar hebben teruggebracht naar Manhattan, maar van die reis wist ze ook niets meer. 'Ga even liggen, schat,' had haar moeder bij thuiskomst gezegd. 'Je moet uitrusten.'

Toen ze dat zei, had ze niet verwacht dat Ellie niet meer zou opstaan. Of dat Ellie niet meer wilde eten, geen schoon beddengoed meer wilde en alleen nog maar wilde slapen, dag en nacht.

Hoe lang had het geduurd, hoeveel was ze afgevallen voordat haar moeder er een dokter bij had gehaald? Ze wist het niet, ze had het nooit gevraagd.

Je hebt een half jaar op een psychiatrische afdeling gezeten. Je hebt echt wel geboet.

'Nee,' had ze tegen Louisa gezegd. 'Ik heb me verstopt. Dat is alles wat ik deed. Ik probeerde die dag opnieuw te beleven en anders te laten lopen. Ik sliep, praatte met psychiaters en ontdekte ten slotte een andere manier om me te verschuilen, door te ontkennen dat het gebeurd was.'

Een ander meisje was wellicht naar meneer en mevrouw Davis gestapt om te zeggen dat het haar speet. Was de confrontatie aangegaan, had verantwoording genomen voor haar aandeel in de tragedie. De moed daartoe gehad.

Ze bukte zich en pakte het laatste stukje zeewier op, bracht het naar de zeewierberg die ze gemaakt had en legde het erbovenop. Ze liep terug naar de waterlijn en ging zitten. Het was vloed, de golven likten aan haar tenen.

'Ellie?'

Ze keek achterom en zag Louisa aankomen.

'Ellie, je bent drijfnat. Hoe lang zit je hier al?'

'Weet ik niet.'

'Kom.' Louisa stond naast naar en stak haar hand uit. 'Opstaan. Uit het water.'

Ze pakte Louisa's hand en kwam overeind. Haar spijkerbroek was tot op haar bovenbenen nat.

'Ik ga op zoek naar meneer en mevrouw Davis,' zei ze. 'Misschien hebben zij het gedaan en misschien ook niet, maar ik moet ze spreken.'

'Je weet niet of zij jou wel willen spreken, Ellie.'

'Wat zou jij doen? Stel dat het om Joe ging, stel dat hij bij zo'n ongeluk betrokken was geweest, zou jij dan niet zeggen dat hij die ouders moet opzoeken?'

Louisa ademde diep in en blies de lucht uit.

'Ja. Ik zou dan natuurlijk met hem meegaan, maar... Ja, dat zou ik zeggen.'

'Dus je begrijpt me wel?'

'Maar na negentien jaar nog. Zou dat niet wat...?'

'Het is beter dan hen helemaal niet opzoeken, dat kan niet anders. Ik moet zeggen dat het me spijt, dat verdienen ze, Louisa. Jezusmina, over gebrek aan respect gesproken.'

Louisa legde haar arm om Ellies schouder en ze liepen terug naar het huisje.

'Als je ze gevonden hebt, ga ik mee.'

'Nee. Het is lief van je, maar ik moet dit in m'n eentje doen. Dat is belangrijk voor me.'

'Het gaat loodzwaar worden, lieverd, realiseer je je dat wel.'

Ze kwamen bij de deur van het huisje.

'En ik vind nog steeds dat je de politie moet bellen.'

'Louisa.' Ellie bleef staan en keek haar strak aan. 'Kleren en spullen op de grond gegooid in de woonkamer, troep op het strand, een fiets op het gras – dat neemt de politie niet serieus. Ze zullen denken dat ik gek ben. We kunnen moeilijk doen alsof ik niet eerder gek ben geweest.' Ze lachte schokkerig. 'Voor mij is het nu belangrijk dat ik ga doen wat ik jaren geleden al had moeten doen. Al het andere kan ik pas afhandelen als ik dat heb afgehandeld.'

13

12 augustus

Ze had de auto aan de overkant gezet. Ze wist wat ze nu moest doen: uitstappen, oversteken en aankloppen, maar ze bleef in de auto zitten.

Ze was naar de bibliotheek in Bourne gegaan en had hun telefoonnummer gevonden in de gids van Newton en omgeving. Davis, Sanders. Sanders was zo'n naam die je bijbleef. De letters kwamen op haar af en ze leunde achterover. *Waar ben ik mee bezig? Moet ik ze nu bellen? Dan hangen ze vast meteen op...*

Ze schreef het adres en telefoonnummer op en reed terug naar het huisje. Daar dacht ze na.

Was het idioot om ze op te zoeken?

Hoe zouden ze reageren als zij voor hun deur stond?

Maar stel dat ze dachten dat het haar allemaal niets kon schelen? Een tienermeisje dat na het ongeluk gewoon wegliep, zich nooit heeft verontschuldigd, nooit heeft gedacht aan hoe het voor hen geweest moet zijn. Wat was hun beeld van haar?

Deed het ertoe wat zij van haar vonden? Zocht ze alleen maar uit eigenbelang? Hoopte ze dat hun afschuw van haar minder zou worden?

Wat zou jij willen, Ellie, als je in hun schoenen zou staan?

Het was een vreselijke vraag, maar ze moest hem zichzelf stellen.

Ik zou willen dat het meisje van die auto zou zeggen dat het haar speet. Ik zou dat meisje haten en haar willen vermoorden, maar ik zou haar wel willen spreken.

En als dat meisje niet zou komen, leg ik misschien wel een fietsje bij haar op het gras. Negentien dagen later, negentien jaar later. Ik zou ervoor zorgen dat ze het niet vergeet.

Ellie rilde, hoewel het buiten snikheet was en ze de airco in de auto niet aan had staan. Toen ze hun straat in was gereden, was ze meteen misselijk geworden. Dit stukje Newton leek veel op de buurt in New Rochelle. Een buitenwijk met lommerrijke straten, verzorgde voortuinen en veel basketbalringen aan garagedeuren.

Ook aan de garagedeur van de familie Davis, zag ze toen ze haar auto daar parkeerde. Zouden ze nog een kind hebben gekregen?

Het huis was wit. Het had twee woonlagen en alle ramen hadden groene luiken.

De oprit liep horizontaal. Geen helling.

Haar mobieltje lag naast haar op de passagiersstoel. Ze zou Louisa kunnen bellen. Maar waarom? Voor morele steun? Ze móést dit doen, en ze moest het alleen doen.

Zonder de familie Davis van tevoren in te lichten.

Wat moest ze zeggen als ze hen aan de telefoon kreeg? Een telefoontje was veel onpersoonlijker dan langsgaan. Dat was tenminste Ellies mening, maar nu begon ze te twijfelen.

Ze pakte haar mobieltje en zocht in haar tas naar het nummer. Ze vond het papiertje en toetste het nummer in.

Nadat de telefoon twee keer over was gegaan, hoorde ze een vrouw 'Hallo?' zeggen. Ellie hing op. Legde de telefoon neer. Pakte het stuur vast.

Shit.

En nu?

Uitstappen, naar die deur lopen en doen wat ik negentien jaar geleden had moeten doen.

Je niet meer verstoppen.

Ze dwong zichzelf het portier te openen en langzaam naar de overkant te lopen.

Er zat een blinkende koperen klopper op de deur en op de deurpost een bel. Haar hand ging naar de klopper, maar ze bedacht zich en drukte op de bel. Ze hoorde hem rinkelen en deed een stap naar achteren.

'Hallo?'

Voor haar stond een lange, slanke, blonde vrouw in een witte rok en een wit shirtje. Ze had een dikke, glanzende haardos die in laagjes was geknipt. En ze was veel jonger dat Ellie zich had voorgesteld. Begin veertig, misschien. Was dit wel de goede vrouw?

'Mevrouw Davis?'

'Ja.'

Natuurlijk. Hope was zes jaar oud geweest. Waarom had ze gedacht dat mevrouw Davis ongeveer even oud als Louisa zou zijn? Omdat Ellie zeventien was geweest toen het gebeurde. En ze haar altijd had gezien als mevróúw Davis.

'Het spijt me dat ik u stoor. Ik wil u graag spreken. Ik...' stamelde Ellie.

'Ik koop niet aan de deur. U verspilt uw tijd,' zei de vrouw. 'Probeer het maar bij de buren.'

'Ik wil niets verkopen,' zei ze snel. 'Ik ben Ellie Peters.'

'Ellie...' Ze deed een stap naar achteren. 'Ellie Peters?'

'Ik zou graag even met u praten, mevrouw Davis. Als u dat goedvindt.'

'Wat?' Haar gezicht betrok. 'Wat doe jij hier?'

'Ik wil met u praten. Zeggen dat het me spijt.'

'Ellie Peters?' Ellie zag dat ze moeite had om kalm te blijven. 'Ik kan niet... Ik ga niet....' Ze draaide Ellie haar rug toe, liep de woonkamer in, ging in een stoel zitten en legde haar hoofd in haar handen. Ellie stond op de drempel en wist niet of ze terug moest lopen naar haar auto of naar binnen moest gaan.

'Mevrouw Davis?' Ze deed een stap naar voren. 'Gaat het?'

Haar hoofd kwam niet omhoog.

De woonkamer was smetteloos. Alles blonk: de glazen salontafel zag eruit alsof hij net nog was afgenomen, de lichtblauwe kussens op de donkerblauwe bank waren perfect opgeklopt, het witte kleed voor de bank was brandschoon.

'Het spijt mij zo, mevrouw Davis. Dat is het enige wat ik wilde zeggen. Ik weet dat het niet helpt, maar ik...'

'Maar wat?' mevrouw Davis keek op.

'Ik had eerder moeten komen, toen het gebeurd was.'

'Waarom? Om jezelf een beter gevoel te geven?'

'Om mijn excuses aan te bieden.'

'Och, in vredesnaam! Natuurlijk spijt het jou.' Mevrouw Davis keek haar nu strak aan. De pijn die Ellie in haar blik zag deed haar ineenkrimpen, het liefst wilde ze verdwijnen.

'Maar heb je elke dag van je leven spijt gehad? Ben je elke dag wakker geworden met de gedachte: waarom heb ik die rotfiets voor haar gekocht? Waarom ben ik naar binnen gegaan toen Sanders me riep en zei ik: "Wat zeg je?" Waarom was ik niet buiten, waar ik hoorde te zijn? Waarom zag ik haar pas de oprit af rijden toen het al te laat was?' Bij elke vraag klonk haar stem harder. 'Waarom heb ik haar niet tegengehouden? Waarom was ik zo godvergeten langzaam? Ik was haar móéder. Het was mijn taak haar te beschermen. Fantastisch hoor, dat het je spijt. Dat helpt. Was je toen maar naar me toe gekomen om me dat te vertellen, dan was alles anders geweest.'

'Het spijt me, het spijt me... Ik ga nu weg,' zei Ellie zacht.

'Weet je, op sommige moment wou ik dat je dronken was geweest. Of veel te hard had gereden. Of de bril niet droeg die je eigenlijk had moeten dragen.'

'Mevrouw Davis, ik...'

'Waarom ben je in 's hemelsnaam nu gekomen?'

'Ik had het niet moeten doen.'

'Je wilt dat ik je vergeef, is dat het? Je wilt dat ik zeg dat het een ongeluk was, dat het niet jouw fout was, dat je drie weesgegroetjes moet zeggen, of wat dan ook, en gewoon de draad van je leven weer op kunt pakken. Maar ik ben niet katholiek. Sanders wel. Niemand is zo vergevingsgezind als Sanders. Als hij nu niet aan het golfen was geweest met onze zoon, zou hij je waarschijnlijk een kop koffie aanbieden. Maar ik niet. Ik wéét dat het een ongeluk was. Maar dat betekent niet dat ik jou vergeef dat je bestaat, dat je in die auto zat, dat je precies op dat moment door de straat reed. Ik wou dat je nooit geboren was. Ik kan niet voor je doen wat jij wilt dat ik voor je doe.'

'Ik wilde niet...'

'Luister.' Mevrouw Davis stond op. 'Het was een hele strijd om die dag achter ons te laten. We móéten die dag wel achter ons laten, omwille van onze zoon. Weet je, ik vroeg me wel eens af wat ik zou doen als jij voor de deur zou staan. Daarom heb ik de deur waarschijnlijk niet dichtgesmeten. Ik stelde me voor wat ik allemaal tegen je zou zeggen. Over Hope. Over hoe mooi en dierbaar Hope was. Zodat je de pijn zou voelen. Maar wat heeft dat voor zin? Geen enkele.' Ze ging weer zitten.

'Geen enkele,' herhaalde ze en ze sloot haar ogen.

Ze zat in elkaar gezakt in haar stoel. Ellie keek naar haar en zei: 'Het spijt me.' Toen draaide ze zich om, liep de kamer uit en deed de voordeur zacht achter zich dicht.

Voordat ze het huis van de familie Davis binnen was gegaan, had ze het ijskoud gehad. Nu zat ze drijfnat van het zweet weer in de auto. Ze moest de auto starten en wegrijden. Als mevrouw Davis zou opstaan en door het raam naar buiten zou kijken en haar hier zag zitten...

Rijden. Rijden, zei ze tegen zichzelf. Ze stopte het sleuteltje in het contact, startte de auto, zette de airco zo hard mogelijk aan en de automaat in *drive*. Ze reed weg, ging rechtdoor, toen rechts, nog een keer rechts, zette de auto in de parallelstraat aan de kant, schakelde de motor uit en bleef bevend zitten.

Op een winterse zondagmorgen zat ze een keer met Debby thuis te brunchen en las de *New York Times*. Debby had opgekeken van de boekenbijlage en gezegd: 'Goed, als ik even mag opscheppen, ik was niet alleen een kei in wiskunde, maar blonk ook uit in Engels en andere talen. Er is een nieuwe biografie van Proust uit, hier staat een recensie. Niet te geloven, ik las Proust in het Frans, *À la recherche du temps perdu*, van a tot z. En na al die uren zwoegen was me slechts één ding bijgebleven. De verteller zegt toch steeds dat hij dat meisje dood wenst? Maar als ze dan echt sterft – en dit is echt geniaal – beschrijft hij het verschil tussen wens en werkelijkheid. Dat de werkelijkheid in niets lijkt op wat hij wenste. Dat doet-ie ongelooflijk knap.'

Wat had Ellie verwacht van haar ontmoeting met mevrouw Davis? Had ze toch gehoopt op vergiffenis? Was ze op zoek geweest naar een of andere vorm van absolutie?

De moeder van Hope, in elkaar gezakt op die stoel, de verdwaasde, verwarde, verslagen toon waarop ze 'Geen enkele zin' had gezegd, dát was de werkelijkheid.

Haar moeder had gelijk gehad, dacht Ellie. Ze waren naar een nieuwe stad verhuisd, een nieuw leven begonnen. Ze hadden een zoon gekregen. Hoe had ze kunnen denken dat zij hadden leren leven met hun verleden, alleen omdat zij na haar verhuizing naar Bourne had geprobeerd in het reine te komen met het hare? Zouden ze dat ooit kunnen? Ze wilden verder met hun leven. En nu had zij mevrouw Davis teruggetrokken naar het middelpunt van haar verdriet.

Ze haalde haar mobiel uit haar tas, zette hem aan en toetste Louisa's nummer in. Toen ze de voicemail kreeg, sprak ze in: 'Louisa, ik ben het. Ik heb het verknald. Ik had het niet moeten doen. Ik heb er een puinhoop van gemaakt. Het alleen maar erger gemaakt. Ik begrijp echt niet dat ik dacht dat dit zou helpen. Ik ga nu Tim ophalen. Ik bel je als ik terug ben.' Toen hing ze op.

Fout. Dat woord kwam telkens terug, stompte haar vol in haar maag. *Fout, fout, fout.*

Ze kon niet op haar gevoel varen, al heel lang niet meer. Naar de familie Davis gaan. Zelfs heel even het vermoeden hebben gehad dat zij die fiets hadden achtergelaten.

Trouwen met Charlie... Nee, vertrouwen hebben in Charlie. Naar bed gaan met Joe. Daniel in eerste instantie aan de kant schuiven, niet zien wat een geweldige vent hij is.

'Mensen die geen grote fouten hebben gemaakt, vertrouw ik niet,' had Louisa een keer gezegd. Ellie had erom moeten glimlachen, maar nu vroeg ze zich af: hoe kun je jezelf vertrouwen als je de ene grote fout na de andere maakt?

Ja, ze had naar de familie Davis moeten gaan vlak nadat het gebeurd was. Ze dacht nog steeds dat dat het beste zou zijn geweest. Maar niet, zoals Louisa al had gezegd, na negentien jaar.

Had ze de verkeerde keus gemaakt omdat ze wilde weten of zij die fiets bij haar hadden neergelegd? Was dat de echte reden geweest voor het bezoek? Ellie dacht van niet, maar misschien had ze ook dat verkeerd. In dat geval moest ze zich echt schamen. Hoe angstaanjagend dat fietsje op het gras ook was geweest, het was nog geen reden om mevrouw Davis dit aan te doen.

Ellie leunde voorover en liet haar hoofd op het stuur rusten.

Ik kan het niet meer ongedaan maken.
Het is gebeurd.

In de lucht klonk gedonder. Louisa keek omhoog en zag zes straaljagers van de Otis Luchtmachtbasis in formatie overvliegen, zo dicht bij elkaar dat hun vleugels elkaar bijna raakten. Ze verbaasde zich over de nauwkeurigheid en vakkundigheid van de piloten.

'Hoe trainen ze voor zoiets?' vroeg ze Joe, die voor in de boot zat en een vislijn in zijn rechterhand hield. 'Ik bedoel, hoe begin je? Eerst kilometers van elkaar vliegen en dan steeds een stukje dichter naar elkaar toe?'

'Waarschijnlijk wel, ja.' Hij haalde de lijn in en spoelde hem op rond het houtblok. 'Volgens mij heb ik iets.'

Maar toen het haakje bovenkwam, zat er niets aan.

'Verdorie. Ervandoor gegaan met mijn aas. Weer zo'n slimmerik.' Hij bukte, pakte een stukje witvis uit de emmer en deed dat aan het haakje. 'Volgens mij hebben ze erop geoefend. Zo wordt het nooit wat.'

Ze lagen voor anker bij de Steenberg, waar Louisa als kind ook had gevist. Toen dachten ze dat het een stuk magisch water was, waar vissen gewoon lagen te wachten om gevangen te worden.

Hoe ouder Louisa werd, hoe leuker ze het vond om niets te vangen. Hoewel ze hun vangst nog steeds opaten, leek het doden van een vis nu wreder dan vroeger. Ze genoot vooral van het zitten in de boot, het doden van de tijd, het kletsen. Maar Joe ging voor het resultaat, dat wist ze. Hij wilde in ieder geval een paar botten kunnen schoonmaken en bakken. Maar de bodem van de boot was nog verdacht leeg.

Ze keek op haar horloge en vroeg zich af of Ellie al bij de familie Davis was en of ze thuis waren. Wat er ook zou gebeuren, veel heil zou het niet brengen.

'Moet je ergens naartoe?' vroeg Joe.

'Ik kijk alleen even hoe laat het is.'

Ze wilde er met hem over praten, maar het boek Ellie moest gesloten blijven.

De avond voor zijn vertrek naar Boston had Louisa hem verteld over Ellies ongeluk. Ze wist niet meer precies hoe ze erop waren gekomen – ze hadden het in ieder geval over Tim gehad –, maar het was door haar hoofd gegaan dat ze het wel aan Jamie zou hebben verteld als hij nog geleefd had, en toen had ze nog een glas wijn genomen en zomaar ineens was ze het Joe aan het vertellen, en hij had vol aandacht naar haar geluisterd.

'Dat is verschrikkelijk,' had hij gezegd toen ze klaar was. 'Voor alle betrokkenen.'

'Ik denk dat het nu tot haar begint door te dringen dat het echt een ongeluk was.'

'Oké.' Hij liet zijn stoel naar achteren wippen. 'Maar, mam,' zei hij terwijl hij naar voren schommelde en rechtop ging zitten, 'het zijn mijn zaken niet. Jij bent ermee bezig, dat weet ik, maar het gaat mij niets aan. Snap je?'

'Ik snap het.'

Toch had ze zich gisteravond na het voorval met het fietsje niet kunnen inhouden.

'Ik weet dat je er niets mee te maken wilt hebben, Joe, maar ik maak me echt ongerust. Er loopt iemand rond die dit soort dingen met Ellie uithaalt. En ze wil de ouders van dat meisje gaan opzoeken, in haar eentje. Ze wil niet dat ik meega. Ik geef om haar, Joe. Heel veel. Het idee dat ze dat alleen gaat doen vind ik vreselijk. Ik weet dat ik je eigenlijk niet over dat ongeluk had moeten vertellen, ik had haar privacy niet moeten schenden, maar ik heb het wel gedaan en nu ben ik bang.'

Ze zaten in de woonkamer. Joe zweeg en staarde door het erkerraam naar buiten. Zijn gezicht stond zoals het altijd stond als zijn hersens kraakten.

'Ik zou graag helpen,' zei hij ten slotte. 'Maar ik weet niet hoe. Er is iemand die iets tegen Ellie heeft en het heeft duidelijk iets te maken met haar verleden. Luister, mam, ik zou ook haar privacy niet moeten schenden, maar ik moet je iets vertellen. Ellie en ik… Toen jij weg was… zijn we… Nou, we hadden onszelf niet meer in de hand. Ik weet niet hoe ik het anders moet zeggen. Het was fout. Ik weet zeker dat we beter uit elkaars buurt kunnen blijven. Ik wil geen rol in haar leven hebben. Ik wil dat niet, en zij wil dat ook niet.'

'Aha.' Nu was het Louisa die zwijgend naar buiten staarde.

'Ik weet zeker dat zij niet wilde dat jij erachter zou komen wat er tussen haar en mij speelt, en ik wilde dat eigenlijk ook niet. Maar je moet begrijpen waarom ik hier niet bij betrokken wil raken. Ellie heeft hulp nodig, maar ik ben niet de aangewezen persoon om haar te helpen. Volgens mij moet ze een privédetective inschakelen.'

'Jullie kunnen ook geen vrienden blijven?'

'Nee.' Hij wreef over zijn voorhoofd. 'Maar dat betekent niet dat jullie dat niet kunnen zijn. Luister, ik ben waarschijnlijk binnenkort weer weg. Ik moet in Washington mijn spullen pakken en op zoek naar een huis in Boston. Natuurlijk eerst nog een baan vinden in Boston. Maar goed, binnenkort zul je mij hier niet zo vaak meer zien.'

'Ik vind het fijn om je hier te zien.'

'Je weet wat ik bedoel. Hoe dan ook, als er nog iets gebeurt, als ze weer bedreigd wordt, moet je me dat vertellen. Jij zit er tot over je oren in. En ik maak me zorgen om jóú. Volgens mij moet je echt tegen haar zeggen dat ze iemand moet inhuren.'

Joe en Ellie? Louisa was verbaasd dat haar normaal gesproken zo scherpe moederinstinct er niets van had opgepikt. Ze had zelfs nog gedacht dat ze hen niet eens als gewone vrienden kon koppelen. Ondertussen waren ze zelf veel sneller en verder gegaan, om ten slotte tegen een muur te knallen.

Nu was zelfs gewone vriendschap uitgesloten. Het 'Nee' van Joe had heel onherroepelijk geklonken.

Hoe graag zij de situatie ook met hem had willen bespreken terwijl ze in de boot zaten, het zou vreemd zijn om Ellie nu te berde te brengen. Zoals het voortaan vreemd zou zijn om in een gesprek met Ellie Joe te berde te brengen.

Haar zoon en de jongedame die zij ondertussen beschouwde als een surrogaatdochter op voet van oorlog... nou ja, ze spraken in elk geval niet meer met elkaar.

Waarom zat het leven soms zo ingewikkeld in elkaar?

Nogmaals gedonder in de lucht. Weer een overvliegende formatie straaljagers. Louisa haalde haar lijn in.

'Kom, we gaan terug,' zei ze. 'Ik heb eigenlijk eigenlijk helemaal geen zin om vis te vangen.'

Ellie tilde haar hoofd van het stuur, pakte haar mobiel en keek of ze berichten had. Tim was met haar meegereden naar Boston, ze had hem afgezet bij Charlie met de mededeling dat ze langsging bij wat vrienden van vroeger. Hij wilde niet bij zijn vader slapen omdat hij 's avonds met Lauren had afgesproken, dus hij zou haar bellen om te zeggen waar hij was en hoe laat ze hem daar kon oppikken.

Mam, pap zet me af bij The Country Club zodat ik nog even kan zwemmen. Kom je me daar ophalen?

Hij had het haar een half uur geleden gestuurd, toen ze bij de familie Davis was.

Ze stuurde een sms terug – *Ik ben er over een kwartier –*, startte de auto en reed weg. Terwijl ze naar Route 9 reed, hoorde ze auto's achter haar toeteren. Na een paar minuten kreeg ze door dat ze toeterden omdat zij zo langzaam reed.

Toeter maar een end weg, ik ga echt niet harder rijden.

Nadat ze Tim had opgepikt en ze bij de Bourne Bridge arriveerden, was het nu haar zoon die haast had om bij het huisje te komen. En was zij degene die hun aankomst zo lang mogelijk wilde uitstellen.

Iemand wilde haar kwellen, en was daarmee begonnen toen ze naar Bourne was verhuisd. Louisa had gezegd dat alle voorvallen met elkaar te maken hadden, maar ze had het oorspronkelijke verband niet genoemd: dat dit begonnen was nadat Ellie en Tim naar Bourne waren verhuisd. Waarom? Wat was er mis met het feit dat ze in Bourne waren?

Meneer en mevrouw Davis hadden er niets mee te maken, dat wist Ellie nu wel. Maar ze wist niet wie er dan wel achter zaten, of wat hun volgende zet zou zijn.

Was het veilig om hier te blijven? En Tim dan? Stel dat ze hem iets aan wilden doen?

Ze moesten weggaan. Debby opzoeken in Californië. Goed, Tim begon het juist naar zijn zin te krijgen in Bourne. Vanwege Lauren. Maar zij waren pas vijftien, het was kalverliefde. Hij zou het fantastisch vinden om naar Californië te gaan.

Maar hoe lang kon ze daar blijven?
De rest van haar leven?
En het huisje dan? Hun thuis?

Aan de andere kant: hoe konden ze zich daar ooit thuis voelen als Ellie alleen maar zat te wachten op de volgende catastrofe?

Ze had het met Louisa gehad over een aangifte, maar ze stuitten steeds op hetzelfde probleem: niemand had haar echt bedreigd.

Ze kon een privédetective inhuren, maar hoe duur zou zoiets zijn en wat zou die kunnen doen? Haar leven doorspitten. Maar zij kende haar leven beter dan wie ook en ze had geen flauw benul wie hierachter kon zitten. Trouwens, ze had Louisa dan wel verteld van het ongeluk, maar ze wilde niet dat andere mensen dat te weten kwamen, en Charlie al helemaal niet.

'Je hebt dat al die tijd geheimgehouden?' hoorde ze hem al zeggen. 'We waren getrouwd en je hebt mij dat nooit verteld? En dan zeg jij dat ik heb gelogen over mijn verhouding. Vertel me eens, El. Wie heeft er nou tegen wie gelogen. Vanaf het begin?'

Dat er een verschil was tussen zwijgen over iets uit het verleden en liegen over het heden, zou hem worst zijn.

Californië. Debby. Strand. Een andere oceaan, maar wel een oceaan.

Een nieuw begin.

Het kon een oplossing zijn.

Het was hoe dan ook een plan. En ze had een plan nodig.

Want ze voelde het, de angst die haar langzaam bekroop.

Wie?

Waarom?

Wat willen jullie van mij?

Ze zag het bordje met 'Health Street' en realiseerde zich dat ze tien minuten lang achter het stuur had zitten dromen. Ze moest voor alle rode stoplichten gestopt zijn en steeds de juist afslag hebben genomen, maar ze herinnerde zich er niets meer van. Achter het stuur verloor ze nooit haar concentratie, na het ongeluk was dat nooit meer gebeurd.

Vanavond ging ze Debby bellen. Een plan maken.

Ze was twee keer met Charlie naar The Country Club geweest en had hem geplaagd met de naam. *The* Country Club. Alsof het de enige golfclub ter wereld was. Charlie had het niet kunnen waarderen: toen hij was toegelaten tot de club was hij even blij geweest als toen hij maat werd bij het advocatenkantoor. Opeens leek haar huwelijk eeuwen geleden. Waar ging de liefde heen als die je hart verliet? vroeg ze zich af. Misschien wel rechtstreeks naar een ander hart. Als een besmettelijke ziekte.

The Country Club was in Brookline, net als Newton een buitenwijk van Boston. Het was een enorm terrein, een soort landgoed, met zwembad, tennisbanen binnen en buiten, een golfbaan met achttien holes en zelfs een curlingbaan. Vóór de jaren zestig was het een exclusieve club voor oud geld. Geen Afro-Amerikanen, geen Joden, en zelfs katholieken moesten de grootste moeite doen om binnen te komen. Maar het oude geld kwijnde weg en de politieke correctheid deed haar intrede, en nu hoefde je niet meer af te stammen van de ondertekenaars van de Amerikaanse grondwet of van de immigranten van de Mayflower om toegelaten te worden tot de magische kring.

Wat zouden de Billingtons en al hun Pilgrimbroeders vinden van hun nazaten, die luierden aan het zwembad en een luxeleventje leidden? vroeg Ellie zich af toen ze rechts Warren Street insloeg. The Country Club gaf een heel andere draai aan het ideaal achter de Plymouth Plantation.

Debby woonde in Long Beach. Werd de sociale hiërarchie daar ook bepaald door de oude blanke families? Ze vermoedde van niet.

Links verscheen een groen bord waar met gele letters THE COUNTRY CLUB op stond en ze draaide de oprit op. Even vergat ze dat het gele wachthuisje bij de ingang werd bemand door een soort vogelverschrikker en niet door een echte man, ze wilde haar raampje al laten zakken om uit te leggen wat ze op deze heilige grond kwam doen. Maar zodra ze het gezicht zag, dat van dichtbij vooral lachwekkend was, herinnerde ze zich dat dit een absurde poging was om types af te schrikken die niet welkom waren, waarna ze de lange weg naar het clubhuis afreed.

GEEF VOORRANG AAN GOLFERS stond ergens op een bordje, want de weg sneed dwars door een van de holes. Na goed gekeken te hebben of haar auto niet geraakt zou worden door een afzwaaier, reed Ellie verder naar het grote gele clubhuis en een ander groen bordje, dat aangaf waar het zwembad was.

Toen ze de parkeerplaats bij het zwembad op reed, zag ze dat de meeste auto's een kenteken met een laag cijfer hadden: nog een teken van status. Kentekenplaten met namen en woorden waren net zo erg als polyester kleding, was haar verteld. Toen in Massachusetts de eerste auto's op de weg waren verschenen, had de overheid kentekenplaten uitgegeven. Men was begonnen bij het getal één en had de getallenlijn afgewerkt. De enige mensen die zich destijds een auto konden veroorloven, waren uiteraard afkomstig uit de oude blanke families, en die hadden de eerste kentekenplaten als erfgoed doorgegeven aan volgende generaties.

Charlie zou dolgraag zo'n kenteken willen hebben.

Ze zette de motor uit en bleef een paar seconden zitten om haar plan nog eens te overdenken.

Ze zou Tim vertellen van Californië wanneer ze thuis waren. Voordat hij naar Lauren ging, zou ze het hem uitleggen.

Ik moet hem vertellen van het ongeluk.
Hoe zal hij reageren?

Was het maar weer zoals die eerste weken na de verhuizing, toen ze Louisa had leren kennen, de omgeving had ontdekt en had genoten van hun leven hier. Kon ze maar terug naar het leven van vóór die dag dat ze hun woonkamer overhoophaalden. Vóór die dag dat ze de troep op het strand smeten.

Vóór het fietsje.

Vóór de brief van Joe. Tijdens zijn verblijf in Washington had het weinig moeite gekost hem uit de weg te gaan. Maar nu was hij terug in Bourne, en wie weet hoe lang hij zou blijven. Het zou lastig worden om contact met hem te vermijden én haar vriendschap met Louisa te onderhouden.

Alles was veranderd. Het nieuwe bestaan dat ze voor haar en Tim had opgebouwd, was een beangstigende, verwarrende puinhoop geworden. Ze was zo trots op zichzelf geweest. Eindelijk zelfstandig, eindelijk de touwtjes in handen. Ze was een laatbloeier, maar goed. Ze was zesendertig en had nog heel wat jaren voor zich. Maar nu waren ze tenietgedaan, al die kleine doorbraken die haar zo veel blijdschap hadden geschonken.

Ze was in ieder geval niet volledig ingestort toen ze het fietsje had gezien. Voor hetzelfde geld had ze weer die allesoverheersende uitputting gevoeld, voor hetzelfde geld had ze zich weer opgesloten in haar slaapkamer. Ze deed nu tenminste iets, maakte plannen. Daar moest ze zich aan vastklampen.

Ze stapte uit, sloot de auto af en liep naar het zwembad, waarbij ze langs het kantoortje kwam waar je je moest aanmelden met je naam en je lidmaatschapsnummer. Maar er zat niemand, dus liep ze door. Het vijftigmeterbad met twee duikplanken werd omringd door groene ligstoelen.

Alles was hier geel of groen, behalve het water. Het verbaasde haar dat ze dat niet een kleurtje hadden gegeven. Ze hield haar hand tegen haar voorhoofd om haar ogen te beschermen tegen de zon en zocht naar Tim.

Er waren gezinnetjes met kleine kinderen, een paar tienermeisjes en in de hoek, aan de rand van het grasveld daarachter, zag ze Tim. Hij zat op de rand van zijn ligstoel en praatte met iemand op de stoel naast hem.

De man met wie hij in gesprek was had een zonnebril op en droeg een felgekleurde zwembroek die tot over zijn knieën kwam.

O, shit.

Charlie.

14

Zijn vader hield opeens op met praten, rechtte zijn rug en zwaaide. Naar zijn moeder, zo bleek, die naar hen toe liep en niet zo blij keek. Zijn vader sprong op, pakte een lege leunstoel en trok die naar een plekje naast hen.

'El. Leuk je te zien. Kom erbij.'

'Ik kom alleen Tim ophalen.'

'Weet ik.' Hij klopte op de lege stoel. 'Maar ga zitten. Het is schitterend weer. Je wilt toch niet meteen weer in de auto stappen? Kun je even uitrusten.'

Ze liet haar blik langs het zwembad glijden. Tim wist dat ze naar Sandra zocht, maar die was er niet. Hij had Sandra al een tijdje niet gezien. Hij had zijn vader gevraagd waar ze was en de teleurstelling op zijn gezicht gezien toen het antwoord kwam: 'Die maakt een reisje naar Europa.' Beter was geweest: 'Naar Hawaï. Ze komt nooit meer terug.'

'El, ga nou zitten.' Zijn vader nam haar uitgebreid op. 'Je ziet er niet zo best uit. Voel je je wel goed?'

'Ik voel me prima. Maar ik heb haast. We moeten gaan, Tim.' Ze bleef staan.

'Je mag je dan prima voelen, je ziet eruit alsof je het snikheet hebt. Hier.' Charlie pakte iets uit de tas die naast zijn stoel stond. 'Ik heb dit badpak meegenomen, voor de zekerheid. Waarom zou je haast hebben? Neem een duik.'

'Van wie is dat?' Ellie staarde naar het zwarte badpak alsof het besmet was met een of andere vreselijke ziekte.

'Van Sandra. Jullie hebben ongeveer dezelfde maat. Het past je heus wel, maak je daar maar geen zorgen om.'

'We hebben totaal niet dezelfde maat. En ik wil niet zwemmen. We gaan.'

'Je ziet zo bleek, El. Ik dacht dat je wel wat meer zon zou krijgen nu je aan het water woont.'

'Ga even zitten, mam. Alsjeblieft.'

Tim zag dat ze beefde. Waarom had zijn vader per se bij hem willen blijven in plaats van hem alleen hier af te zetten? Hij wist dat zijn moeder hem zou ophalen. Op een gegeven moment had hij zelfs dat badpak van Sandra voor haar gepakt. Hij moet hebben geweten dat dat een rotstreek was.

Maar hij had de hele dag in zijn eigen wereld gezeten, met zijn handen op zijn rug door de flat geijsbeerd, alsof hij de oplossing zocht van een enorm moeilijk natuurkundig probleem; zo nu en dan bleef hij staan, knikte met zijn hoofd en wekte de indruk inderdaad een oplossing te hebben gevonden. Zo gedroeg hij zich altijd als hij aan zijn werk dacht, dus op een bepaald moment had Tim gezegd: 'Heb je een heel moeilijke zaak of zo?' Waarop zijn vader had gezegd: 'Ja. Je kunt je hoofd niet opeens uitzetten omdat het zaterdag is, Tim.' Tim had geprobeerd zich er niets van aan te trekken, maar het kwetste hem. Hij had huiswerk moeten meenemen. Misschien had hij er helemaal niets gedaan, maar dan had hij in elk geval kunnen doen alsof.

Nu wilde hij zijn moeder in bescherming nemen. Was dat omdat hij nog kwaad was over die steek onder water van zijn vader? Maar had zijn vader nu echt verwacht dat zij het badpak van Sandra Cabot zou aantrekken?

Ze ging zitten, dat wel. Wat goed was, want ze leek elk moment flauw te kunnen vallen.

'Geniet je van je onafhankelijkheid, El?' Hij had zijn zonnebril op zijn voorhoofd gezet. 'Van je eigen huis?'

'Ja... ja, zeker.'

'Dat is mooi. Tim vertelde dat je de woonkamer een waanzinnig kleurtje hebt gegeven. Dat zou ik graag een keer zien.'

'Charlie, we moeten ervandoor.' Ze stond weer op. 'Pak je spullen, Tim. We gaan.'

'Dat is nou jammer. Het is juist zo prettig om even met z'n drieën te kletsen.'

Tim ving de blik van zijn moeder. In hun beider ogen was een groot vraagteken te zien. Hij pakte snel zijn spullen bij elkaar en stopte ze in zijn rugzak. 'Tot ziens, pap,' zei hij.

'Tot ziens, Charlie,' zei zijn moeder.

'Bel me, El. Dan kunnen we praten. Ik wil weten hoe het met je gaat.'

Zijn moeder liep weg en Tim volgde haar.

Lauren had gelijk. Hoe dom waren die kinderen wel niet die wilden dat hun ouders weer bij elkaar kwamen, dacht hij toen hij langs de andere ligstoelen het zwembad uit liep. Dat gebeurde alleen in sprookjes. Vijf minuten met zijn vader en moeder in één ruimte waren vijf gespannen minuten te veel. Dat hij dat niet eerder had bedacht.

Eenmaal in de auto legde zijn moeder haar hoofd op het stuur.

'Mam?'

'Laat me even, Tim.'

'Het spijt me dat ik niet heb gezegd dat pap er ook was. Hij wilde per se mee en toen was mijn mobiel leeg en kon ik je geen sms meer sturen. En ik wist absoluut niet dat hij dat badpak bij zich had. Echt niet.'

'Dat weet ik.' Ze haalde haar hoofd van het stuur en legde een hand op zijn knie. 'Ik heb gewoon een zware dag achter de rug.'

'Ik dacht dat je naar vrienden ging?'

'Dat was ook zo. Daar ben ik ook geweest.'

'Wat het niet gezellig dan?'

'Niet echt,' zei ze met een zucht en ze startte de auto.

'Hm... Ik heb een cd die jij misschien wel leuk vindt.' Hij haalde hem uit de tas bij zijn voeten. 'Wil je hem horen?'

'Ja hoor.'

Hij haalde de cd van Bonnie Raitt uit het doosje en stopte hem in de speler. Hij had hem donderdag van Lauren gekregen met de boodschap: 'Hier moet je naar luisteren. Die heeft me toch een stem. Het is oud, maar ze is echt gaaf.' Hij had de cd al een paar keer geluisterd. Een beetje retro, maar Lauren had gelijk: een dijk van een stem. En hij wist dat zijn moeder van dit soort muziek hield. 'Vind je het leuk?' vroeg hij na het eerste liedje. 'Ja. Erg leuk,' zei ze. 'Dank je, Tim. Geweldig.'

Ze reed en luisterde naar de muziek, maar hij voelde dat haar iets dwarszat. Waarschijnlijk dat gesprek met zijn vader, hoewel hij vermoedde dat er meer aan de hand was.

Hij had voor veel narigheid gezorgd vanwege de verhuizing, maar de zomercursus in Bourne was fantastisch: er zaten aardige jongens bij, en Lauren natuurlijk. Ze was ongelooflijk. Ze kon hem op een bepaalde manier plagen, hem om zichzelf laten lachen. Soms deed ze hem op een ondeugende manier na. Niet gemeen, maar op een volmaakt flirterige/ niet-flirterige manier. Zo'n meisje was hij nog nooit tegengekomen. Eerst had hij zich zorgen gemaakt om zijn eerste schooldag op Bourne High, maar nu keek hij er juist ontzettend naar uit.

Desondanks had hij het zijn moeder lastig gemaakt. Hij had haar voorgesteld aan Lauren op de dag dat hij met Lauren naar Louisa zou gaan, maar al na vijf seconden had hij haar meegesleept naar het grote huis. Misschien wilde hij tegenover zijn moeder niet toegeven dat de verhuizing een goede zet was geweest, dus vertelde hij haar maar niet dat hij zich geweldig voelde. Wat gemeen was, dat wist hij heel goed.

En zijn moeder was alleen. Zijn vader had Sandra, hoewel die nu in Europa zat, waarschijnlijk om nieuwe kleding in te slaan, want zo was Sandra, ze gaf graag geld uit. Maar goed, zijn vader was er met Sandra vandoor gegaan en zijn moeder was alleen achtergebleven. Ze had die penvriend in Engeland, en Louisa, maar dat telde niet. Dat was anders.

Vroeger vertelde hij haar alles. Op zijn dertiende, toen zijn vader tot laat aan het werk was geweest, was hij naar haar slaapkamer gegaan en had hij, zittend op haar bed, opgebiecht dat hij een sigaret had gerookt. Hij had tranen met tuiten gehuild. Zij had hem een knuffel gegeven en gezegd: 'Dat moet je niet meer doen, Tim. Maar ik ben heel blij dat je het verteld hebt. Dat vind ik heel fijn.' En toen hadden ze nog een tijdje op haar bed zitten kletsen over allerlei andere dingen. Ze vertelden elkaar altijd heel veel.

Bonnie Raitt zette een nieuw liedje in, 'Guilty', en Tim zakte een beetje in elkaar. De juiste tekst op het juiste moment, dat kon hard aankomen.

Hij vermande zich, ging rechtop zitten en begon te praten.

'Mam? Het spijt me.'

'Wat spijt je?'

'Ik weet dat ik naar tegen je heb gedaan over de verhuizing naar Bourne.'

'Dat is al goed, Tim. Ik begrijp heus wel waarom dat niet leuk voor je was.'

'Maar ik vind het nu wel leuk. Heel erg leuk. Veel leuker dan Boston.'

'Echt?'

'Ja. En ik weet dat ik je niets heb verteld over Lauren en dat je haar maar heel even hebt gezien, maar wat ik nog wilde zeggen is dat ik volgens mij verliefd op haar ben.' Hij lachte een beetje. 'Ik weet het, ik ben nog maar vijftien. Maar zo voel ik het.'

Ze zei niets. Ze staarde wezenloos voor zich uit.

'Oké, ik overval je ermee. Maar ik wilde je laten weten dat ik me nog nooit zo gelukkig heb gevoeld. Alleen niet als ik weg ben, want dan kan ik alleen nog maar aan Lauren denken en hoe graag ik haar wil zien en hoe lang het nog duurt voor ik haar weer spreek. Triest, ik weet het. Maar zonder jou was dit allemaal niet gebeurd, en ik wilde je er niets over vertellen omdat ik je eigenlijk wilde straffen.

Toen we naar Bourne gingen was ik nog erg in de war door de scheiding, veel erger dan jij en pap wisten, ik was diepongelukkig. Ik had bijna... Hoe dan ook, door de scheiding haatte ik jou en pap, en ik haatte jou omdat je wilde verhuizen. Ik haatte jullie niet echt, natuurlijk, maar je weet wat ik bedoel. En ik haatte het dat ik zo over je dacht, snap je? Daardoor voelde ik me nog ongelukkiger. Want ik hou echt van je, mam. Je bent hartstikke tof. Jezus, ik lijk wel acht. Maar toch zeg ik het nog een keer. Ik hou van je. En ik wil je bedanken voor het feit dat je mij hebt meegenomen naar Bourne. Het is fantastisch!'

Hij zag tranen over haar wangen biggelen. Ze was zo blij dat ze ervan moest huilen.

Soms was het heerlijk om een goede zoon te zijn.

De huistelefoon ging toen ze binnenkwamen. Ellie nam op en Tim ging naar zijn kamer, waarschijnlijk om zijn mobiel op te laden en Lauren te bellen.

'Ellie? Hoe gaat het met je? Ik zat op de veranda en zag jullie aan komen rijden. Dat bericht van je... Het spijt me dat het zo moeilijk voor je was.'

'Voor mevrouw Davis was het nog veel moeilijker.' Ellie zuchtte.

'Jouw intuïtie klopte, Louisa. Ik had niet moeten gaan.'
'En je weet zeker dat zij niet achter dat fietsje zaten?'
'Dat weet ik zeker.'
'Ik kom er nu aan.'
'Doe maar niet. Ik ben kapot. Ik denk niet dat ik het aankan om erover te praten.'
'Ik snap het. Maar dan kom ik morgenochtend vroeg, als het goed is.'
'Hartstikke leuk. Tot morgen dan.'
Ze zeiden gedag en Ellie hing op.
'Mam, ik ga lopend naar Lauren,' zei Tim toen hij uit zijn kamer kwam. 'Ze zei trouwens dat ik een fiets moest nemen en toen durfde ik niet te zeggen dat ik niet kan fietsen.'
'Lopen is goed voor je,' was het enige wat Ellie kon uitbrengen.
'Maakt ook niet uit. Ik zie je later.' Hij gaf een kus op haar wang. 'Jij kruipt zeker achter je laptop voor een mail aan je penvriend?'
'Inderdaad,' ze knikte en keek hem verbaasd aan. Hij was zo volwassen. En zo gelukkig. 'Neem je Lauren weer snel een keer mee? Ik vond het een leuk meisje, ik zou haar graag wat beter leren kennen.'
'Doe ik.' Hij glimlachte. 'Maar niet te veel vragen stellen, oké. Overdrijf het niet.'
'Ik zou niet durven.'
Nadat Tim was vertrokken pakte Ellie haar laptop, liep naar de keuken, zette hem op tafel, schonk een glas wijn in en ging zitten.
In haar vorige mail aan Daniel had ze hem eindelijk verteld over het ongeluk, en over het fietsje op haar gazon. Het was moeilijk geweest: ze nam hem in vertrouwen zoals ze Louisa in vertrouwen had genomen, maar op het scherm zag het verhaal er zo klinisch uit. Wat zou hij voelen als hij het las? Ze nam een flinke slok wijn en drukte de Aan-knop in.

Beste Ellie,
Ik weet niet wat ik moet zeggen. Ik zou je graag wat troost bieden, ik weet hoe jij je voelt en wat het ongeluk met je gedaan heeft. Ik krijg patiënten binnen, oud en jong, en het liefst wil ik iedereen redden – en ze willen natuurlijk allemaal dat ik hen red – maar zo zit het leven nu eenmaal niet in elkaar. Jij kreeg een ongeluk. Ik kan alles in het werk stellen om een patiënt

te redden, maar soms is dat onmogelijk. Dat is een ander soort ongeluk. En het overkomt vaak de jonge patiënten, die het meest te verliezen hebben. Het is hartverscheurend, net als jouw verhaal.

En dat iemand dat fietsje dan op je gazon legt, is te erg voor woorden. Kon ik je maar zeggen wat je moest doen. Het lijkt me geen toeval, maar zoals jij al zei, je wilt je eigenlijk niet eens afvragen wie er zo wreed kan zijn. Of waarom. Ik voel me zo machteloos, want ik kan niets doen. Als er iets is waarmee ik je kan helpen, moet je het zeggen. Je weet dat ik het zal doen, hoe ver weg ik ook ben.

Het is opvallend hoe klein de wereld is. Die zesstappentheorie klopt als een bus. Gisteravond kwam ik een vriend van vroeger tegen die nu in Washington woont. Hij is journalist en is hier met vakantie. We liepen elkaar tegen het lijf in een pub in Chelsea, dat hou je toch niet voor mogelijk? Hoe dan ook, hij had het over het schandaal rond senator Harvey (wie heeft het daar niet over? vraag ik me af, behalve dan de Engelsen) en toen vertelde ik hem dat ik iemand kende die voor Harvey werkte. Blijkt hij Joe Amory te kennen. Die heeft blijkbaar niet zo'n goede naam in Washington, staat bekend om zijn smerige politieke spelletjes. Ik wilde niet aan het roddelen slaan – niet mijn ding – dus ik heb niet doorgevraagd. Trouwens, het gaat mij ook niets aan. Alle politici zullen dat soort dingen doen.

Ik wil eigenlijk alleen maar zeggen dat ik het heel erg vind wat er met jou gebeurt en is gebeurd. Het is oneerlijk. Ik weet als geen ander hoe oneerlijk het leven – en de dood – kan zijn.

Zoals altijd hoop ik snel weer van je te horen.

Liefs, Daniel

Dit was de eerste keer dat hij had afgesloten met 'Liefs'. Ellie las de mail nog een keer en was opnieuw verbaasd dat zijn woorden haar altijd zo veel troost boden; en het stukje over Joe en zijn 'smerige politieke spelletjes' verraste haar. Misschien had de journalist het overdreven. En Daniel had gelijk: alle politici waren waarschijnlijk wel eens geslepen en gemeen.

Joe Amory, de aantrekkelijke, grappige, slimme, heldhaftige zoon van Louisa, of Joe Amory, de man die walgelijke afscheidsbrieven schrijft en op zijn werk smerige spelletjes speelt?

Kies maar, dacht ze. Maar dat kon ze aan anderen overlaten. De vrouw met wie hij wat had moest dat maar uitzoeken.

Daniel had 'Liefs' geschreven. Dát wilde zij wel uitzoeken.

Ze sloot haar laptop af, pakte haar sleutels en het glas wijn, liep naar buiten, deed de deur op slot en ging naar het strand.

Ze had geen plan. Ze kon Tim niet weghalen bij Lauren. Ze moest hier blijven, de rust bewaren en hopen dat het fietsje het laatste voorval was geweest. Als ze haar wilden herinneren aan het ongeluk, hadden ze hun doel bereikt. Als ze haar bang wilden maken ook. Als ze haar pijn wilden doen, zouden ze haar waarschijnlijk toch wel opsporen. En dat fietsje was voor haar bedoeld, niet voor Tim. Als ze Tim op de een of andere manier zouden bedreigen, zou ze hem naar Charlie sturen en naar de politie gaan en daar voor de deur blijven liggen tot ze haar serieus namen.

Het was een schitterende juliavond. Daniel had 'Liefs' onder zijn mail gezet. Hoe zou het zijn om weer verliefd te worden, of was ze het al? Heel voorzichtig. Kon een mens verliefd worden in een periode waarin hij of zij doodsangsten uitstond?

Ze schopte haar sandalen uit, begroef haar tenen in het zand, nipte aan haar wijn en keek hoe de zon aan de andere kant van het kanaal achter de horizon zakte.

Geen fouten meer, Ellie. Voorzichtig aan.

Ze zag hem zitten, in een witte jas achter zijn bureau, met zijn jongensachtige gezicht, aandachtig luisterend naar een patiënt, alles in het werk stellend om te helpen.

Zou hij grapjes met ze maken?

Wat deed hij als ze moesten huilen?

Hij zou weten wat hij tegen hen moest zeggen, hij had ook geweten wat hij tegen haar moest zeggen. Het leven is oneerlijk, dat had Louisa ook al gezegd. Dus moet je je vastklampen aan die momenten. Louisa had gelijk.

Een patiënt van Daniel die overlijdt is een ander soort ongeluk, dat had haar diep geraakt. Hij deed zijn uiterste best om hen te redden, maar soms lukte dat niet. Daarmee moeten leven, daarmee om moeten gaan, dat had een wijs en medelevend mens van hem gemaakt.

Niemand keek uit naar een doktersbezoek.

Behalve zij. Zij wilde het nu.

Twee jaar wachten. Dat was lang.

Misschien was het juist goed om twee jaar te wachten.

Misschien kwam hij tussendoor een keer terug. Ook artsen hebben vakantie.

Toen ze begonnen waren met mailen, was Ellie blij geweest dat hij zo ver weg was. Nu wilde ze hem liever dichterbij hebben, zodat ze ook echt samen tijd konden doorbrengen. Een tweede etentje bij Acquitaine zou compleet anders zijn. Ze kon zich heel goed voorstellen dat ze tot diep in de nacht zouden praten.

Zijn mails waren altijd te kort. Ze las ze, verslond ze, was teleurgesteld als ze de laatste zin gelezen had, verlangde naar meer.

Er voer een gigantisch wit jacht door het kanaal. Ze draaide iets om de boot in het oog te kunnen houden en zag vanuit haar ooghoek Joe. Hij stond aan de rand van het strand, het strand van Louisa, dat door zeewier en een grillige rotspartij van haar strand was gescheiden. Hij had zijn handen in zijn zakken en een grasspriet in zijn mond. Hij was gekleed in een spijkerbroek en een wit overhemd met lange mouwen. Toen hij haar zag, bleef hij staan. Hij zwaaide of riep niet naar haar, en zij deed ook niets.

Ze stonden tegenover elkaar als twee helden uit het wilde Westen, vijftien seconden lang verroerden ze geen van beiden een vin, vijftien seconden waarin Ellie overwoog naar hem toe te lopen en hem te vertellen hoe onnodig en kwetsend zijn briefje was geweest. Maar nog voordat ze een beslissing had genomen, draaide hij zich om en liep terug naar het huis.

Gedraag je eens als een kerel, Joe, zei ze in zichzelf. Lafbek.

Ze dronk haar wijn op en pakte haar sandalen.

Lauren zat in een spijkerrokje en een witte top op het aanrechtblad. Tim zat op de kruk waar hij meestal op zat.

Haar moeder was er niet.

'Zij heeft een beter sociaal leven dan ik,' zei Lauren. 'Niet dat ze aan de boemel gaat of zo. Maar ze gaat uit met vriendinnen en dan praten ze over kerels en doen ze alsof ze nog pubers zijn. Heel triest.'

'Ja, nou, mijn moeder blijft thuis en mailt met haar penvriend in Engeland.'

'Ouders.' Ze draaide zich om, opende een van de keukenkastjes en haalde er een pot pindakaas uit. 'Denk jij wel eens na over je lot?' vroeg ze terwijl het deksel eraf draaide.

Opletten. Een doordenker.

'Het lot? Natuurlijk. Het lot. Je bestemming. De zin van het leven. Ik denk aan niets anders.'

'Even serieus.'

Ze was serieus.

'Luister, er gebeuren nare dingen, toch? Maar misschien heeft alles wel een reden. Jouw ouders zijn uit elkaar en dat is vervelend voor jou, en dan verknal je het op school en dat is ook beroerd... Maar wat gebeurt er dan? Je verhuist hiernaartoe. En ik wilde toen helemaal niet naar het strand met Kerry. Een nieuwe jongen ontmoeten? Nou nee, bedankt. Maar ik had niets beters te doen, dus ging ik toch maar mee. Oké, we hadden elkaar in het najaar toch wel leren kennen, maar dan had het totaal anders kunnen gaan. Wat ik wil zeggen is dat alles om een bepaalde reden gebeurt. Soms denk ik dat als mijn ouders niet uit elkaar waren gegaan, we op een dag met z'n allen een auto-ongeluk hadden gekregen en allemaal waren omgekomen. Begrijp je wat ik bedoel?'

Ze stopte haar vinger in de pindakaaspot, lepelde er een hap uit en stopte die in haar mond.

Maar toen ineens... hoorde hij Louisa zeggen.

Tim kwam van zijn kruk en liep naar Lauren toe, legde zijn handen naast haar benen, leunde naar voren en kuste haar. Hij had al eens een meisje gekust. Maar niet zoals nu.

Dit was andere koek.

15

13 augustus

Louisa kon zich zo'n wisselvallige zomer als deze niet herinneren. De ene dag kwam het met bakken uit de hemel, de andere dag scheen de zon uitbundig – alsof de wereld op een meteorologische wip zat. Vandaag had de zon plaatsgemaakt voor dichte mist en voordat ze naar Ellie liep, trok ze haar gele oliejas aan, voor het geval het ging stortregenen.

Toen ze bij het huisje kwam, zag ze tot haar verbazing een wit busje achter Ellies auto staan. Ze liep naar de deur en klopte aan, en na een paar tellen deed Ellie open.

'Hoi.'

'Ellie, wat is er aan de hand?' Binnen klonken een paar harde knallen.

'Ik vond het tijd voor nieuwe sloten op de ramen en de deur, dus ik ben vanochtend gaan rondbellen. Gelukkig heb ik iemand kunnen vinden die het meteen wilde doen.'

'Goed idee.' Het verbaasde Louisa dat Ellie zo vrolijk klonk. 'Hoe voel je je? Je ziet er goed uit. Ik had verwacht dat je na gisteren wel uitgeput zou zijn.'

'Daar had ik geen zin in.' Ellie liep naar buiten.

'Geen zin in?'

'Inderdaad. Kom, we gaan een stukje wandelen. Ze maken veel te veel herrie binnen.'

Ze liepen de oprit af en vervolgens naar het einde van de Agawam Point Road.

'Wil je over gisteren praten? Het hoeft niet, hoor.'

Ellie liep snel. Ze had een spijkerbroek aan met daarop een blauw-wit gestreept shirt dat haar erg goed stond. Louisa had verwacht dat ze er slecht aan toe zou zijn na de voicemail en het korte gesprek van gisteravond, maar ze leek eerder opgewekt.

'Dat is goed. Zoals ik al zei, ik had niet moeten gaan. En ik weet nu dat zij in elk geval niet achter dat fietsje zaten. Ze proberen het echt achter zich te laten, snap je? Ze hebben een zoon. Ik weet niet hoe oud die is, maar het gaat erom dat ze hun blik op de toekomst gericht willen houden. En ik probeerde hen juist achterom te laten kijken. Hoe dan ook, ik heb gisteravond een paar knopen doorgehakt.'

'Ga je de politie bellen? Ik heb erover nagedacht en vind eigenlijk dat je sowieso een privédetective moet inschakelen.'

'Nee.' Ellie bleef staan. Louisa zag de vastberaden uitdrukking op haar gezicht. 'Ik ga doen wat de familie Davis doet. Ik ga me ook op de toekomst richten. Het verleden heeft mij achtervolgd. Ik heb het die ruimte gegeven door de confrontatie niet aan te gaan, en degene die dit allemaal doet probeert mij gek en bang te maken. Maar dat laat ik niet gebeuren.

Ik bedacht dat als ze mij fysiek pijn willen doen, ze dat ondertussen al gedaan zouden hebben. Ze proberen me emotioneel te beschadigen en dat is gelukt. Maar ik ben niet meer bang. Goed, ik laat nieuwe sloten zetten, maar dat had ik al veel eerder moeten doen. Als je verhuist, vernieuw je de sloten, toch?'

'Dat klopt. Maar wil je niet weten wie erachter zit? Wie die dingen doet?'

Ellie ging weer lopen.

'Als ik die weg in zou slaan, zou ik hun spelletje meespelen.'

Louisa had moeite om haar bij te houden.

Was dit een andere manier om de afschuwelijke waarheid te onderdrukken? Of was het een verstandige beslissing en bovendien een dappere? Ze wist het niet. Het echte probleem was volgens haar of degene die deze angstcampagne voerde ermee zou doorgaan en zo ja, hoe.

Kon zij namens Ellie een privédetective inhuren? Dat was een mogelijkheid. Ze moest erover nadenken.

Ze liepen zwijgend naar het einde van de weg.

'Wat ik me gisteravond realiseerde...' Ellie stond voor haar brievenbus. 'Ik vertelde toch dat mijn moeder vaak naar politieseries kijkt. *Law*

& Order kijkt ze het liefst. Maar goed, soms kijk ik mee en als er dan mensen bedreigd worden en die weigeren hun huis te verlaten omdat ze zich er zo thuis voelen, denk ik: kom op zeg, doe normaal. Ga verdorie naar een ander huis.' Ze zweeg even. Juist toen Louisa 'Dat vind ik ook' wilde zeggen, ging Ellie verder.

'En gisteren dacht ik: oké, dan gaan Tim en ik naar Californië. Maar Tim is zo gelukkig hier, en ik voel me hier inmiddels erg thuis. Eindelijk begrijp ik wat daarmee bedoeld wordt. Ik ben hier thuis, Louisa. Niemand krijgt mij hier nog weg.'

'Dat is heel bewonderenswaardig, Ellie, maar...'

'Ik ben het zat om een doetje te zijn. Ik kan dit heus wel aan. Wat kleren op de vloer, wat afval op het strand, een fiets? Het is eigenlijk zo zielig.'

Louisa reageerde niet. Ze vond het niet zielig, ze vond het wreed en kwaadaardig. Maar Ellie had er duidelijk over nagedacht, ze had een beslissing genomen en Louisa moest toegeven dat ze blij was dat ze niet naar Californië verhuisden. Ellies nieuwe vastberadenheid was bijna aanstekelijk.

'Je ziet eruit alsof je de Mount Everest wilt beklimmen.'

'Ik zou het zo doen... met een zootje sherpa's die me naar boven tillen.' Ze lachte.

Wauw! dacht Louisa. Ellie was in een strijdlustige bui. Fijn voor haar.

'Even kijken of ik post heb.' Louisa opende de brievenbus en zag dat die leeg was. 'Ik ben geloof ik niet zo populair,' zei ze.

Ellie opende die van haar en haalde er een stapeltje enveloppen uit.

'Ik ben populair bij de mensen die geld van mij willen. Dan ben ik toch liever jou.'

Op de terugweg praatten ze over Tim en Lauren en dat Ellie het zo heerlijk vond dat Tim iets meer van zichzelf had laten zien.

'Maar ik voel me nu wel oud.' Ze glimlachte. 'Hij had het zelfs over dat hij verliefd is.' Ze bleef staan, de glimlach stond nog op haar gezicht. 'Dat is niet niks, vind je ook niet?'

'Dat is geweldig!'

'Geweldig, ja.'

'Waarom kom je straks niet lunchen?' Louisa zweeg even. 'Joe is naar

Boston voor een sollicitatiegesprek. Ik ben alleen. Dan kunnen we het over die kalverliefde hebben.'

'Leuk. Graag.' Ze liepen verder. Toen ze bij de zijweg naar het huisje kwamen, zei Ellie: 'Tot straks dan.'

Terwijl Louisa naar huis liep begon het te regenen. Ze trok de capuchon van haar oliejas over haar hoofd en versnelde haar pas. Ze ging een lekkere salade maken en dan zou ze met Ellie over kalverliefde praten, ze zouden lachen en zij zou Joe niet ter sprake brengen.

Op een gegeven moment zouden die twee er toch overheen moeten stappen, ze wist alleen niet hoe ze dat voor elkaar moesten krijgen.

Wat ze wel wist, was dat ze op zoek zou gaan naar een privédetective. Ellie mocht dan niet 'hun spelletje' willen meespelen, maar naar het idee van Louisa was dat spelletje veel gevaarlijker dan Ellie wilde toegeven. Als Ellie er niet een wilde inhuren, zou Louisa dat voor haar doen.

Haar gevoel zei haar dat het met het fietsje niet was afgelopen.

De slotenmaker was klaar, hij overhandigde Ellie de nieuwe sleutels voor de ramen en de deur en zij betaalde hem. Toen hij weg was mailde ze Debby en stelde aan het eind de vraag waarmee ze zat. *Daniel ondertekende zijn vorige mail met 'Liefs'. Moet ik dat nu ook doen? Ik wil wel, maar durf eigenlijk niet.* Ze had Debby nog steeds niet verteld over het ongeluk. Ze kon het nu niet aan om het hele verhaal nog een keer af te steken.

Ze pakte de post die ze had meegenomen en maakte de eerste envelop open, een afschrift van haar creditcard. De tweede was de telefoonrekening voor haar mobiel en die van Tim, de derde een elektriciteitsrekening. Ze legde ze opzij en bekeek de vierde envelop. Op de voorkant stond haar naam. Geen stempel, geen postzegel, geen adres. Alleen 'Ellie', in zwarte inkt.

Ze maakte hem open en trok het vel papier eruit.

In het midden van het vel waren drie regels getypt:

Ik was dood voordat ik kon huilen.
HOPElijk huil jij nu ook.
Huil jij maar je ogen uit je kop.

Ze staarde naar het papier totdat de woorden vaag werden, met uitzondering van het woord HOPElijk, dat op haar netvlies bleef branden.

Ellie stond op, voelde het bloed uit haar gezicht wegtrekken en alle kracht uit haar lichaam vloeien, samen met alle beslissingen die ze gisteravond genomen had. Ze had zichzelf wijsgemaakt dat er na het fietsje niets meer zou volgen. Maar dat was niet zo. En als er toch nog iets zou komen, had ze tegen zichzelf gezegd, zou ze het aankunnen. Maar dat kon ze niet. Er zou nooit een einde aan komen. Het zou alleen maar erger worden.

Ze ging weer zitten.

Minutenlang zat ze met haar hoofd in haar handen, worstelend met alle gedachten die door haar hoofd spookten. Iemand had dit in haar brievenbus gedaan. Wanneer? Wat wist diegene? Wisten ze dat ze gisteren naar de familie Davis was geweest?

Waren ze bij het ongeluk geweest?

Ik was dood voordat ik kon huilen.

Ik.

Hope?

Had iemand op de psychiatrische afdeling, een andere patiënt misschien, gehoord wat er gebeurd was en toen... toen wat? Zichzelf toegezegd over negentien jaar dit te doen?

Was dokter Emmanuel gek geworden, had hij haar opgespoord?

Op zijn vijftigste of zestigste?

Ik was dood voordat ik kon huilen.

Wie wist dat? Alleen zij en haar moeder en Louisa. En Daniel. En de familie Davis. En de ambulancerijder. En de politieagenten die haar hadden ondervraagd. En de mensen van het ziekenhuis die erbij waren toen ze Hope daar binnenbrachten.

Ellie greep de tafel vast. Of was Hope niet overleden? Leefde ze nog? Hadden ze haar doodverklaard en had iemand haar ontvoerd en gehersenspoeld en was ze er nu pas achter gekomen wie ze was en...

Nee, nee, nee, en nog eens nee.

Ze pakte de enveloppen en keek naar haar naam. Ellie. De onderkant van de laatste 'e' was een lange haal.

Dat had ze eerder gezien. Ze had eerder zo'n 'e' gezien.

Waar? Wanneer?
Denk na. Concentreer je. Kalmeer en graaf je geheugen af.
Ik kan niet kalmeren.
Je hebt dat handschrift eerder gezien.
Dat handschrift.
Wie heeft iets voor jou met de hand geschreven?

Het zat ergens in haar hoofd, maar steeds als ze het wilde pakken ontglipte het haar.

Aan iets anders denken, haar hoofd leegmaken, misschien dat het haar dan te binnen zou schieten.

Als het 's nachts in het huis van haar moeder heel warm was, deed ze haar ogen dicht en dacht ze aan zwembaden.

Ellie deed haar ogen dicht. Ze concentreerde zich op het zwembad van The Country Club. Twee duikplanken. Wedstrijdbanen. Het ondiepe deel was afgezet voor kleine kinderen. Een betonnen rand om het bad, daarnaast gras.

Ze opende haar ogen.

Ze wist het.

Ze zag de naam 'Joe' voor zich. Met de hand geschreven. De onderkant van de 'e' was een lange haal.

16

Louisa zat aan de keukentafel. Ze had een paar privédetectives gevonden, maar geen flauw idee welke ze moest bellen. Ze kon alleen maar aan die oude films denken, waarin afgematte mannen vanachter hun bureau in een rommelig kantoortje bijdehante opmerkingen maakten.

Kon ze iemand telefonisch inhuren, of moest ze ernaartoe? En kon ze dat doen zonder toestemming van Ellie? Dat ze Joe had verteld wat Ellie overkomen was, gaf haar een ongemakkelijk gevoel. Natuurlijk zou hij het niemand vertellen, maar als Ellie erachter zou komen dat hij het wist, zou ze ontsteld zijn. Ze had het Charlie niet eens verteld. En Tim ook niet.

Pas op! De vijand luistert mee! Zo waarschuwde men de bevolking in de Tweede Wereldoorlog. Maar Joe was geen vijand. En hij had afstand genomen van Ellie. Hij had geen reden om haar verleden met iemand anders te bespreken.

'Louisa?'

Geschrokken keek ze op en zag Ellie op de drempel staan.

'Ik klopte, maar volgens mij hoorde je het niet.'

'Inderdaad, ik heb je niet gehoord.' Ze sloeg de telefoongids dicht. 'Hemeltjelief, hoe laat is het? Ik ben nog niet eens aan de lunch begonnen. Sorry.'

'Ik kom niet voor de lunch.' Ellie deed een stap naar voren. 'Ik moet je iets vragen.'

'Klinkt serieus.' Ze wilde glimlachen, maar de uitdrukking op Ellies gezicht hield haar tegen.

Ellie liep naar haar toe, maar ging niet zitten. 'Is dit het handschrift van Joe?' Ze liet Louisa een envelop zien.

Louisa zocht op de tafel naar haar leesbril en bedacht toen dat ze die op had gezet toen ze de Gouden Gids had gepakt. Ze tuurde naar het woord 'Ellie' op de voorkant van de envelop en zei: 'Dat lijkt op dat van Joe, ja. Hoezo?'

Ellie trok de envelop terug en sloeg haar armen over elkaar.

'Ik moet hem spreken.'

'Wat is er aan de hand?'

'Heb jij zijn mobiele nummer?'

'Ellie, ga even zitten. Waar gaat dit over? Heeft hij... Wat zit er in die envelop? Je kijkt zo angstig. En je klinkt ontzettend boos.'

'Ik kan er niet over praten. Ik moet hem spreken. Meteen.'

'Hij is voor sollicitatiegesprekken naar Boston. Je kunt hem beter op een ander moment bellen.'

'Ik moet hem spreken. Alsjeblieft, Louisa. Geef me zijn nummer.'

Louisa had Ellie meegemaakt in moeilijke situaties, ze had haar hysterisch, sprakeloos en vastberaden gezien, maar zoals nu had ze haar nog nooit gezien, zo had ze nooit eerder geklonken. Haar gezicht stond hard en strak. Haar blik was ijzig. Er was iets goed mis.

'Ik kan die 06-nummers nooit onthouden. Het staat in m'n mobiel. Ik pak hem even. Ga zitten. Toe. Ik ben zo terug.'

Ellie ging zitten. Louisa liep naar de woonkamer en haalde de telefoon uit haar tas.

Wat had Joe geschreven? Wat had hij in hemelsnaam gezegd dat Ellie zich nu zo gedroeg?

'*Bemoei je er niet mee, Lou. Dit is iets tussen Joe en Ellie.*'

'*Ik moet me er wel mee bemoeien, Jamie. Joe wil haar geen kwaad doen. Het zal een misverstand zijn. Dat kan haast niet anders. Waarom heeft hij haar geschreven? Wat kan hij gezegd hebben?*'

Terug in de keuken zag Louisa tot haar opluchting dat Ellie inderdaad was gaan zitten, en ze nam tegenover haar plaats. Maar één blik op haar gezicht, dat nog steeds kil en strak stond, was voldoende om die opluchting als sneeuw voor de zon te doen verdwijnen.

'Ellie, ik weet dat jij en Joe... Ik weet dat jullie wat hadden toen ik weg was. Dat heeft hij mij verteld, en het spijt me dat het niet heeft gewerkt... Wat er ook gebeurd is, ik weet zeker dat hij jou niet heeft willen kwetsen.'

'Ik moet zijn nummer hebben, Louisa.'

'Zijn verdriet slokt hem nog steeds op. Je had hem moeten zien na het overlijden van Pam. Hij zou jou nooit opzettelijk pijn doen. Het moet een misverstand zijn.'

Ellie zweeg. Ze beet op haar lip, haar armen lagen gespannen op haar buik, haar vuisten gebald.

'Ik had het geweldig gevonden als jullie vrienden waren geworden, dat weet je.'

'Waar is je mobiel? Kan je hem niet vinden?'

'Die heb ik hier.' Louisa haalde hem uit haar zak en wilde hem aan Ellie geven, maar hield hem toch nog even bij zich. 'Ik snap het niet. Waarom doe je zo? En waarom wilde je weten of Joe dat geschreven heeft? Je wist niet dat wat er ook in die envelop zat van hem was. Ik begrijp er niets van.'

'Laat het.' Ellie schudde haar hoofd. 'Ik wil alleen zijn nummer. Alsjeblieft.' Ze wilde de telefoon aanpakken, maar Louisa weigerde hem te geven.

'Nee. Dit is belachelijk. Je moet me eerst zeggen wat er aan de hand is. Wat Joe ook gezegd heeft, je moet hem verkeerd begrepen hebben. Ik wil een eind maken aan al deze vijandigheid, voordat het uit de hand loopt. Je bent van streek. Natuurlijk. Misschien dat je heftig reageert op iets en dat kan ik begrijpen, maar als je hem in deze gemoedstoestand belt, maak je het alleen maar erger.'

'Dan maak ik het erger? Jezus, dat meen je niet!'

'Ellie!'

'Ik had niet naar je toe moeten komen. Ik wist dat het zijn handschrift was. Ik kon het alleen niet geloven.' Ze stond op.

'Wat kon je niet geloven?' Louisa stond ook op. Ze stonden bevend tegenover elkaar. 'Je doet alsof hij iets gruwelijks heeft gedaan. Joe zou nooit...'

'Je kent hem niet, Louisa.'

'Wat?'

'Je bent zijn moeder. Je ziet niet...'

'Zeg dat niet. Goed, hij mag zich dan onfatsoenlijk hebben gedragen na wat er tussen jullie gebeurd is en dat heeft je gekwetst, dat snap ik, maar ik heb je al gezegd dat hij nog wordt opgeslokt door zijn verdriet. Jullie huisje was van hen, Ellie. Vergeet dat niet. En trouwens, het is bijzonder dat hij überhaupt belangstelling heeft voor een vrouw, gezien zijn toestand.'

'Dit heeft niets te maken met die ene avond. En ik ben niet gekwetst.' Ellie was zichtbaar verontwaardigd. 'En Joe heeft niet zo veel verdriet als jij denkt. Geloof me, hij is echt wel geïnteresseerd in andere vrouwen.'

'Je weet niet wat je zegt.'

'Louisa, laat maar.'

'Als het niets te maken heeft met die ene avond kun je mij die brief wel laten zien.'

'Nee.'

'Wat is er met jou? Ben je gek geworden of zo?'

'Gek geworden? Ik?' Ellie gooide de envelop op tafel. 'Toe maar. Lees maar.'

Louisa pakte de envelop en haalde het vel eruit. En las de brief.

'Je denkt toch niet...' Ze liet zich op een stoel vallen. 'Denk je echt dat Joe dit heeft geschreven?'

'Dat is toch zijn handschrift, op die envelop? Het spijt me, Louisa, maar je bleef aandringen.'

'Dit is afschuwelijk.' Ze keek op naar Ellie. 'Maar dit komt van degene die dat fietsje bij jou heeft neergelegd. Dat lijkt me duidelijk. Dit heeft niets te maken met Joe.'

'Je hebt hem verteld van het ongeluk, hè? Ik snapte steeds maar niet hoe hij het kon weten. Maar jij hebt het hem verteld.'

'Ik...'

'Ik wíst het.'

'Ellie.'

'Waarom doet hij mij dit aan?'

'Hij doet helemaal niets. Ik weet niet hoe deze brief in een envelop is gekomen met zijn handschrift erop, maar hij komt niet van hem.'

'O nee? Telkens als er wat gebeurde, was hij hier ook. Ik ben het nagegaan. Hij was hier toen het huis overhoop werd gehaald, hij was hier toen die troep op het strand werd gegooid, hij was hier toen het fietsje er ineens lag. Je hebt hem al vrij snel over het ongeluk verteld, hè?'

'Ga zitten en luister naar me. Die brief is afschuwelijk. Walgelijk. Het is vreselijk voor je, maar Joe heeft hem niet geschreven. Eerst dacht je dat de familie Davis hierachter zat en dat bleek ook niet zo te zijn. Joe zou zoiets nooit doen.'

'Hij heeft wel vaker zulke dingen gedaan. Hij stuurde mij een neerbuigende, gestoorde brief nadat we… En het spijt me, maar in Washington zeggen ze dat…'

'Wat zeggen ze in Washington?'

'Laat maar. Ik wilde helemaal niet dat jij hier betrokken bij zou raken.'

'Je bent echt je verstand verloren. Waarom zou Joe je zo willen kwetsen? Hoe kun je dat denken?'

'Jij zegt steeds dat ik gek ben, maar het is wel zijn handschrift, Louisa.'

Ze keek nog een keer naar de envelop. Het leek inderdaad op zijn handschrift, maar die hoofdletter E zag er raar uit.

'Nee, volgens mij niet. Ik had het verkeerd. Maar dat doet er niet toe. Joe heeft die dingen gewoon niet gedaan. Begrijp je me?'

'Krijg ik zijn nummer nog?'

'Nee. Ik wil niet dat je hem op deze manier zwartmaakt. Het is ongegrond en gemeen.'

'Ik snap dat je hem wilt beschermen, ik weet dat je van hem houdt, maar je moet erkennen dat hij hier degene is die gestoord is.'

'Ik wil hier verder niet over praten. Ik wil dat je weggaat.'

Ellie stond op. Ze pakte de envelop van tafel.

'Het spijt me, Louisa. Het spijt me dat hij ons dit aandoet.'

Ze draaide zich om en liep de deur uit.

17

Ellie zat op de bank, ze had de brief in haar hand en voelde zich beroerd. Met elke stap waarmee ze zich van Louisa's huis verwijderd had, was haar even zelfverzekerde als aanmatigende woede iets gezakt.

Ze had de brief niet aan Louisa moeten laten zien, maar wat had ze anders moeten doen? Ze wilde zeker weten dat het handschrift van Joe was, en ze wilde zijn nummer. Louisa had aangedrongen en Ellie was gezwicht. Louisa had Joe verdedigd, zij zichzelf.

Ik wilde haar niet kwetsen, maar ook ik heb mijn grenzen. Ik ben niet een afgewezen vrouw die haar frustraties botviert op een ander. Hij probeert mij tot waanzin te drijven.

Nu had haar vriendschap met Louisa zware en waarschijnlijk onherstelbare schade opgelopen. En Joe had haar om onduidelijke redenen de oorlog verklaard, met zijn 'Ik was dood voordat ik kon huilen' stak hij haar rechtstreeks in haar hart.

Wat moest ze nu? Wachten tot Joe terugkwam uit Boston en dan naar hem toe gaan om hem ermee te confronteren? In het bijzijn van Louisa?

Joe had het afschuwelijk gevonden dat zij het huisje betrok, daarvan was Ellie zich bewust. Dat was voor hem wellicht een reden om een troep te maken van de woonkamer en het strand, maar waarom was hij nog een stap verder gegaan? Waarom dat fietsje en die brief? De enige logische verklaring was dat hij was doorgeslagen toen Louisa hem had verteld over het ongeluk. Misschien dat Pam en hij dolgraag een kind hadden gewild, waardoor hij buiten zinnen was geraakt van de gedachte dat Ellie verantwoordelijk was voor de dood van een klein meisje.

Maar het was zijn handschrift, dus waarom zou hij zo reageren?

Hij had het geschreven, dat stond vast. Louisa was teruggekomen op haar eerste reactie, maar pas nadat ze had gelezen wat hij geschreven had. Het moest Joe zijn. Het was zijn handschrift.

Toen de telefoon ging, maakte haar hart een hoopvol sprongetje. Misschien was het Louisa met de vraag of ze terug wilde komen om het er nog een keer over te hebben. Om te zeggen dat ze in het heetst van de strijd de verkeerde dingen hadden gezegd.

Ze pakte haar telefoon en zag dat het haar moeder was.

Ook dat nog, dacht ze, maar als ze nu niet opnam, zou haar moeder het net zolang blijven proberen tot ze haar te pakken kreeg.

'Hoi, mam.'

'Hallo, schat. Hoe gaat het?'

'Nu even niet zo goed.'

'O hemeltje. Wat is er dan?'

'Dat is nogal ingewikkeld.' Ellie aarzelde. 'Maar het komt goed, geloof me. Je hoeft je geen zorgen te maken.'

'Met Tim alles goed?'

'Ja hoor.'

'Mooi.'

Haar moeder vertelde een verhaal over een onderbuurman, een of andere roddel waar Ellie niet naar luisterde.

Hoewel dit misschien precies was wat ze nodig had, bedacht ze.

'... en blijkbaar had ze die man leren kennen via dat computerdaten dat sommige mensen doen. Het is toch wat, hè?'

'Tja.'

'Ik heb gehoord dat ze in het wit gaat. Dat is toch niet te geloven? Op haar leeftijd en als je een tweede keer gaat trouwen. Dat klopt niet.'

'Misschien niet, nee.'

'Je bent er niet echt bij, Ellie. Wat is er?'

'Mam, kan ik een nachtje komen logeren? Ik moet er even tussenuit.'

'Natuurlijk. Neem je Tim dan ook mee? Ik heb hem al zo lang niet gezien.'

Tim zou niet mee willen, dat wist Ellie nu al. Hij vond het vreselijk om opgesloten te zitten in de flat van zijn oma, en dat zou nu alleen maar erger zijn omdat hij Lauren zou moeten missen.

'Nee, hij moet naar school, weet je nog? Ik regel wel dat hij bij een

vriend gaat slapen. Het is maar voor één nacht, als je dat goedvindt tenminste.'
'Natuurlijk.'
'Ik pak een bus. Dan ben ik er aan het eind van de middag.'
'Goed. Ik zal kijken wat ik nog in huis heb voor het eten.'
'Maak je niet druk, ik heb geen honger. Ik zie je straks,' zei ze. Ze wilde het gesprek beëindigen en kijken hoe laat de bus ging.
'*Ciao*.' Haar moeder was daar een paar jaar geleden mee begonnen, met dat 'ciao', en meestal vond Ellie dat wel geestig, maar nu niet.
'Dag, mam.'
Nu kon ze er tenminste even uit, dacht ze toen ze haar laptop opstartte en op internet naar de bustijden zocht. Louisa was witheet geweest en Ellie kon nu toch geen lijmpoging doen. Dat zou zinloos zijn. Louisa zou blijven ontkennen dat het Joe's handschrift was, en als Joe er was zou hij ook ontkennen dat het zijn handschrift was. Ze zouden een handschriftdeskundige moeten inhuren en de sfeer zou vreselijk zijn. Vreselijk.
Nadat ze een goede bus had gevonden – vertrek om 13.00 uur bij Tedeschi's – belde Ellie de moeder van Sam om te vragen of Tim daar kon slapen en stuurde vervolgens een sms naar Tim om hem op de hoogte te brengen. Daarna kroop ze weer achter haar laptop, klikte op 'Nieuwe e-mail' en typte:

Beste Daniel,
Even een kort bericht, want ik moet wat spullen inpakken en de bus naar New York halen. Ik ga een nachtje logeren bij mijn moeder. Ik kan je nu niet alles vertellen, maar ik weet wie mij al die dingen heeft aangedaan: Joe, al valt het misschien moeilijk te geloven. Ik kreeg een brief van hem die zo was geschreven dat het leek alsof hij van Hope was, het meisje dat is overleden. Het is gestoord en ik weet niet waarom hij dit doet, maar ik herkende zijn handschrift. En ik heb een enorme ruzie gehad met Louisa. Sorry dat ik zo warrig ben, maar ik hoopte eigenlijk dat je me kon bellen. Het zou heel fijn zijn om je stem te horen. Ik heb mijn mobiel bij me en als het goed is heb je mijn nummer nog, maar voor de zekerheid geef ik je het nog een keer: 616-277-0250.
Liefs, Ellie.

Ze deed wat kleren in een weekendtas en liep de deur uit. Haar blik viel op het huis van Louisa en ze voelde haar hart ineenkrimpen.

Waarom moest Joe Amory alles kapotmaken? Was hij jaloers op haar band met zijn moeder? Wat dat mogelijk? Maar waarom dan? Hoe kon de zoon van Louisa zo'n wrede, gestoorde man zijn geworden?

Joe had Louisa onderweg gebeld vanuit een Dunkin Donuts en hij was optimistisch geweest over de twee sollicitatiegesprekken die hij gehad had, een met een vrouwelijke senator en een met de assistent van een congreslid. 'Volgens mij ging het heel goed, mam,' had hij gezegd. 'Geen van beiden bleef lang stilstaan bij Brad Harvey, dus dat was een hele opluchting.' 'Fantastisch,' had ze geantwoord, want ze wist dat ze hem pas bij zijn terugkeer over Ellie kon vertellen, niet nu over de telefoon.

Louisa was nog steeds van slag. Ze kon zich niet herinneren dat ze zó kwaad was geweest, maar goed, ze had Joe ook nooit tegen dit soort aantijgingen moeten verdedigen.

Hoe kon Ellie dat zeggen? Die vraag bleef maar door haar hoofd gaan. Hoe kon ze denken dat Joe dat had gedaan?

Ze doolde in zichzelf pratend door het huis, als een seniel oud vrouwtje, hoofdschuddend en mompelend. Toen ze ten slotte weer in de keuken kwam en de koelkast opendeed, zag ze spullen staan voor de lunch die ze voor Ellie had willen maken. Ze deed de koelkast dicht en ging weer aan tafel zitten.

De brief had in een envelop gezeten waarop iemand 'Ellie' had geschreven, en ja, het handschrift had op dat van Joe geleken, het leek er inderdaad erg veel op. Maar dat afgrijselijke briefje zelf was getypt. Net als dat briefje in Ellies koelkast.

Degene die het getypt had, moet een envelop van Joe met Ellies naam erop hebben gevonden of Joe's handschrift hebben nagebootst. Beide scenario's klonken niet erg aannemelijk. Waarom zou Joe Ellies naam op een envelop schrijven en die vervolgens laten slingeren? En stel dat dit inderdaad gebeurd was, wie zou die envelop dan gevonden kunnen hebben? En als iemand Joe's handschrift had nagebootst, hoe kon diegene dan weten hoe dat eruitzag?

En een minstens zo groot raadsel: waarom zou iemand Joe er op deze manier in willen luizen?

Het telefoonboek lag nog steeds op tafel. Even overwoog Louisa de hele bende achter zich te laten, en Ellie ook. Ze konden elkaar gewoon uit de weg gaan. Niet meer gezellig koffiedrinken, niet meer een stukje varen met de boot, niet meer zomaar wat kletsen. Ellie moest dit gedoe met die treiteraar, of treiteraars, zelf maar oplossen.

Ik heb genoeg van al die drama's, dacht Louisa. En ik kan haar waarschijnlijk toch niet vergeven.

Maar wie in godsnaam deed haar dit aan? Wie het ook was, hij had Joe erbij betrokken en dus Louisa ook.

'Verdorie,' zei ze hardop en ze sloeg het telefoonboek open en zocht naar een privédetective. Ze pakte de mobiel die ze niet aan Ellie had willen geven en toetste het nummer in van een naam die ze goed vond klinken: George Andrews.

Een vrouwenstem zei: 'Blijft u aan de lijn, ik verbind u door,' toen Louisa naar meneer Andrews vroeg.

'George Andrews. Waarmee kan ik u van dienst zijn?' vroeg een man.

Nadat zij zichzelf had voorgesteld, zei Louisa: 'Ik hoop dat u mij kunt helpen,' en daarna: 'Ik moet uitleggen wat er speelt en dat kan wel even duren. Is dat goed?'

'U belt op een goed moment, ik heb net lunchpauze. Vertelt u maar. Ik luister,' antwoordde hij.

Terwijl ze hem over Ellie vertelde, bedacht ze dat hij het waarschijnlijk een vreemd verhaal zou vinden, en ze was dan ook verbaasd en opgelucht dat hij haar niet onderbrak, of gewoon ophing.

'Dus u begrijpt,' zei ze ten slotte, 'dat ik wil weten wie hierachter zit, en daarom hoop ik dat u mij kunt helpen.'

'Goed. Terwijl u uw verhaal deed, heb ik het een en ander genoteerd. Momentje.'

Ze vond het prettig dat hij zo nuchter klonk.

'Goed, die Ellie... zo'n ongeluk op die leeftijd, dat kan er flink in hakken.'

'Ja.'

'En ze heeft, hoe lang was het, een half jaar op een psychiatrische afdeling gelegen?'

'Dat zei ze, ja. Zes maanden.'

Stilte aan de andere kant.

'Meneer Andrews?'

'Ik ben er nog. Luister, ik wil u graag helpen. Op donderdag heb ik tijd, dan kunt u op kantoor langskomen. Dan kunnen we het over mijn tarief hebben en zo. Maar ik wil u eerst iets vragen. Als schot voor de boeg, maar ik heb al aardig wat gestoorde mensen gekend, dat heb je in dit vak.'

'Dat zal zeker.'

'En mensen die op een psychiatrische afdeling belanden, nou, dat zijn harde noten.'

'Ik geloof dat ik niet goed begrijp waar u heen wilt.'

'We kunnen natuurlijk een afspraak maken, maar ik naai mensen niet graag een oor aan. Dus wil ik u het volgende vragen: heeft u een van die dingen met eigen ogen gezien?'

'Met eigen ogen? Nou, nee. Ik heb niemand zien inbreken, als u dat bedoelt.'

'Of... even kijken... rotzooi op het strand zien gooien, een fiets op het gras zien leggen, een brief zien schrijven?'

'Nee, dat lijkt me duidelijk. Als ik dat gezien had, zou ik ook weten wie het gedaan had.'

Zo te horen had ze een niet bepaald slimme privédetective uitgekozen. Louisa zuchtte.

'Dat bedoel ik niet,' zei hij.

'Wat bedoelt u dan wel? Ik kan u niet volgen.'

'Volgens u weet niemand van dat ongeluk, tenminste, niet iemand die tot dit soort dingen in staat is. Dus als schot voor de boeg, zoals ik al zei, zou mijn eerste vraag zijn: kan die Ellie het zelf hebben gedaan? U wilt niet weten wat mensen doen om aandacht te krijgen. En ze heeft een psychiatrisch verleden.'

'Nee. Nee, dat is onmogelijk.'

'Als u het zegt. Goed, luister, we maken een afspraak. Deze week is het om de een of andere reden erg druk, dus, zoals ik al zei, gaat het voor donderdag niet lukken. Ik zou graag zien dat die vrouw meekomt. Dat zou het voor mij een stuk makkelijker maken.'

'Ik weet niet of zij ook komt,' zei ze nadat ze een afspraak voor donderdag 14.00 uur hadden gemaakt.

'Nou ja, het is uw geld. Ik wil alleen maar zeggen dat het dan misschien langer duurt en veel duurder wordt.'

'Dat is goed.' Ze zweeg even. 'Meneer Andrews, ik wil u nog iets vragen. Vindt u dat ik naar de politie moet gaan?'

'Ik wil u niet beledigen, maar die hebben het drukker dan ik. Ik denk niet dat u veel aan ze zult hebben. Ten eerste is er geen direct gevaar. Ten tweede zijn ze niet zo goed als het om dit soort abnormale dingen gaat. En dat dit knetter is, nou ja, dat lijkt me duidelijk.'

Nadat ze had opgehangen, kneep Louisa in haar neusbrug totdat het pijn deed. Toen kneep ze in haar bovenlip.

'Nee. Dat zou ze niet doen. Dat kan echt niet.'

'Wat kan echt niet? Mam, je moet echt ophouden tegen jezelf te praten.'

Joe stond glimlachend op de drempel van de keuken.

18

Ellie was precies op tijd bij Tedeschi's om de bus te halen. Er zaten alleen een paar mensen voorin, dus ze liep door naar achteren, legde haar tas op een stoel naast het gangpad en liet zich in de stoel bij het raam ploffen.

Het leek inmiddels een eeuw geleden dat ze vanmorgen tegen Louisa had gezegd dat ze zich door niemand uit Bourne liet verdrijven. Nu wilde ze alleen maar weg.

De bus begon te ronken, de deuren gingen dicht. Ze draaiden linksom de weg op. Ellie keek uit het raam en zag aan de overkant een bekende auto rijden. Joe Amory zat achter het stuur.

Wat zou er gebeuren als hij thuiskwam? Wat zou hij tegen Louisa zeggen? 'Ze is gestoord. Ze is geobsedeerd door mij. Jezus, mam, ze is totaal geschift.'

Ellie kon het niet uitstaan dat ze de film steeds opnieuw moest afspelen en haar hersens moest pijnigen om achter zijn beweegreden te komen.

Wat heb ik je aangedaan? Is het omdat ik met je naar bed ben geweest? Denk je dat ik een slet ben?

Terwijl ze het 'Welkom in Cape Cod' op de rotonde achter zich lieten en naar de Bourne Bridge reden, haalde Ellie haar mobiel tevoorschijn. Ze had geregeld dat Tim bij Sam kon slapen, maar ze had liever dat hij naar Charlie in Boston ging. Ze belde Charlie met de vraag of dat goed was, en hij zei dat hij Tim maar al te graag ophaalde.

'Het spijt me dat ik geen tijd heb om met je te praten, El, maar ik heb nog flink wat werk te doen, helemaal als ik Tim moet ophalen.'

'Dank je, Charlie. Ik waardeer dit heel erg. Ik ben op tijd terug van

mijn moeder om hem morgen van school te halen.'
'Geen probleem. En doe de groeten aan je moeder, oké?'
'Ja, natuurlijk.'
Charlie en haar moeder hadden het altijd heel goed met elkaar kunnen vinden.
'Goed, dan bel ik Tim zodat hij weet dat ik hem kom ophalen. Goede reis, El. Tot ziens.'
'Tot ziens.'
Misschien dat we dan toch nog fatsoenlijk met elkaar om kunnen gaan, dacht ze terwijl ze Sams moeder belde om af te zeggen en daarna Tims nummer intoetste en een bericht achterliet over de wijziging van de plannen en het feit dat Charlie hem zou ophalen en meenemen naar Boston.

Nadat ze 'Ik hou van je' had gezegd en de verbinding had verbroken, boog ze voorover, haalde haar laptop uit haar tas en opende hem. Ze had een aparte map gemaakt voor haar mailcorrespondentie met Daniel.

Ze wilde niet denken aan Joe en Louisa, die het nu vast over haar hadden. Of aan die walgelijke brief. Of wat ze moest doen als ze morgen terugkwam. Ze wilde de mails van Daniel en haar lezen, weer op het spoor van het gezonde verstand komen.

Halverwege, ze was verdiept in Daniels mail over een reisje naar Schotland, ging haar telefoon. Een onbekend nummer, maar ze herkende het kengetal van Washington.

Dit gesprek wilde ze liever niet voeren, maar al helemaal niet in een bus. Ze nam niet op. Zoals ze verwacht had, zag ze even later dat hij een boodschap had achtergelaten.

Goed dan, zei ze tegen zichzelf, dit wil ik wel horen.

'Ellie, met Joe. Mijn moeder heeft me verteld wat er tussen jullie is voorgevallen. Jezus, ik dacht dat jij geen drugs gebruikte? Ik heb die vreselijke brief niet geschreven. Waarom zou ik? Dat je dat überhaupt denkt. Volgens mijn moeder heb je gezegd dat ik je een keer een brief heb geschreven. Waar heb je het in godsnaam over? Ik heb jou nooit een brief geschreven. Ik heb geen flauw idee waarom dat handschrift op die envelop op het mijne leek. Ik heb dat niet geschreven. Je zei dat ik jou met rust moest laten en dat heb ik gedaan. Het spijt me van die brief, maar ik ben verdomme laaiend omdat jij denkt dat ik die geschreven heb. Ik heb geen geld uit de collectebus gejat, ik heb geen fiets op jouw grasveld gelegd. Shit, waar zit je? Ik wil die envelop zien.'

Zijn woede was zo voelbaar dat Ellie ervan beefde. Natuurlijk haalde hij naar haar uit, dacht ze. De aanval is de beste verdediging. Maar wat zei hij nou halverwege? Ze speelde het bericht nog een keer af, zette zich schrap voor de woede in zijn stem.

Je zei dat ik jou met rust moest laten en dat heb ik gedaan.

Wanneer had ze dat gezegd? Wanneer had ze gezegd dat hij haar met rust moest laten. Waarom zou hij dat verzinnen? Haar hersens begonnen pijn te doen.

Joe werkte in de politiek, hij was gewend om te liegen. Maar deze woede klonk heel echt. *Ik heb geen geld uit de collectebus gejat, ik heb geen fiets op jouw grasveld gelegd.*

Ellie hing tegen het raam.

Waarom zou ik?

Daar had ze geen antwoord op, dat was de vraag waarop ze haar hersens pijnigde.

Waarom zou iemand zoiets doen? Wie dan ook?

Waarom zou hij die envelop willen zien als hij wist dat het zijn handschrift was?

Waarom zou hij 'Ellie' op de envelop schrijven als hij wist dat ze zijn handschrift zou herkennen van de brief die hij gestuurd had. Hij had haar naam ook kunnen typen. Daar had ze eerder niet bij stilgestaan.

Omdat ze in een bepaald opzicht opgelucht was nu ze wist wie erachter zat?

Ik heb jou nooit een brief geschreven.

Hij had haar al gezegd dat hij wilde doen alsof die nacht er helemaal niet geweest was. Ze had geen contact met hem gezocht. Die brief was niet nodig geweest. Maar Louisa had het handschrift herkend. Eerst wel. En dat was het handschrift van die rot-toch-op-brief geweest.

Verwarring maakte plaats voor iets anders. Uitputting. Ze probeerde de mail van Daniel nog een keer te lezen, maar kon zich niet concentreren.

Huil jij maar je ogen uit je kop.

Wakker worden, Ellie, zei ze tegen zichzelf.

Haar ogen waren zwaar, haar lijf was zwaar, het was te veel voor haar. Haar hoofd viel naar voren en klapte terug. Toen dat nog een keer gebeurde werd ze met een schok wakker.

Wakker blijven.

Haar oogleden wilden niet luisteren. Ze zakten langzaam naar beneden.

'Het spijt me, Tim, dat ga ik niet halen. Ik zou je vader graag ontmoeten, maar ik moet vanavond naar mijn vader in Hyannisport. Maar ik zie je morgen. Je komt morgen toch terug?'

'Zeker. Dan zie ik je na school, oké? Ik kan lopend naar jou toe komen.'

'Dat is hartstikke ver. Ik kan naar school fietsen. We zien wel. Bel me maar even.'

'Doe ik.'

'En vanavond geen oude vriendinnetjes opzoeken in Boston.'

'Shit, hoe ben je daar nou weer achter gekomen?'

'Haha. Heel grappig. Ik lig in een deuk. Tot morgen.'

'Tot morgen.'

Tim beëindigde het gesprek, liep naar de parkeerplaats waar zijn vader hem zou oppikken en ging op het muurtje zitten dat het parkeerterrein afbakende.

Hij had Lauren vanavond dus toch niet kunnen zien. Nu was het veel minder erg dat hij naar zijn vader moest. Hij pakte zijn iPod, deed de oortjes in en zette de Cowboy Junkies op, ook muziek waar hij van Lauren naar moest luisteren. Voor zover hij kon zeggen hield ze niet van muziek die minder dan twintig jaar oud was, maar dat maakte haar alleen maar interessanter. Ze had zo veel kanten, ze verraste hem steeds weer, zette hem altijd aan het denken.

Zoals dat gesprek over het lot op de avond dat hij voor het eerst met haar gezoend had. Ze hadden het er daarna niet meer over gehad, maar hij had erover nagedacht en wilde haar zijn ideeën vertellen.

Misschien zou hij dat morgen doen, vragen hoe zij het kon rijmen. Want hem lukte het niet. Oké, sommige slechte dingen kunnen uiteindelijk goed zijn, maar een kind dat ziek is en komt te overlijden als het twee is of zo? Hoe kan dat nou goed zijn? Of al die kinderen in Afrika die sterven van de honger of aan aids? Tim begreep niet hoe dat een bevrijding kon zijn. Hij wilde weten hoe Lauren dat zag.

Hij had van z'n leven niet verwacht ooit een filosofisch gesprek te willen voeren met een meisje, en al helemaal niet met zo'n mooi meisje. Daar deed hij liever andere dingen mee. Maar misschien hoorde dat wel bij verliefdheid.

Hij zag zijn vaders auto de parkeerplaats op draaien en stond op.

Dus volgens Lauren was het goed dat zijn pa ervandoor was gegaan met Sandra, dacht Tim terwijl zijn vader de auto parkeerde. Anders hadden Lauren en hij elkaar nooit leren kennen. Maar zijn moeder dan? Was het voor haar ook goed geweest?

Daar was Tim niet zo zeker van.

Hij sjokte naar de auto. Uit zijn oortjes kwam 'Misguided Angel'. Een schitterend en tegelijk wat griezelig liedje. Lauren had gelijk gehad over deze band. En als Tim haar niet ontmoet had, zou hij hier nooit naar geluisterd hebben.

Het lot. Als het werkte, was het te gek.

Ellie werd wakker toen de bus het station binnenreed. Het eerste wat ze dacht was: is het Joe of niet? De slaap had haar respijt gegeven, maar na het ontwaken was ze meteen weer terug in het hier en nu. Normaal gesproken was de nachtmerrie voorbij zodra je wakker werd, maar bij haar niet. Hij begon gewoon opnieuw. Haar laptop lag nog op haar schoot. Ze stopte hem terug in de hoes en pakte haar weekendtas, waarna ze uitstapte en naar het metrostation liep.

Bijna iedereen die ze kende was dol op New York: het bruisende straatleven, de opgewonden spanning van de Big Apple. Ellie daarentegen vond New York druk, vies en deprimerend. Of je nu woonde in een mooi appartement aan Park Avenue of in een eenkamerwoning in Chinatown, het kwam op hetzelfde neer: je zat opgesloten in een grote doos. Goed, die ene doos had een groot park in het midden, maar het bleef een doos. En iedereen in die doos was aan het wachten.

Voetgangers dromden samen op straathoeken, wachtten tot het groene poppetje oplichtte en ze konden oversteken. Taxi's stonden toeterend te wachten voor stoplichten. Klanten stonden in de rij bij speciaalzaken, wachtend op hun beurt. Serveersters namen bestellingen op en wachtten tot ze ontdekt werden. Hondenuitlaters wachtten tot hun hond ging poepen, want dan konden ze het opscheppen en naar huis gaan.

Haar moeder zat in haar flat te wachten op een beter leven. Zonder zelf iets te doen om dat doel dichterbij te brengen.

Nu was Ellie echter blij dat ze onderdeel was van de massa en anoniem in een metro zat. Niemand wist wie ze was, niemand kon het wat schelen. Iedereen zat in zijn eigen wereld, net zoals zij. Iedereen had zijn eigen verhaal, niemand zat te wachten op het hare.

Ze wilde haar moeder vertellen wat er gaande was, haar in vertrouwen nemen, maar als ze dat deed zou zij zich alleen maar zorgen maken, en Ellie was al veel te lang een bron van zorg voor haar geweest. Eerst het ongeluk, dat ook voor haar moeder een trauma was geweest, toen haar zenuwinzinking en daarna, juist toen haar moeder dacht dat ze gelukkig getrouwd was en een stabiel leven leidde, de scheiding.

Haar moeder was niet als Louisa. Ze was geen vrijgevochten vrouw en had geen gelukkig huwelijk gehad. En ze had geen flauw benul hoe ze moest omgaan met een dochter die zich opsloot in haar kamer en er niet meer uit wilde komen. Ze was zenuwachtig en angstig geweest en soms had Ellie gedacht dat ze niet alleen het ergste vreesde maar ook háár vreesde, dat ze bang was voor haar onbereikbare, in zichzelf gekeerde dochter.

Na haar verblijf in het ziekenhuis merkte ze dat haar moeder haar met fluwelen handschoenen aanpakte, bang om iets te zeggen wat haar weer zou doen wegzinken. En haar moeder oogde zo kwetsbaar dat zij op haar beurt ook fluwelen handschoenen had aangetrokken.

Zo nu en dan lukte het hun om als moeder en dochter nader tot elkaar te komen, vooral wanneer Charlie erbij was, maar meestal bleef het bij gesprekken over koetjes en kalfjes.

Ellie wist wat ze zou aantreffen wanneer ze het metrostation uit zou lopen en de flat in de Upper West Side zou binnenkomen: haar moeder languit op de bank, kijkend naar *Law & Order*, een kop koffie naast haar op de grond.

Hoe was het toch mogelijk dat *Law & Order* vrijwel dag en nacht op tv was? Die vraag ging door haar heen toen ze de metro verliet en over Broadway en 110th Street naar Riverside Drive liep. Er was altijd wel een aflevering van *Law & Order* te zien, en anders was er wel *Law & Order Special Victims Unit*, of *Law & Order: Criminal Intent*. Rechercheurs Briscoe en Green en alle andere personages waren in de loop der jaren een soort broers en zussen van Ellie geworden. Ze kende hun gewoontes en gezichtsuitdrukkingen en hun wonderbaarlijke talent voor het oplossen van misdrijven. Af en toe stelde ze zich voor dat ze een van de acteurs op straat tegenkwam en haar medeleven betuigde met het feit dat zij dagelijks geconfronteerd werden met al die afschuwelijke lijken.

Ze had gelijk: toen ze de flat binnenkwam stond de tv aan, *Law & Order*. Ze herkende de stemmen.

'Hoi, mam,' zei ze terwijl haar moeder van de bank kwam. 'Hoe gaat het?'

Haar moeder omhelsde haar kort en deed toen een stap naar achteren.

'Goed hoor. En met jou? Hoe was de reis?'

'Prima. Ik heb de meeste tijd geslapen. Ik pak even een kop koffie. Oké?'

'Natuurlijk. Hij staat klaar, ik heb speciaal voor jou gezet. Schenk in en kom zitten.'

Ellie zette haar tas en laptop in de gang, schonk koffie in en ging toen in de woonkamer op de stoel naast de bank zitten, schuin tegenover de tv. Haar moeder droeg zoals gebruikelijk een joggingbroek en een top, ze had geen schoenen aan maar was wel keurig gekapt. Drie jaar geleden was ze gestopt met werken – ze had een baan bij een accountantskantoor – en ze had iets creatiefs en leuks kunnen gaan doen. Maar in plaats daarvan had ze de wondere wereld van de misdaadserie ontdekt.

'Vind je het erg als we straks praten, als deze aflevering is afgelopen?'

'Nee hoor, dat is goed,' antwoordde Ellie. Ze wilde het liefst naar haar oude slaapkamer gaan, zich oprollen en verder slapen. Maar het was al erg genoeg dat ze in de bus in slaap was gevallen. Want het was niet zomaar slapen geweest, het was een ontsnappingsslaap geweest, de soort slaap waar ze na het ongeluk haar toevlucht in had gezocht.

Als ze na een vliegtuigongeluk de zwarte doos vonden, had iemand haar ooit verteld, bleken de laatste woorden van de piloot in negen van de tien gevallen 'Mama, ik hou van je' te zijn. Ze zag haar moeder naar de tv staren en wou dat ze alles eruit kon gooien, dat ze kon zeggen: 'Mam, wat moet ik doen? Help me.' Maar er zat een onzichtbaar scherm tussen hen in, een scherm dat negentien jaar geleden omhoog was gekomen en dat geen beiden had kunnen neerhalen.

Ellie wendde haar blik af van haar moeder en richtte zich op de tv. Deze aflevering van *Law & Order* ging over een nukkige officiersvrouw die cocaïne vanuit Colombia het land in smokkelde en betrokken was geraakt bij een moord. Ellie had de aflevering al minstens twee keer gezien. Haar moeder dus al talloze keren.

'Je weet hoe dit afloopt, mam,' merkte ze op.

'Ik weet het. Maar Sam Waterston komt zo. Ik ben dol op hem.'

'Wie niet?' Ellie zuchtte, ze zou de aflevering moeten uitzitten.

Maar merkwaardig genoeg was het tv-kijken in deze sombere, donkere tweekamerflat een geruststellende bezigheid. In ieder geval veel beter dan dit programma zien en het gevoel hebben dat je er zelf in zat toen je een envelop opende, de brief erin las en je maag zich omkeerde.

Na de laatste dialoog tussen Sam Waterston en zijn donkerharige assistente, van wie Ellie de naam altijd vergat, zette haar moeder de tv op pauze.

'Zo,' zei ze, 'hoe is het met Tim?'

'Met Tim gaat het goed.'

'Mooi.' Haar moeder wierp een steelse blik op de tv, maar pakte toen de afstandsbediening en schakelde hem uit. 'Ik had je al verteld van die weduwe hieronder, toch?'

'Ja.'

'En wat je dwarszat, dat is allemaal in orde nu?'

Ellie knikte.

Haar moeder pakte haar mok van de vloer en nam een slok.

'Hoe bevalt de plek waar je nu woont?'

'Bourne. Dat is prima.'

'Mooi. En hoe is het met Charlie?'

'Die heb ik vandaag nog gesproken. Ik moest je de groeten doen. Hij gaat in december trouwen met Sandra Cabot.'

'O nee. Nou, dat dacht ik niet.' Op haar gezicht verscheen een grimas.

'Ik weet het zeker, mam.'

'Volgens mij vergis je je.'

'Volgens mij niet. Zullen we het daar maar niet over hebben?'

'Je moet hem nog een kans geven, Ellie. Het is een goeie kerel. Hij heeft een misstap gemaakt. Meer niet.'

'Net als papa?' Het was eruit voor ze het wist.

'Dit heeft niets met je vader te maken.'

'Je hebt gelijk.' Ellie zuchtte. Haar moeder was helemaal weg van Charlie. Hij ging altijd bij haar zitten en stelde dan precies de goede vragen, maakte precies de goede opmerkingen. Omdat hij van het begin af aan aandacht had gehad voor haar verhalen, zelfs de kleine feitjes onthield en niet vergat wie wie was, gaf hij haar het idee dat hij volop belangstelling had voor de wereld waarin zij leefde. Het had geen zin om haar te wijzen op de overeenkomsten tussen Charlie en haar vader, daar wilde haar moeder niets van weten.

'En hoe is het met tante Sarah?' vroeg ze. Ze gooide een balletje op dat haar moeder makkelijk kon vangen en vasthouden. Haar moeder ging zich tien minuten te buiten aan roddels en Ellie probeerde haar te volgen, maar haar gedachten dreven steeds naar het bericht van Joe. Moest ze naar haar kamer gaan en hem terugbellen? Of gaf ze daarmee toe dat ze hem geloofde? Geloofde ze hem? Kringetjes. Altijd weer die verdomde kringetjes.

'Ellie, heb je wel naar me geluisterd?'

'Ja, Joel gaat medicijnen studeren. Dat is geweldig. Ik denk dat ik even m'n spullen ga uitpakken.'

Ze pakte haar tas en laptop en ging naar haar slaapkamer. Ze liet haar blik door de kamer gaan en vroeg zich af waarom ze haar moeder niet al lang geleden had gevraagd de kamer opnieuw in te richten. Er was niets veranderd nadat ze hier waren komen wonen toen haar vader vertrokken was. Ellie was toen zes geweest. Dezelfde boeken van de *Wizard of Oz* op de planken, hetzelfde glazen paardje dat ze op haar achtste had gewonnen bij een schoolfeest. Het enige wat veranderd was, waren de muren. De dag na het ongeluk had ze de poster van Brad Pitt, die ze had opgehangen toen ze elf was, van de muur gerukt. Toen Ellie in het ziekenhuis lag, had haar moeder er om een onverklaarbare reden een poster van George Clooney opgehangen. Die hing er nog steeds, hij keek haar beminnelijk aan.

Ze pakte haar mobiel uit haar tas en ging op bed zitten. Ze kon Joe nu bellen, ze móést Joe nu bellen. Als hij niet degene was die dat briefje geschreven had...

Ik ben zo moe.
Kon ik maar even m'n ogen dichtdoen...
'Ellie.'
Haar ogen schoten open.
Haar moeder stond naast haar bed.
'Ellie, je zit hier al drie kwartier. Het is pas half zeven en je zei dat je in de bus geslapen had.'
'Het is... Het spijt me, mam.' Ze ging rechtop zitten en wreef over haar voorhoofd. 'Ik slaap de laatste tijd nogal slecht. Ik sta nu op, ik kom eraan.'
'Gaat het echt wel met je?'
Ze zou de band kunnen terugspoelen en weer afspelen. Dat deed haar moeder nu ook. Haar moeder keek naar haar zoals ze al die jaren had gedaan, en ze had diezelfde angstige, wanhopige toon in haar stem.
'Het gaat goed met me. Heus. Ik kom zo.'

19

Het grootbrengen van een kind bestond deels uit het scheppen van rituelen. Voor een kind bood herhaling veiligheid, en dat was aantrekkelijk, zeker voor Joe, dacht Louisa, want zijn jeugd was verder hectisch en vol verrassingen. De zomervakantie doorbrengen in Bourne was voor Jamie, Louisa en Joe een van die rituelen geweest: de avond voor hun vertrek pakten ze in, ze namen altijd dezelfde vlucht met dezelfde luchtvaartmaatschappij naar Boston, kwamen altijd op dezelfde dag in juni aan en vertrokken altijd op dezelfde dag in september. En als ze iets te vieren hadden, gingen ze altijd naar de Clam Shack, als het slecht weer was en ze een vrolijke noot aan de dag wilden toevoegen.

Gelukkig was de Clam Shack ook altijd hetzelfde gebleven. Hij zat er al in Louisa's jonge jaren en hij zat er nog steeds en deed zijn naam eer aan: een hut met een paar tafeltjes aan de weg naar Buzzards Bay, ingeklemd tussen een gokhal en een cadeauwinkel waar ze lokale souvenirs verkochten.

De dag was meer dan onrustbarend geweest. Haar ruzie met Ellie, Joe's woedende reactie toen ze hem over Ellies beschuldigingen had verteld, een mist van narigheid die de lucht bezoedelde.

Ondertussen was Ellie verdwenen. Joe had gebeld en een boodschap achtergelaten, god mag weten wat hij in deze gemoedstoestand had ingesproken. Ellie had hem niet teruggebeld, waarschijnlijk omdat ze niet nog een keer een veeg uit de pan wilde krijgen. Hoewel ze heel erg kwaad was, maakte Louisa zich ook zorgen. Ze belde Tim, van wie ze hoorde dat zijn moeder naar zijn oma in New York was.

Dat was misschien maar beter ook, dacht Louisa. Kon ze daar bij zinnen komen.

Joe was een lang stuk rennen en zou daarna gaan zwemmen. Toen hij terugkwam ging hij bij haar op de veranda zitten en zij vertelde hem over de privédetective.

'Je had gelijk,' zei ze. 'We moeten uitzoeken wie hier verantwoordelijk voor is. Meneer Andrews, de detective, zei alleen iets vreemds. Hij dacht dat Ellie het misschien zelf deed, om aandacht te krijgen.'

'Dat is krankzinnig.'

'Ja, ik weet het. Maar je hoort wel eens verhalen over dat soort mensen. Hoe heet het ook alweer? Münchhausen by proxy? Mensen die doen alsof ze ziek zijn en onnodige operaties ondergaan... Nee, dat zijn mensen die beweren dat andere mensen ziek zijn. Gewoon het münchhausensyndroom? Ik weet het niet. Allemaal even gestoord.'

'Ik weet alleen dat ik niets verkeerds heb gedaan. Ellie heeft mĳ geschreven dat ik afstand moest houden.'

'Dat heeft ze nooit tegen mij gezegd.'

'Ja, logisch. Het was een waardeloze brief.'

Ze keken zwijgend voor zich uit, verzonken in hun eigen gedachten.

'Hé,' zei Joe. 'Misschien kun je weer een feestje voor mij organiseren, een huis vol mensen die vals worden beschuldigd.'

'Joe.'

'Ah kom, grappig toch? Verdorie, ik vind het onbegrijpelijk dat zij denkt dat ik het was.'

'Ik ook. Ik werd witheet toen ze het zei. God, wat vreselijk.'

Ze besloten de deur uit te gaan om een hapje te eten bij de Clam Shack, maar daar werden ze ook niet vrolijk van. Er bleven aardig wat gebakken mosselen op hun kartonnen bordjes liggen. Louisa prikte er een aan haar vork en bekeek het dikke schelpdiertje.

Kun je het haar vergeven? Het was de titel van een roman van Trollope die ze jaren geleden gelezen had en die haar nu ineens te binnen schoot.

Ellie ging door een hel. Die brief was even walgelijk als beangstigend. Dat handschrift leek wel degelijk op dat van Joe.

Kon zij het haar vergeven?

Ze legde de mossel terug op het bordje en nam een slok van haar cola light.

Het wordt alleen maar verwarrender. Antwoorden krijgen we niet. Het is maar goed dat ze weg is gegaan. We hebben rust nodig. En zij moet ergens zijn waar ze tot rede kan komen.

'Hé, Louisa! Hé, Joe!'

Uit het niets dook Tim Walters op in zijn eeuwige spijkerbroek en T-shirt, vrolijk lachend naast hun tafel.

'Hallo, Tim.' Met moeite kon Louisa doen alsof ze blij was hem te zien, ze hoopte dat het overtuigend overkwam. 'Wat doe jij hier? Sorry, domme vraag. Mosselen eten, natuurlijk.'

'Ja. Ik ben met mijn vader. We zijn onderweg naar Boston, maar ik wilde dat hij deze mosselen een keer proefde. Pap…' Hij riep naar de man die net aan een tafeltje iets verderop wilde gaan zitten. 'Kom eens. Ik wil je voorstellen aan wat vrienden.'

Louisa keek even naar Joe en zag hem met zijn ogen rollen. Dit konden ze nu even niet gebruiken. Maar ze stond beleefd op toen Charlie Walters naar hun tafel kwam, en Joe deed hetzelfde.

'Pap, dit is Louisa Amory. En haar zoon Joe.'

'Aangenaam kennis te maken.' Charlie schudde Louisa de hand en daarna Joe. Hij was klein, had een dikke bos bruin haar, dicht bij elkaar staande ogen en een smal gezicht. Hij droeg een donkerblauw pak met een kreukloos wit overhemd en een traditionele, duur ogende stropdas. Een opvallende verschijning tussen de korte broeken en T-shirts van de overige klanten van de Clam Shack.

'We laten jullie verder met rust, maar ik heb van Tim zulke goede dingen over jullie gehoord. Het is heel leuk om jullie te ontmoeten.'

Hij sprak zacht en langzaam, alsof elk woord even belangrijk was.

'Het is ook leuk om jou eens te zien,' antwoordde Louisa, die zich een beeld probeerde te vormen van Charlie en Ellie als koppel. Hij was langer dan Ellie, maar veel scheelde het niet.

'Tim heeft verteld dat je met hem naar de slagkooien bent geweest,' zei Charlie tegen Joe. 'Ik wou dat ik hem daarmee kon helpen, maar met een bal of knuppel in mijn handen ben ik als een vis op het droge. De enige sport waar ik vroeger nog iets van bakte, was worstelen.'

'Wrestling Brewster,' mompelde Joe.

'Pardon?'

'Wrestling Brewster. Zo heette een van de kinderen op de Mayflower, pap.'

'Echt? Wat een schitterende naam. Tim heeft het steeds over dat mooie huis van u, mevrouw Amory.'

'Zeg maar Louisa, hoor. En dank je wel,' zei ze. 'En jij ook bedankt, Tim. Waarom komen jullie niet bij ons zitten?'

Ze ontweek de blik van Joe, want ze wist dat hij het niet leuk zou vinden. Maar de beleefdheid van Charlie Walters vroeg om een navenante reactie.

'Dat is heel aardig van je.'

'Pap, vind je het goed als ik voor het eten nog even snel een potje ga flipperen? Het is vlakbij, ik ben zo weer terug.'

Charlie keek naar Louisa. Zij knikte.

'Dat is goed, Tim. Ga maar. Maar niet te lang. Als je terugkomt gaan we aan onze eigen tafel zitten.' Charlie keek naar Joe, die naar zijn bord staarde. 'De houdbaarheid van een onverwachte gast is beperkt.'

Joe keek op, maar Louisa kon niet van zijn gezicht lezen wat hij dacht. Ze keek toe hoe Charlie een stoel weghaalde bij het lege tafeltje naast hen, die bij hun tafeltje zette en ging zitten.

Zijn blik ging van Louisa naar Joe en weer terug.

'Jullie hebben dezelfde wenkbrauwen.'

Louisa keek naar de wenkbrauwen van Joe.

'Je hebt gelijk. Dat is me nog nooit opgevallen.'

'Hebben jullie ook hetzelfde gevoel voor humor?'

'Hoezo?' Joe mengde zich in het gesprek. 'Hebben mensen met dezelfde wenkbrauwen dan altijd hetzelfde gevoel voor humor?'

'Ik zou denken van niet.' Charlie zweeg even. 'Maar het zou een interessant gegeven zijn.'

Ellie had gelijk, dacht Louisa. Als ik op een feestje was en hij zou ergens in een hoek staan, zou ik met hem willen praten. En ik zou geboeid naar hem luisteren.

'Tim heeft talent voor kunst, wist je dat?' zei ze.

'Nou, dat heeft-ie dan niet van mij.' Charlie glimlachte. 'Ik ben advocaat. Advocaten breken alleen maar af, die scheppen niets.'

'Pro-Deoadvocaten breken volgens mij niet alleen maar af,' merkte Joe op.

Louisa dacht aan haar broer en hoe hij over zijn husky's praatte en kwam tot de conclusie dat Joe zich gedroeg als een hond, hij rook aan Charlie, daagde hem uit.

'Je hebt helemaal gelijk, Joe.' Charlie knikte.

Met die reactie kon Joe helemaal niets. Louisa zag hem vechten met zichzelf en wilde hem duidelijk maken dat hij ermee op moest houden. Charlie Walters was te hoog gegrepen voor hem.

'Ik heb jullie lang genoeg van je eten gehouden.' Charlie stond op. 'Het was erg leuk jullie ontmoet te hebben. Nogmaals bedankt voor alles wat jullie voor Tim hebben gedaan.'

'We hebben niets tegen onze zin gedaan. Het is een geweldige jongen.'

'Dank je.' Hij leek weg te willen lopen, maar bleef staan met zijn handen op de rugleuning van de stoel. 'Ik weet dat ik niet de aangewezen man ben om dit te zeggen, maar ik maak me zorgen om Ellie. De laatste keer dat ik haar zag, wekte ze de indruk verward en bezorgd te zijn. Ze is kwetsbaar. Ze kan soms...' Zijn ogen draaiden weg en draaiden toen weer terug. 'Ik hoop dat jullie een beetje op haar letten. Maar eigenlijk weet ik wel zeker dat jullie dat doen.'

'We doen ons best. Het was leuk om kennis met je te maken en ik hoop dat je de mosselen lekker vindt.'

'Wie vindt mosselen nou niet lekker? Oké, er kan een slechte tussen zitten. Maar in een tent als de Clam Shack lijkt die kans mij klein, toch? Eerst zal ik Tim eens achter die flipperkast vandaan halen.' Hij knikte hun toe en vertrok naar de gokhal.

'Wauw!' zei Joe zodra Charlie buiten gehoorsafstand was. 'Wat een type. Dat ze met hém getrouwd is geweest.'

Louisa reageerde niet. Zij kon wel begrijpen dat Ellie met hem getrouwd was. Zijn zachte stem, zijn voorkomen, de manier waarop hij iemand aankeek tegen wie hij iets zei. Hij straalde een zekere rust uit, en een natuurlijke autoriteit. Daar kon een vrouw makkelijk voor vallen, zeker een vrouw die had meegemaakt wat Ellie had meegemaakt. Ellie had verteld dat hij bedrijfsadvocaat was, maar ze kon zich Charlie Walters goed voorstellen als strafrechtadvocaat, de jury zou de oren spitsen zodra hij zijn mond roerde.

'Wat een eikel.' Joe pakte een patatje van zijn bord en verorberde het. 'Kom, we gaan.'

'Goed. Ik heb toch geen trek.'

Hij pakte nog een handje patat van zijn bord om op te eten terwijl ze naar de auto liepen. Op de terugweg zei geen van beiden iets.

Inderdaad, dacht Louisa, Charlie Walters regelde de dingen. En hij was altijd beleefd. Ellie had gezegd dat hij achtendertig was, maar hij oogde ouder. Uit ervaring wist ze dat gedreven mensen altijd onrustig waren. Ze konden niet lang stilzitten, waren altijd bezig. Charlie had de indruk gewekt nog heel lang bij hen aan tafel te kunnen zitten, als de omstandigheden daartoe hadden uitgenodigd. Dan had hij net iets andere vragen gesteld, aandachtig geluisterd en geen woord gemist. Ellie had gelijk, dacht Louisa. Ze mocht hem wel. Of misschien fascineerde hij haar gewoon. Hoe dan ook, hij was interessant.

'Ik ga douchen,' zei Joe toen ze terug waren. 'Ik voel me vies.'

'Gaat het wel, Joe?'

'Ja hoor. Ik vind het alleen jammer dat jij hierbij betrokken bent geraakt. Ik weet hoe graag je Ellie mag en nu zit ik steeds in de weg, dat moet lastig voor je zijn.'

'Volgens mij is het voor niemand echt makkelijk momenteel. Maar dat ligt niet aan jou.'

Hij liep naar haar toe en gaf haar een stevige knuffel.

'Ik ga mee naar die detective. Dat laat ik je echt niet alleen doen.'

'Dat zou fijn zijn. Dank je.' Ze drukte hem zo stevig mogelijk tegen zich aan. 'Was je vader maar hier.'

'Papa?' Joe deed een stap naar achteren. 'Aan hem heb ik niet gedacht. Hij zou zich er met overgave op storten, denk je ook niet? Hij zou in alles een samenzwering zien. Hij zou denken dat de FBI overal achter zat.'

Louisa lachte, lachte echt.

Joe had Jamies gevoel voor humor. En zijn magere lichaam. En dat licht dat hij met zich meedroeg en dat haar betoverde. Ze keek hem vol trots en liefde na terwijl hij de trap op liep. Binnenkort zou hij weer vertrokken zijn. Misschien zou hij dichterbij wonen dan eerst, in Boston wellicht, maar wel op zichzelf. Maar nu was hij thuis, bij haar, en hoewel deze dag getekend was door pijn en verdriet, vond ze het heerlijk dat hij er was.

Ze ging op de bank in de woonkamer zitten en hoorde Ellie zeggen:

'Ik wou dat ik met mijn moeder kon praten zoals ik met jou praat, maar dat kan niet. Ik weet niet precies waardoor het komt, maar we hebben het alleen over koetjes en kalfjes en kijken tv. Alsof tv-kijken de basis van onze relatie is.'

Louisa was stiekem blij geweest toen Ellie dat bij Atwoods had gezegd. Niet dat ze wilde dat Ellie een slechte relatie had met haar moeder, maar ze beschouwde het toch als een compliment.

Ik zou het ook heerlijk hebben gevonden om een dochter te hebben, had ze bij zichzelf gezegd. Ik zou het heerlijk hebben gevonden om een dochter als Ellie te hebben gehad.

Kán ik het haar vergeven? vroeg ze zich af.

Wat had Charlie willen zeggen?

Ik maak me zorgen om Ellie. Soms kan ze...

Soms kan ze wat?

Louisa dacht dat ze Ellie kende, dat ze de afgelopen weken een hechtere band met haar had gekregen dan met wie ook in de voorbije jaren. Anderzijds, het waren inderdaad maar een paar weken geweest. En voor het gemak, omdat ze er niet aan wilde denken, had ze haar ogen gesloten voor een deel van Ellies karakter: haar buitengewone gave om iets te verhullen. Negentien jaar lang had ze een wezenlijk levensfeit verdrongen. Wat hield ze nog meer verborgen?

Louisa was blij geweest met Ellies opmerking dat ze graag met haar moeder wilde praten zoals ze met Louisa praatte, en ze moest toegeven dat ze het ook fijn vond om degene te zijn die Ellie op het juiste spoor had gezet naar de verwerking van het verdriet dat het ongeluk haar berokkend had. Het was zelfzuchtig, dat besefte ze, maar ze had zich nuttig gevoeld, en nodig.

Had zij daarom zichzelf wijsgemaakt dat Ellie echt in het reine wilde komen met haar verleden? Of was Ellie er nog slechter aan toe dan ze dacht?

Als ik die weg in zou slaan, zou ik hun spelletje meespelen.

Maar wie zou niet willen weten wie hierachter zat? Tenzij...

Ze heeft een psychiatrisch verleden.

Nee. Onmogelijk.

Dat kon niet anders.

20

14 augustus

Ellie werd verdwaasd wakker, ze wist niet waar ze was en of het dag of nacht was, het enige wat tot haar bewustzijn doordrong was dat er een telefoon ging. Op hetzelfde moment dat zij zich realiseerde dat ze in haar moeders flat was, besefte ze dat haar mobiel op het nachtkastje lag en ze greep hem snel, voordat hij niet meer overging.

'Hallo,' zei ze en ze strekte haar arm om het lampje aan te doen, geschrokken door het idee dat het misschien Charlie was om te vertellen dat er iets gebeurd was met Tim.

'Ellie?'

'Ja.'

'Het spijt me als ik je wakker heb gemaakt.'

Een mannenstem en muziek op de achtergrond.

'Met Daniel. Oeps! Momentje. Even weg van deze herrie.'

Daniel. Ze keek op de radiowekker, het was vijf over twaalf, middernacht. Bij hem moest het dus vijf over vijf zijn.

'Zo... dat is beter.' De muziek was verdwenen. 'Het spijt me vreselijk. Ik was vandaag op het platteland. Nergens bereik natuurlijk. En die farmaceuten namen ons mee uit en dat werd een latertje. Op zondag. Krankzinnig. Maar toen ik zonet op mijn iPhone keek, zag ik jouw mail. Gaat het goed met je?'

'Daniel. Mijn god. Niet te geloven.'

'Toch is het zo. Ik ben er vrij beroerd aan toe, maar die mail was zorgwekkend. Ik wilde weten hoe het nu met je gaat.'

'Het gaat wel. Wacht even.' Ze zette een kussen rechtop en ging tegen het hoofdeinde van het bed zitten. 'Het spijt me. Het was niet de bedoeling om je te laten bellen terwijl je de bloemetjes buitenzette. God, ik weet niet wat ik moet zeggen. Ik voel me zo stom. Ik had je die mail niet moeten sturen.'

'Doe niet zo raar. Ik ben blij dat je het gedaan hebt.' Hij hoestte. 'Sorry. Ik ben niet helemaal lekker. Artsen mogen eigenlijk niet ziek zijn, maar dat kan gebeuren. Luister, we moeten hoognodig praten. Al dat gedoe dat jij meemaakt... Ongelooflijk gewoon. Kon ik maar iets voor je doen.'

'Dat je me nu belt is al heel wat. Het is alweer zo lang geleden, ik was vergeten hoe je klinkt.'

'Nou, geef me maar op m'n donder als ik een Engels accent heb opgepikt. Het is haast niet te voorkomen, maar het klinkt altijd zo nep, weet je.'

'Hoe is het daar?'

'Hectisch. Maar luister, ik wil het niet over mij hebben. We zitten niet te eten.' Zijn lach ging over in een hoestbui. 'Alle gekheid op een stokje, vertel me eens wat er aan de hand is. Je hebt een brief van Joe gekregen of zo? Denk je dat hij ook achter dat fietsje zit?'

'Eerst wel, maar nu weet ik het niet meer. Ik weet eigenlijk niets meer, Daniel. Alleen dat ik het allemaal afschuwelijk vind. Ik dacht dat het Joe was, maar het is heel ingewikkeld en te veel tegelijk en ik snap er niets meer van. En ik val constant in slaap, wat ook niet goed is. Maar slapen is wel het enige wat ik wil.'

'Ellie, luister. Er is deze week een oncologencongres in Boston en een van de andere artsen gaat niet, dus nu kan ik erheen. Ik kom morgenavond aan. Of nee, dat is vanavond al. Ik was vergeten dat het al vijf uur 's ochtends is. Hoe dan ook, ik pak vanmiddag het vliegtuig. Als ik een auto huur kan ik meteen doorrijden naar jouw huis.'

'Kom je morgen? Mijn god, ik kan het nauwelijks geloven. Ik ga morgen terug naar Bourne. Als ik de auto ophaal en meteen doorrij naar Boston, kan ik je oppikken bij het vliegveld.'

'Wacht even.' Een korte hoestbui. 'Ik vind niet dat je mij moet ophalen. Je bent doodop en het vliegtuig kan vertraging hebben. Het is veel makkelijker als ik gewoon een auto huur en naar jou toe rij. Vind je het niet erg om daar te zijn? In het huisje, bedoel ik?'

'Nee hoor. Ik moet...' Ze leunde voorover en pakte de telefoon stevig vast. 'Ik moet tot mijzelf komen. En nu jij op bezoek komt. Het voelt meteen heel anders, nu ik dat weet. God, dat klinkt wanhopig. Sorry. Ik wil geen druk op je uitoefenen. Het zou alleen zo leuk zijn om je weer te zien.'

'Dat vind ik ook. Er is tussen ons heel wat veranderd sinds die avond bij Acquitaine, vind je ook niet?'

'Ja.' Ze trok haar knieën op tegen haar borst.

'We hebben veel met elkaar gedeeld. En ik heb het gevoel dat we op één lijn zitten, in alle opzichten, begrijp je?'

'Ik begrijp het.'

'Ik heb redelijk wat op, Ellie. Ik wil ook geen druk op jou uitoefenen, maar wat maakt het ook uit, *in vino veritas* of hoe het ook heet, er moet me iets van het hart. Het klinkt misschien gek, ik weet het, we hebben elkaar nog maar één keer gezien, maar het voelt alsof we elkaar al jaren kennen. Jij bent een belangrijk onderdeel van mijn leven geworden. Ik wacht op jouw mails. Jezus, ik zeg het gewoon. Ik hou van je. Zo. Het is eruit. Ik hou van je.'

'Ik ook van jou, Daniel.'

'Wauw.'

Ze voelde hoe haar glimlach zich door haar lichaam verspreidde.

Als kind speelde Ellie met haar vriendinnetjes altijd schaar, steen, papier. Schaar won van papier, steen won van schaar, papier won van steen. Ze deed altijd haar best om de ander geen pijn te doen als ze won, gaf een licht tikje op de pols. En ze vroeg zich altijd af waarom papier won van steen.

Terwijl haar bus op Route 195 reed, vroeg ze zich af of verliefdheid won van angst. Want ze was nog steeds bang, maar anders dan eerst. Na het telefoontje van Daniel was ze weer in slaap gevallen, maar ze had niet die allesoverheersende vermoeidheid gevoeld. Het was een normale slaap geweest. Toen ze wakker was geworden was ze meteen opgestaan, ze had gedoucht en koffiegedronken met haar moeder en zelfs actief deelgenomen aan een partijtje roddelen. Natuurlijk moest ze nog steeds aan dat briefje denken, en aan het bericht van Joe, maar het 'Wauw' van Daniel flitste telkens door haar hoofd en ze merkte dat die glimlach dan ook steeds terugkwam.

Haar 'Ik ook van jou' was eruit gefloept. Maar zodra ze het gezegd had, wist ze dat het de waarheid was.

Ze zaten op één lijn, in alle opzichten. Ze hadden elkaar op een ongebruikelijke manier leren kennen, maar door de afstand hadden ze dingen kunnen delen die ze anders misschien pas na jaren met elkaar gedeeld hadden. Ze was verliefd geworden op Daniel vanwege zijn woorden, die rechtstreeks uit zijn hart kwamen, niet omdat ze vlinders in haar buik voelde als ze hem zag.

Hij kende haar verleden. Hij kende háár. Dit was geen romantische bevlieging of weer een vergissing. Het was echt. Ze hadden de liefde vanaf een andere kant benaderd, elkaar leren kennen voordat ze zich in elkaars armen wierpen.

Door het raampje van de bus zag ze een bord met 'Plymouth' erop en haar gedachten gingen naar Louisa en Joe. Straks zou ze hun beiden onder ogen moeten komen. Als Joe dat briefje niet geschreven had – en hoe meer ze erover nadacht, hoe waarschijnlijker dat werd – zou Louisa haar misschien wel nooit kunnen vergeven. En als Joe er wel achter zat, kon Louisa toch onmogelijk haar vriendin blijven?

Ze wist dat ze dat verlies op de een of andere manier een plek moest geven. En ze moest iets doen aan degene die haar dit aandeed. Misschien was dat briefje wel bedreigend genoeg om mee naar de politie te stappen zonder dat ze zou worden aangezien voor een of ander gestoord mens dat tekeerging over fietsen op haar grasveld en afval op haar strand.

Daniel zou komen. Ze kon alles met hem in redelijkheid bespreken. Ze waren verliefd, maar ook vrienden, dat was zo mooi als je de tijd nam om iemand te leren kennen. Met Charlie was het hartstochtelijk geweest, maar toen de passie minder werd, zoals in ieder huwelijk het geval was, hadden ze geen echte vriendschap om op terug te vallen. Charlie had in hun relatie alle macht gehad, en zij had hem die vrijwillig gegeven. Ze hadden niet op gelijke voet gestaan.

Misschien dat hij en Sandra zowel vrienden als minnaars waren. Met die gedachte had Ellie het voorheen moeilijk gehad, maar nu niet meer.

Straks zou ze Tim van school halen en Joe bellen om te luisteren naar zijn verhaal.

Huil jij maar je ogen uit je kop.

Ellie staarde naar buiten. De liefde mocht het dan misschien niet winnen van de angst, ze maakte het gevecht ertegen wel een stuk gemakkelijker.

21

Toen zijn moeder hem ophaalde, had Tim haar gevraagd of ze hem kon afzetten bij Lauren. Ze had het een beetje eng gevonden om terug te gaan naar het huis, maar ze was gezwicht voor zijn 'Aaahhh... alsjeblieft'. Ze had moeten lachen. 'Goed dan.'

Onderweg was ze begonnen over haar penvriend, dat hij overkwam uit Engeland en die avond nog bij hen thuis zou langskomen.

'Dat zul je dan wel spannend vinden,' had hij gezegd. 'Hoe zit het nu eigenlijk, mam? Hoe serieus is het?'

'Je klinkt als m'n moeder, Tim.' Ze moest weer lachen. 'Het is vrij serieus. Ik wil dat we samen eten, zodat je hem kunt leren kennen. Want dat vind ik belangrijk, dat weet je.'

'Ach, pap heeft de lat laag gelegd. Erger dan Sandra kan haast niet.'

'Hoe is het met je vader? Hebben jullie het leuk gehad gisteravond?'

'Ja hoor. Hoe was het met oma?'

'Goed.'

'Fijn. Als je hier links gaat, is het het derde huis links.'

Ze draaide de oprit op en toen zei hij: 'Waarom kom je niet even binnen om Lauren gedag te zeggen?'

'Ik weet het niet.'

'Kom op, je zegt steeds zelf dat je haar nog een keer wilt zien.'

'Goed dan. Een paar minuten, maar dan moet ik echt gaan.'

Ze stapten uit en liepen de drie trappen naar Laurens veranda op. Tim belde aan. Toen Lauren aan de deur kwam, zei ze: 'Dag, mevrouw Peters. Leuk u weer te zien. Kom verder. Wil u iets drinken?'

Zijn vader zou het geweldig vinden, zo beleefd als Lauren was. Hij merkte aan zijn moeder dat zij het ook kon waarderen.

'Dat is aardig van je, Lauren. Een glas water zou fijn zijn.'

Lauren liep naar de koelkast terwijl Tim op zijn kruk ging zitten en zijn moeder op de kruk ernaast.

'IJs?'

'Ja, graag. Wat een leuk huis, Lauren. Ik hou wel van zo'n open keuken. Dan kun je koken en gesprekken voeren tegelijk.'

'Dat is wel handig, ja.' Lauren gaf het glas water aan zijn moeder. 'Maar ik vind uw huis ook leuk. Het is er zo gezellig.'

'Dank je. Die cd van Bonnie Raitt die je Tim hebt gegeven, is trouwens geweldig.'

'Ik probeer hem een beetje bij te scholen.' Lauren keek Tim met opgetrokken wenkbrauwen aan.

'Nou, ik moet haar anders leren hoe ze een rechte lijn tekent. En dat vergt heel wat geduld, geloof me.'

'Sorry,' zei zijn moeder, want haar mobiel ging. Ze viste hem uit haar tas en keek naar het schermpje.

'Geen nummer, maar ik moet wel opnemen. Het kan Daniel zijn. Misschien heeft hij zijn vlucht gemist. Als jullie me even willen verontschuldigen.'

'Wie is Daniel?' vroeg Lauren terwijl Tims moeder met haar mobiel naar de veranda liep.

'Meneer Mailvriend. Hij komt over uit Engeland en arriveert vanavond. Ze is helemaal hyper.'

'Misschien gaat ze wel een nummertje maken vanavond.'

'Dat wil ik niet weten!' Tim stak zijn handen op.

'Mijn fout, ik geef het toe, maar het is toch niet zo dat...'

'Hou op! Hou op! Laat me met rust. Hou op!'

Het was zijn moeder die schreeuwde. Tim vloog het huis uit en zag haar onder aan de trap staan, met de telefoon in haar hand.

'Mam?'

Ze zei niets. Ze draaide zich om, was totaal van streek.

'Mevrouw Peters?' Lauren stond achter hem.

'Ik kan het niet,' zei ze. Haar ogen vlogen alle kanten op.

'Wat kan je niet?' Tim liep naar haar toe. 'Wat is er gebeurd, mam?'

'Waarom? Waarom?' Ze keek hem nu aan, maar het was alsof ze hem niet herkende.

'Waarom wat? Mam?'

Lauren was ook de trap af gekomen. Hij keek naar haar, zij keek naar hem.

'Is er iets ergs gebeurd, mevrouw Peters? Heeft u slecht nieuws gekregen?'

'Het spijt me, maar ik moet gaan.' Ze liep naar de auto, opende het portier en ging achter het stuur zitten.

'Ga maar mee.' Lauren porde Tim met haar elleboog. 'Bel me later.'

'Goed.' Hij rende naar de auto en plofte neer in de passagiersstoel toen zijn moeder de auto in z'n achteruit zette.

'Mam, wacht even. Vertel me eerst eens wat er gebeurd is. Wat voor telefoontje was dat?'

Ze reden al. Zijn moeder keek voortdurend in haar binnenspiegel.

'Kun jij achter ons kijken? Worden we gevolgd?'

Hij draaide zijn hoofd en keek over zijn schouder.

'Nee. Mam, ik word bang van je. Wat is er aan de hand?'

'Niemand achter ons?' Ze keek weer in de binnenspiegel. Hij keek in de zijspiegel.

'Er zit niemand achter ons, mam.'

'Ik kan niet... Ik moet...' Opeens zette ze de auto aan de kant, op een willekeurige oprit. Haar handen bleven om het stuur geklemd.

'Even wachten, Tim. Goed? Heel even...'

Hij wist niet wat hij moest zeggen of denken. Ze was gek geworden. Had ze per ongeluk drugs binnengekregen of zo?

Toen zei ze iets. Eindelijk. 'Het spijt me. Ik ben niet helemaal lekker.'

'Niet helemaal lekker? Je stond net te schreeuwen.'

'Ik kreeg een gestoord telefoontje. Het was afschuwelijk. Ik werd er bang van.'

'Wat zeiden ze dan? En waarom denk je dat we gevolgd worden?'

'Ik kan er nu niet over praten. Ik moet... ik moet tot mezelf komen. Ga jij maar terug naar Lauren, Tim. Ik draai om en breng je erheen.'

'Ik wil niet terug naar Lauren. We kunnen beter naar huis gaan.'

Het bleef weer even stil en toen mompelde ze iets.

'Wat?'

'Niets. Het is goed. Alles komt goed. Ik werd gewoon bang van dat telefoontje. En ik heb hoofdpijn. Oké?' Ze legde haar handen weer op het stuur. 'We gaan naar huis.'

Maar onderweg keek ze om de haverklap in haar spiegel.

Bij het huisje aangekomen rommelde ze in haar tas, het duurde een eeuwigheid voordat ze haar sleutels had gevonden.

'Wil jij de deur opendoen, Tim?'

Hij zag dat ze te erg beefde om het zelf te kunnen en dus deed hij het voor haar, waarna hij zijn rugzak pakte en zij haar laptop en weekendtas uit de achterbak haalde.

'Waarom wil je me niet vertellen wat ze zeiden?' vroeg hij in de woonkamer. 'Ik heb in mijn leven al aardig wat rotopmerkingen gehoord, mam. Ik word daar echt niet bang van. Misschien kan ik je wat op je gemak stellen. En geef me die telefoon eens, dan bel ik dat nummer en zal ik ze zeggen dat ze kunnen oprotten.'

'Tim, lieverd, er was geen nummer te zien. Je kunt niet terugbellen. Maar er is wel iets wat je voor me kunt doen. Kun je naar Louisa gaan en haar vragen of ze mij wil vergeven? Wil je tegen haar zeggen dat ik me vergist heb. En vragen of ze alsjeblieft hierheen komt? En als Joe er is, wil je dan daar blijven tot ik je bel?'

'Mam…'

'Dat zou ik heel fijn vinden. Heel erg fijn.'

Hij vond het vreselijk dat ze hem niets wilde vertellen, maar hij kon haar moeilijk dwingen.

Hoe ze steeds in die spiegel had gekeken, dat was echt heel raar. Maar zoals ze hem dit vroeg, met die paniek in haar stem, kon hij niet weigeren.

'Goed, dat zal ik doen. Maar je moet me op een gegeven moment toch echt vertellen wie er belde, mam. Dat geschreeuw, dat… dat was heel erg.'

'Het spijt me. Ga nu maar naar Louisa. Zeg dat ik me vergist heb, vraag haar of ze me wil vergeven en hiernaartoe wil komen. Ja?'

'Waarin heb je je…?' Hij slikte de rest in omdat hij zag dat ze niets liever wilde dan dat hij nu wegging, zoals toen hij jong was en zich bezeerd had en zij niets liever wilde dan de pijn wegnemen. 'Goed. Ik ga.'

Eenmaal buiten liep hij naar het huis van Louisa. Maar algauw werd zijn wandelpas een looppas en zijn looppas een sprint. Hij had nooit gedacht dat hij zo hard kon rennen.

'Mam heeft een of ander gestoord telefoontje gehad. Ze schreeuwde "Hou op" en toen... en toen...' Buiten adem stond hij midden in de woonkamer van Louisa en deed verslag aan Joe en Louisa. Ze zaten allebei te lezen toen hij zonder te kloppen binnen was gestormd. 'En toen, op de terugweg, vroeg ze steeds of er een auto achter ons reed. Alsof ze dacht dat we gevolgd werden...'

Louisa stond op en liep naar hem toe. 'Een gestoord telefoontje? Wat voor gestoord telefoontje dan?'

'Ik zou het niet weten. We waren bij Lauren. Mam werd gebeld en liep naar buiten om op te nemen. Toen ging ze door het lint en begon te schreeuwen. Ze vroeg of ik jou wilde vragen om alsjeblieft naar haar toe te gaan, Louisa. Ik moest doorgeven dat ze zich vergist heeft en ze vraagt of je het haar kan vergeven en naar haar toe kunt komen. Tegen mij zegt ze niets. Het was griezelig. Ik heb haar nog nooit zo gezien. Er is iets heel erg mis.'

Hij zag Louisa een snelle blik wisselen met Joe voordat ze zei: 'Ik ga er meteen naartoe.'

'Ik ook.' Joe stond op.

'Nee, jij blijft hier bij Tim. Het is beter als ik alleen ga.' Louisa stak haar hand uit en legde die op zijn arm. 'Ik regel dit wel, Tim. Het komt goed. Maak je geen zorgen.'

'Waarom?' vroeg hij. Hij kon de kinderlijke toon in zijn stem niet onderdrukken. 'Waarom kan alles niet gewoon normaal gaan?'

22

Ellie had duidelijk op haar zitten wachten. Ze deed al open toen Louisa nog op het pad liep.

'Louisa. Fijn dat je wilde komen.'

'Tim zei dat je een gestoord telefoontje hebt gekregen,' zei ze terwijl de woonkamer in liep. 'Hij is bang.'

'Het spijt me. Het spijt me dat ik Joe beschuldigd heb.'

Ze stonden een meter van elkaar. Louisa had het moeilijk, haar woede wedijverde met haar ongerustheid om deze vrouw, die niet alleen vol wroeging zat, maar ook nog eens doodsbang was. Maar ze was wel gekomen, dus in feite had ze haar keus al gemaakt, alleen kon ze zich er niet toe zetten haar te omhelzen. Ook kon ze de grimmige toon niet uit haar stem halen.

'Wat was dat voor telefoontje?'

'Louisa, vergeef me. Ik heb foute en nare dingen gezegd. Alsjeblieft.'

'Dat komt later wel. Vertel me eerst over dat telefoontje.'

'Het... Kunnen we gaan zitten?'

Louisa liep naar de stoel naast de bank en ging zitten, ze wist dat ze daarmee aangaf dat de afstand tussen hen nog niet volledig overbrugd was. Ellie zat in het midden van de bank en hield haar handen gekruist voor haar borst, alsof ze zichzelf afschermde.

'Het was een vrouw die aan het zingen was, eerst tenminste. Dat liedje van de Police, "Every Breath You Take". En toen... toen zei ze: "Het is Hope." En toen... begon ze te lachen. Zo'n afschuwelijke neplach. Daarna zei ze: "Ik heb je te pakken." Volgens mij zei ze dat twee keer. Ik weet het niet zeker, ik twijfel. En het einde... het laatste wat ze zei was: "Als je de politie belt, weet ik dat. Dan komt er nog een ongeluk. En dat wil je toch niet, nog een ongeluk?" En toen weer die akelige neplach.

Ik kan er niet meer tegen. Het gaat gewoon niet meer. Ik heb mezelf niet meer onder controle, en Tim... Ik wilde hem niet bang maken, maar ik kon het hem niet vertellen, en... zij weet alles. Echt alles. Waar ik woon, het nummer van mijn mobiel, mijn verleden. Alles. En ze houdt me in de gaten. Misschien dat ze nu wel ergens naar ons staat te kijken.'

'Och, Ellie.' Louisa voelde dat ze smolt, ze stond op en ging naast haar zitten. 'Wat vreselijk. Herkende je haar stem?'

'Nee.'

'Hoe oud was ze? Kon je dat horen?'

'Nee. Het was een rare stem.'

'We moeten de politie bellen.'

'Ze zei dat ik dat niet moest doen. Ze zei dat ze daarachter zou komen. Als jij belt, zou ze het ook weten. Ze weet alles. Hoe? Wie is ze? Hoe kan ze alles weten?'

'Ik heb geen idee.' Louisa merkte dat ze om zich heen keek, speurend naar een microfoontje of een verborgen taperecorder.

'Ik word gek, Louisa. Bij mijn moeder sliep ik weer zo veel. Het soort slapen dat ik eerst altijd deed. Ik ben bang dat ik terugval, dat ik weer in dat ziekenhuis beland. Dat alles zich herhaalt. Alleen zonder dokter Emmanuel. En dan kom ik er nooit meer uit.'

'Geen sprake van, je gaat niet naar een ziekenhuis. We gaan uitzoeken wie hierachter zit en zorgen dat het ophoudt.'

Ze pakte Ellies hand en kneep erin.

Dus er had een vrouw gebeld? Deze idiote acties waren van een vrouw afkomstig? Louisa was er steeds van uitgegaan dat het een man was. Ellie wist zeker dat het niet de moeder van Hope was, en Ellies eigen moeder kon het ook niet zijn. Welke vrouw deed dit een andere vrouw aan? Zou de dood van een kind op zo'n manier gebruiken?

'En Daniel komt straks. Denk je dat zij dat ook weet? Maar hoe dan?'

'Daniel? Die arts met wie je mailt? Die komt hier?'

'Ja. Hij belde me gisteravond laat. Hij gaat naar een congres in Boston en komt vanavond met de auto hierheen. Ik hou van hem, Louisa. Maar hoe moet dat voor hem zijn, als hij hier opeens middenin zit. Ik moet hem bellen, zeggen dat hij niet moet komen. Maar ik wil hem zo graag zien. O, god.' Ellie legde haar hoofd in haar handen. 'Ik weet niet meer wat ik moet doen of denken.'

Voor zover Louisa wist had Ellie een leuke mailcorrespondentie met een man die ze één keer had ontmoet en die daarna naar Engeland was verhuisd. En nu was dat ineens uitgegroeid tot liefde?

Ze was verliefd geworden op een man die ze via internet had leren kennen?

Ik maak me zorgen om Ellie. Soms kan ze...

Ik maak me ook zorgen om haar, Charlie.

'Ik begrijp het niet. Ik dacht dat jullie elkaar mailden, dat het vriendschap was.'

'We zijn ook vrienden. Maar we zijn ook verliefd op elkaar geworden.'

'Aha,' zei Louisa. Hoe zat dit? Was het een variatie op die film *You've Got Mail*, juist in deze beladen periode in Ellies leven? Na het voorval met Joe was ze rechtstreeks in de metaforische armen van een andere man gerend?

'Wat moet ik nu? Stel dat die vrouw...? Wat bedoelde ze met een ongeluk? Heeft ze het over Tim? Dat zal toch niet? Maar ik wilde niet dat hij hier in het huisje bleef. Misschien dat ze op dit moment wel ergens buiten staat.'

Ellie stond op, liep naar het voorraam en tuurde naar buiten.

'Waar houdt ze zich schuil? Hoe is ze aan mijn nummer gekomen? Als je die lach gehoord had... Hé, dat is de auto van Joe die daar wegrijdt. En hij heeft Tim bij zich. Waar gaan ze naartoe?'

'Dat weet ik niet, maar het is een goed idee om even iets met Tim te gaan doen. Hij was echt bang, Ellie.'

Louisa hoorde zelf dat haar toon weer veranderde onder invloed van de twijfel die toesloeg. Het was allemaal zo... ze zocht naar het goede woord... onwaarschijnlijk. Een vrouw die een popliedje zingt en daarna maniakaal lacht? Zich verschuilt in de bosjes? Dat klonk eerder als iets uit de koker van een aan speed verslaafde scenarioschrijver uit Hollywood.

'Ik weet het. Ik heb geprobeerd hem niet bang te maken, maar ik had

de onbedwingbare behoefte om te kijken of we achtervolgd werden.'
Ellie stond nog steeds bij het raam naar buiten te kijken. 'Wie ze dan ook is… ze zal toch niet Joe gebeld hebben? Zou ze hem overgehaald hebben om Tim naar haar toe te brengen?'

'Joe zou Tim nooit in gevaar brengen.'

'Maar dat heb ik toch ook gedaan, of niet soms?' Ellie draaide zich om en keek naar Louisa. 'Het is begonnen toen we hier kwamen. We moeten hier weg. Als we weggaan, houdt het op. O god.' Ze keek op haar horloge. 'Daniel is misschien al geland. Ik moet weten hoe laat hij aankomt. Misschien moet ik hem bellen om te zeggen dat hij niet langs moet komen. Ik kan de aankomsten controleren op mijn laptop. Dat ga ik eerst doen. Ben zo klaar.'

Ellie ging naar de keuken.

Louisa bleef zitten, probeerde alles op een rijtje te zetten.

De inbraak, waarbij niets gestolen was.

Het getypte briefje op het melkpak. Eng, maar geen directe dreiging.

De troep op het strand: ook geen directe dreiging.

Het fietsje op het gras: verschrikkelijk, maar niet iets waarover de politie zich zou opwinden. 'Ze zullen denken dat ik gek ben,' hoorde ze Ellie nog zeggen.

Het briefje in die envelop: walgelijk, maar 'Huil jij maar je ogen uit je kop' was toch wat anders dan 'Ik ga je je nek omdraaien'.

En tot slot een telefoontje van een vrouw die zegt dat ze niet naar de politie moet stappen. Want anders…

Acties om iemand doodsbang te maken, maar net niet bedreigend genoeg om de politie erbij te halen. Bewust?

Maar die envelop, ze was hem vergeten, met dat handschrift erop dat heel sterk op dat van Joe leek. Hij zei dat hij Ellie nooit een brief had geschreven. Had hij iets laten slingeren in huis, een aantekening of zo? Nee. Daarvoor gebruikte hij altijd zijn BlackBerry. Ellie had dus geen voorbeeld van zijn handschrift kunnen zien.

'Joe schrijft heel mooi en netjes,' had zijn leraar in zijn rapport geschreven toen hij in de derde zat. 'Hoewel we nog wel moeten werken aan zijn gewoonte om een haal te geven aan de "e" aan het einde van een woord.' Ze had moeten lachen, sommige leraren konden zó pietluttig zijn. Als Joe zijn 'e' zo wilde schrijven, wat was daar dan erg aan? Hij had het altijd zo gedaan.

O, shit. Louisa zag zichzelf met Tim en Ellie in de schuur staan met alle lengtes op de muur. De naam van Joe, in zijn eigen handschrift vanaf het moment dat hij kon schrijven, talloze keren.

Maar waarom zou Ellie zichzelf dit in godsnaam aandoen?

'Bij hem voelde ik me veilig,' had ze over Charlie gezegd. 'Hij zorgde voor me.'

En nu kwam die oncoloog over uit Engeland, hij zou binnen komen wandelen en een radeloze vrouw aantreffen die wilde dat hij haar onder zijn hoede nam.

Voor sommige mannen was dat aantrekkelijk, een vrouw voor wie ze moesten zorgen, waarschijnlijk vooral voor artsen.

Joe had het drama steeds van een afstandje gevolgd, was niet betrokken geraakt. Had Ellie hem daarom die brief geschreven met de boodschap haar met rust te laten? Omdat hij zich niet over haar ontfermde zoals ze gewild had?

Louisa had zich ook over Ellie ontfermd in de weken nadat zij haar verteld had van dat ongeluk. Ze hadden heel wat uurtjes zitten praten.

Was dit gedragspatroon een gevolg van het ongeluk. Zat ze constant te springen om dat soort aandacht?

'Louisa, waar zit je met je gedachten?' Ellie had naast haar op de bank haar hand gepakt. 'Zijn vliegtuig is op tijd geland. Ik moet een beslissing nemen. Ik wil hem dolgraag zien, maar ik weet niet of het wel eerlijk is tegenover hem. Wat vind jij?'

'Ik zou het niet weten.'

'Je klinkt boos. O god, ik heb zeker niet op de goede manier mijn excuses aangeboden. Het spijt me heel erg dat ik dacht dat het Joe was. Het spijt me ook dat ik jou er weer in betrek, maar ik moest je echt spreken. Ik vond het vervelend dat ik niet met je kon praten. Ik miste je. Ik zou er niet tegen kunnen als we geen vriendinnen meer zouden zijn.'

'Mag ik je iets vragen, Ellie? Toen je in het ziekenhuis lag, heb je toen medicijnen geslikt?'

'Ik heb een tijdje antidepressiva gekregen. Hoezo? Waarom vraag je dat?'

'Je hebt daar nooit iets over gezegd. Hebben ze eigenlijk een diagnose gesteld? Posttraumatische stressstoornis of iets dergelijks?'

'Ik weet het niet. Het zal wel. Misschien dat mijn moeder het weet. Maar vanwaar al deze vragen?'

'Je staat onder grote druk. Ik maak me zorgen om je.'

'Ik maak me ook zorgen om mij. Een of ander psychotisch mens houdt me constant in de gaten. Wat wil ze van me? Misschien wil ze dit huisje. Zou dat het zijn? Zou ze mij net zolang terroriseren tot ik vertrek, zodat zij het huisje kan kopen?'

'Dat denk ik niet.'

'Het klinkt inderdaad belachelijk, maar ik kan niet meer normaal denken.'

'Zoals je zelf zegt, degene die dit doet weet alles van je, zelfs het nummer van je mobiel. Tim zei…'

'Wat zei Tim?'

'Niets.'

'Joe doet precies hetzelfde als jij. Jullie willen iets zeggen en maken dan de zin niet af.'

'Ik zou nu maar even niets negatiefs over Joe zeggen, Ellie.'

'Louisa, wat is er toch? Waarom kijk je zo naar me? Ik wilde niets negatiefs over Joe zeggen. Echt niet. Ik vind het gewoon vreselijk als mensen hun zinnen niet afmaken. Wat wilde je zeggen? Wat zei Tim?'

'Hij zei dat je bij Lauren naar de veranda liep toen je gebeld werd. Dat je het huis uit liep om het telefoontje aan te nemen.'

'En?'

'Niets.'

'Wat wil je nu eigenlijk zeggen, Louisa? Wat doet het ertoe dat ik naar buiten ging voor dat telefoontje?'

'Helemaal niets.'

'Maar waarom…?' Ellie hield haar hoofd schuin en kneep haar ogen iets toe. 'Wacht eens even. Nu snap ik het. Jij denkt ook dat ik gek ben. Jij denkt dat ik zo gestoord ben dat ik dit mezelf aandoe?'

'Ellie…'

'Dat denk je echt, hè?'

'Ellie, dat heb ik helemaal niet gezegd.'

'Maar je denkt het wel. Ik zie het aan je ogen. Je denkt het. Daarom vraag je naar die medicijnen en de diagnose. Je denkt dat ik dit allemaal zelf doe!'

'Ellie, we moeten erover praten. Ik…'

'Laat me met rust. Ik meen het. Donder op! M'n huis uit!'

23

Tim wipte van de ene voet op de andere, hij maakte zo'n gespannen en kwade indruk dat Joe niet wist wat hij met hem aan moest. De arme jongen was doodsbang en in de war, deels omdat Ellie haar ongeluk voor hem verzwegen had, wat gezien de gebeurtenissen van de laatste tijd niet verstandig was. Tim had ervan op de hoogte moeten zijn. Maar het was niet aan Joe om hem het hele verhaal te vertellen, een verhaal waaraan blijkbaar nog geen einde was gekomen, gezien het feit dat Ellie bij Laurens huis had staan schreeuwen.

Wie het ook wezen mocht, ze bleven het maar oprakelen. Maar met welk doel? Dat zou hij wel willen weten. Een van de dingen die hij in Washington geleerd had, was dat niemand iets zonder bedoeling deed. Dus wat was het? Een arme vrouw de stuipen op het lijf jagen? Inspelen op haar schuldgevoel? En dan? Wat dan?

'Hé,' zei hij. Hij kwam met het enige wat Tim zou doen ophouden met stuiteren. 'Waarom gaan we niet naar de slagkooien, even wat ballen wegrammen?'

'Ja.' Hij hield op met wippen. 'Klinkt goed.'

'Kom, dan gaan we.'

Ze liepen naar de auto, en terwijl Joe achter het stuur kroop dacht hij: waarom belt ze niet terug, ze weet nu toch dat ik niet achter die ellende zit? En die idiote brief waarin ze hun relatie beëindigde, waarom had ze die eigenlijk geschreven? Hij had op geen enkele manier contact met haar gezocht of geprobeerd die nacht weer tot leven te wekken. Hij was degene die was weggelopen en had gezegd dat ze moesten doen alsof het nooit gebeurd was. Hij had haar slecht behandeld, dat wist hij. Maar niet zo slecht dat het voor haar een reden kon zijn om zo'n brief te schrijven.

'Ik zou het fijn vinden als je niet steeds in je spiegel kijkt,' zei Tim terwijl hij zijn gordel vastmaakte.

Joe wierp een blik opzij: 'Oké.'

Ellie had volgehouden dat hij haar een brief had geschreven. Dus wat was er in godsnaam aan de hand? Misschien was het een of andere samenzwering. Misschien was het toch de FBI.

Zijn moeder wilde dat zijn vader er nog was. Hij ook. Zijn vader had dit anders aangepakt, hij had meteen na dat fietsje ingegrepen en de zaak naar zijn hand gezet. Hij zou zelf op onderzoek uit zijn gegaan, elke aanwijzing hebben uitgeplozen. Hij zou zich erop hebben gestort zoals hij zich op alles stortte. Of hij de zaak ook zou hebben kunnen oplossen, wist Joe niet. Maar hij zou in elk geval een poging hebben gedaan.

Zijn zoon daarentegen had zijn handen ervanaf getrokken. Omdat Ellie hem in die brief had laten weten dat zij hem niet op het verkeerde been wilde zetten, dat zij totaal niet geïnteresseerd in hem was, dat ze niets met hem te maken wilde hebben. Een volstrekt overdreven reactie, gezien wat er de vorige keer gebeurd was, maar zijn gevoel was wel meteen de kop ingedrukt. Het gevoel dat hij veel te heftig gereageerd had nadat hij met haar naar bed was geweest, dat hij haar graag beter wilde leren kennen, en zijn schuldgevoel en verdriet niet op haar moest afreageren.

'Vind je het goed als ik de radio aanzet?' vroeg Tim toen ze langs de oprit van het huisje reden.

'Tuurlijk. Alleen geen heavy metal graag.'

'Ik hou niet van heavy metal.'

Hij had Tim moeten vragen van welke muziek hij dan wel hield, maar in zijn hoofd kwamen steeds dezelfde beelden terug. De beelden die zijn hart hadden getekend.

Pam lag in bed, ze had een honkbalpet van de Red Sox op en was uitgeput en ziek van de chemo. Hij had een kop pepermuntthee voor haar meegenomen, ze zei dat het goed was voor haar maag. Ze nam de thee aan en zette hem op het nachtkastje, klopte met haar platte hand naast zich op het bed en vroeg hem te gaan zitten en haar hand vast te houden. Toen hij dat gedaan had, begon ze te praten. Ze zei dat ze wist dat ze dit eigenlijk niet moest zeggen, maar ze kon niet anders, en toen had ze hem verteld dat ze het een ondraaglijke gedachte vond dat hij iets met een andere vrouw zou krijgen.

'Goede mensen zeggen dan tegen hun partner dat ze moeten doorgaan met hun leven en het geluk bij een ander moeten zoeken,' zei ze. 'Als ik een goed mens was, zou ik dat nu ook tegen jou zeggen. Maar ik ben niet goed, ik ben slecht. De gedachte dat jij iets met een ander krijgt, vind ik onverdraaglijk. Alleen van het idee krijg ik het al benauwd, wat belachelijk is, toch? Ik ben al bijna dood. Het zou niet uit moeten maken. Maar het maakt wel uit. Het is verschrikkelijk. Ik vind het afschuwelijk van mezelf dat ik zo denk.'

Joe had gedaan wat hij altijd deed als ze zei dat ze ging sterven: hij zei dat ze het verkeerd zag, dat ze beter zou worden, dat alles goed zou komen. Maar ze had hem onderbroken.

'Dat is onzin, Joe, en dat weet je zelf ook wel. Het is grappig, soms hebben mensen het over jaloezie met terugwerkende kracht. Toch? Maar over toekomstige jaloezie wordt nooit gesproken. En al helemaal niet over toekomstige jaloezie van een dode. Het is zielig, ik weet het, maar ik wil de liefde van je leven zijn.'

'Dat ben je ook.'

'Oké, dan is het goed.' Ze had geglimlacht. 'Maar zorg dat dat zo blijft, hè. En als het verandert, schatje, kom ik je lastigvallen.' Ze lachte. 'Of haar, wie die trut dan ook wezen mag. Goed, ik voel me een stuk beter, nu ik elke kwade gedachte uit mijn hart heb verbannen. Zullen we kijken of ik een eindje kan wandelen? Ik wil de zeelucht inademen.'

Hij was niet in staat om dit gesprek uit zijn hoofd te bannen, en als hij in haar schoenen had gestaan, zou hij precies hetzelfde hebben gedaan. De gedachte dat Pam met een andere man zou gaan, had hij niet kunnen verdragen. En die diepgewortelde jaloezie zou een miljoen keer sterker worden als hij dacht aan haar met een andere man in hún huisje, in hún slaapkamer. Hij had niet aan haar gedacht, de begeerte had hem overweldigd. Pas naderhand was het verraad neergedaald als een berg zware, verpletterende stenen.

Hij had zichzelf verafschuwd. En hij had Ellie verafschuwd omdat zij degene was die hem Pam had doen vergeten. Dus had hij haar als oud vuil behandeld door er zomaar vandoor te gaan, en de volgende ochtend had hij zich ook niet bepaald van zijn beste kant laten zien.

De brief die hij een week later kreeg, had helemaal niet als een brief van haar geklonken, dat had hij moeten inzien. Iemand speelde een ongemeen sluw spelletje.

Aan het einde van de weg verloren zijn gedachten het contact met de werkelijkheid: er gebeurde van alles met Ellie en niemand wist wie erachter zat. Instinctief richtte hij zijn blik ten hemel: 'Nu is het genoeg geweest, Pam.'

'Wat?'

'Niets, Tim. Ik praatte in mijzelf.'

'O, geweldig. Nog eentje die doordraait. Krijg ik nou nog een keer te horen waar dat telefoontje over ging? En waarom wilde mijn moeder dat ik namens haar mijn excuses aanbood aan jouw moeder?'

'Ze gaat het je vast nog vertellen, daar twijfel ik niet aan. Nadat mijn moeder haar heeft gesproken.'

'Ik wou dat ik jouw ouders had.'

Op die opmerking kon Joe geen zinnige reactie bedenken.

'Nou, ik denk eigenlijk dat we ons op dit moment allebei vrij beroerd voelen. Maar jij hebt tenminste niet twee jaar voor een pedofiel gewerkt.'

'Dat is waar.' Tim knikte. 'Dat is echt klote.'

'Absoluut. Maar goed, het lijkt erop dat Bourne kampioen gaat worden.'

Joe besefte dat ze beiden opgelucht waren dat ze het over een luchtiger onderwerp konden hebben: honkbal. Toen ze bij de slagkooien kwamen, niet ver van de Clam Shack, sprong Tim uit de auto en liep er meteen naartoe. Joe moest eerst nog betalen, maar liep daarna naar Tim toe om een helm uit te zoeken.

Joe zag Tim de eerste bal missen die de machine uitspuugde.

'Je bent iets te laat,' zei hij. 'Laat je knuppel iets zakken. Je houdt hem te hoog.' Na een paar slagen in het luchtledige begon Tim het door te krijgen en sloeg hij de ene na de andere bal in de verre netten. Met veel venijn mepte hij alle frustratie van zich af.

'Nu ik,' zei Joe. 'Ik kan dat ook wel gebruiken.'

Toen hij de knuppel van Tim overnam en op de plaat stapte, knalde hij de eerste bal zo hard weg dat Tim applaudisseerde.

Hoe doen vrouwen dat? vroeg hij zich af toen hij de bal zo perfect raakte dat er een grijns op zijn gezicht verscheen. Hoe reageren die zich af?

Door met elkaar te praten.

Dat kon toch niet half zo bevredigend zijn als dit?

Hij gaf de knuppel terug aan Tim en stapte opzij, het enige wat hij nog hoorde was de knuppel die de bal raakte, het enige wat hij nog dacht was dat hij op de slagplaat stond in het stadion van de Red Sox en de bal de tribune in joeg, langs de honken liep en high fives kreeg van zijn teamgenoten.

Na twintig minuten keek hij om en zag dat er mensen bij hun kooi stonden te wachten.

'Tijd om te gaan,' zei hij tegen Tim.

'Ik wil hier voor altijd blijven.'

'Ik ook.'

Ze deden hun helm af, legden de knuppel terug in de kist en slenterden naar de auto.

'Mijn moeder krijgt vanavond een man op bezoek.'

'O?' Joe onderdrukte de neiging om te blijven staan. 'Wie dan?'

'Die man uit Engeland met wie ze mailt. Hij heet Daniel.'

'Aha.' Ze waren bij de auto, Joe opende het portier.

'Hij is arts. Mam zegt dat hij oncoloog is.'

'Hm.' Hij stapte in.

Een oncoloog. Een van die mensen die Pam niet konden redden.

'Volgens haar is het vrij serieus.'

Geweldig. Beter kan niet. Daar gaat mijn kans om mijn fouten goed te maken, om een poging te doen haar te helpen, om te praten over hoe we beiden de dupe werden van die brieven. Meneer de arts ziet mij vast liever gaan dan komen.

'Wacht even, ik word gebeld.' Joe haalde zijn mobiel uit zijn zak. 'Mam, hoe is het?'

'Je moet terugkomen. Het lijkt mij beter als je niet naar Ellie gaat. Kom meteen hierheen. Ik moet je spreken.'

'Goed. We staan op het punt weer naar huis te gaan. Tot zo.'

Hij verbrak de verbinding en startte de auto.
'Gaat het wel goed met mijn moeder?'
'Ik denk het wel.'
'Joe?'
'Ja?'
'Kunnen we niet gewoon doorrijden? Dat we eerst Lauren ophalen en daarna maar doorrijden, naar Mexico of zo?'
'Kon dat maar.'

24

Ellie zat aan haar keukentafel naar een leeg papiertje te staren. Ze wilde een lijst maken, opschrijven wat er precies gebeurd was en wanneer om aan te tonen dat ze niet gek was. Maar ze pakte de pen die naast haar lag niet op, omdat ze wist dat ze niets kón aantonen, wat ze ook op papier zette.

Louisa had alleen gedaan wat zij zelf met Louisa had gedaan, bedacht ze een paar minuten nadat ze haar het huisje uit had gestuurd: ze had een en een bij elkaar opgeteld en de verkeerde conclusie getrokken.

Natuurlijk dacht Louisa dat ze gek was. Ellie was in juni in het huisje komen wonen, was hysterisch geworden toen ze een paar weken later de oude fiets van Joe zag, had Louisa verteld over de gestoorde dingen die gebeurden en vervolgens Joe daarvan de schuld gegeven.

Ik zou waarschijnlijk precies hetzelfde denken als zij.

Ze was erin geslaagd in achtenveertig uur Tim de stuipen op het lijf te jagen, Louisa van zich te vervreemden en Joe vals te beschuldigen. Degenen die hier verantwoordelijk voor waren, zouden al snel op hun wenken bediend worden. Ellie voelde tranen opwellen. Als ze zich eraan overgaf, zou ze huilen tot ze een ons woog.

Ze had een keus. Ze kon nu opstaan, naar haar slaapkamer lopen, zich op haar bed laten vallen en er niet meer vanaf komen, of ze kon opstaan, koffiezetten en eigenhandig een einde maken aan deze nachtmerrie. Ze kon niet aankloppen bij Louisa, niet weer. En ook niet bij haar moeder.

Ze wilde al maandenlang een zelfstandige, sterke vrouw zijn, niet meer het meisje dat op haar twintigste getrouwd was, het meisje dat niet alleen blij maar ook opgelucht was toen ze naar het altaar liep, opgelucht omdat ze niet meer alleen zou zijn. Of de zesendertigjarige vrouw die half had gewild dat Louisa zou meegaan naar de familie Davis en oog in oog zou staan met haar verleden. Ze wilde dat meisje en die vrouw achter zich laten en had dat ook gedaan, ze had er per se alleen naartoe gewild.

Maar meteen daarna had ze Louisa wel gebeld.

Nu was ze echt alleen. Tim zou bij Louisa en Joe blijven tot zij hem belde, maar ze wilde hem nog niet bellen. Ze wilde hem niet bij haar in de buurt hebben omdat hij dan gevaar zou lopen.

Ze was alleen met een leeg velletje en opwellende tranen.

'De geest is sterker dan een voortsnellende kogel,' had dokter Emmanuel bij hun eerste gesprek gezegd. 'Hij kan in één sprong over een hoog gebouw komen.'

'De geest is dus een soort Superman,' had ze gezegd, tot haar eigen verbazing, want ze vond het vreselijk om met de andere artsen te praten.

'De geest is alle superhelden in één, Ellie,' had hij geantwoord. 'Hij kan alles.'

Had ze de wilskracht om op te staan en koffie te zetten? Ze had in elk geval de wilskracht gehad om het ongeluk te ontkennen, daar was ze verdomd goed in geweest.

'Maar eerst... en dit is heel belangrijk, Ellie... eerst moet de geest gevoed worden. Het lichaam moet de geest voeden, en jij moet het lichaam voeden. Je moet eten.'

Het enige wat ze tot nu binnen had gekregen, was de koffie van haar moeder. Maar dat was geen eten.

Ik moet iets eten.

Voedsel.

Avondeten.

Daniel.

Ellie keek op haar horloge. Hij moest nu wel door de douane zijn, zijn bagage hebben opgepikt en een auto hebben gehuurd. Bij haar moeder had ze hem gemaild hoe hij hier moest komen. Als ze hem niet hier wilde hebben, moest ze hem nu proberen te bellen.

Daniel dacht niet dat ze gek was. Hij hield van haar. Hij zei dat hij haar wilde helpen, hoewel ze hem niet om hulp had gevraagd, hij had het zelf aangeboden.

De Ellie die hij kende, was de Ellie die zij voortaan wilde zijn. Als ze opstond, koffiezette en iets te eten nam, als ze zichzelf vermande, kon ze weer tot zichzelf komen. Dan zou hij geen seniele vrouw aantreffen die constant naar buiten gluurde en wauwelde als een drugsverslaafde.

Ze zou haar geest niet gebruiken om zichzelf onder hypnose te brengen en te bedotten, ze zou de kracht vinden om te vechten tegen de uitputting en wanhoop die ze voelde. Ze moest wel. Wat er ook gebeurde, ze zou samen met Tim vertrekken uit Bourne, maar dan moest ze wel de kracht hebben om dat te regelen. Het was al erg genoeg dat ze hier na dat telefoontje nog een nacht moest blijven. Als ze naar die series keek, had ze altijd de neiging om te zeggen: Wat nou 'oost west, thuis best'? Je moet 'm zo snel mogelijk smeren.

Goed, Ellie, sta op. Als er een of ander gestoord wijf buiten het huis in de gaten houdt, dan doet ze dat maar.

Tim is bij Joe, hij is veilig.

Straks ben je hier weg. Daniel zal wel snel komen.

Je kan het.

De geest kan met één sprong over een hoog gebouw komen.

Hij ging naar de keuken en zag dat ze koffie uit het keukenkastje haalde.

'Mam?'

'Tim? Ik heb je niet horen binnenkomen. Wat doe je hier? Ik had toch gezegd dat je bij Joe moest blijven tot ik belde.'

'Ik wilde dat Joe me thuis afzette. Ik ben vijftien, mam.' Hij ging demonstratief aan tafel zitten en sloeg zijn armen over elkaar. 'Ik wil weten wat er aan de hand is.' Hij voelde zich de volwassene, zijn moeder was het kind. 'Waarom zat de voordeur op slot? Ik dacht dat je weg was. Ik wil het nu weten. Je mag geen dingen voor mij verborgen houden.'

'Je hebt gelijk.' Ze zuchtte en ging tegenover hem zitten.

Ze begon te praten. Al na een paar zinnen wist hij dat het niet goed zat. Dit ging slecht aflopen. Zodra ze 'Ze overleed' uitsprak, werden Tims ogen groot van verbazing.

'Je hebt iemand doodgereden?'

'Tim.' Ze stak haar arm uit en pakte zijn onderarm. 'Kijk me aan. Het was een ongeluk. Kijk me aan, liever. Het was een ongeluk.'

Hij verschoof iets, zijn blik ging naar de koelkast en bleef daarop gericht.

'Tim, ik zweer je dat ik haar niets wilde aandoen. Ze verloor de macht over haar fiets. Het was een ongeluk. Ik had nog maar net mijn rijbewijs. Ik reed heel langzaam. Echt. Ze kwam uit het niets. Ik kon niet meer remmen. Ik voelde me zo schuldig dat ik in het ziekenhuis belandde. Het heeft lang geduurd voordat ik het mezelf kon vergeven.'

'Hoe bedoel je, ziekenhuis? Was jij ook gewond?'

'Niet lichamelijk. Ik zei toch net dat ik me schuldig voelde, ik kon er niet mee omgaan.'

Zijn moeder had een klein meisje aangereden. Dat meisje was overleden. Zijn moeder had in het ziekenhuis gelegen. Op een psychiatrische afdeling.

Het lot was kut en het leven ook. Alles was kut.

'Kijk me aan, Tim. Alsjeblieft.'

Hij deed wat ze vroeg, maar vrijwel meteen ging zijn blik terug naar de koelkast.

'Wat wil je dat ik zeg? Ik kan er niets aan veranderen, het is gebeurd. Je moest eens weten hoe graag ik het anders had gezien.'

'Ik wil het er niet meer over hebben.'

'Maar…'

'Mam, ik meen het.' Nu keek hij haar aan.

Hij kende het meisje niet, het was niet zijn moeders fout dat ze dood was, maar hij kon het niet verkroppen. Het was zijn moeder. Zijn moeder had in een gesticht gezeten.

'We moeten het er wel over hebben, Tim. Dat gestoorde telefoontje had namelijk te maken met het ongeluk. En ook die andere dingen. De troep op het strand. Iemand probeert wraak te nemen, of mij gek te maken, ik weet het niet, ik weet ook niet wie het doet, maar we kunnen hier niet blijven. Ik heb nagedacht over een oplossing. Misschien moeten we naar Debby gaan, in Californië.'

'Omdat iemand wat troep op het strand gooit en een gestoord telefoontje pleegt? Echt niet.'

'Dat is niet het enige. Ik wil je niet bang maken, maar het is eng en het is begonnen toen we hier kwamen wonen. Als je niet naar Californië wilt, moeten we misschien naar Europa. Ik heb genoeg geld om op reis te gaan, als zomervakantie. Naar Parijs. Of Londen. Of...'

'Naar Londen? Naar die Daniel?'

'We zouden naar hem toe kunnen gaan, ja. Maar...'

'En die cursus dan?'

'Een reisje naar Europa is net zo leerzaam. En je kan boeken meenemen en we kunnen museums bezoeken en...'

'Vergeet het maar.'

'Ik weet dat je denkt dat je verliefd bent op Lauren en daarom niet weg wilt, maar misschien kan ze met ons meegaan. Ik kan het bespreken met haar moeder.'

Ik weet dat je dénkt dat je verliefd bent op Lauren. Goh, bedankt, mam. Je begrijpt me als geen ander.

'Je snap het niet, hè?'

'Wat snap ik niet?'

Tim voelde het opborrelen. Alle klotezooi van de afgelopen tweeënhalf jaar. Hij kon het niet meer tegenhouden, het moest er nu uit.

'Jij en pap. Jullie allebei. Jullie maken er een bende van en verwachten dat ik het allemaal maar accepteer. Maar dat zal wel logisch zijn, want ik heb het ook steeds geaccepteerd. Jullie zeggen dat jullie uit elkaar zijn gegroeid en dat jullie daarom uit elkaar gaan, alsof ik niet wist dat hij een verhouding had. Denken jullie soms dat ik achterlijk ben. Maar goed, daar kan ik nog mee leven, met dat gezeik. En natúúrlijk, ik bedoel, natuurlijk moest ik beleefd zijn tegen die idiote Sandra omdat het nou eenmaal heel belangrijk is om beleefd te zijn. Wie ben ik om een van de regels van de Walters te overtreden?

En dan, het is alsof... Ik blijf zitten en niemand vraagt me waarom. In plaats van mij te vragen waarom ik blijf zitten, wordt pap boos en besluit jij dat het beter is om te verhuizen. Alsof alles dan is opgelost.'

'Tim, ik heb het je wel gevraagd. Je wilde niet met me praten.'

'Ja hoor, alsof jij wilde horen wat ik te zeggen had. Het enige wat jullie willen horen is dat het goed gaat, dat alles goed gaat, dat jullie je geen zorgen hoeven te maken.'

'Dat is niet zo.'

'Besef je wel hoe het is? Hoe het écht is? Heb je enig idee hoe het voor mij was toen jij bij Lauren voor de deur stond te schreeuwen?'

'O, Tim. Het spijt me.'

Hoe ze keek, hoe ze het zei, hij wist dat ze het meende. Maar wat deed dat ertoe? Op deze manier zou hij straks in Londen zitten met een of andere vent die hij niet kende. Wat een shitzooi. Waarschijnlijk zou ook nog blijken dat zijn vader zijn moeder had leren kennen toen ze samen in het gesticht zaten. En dat zijn vader een of andere reden had om naar Brazilië te verhuizen.

Zijn moeder wekte de indruk op het punt te staan in huilen uit te barsten. Hij wist dat hij moest ophouden, maar hij kon het niet.

Hij stond op. Hij was aan slag en wilde de bal zo hard mogelijk raken.

'Je kan mij dit niet aandoen, mam. Je kunt niet al die bagger over mij uitstorten en verwachten dat ik dat laat gebeuren. Je wilde toch dat ik bij Louisa en Joe bleef? Nou, dat is precies wat ik ga doen. Jouw mailvriend komt toch? Kun je hem mooi vragen hoe hij zich voelt.'

'Tim!' hoorde hij haar nog roepen.

Maar hij was 'm al gesmeerd.

Ellie bleef achter, het duizelde haar, het leek of haar hart was doorboord door duizend pijlen, de ene nog dodelijker dan de andere.

Moest ze achter hem aan gaan?

Wat moest ze dan tegen hem zeggen?

Ze had hem verscheidene keren gevraagd naar zijn gevoelens met betrekking tot de scheiding, maar hij had steeds gezegd dat het goed met hem ging en was vervolgens over iets anders begonnen. Het was duidelijk dat ze had moeten doorvragen, meer druk op hem had moeten uitoefenen, zodat hij wel móést praten.

Hoe wist hij van Charlies verhouding? Ze had zo haar best gedaan dat voor hem verborgen te houden. Ook op dat front had ze dus gefaald.

En hij had gelijk, ze had alles in één keer over hem uitgestort: haar ongeluk, haar verblijf in het ziekenhuis, de bedreigingen – hoewel ze hem niet alles had verteld, omdat ze hem had willen beschermen – en haar wens om te verhuizen.

Hoe moet dat voor hem zijn geweest? Ellie kromp ineen, dacht aan hoe ze bij Laurens huis had staan schreeuwen. Welke tiener zou zich niet doodschamen wanneer zijn moeder zich zo gedroeg in het bijzijn van zijn vriendin?

Geen wonder dat hij naar de plek was gegaan waar hij zich het veiligst voelde: het huis van Louisa. Daar wás hij ook veilig. Er had zich natuurlijk het een en ander tussen haar en Louisa afgespeeld, maar Ellie wist dat Louisa nooit tegen Tim zou zeggen dat zijn moeder volgens haar gestoord was. Ze zou alles doen om hem op z'n gemak te stellen, en hetzelfde gold voor Joe.

Ze moest met Tim praten, maar ze moest hem wat tijd gunnen. Was het een idee om Daniel te bellen, hem te vertellen dat hij beter niet kon komen, dan een poosje te wachten en vervolgens Tim te bellen met de vraag of hij terug wilde komen? Maar dan zou Tim in het huisje zijn, en dat was niet veilig als die vrouw hen in de gaten hield... en ze had Daniels nummer niet eens, haar mobiel had het niet opgeslagen toen hij haar gisteren belde en...

Rustig. Eén ding tegelijk.

Ellie ging de sleutels uit haar tas halen om nog een keer af te sluiten. Haar mobiel lag naast de sleutels. Ze pakte haar sleutels en de mobiel en deed de voordeur op slot. Na dat telefoontje bij Lauren had ze hem uitgezet. Nu zette ze hem weer aan.

Misschien had Daniel een bericht achtergelaten.

Ze wachtte tot hij klaar was met opstarten. Er waren drie berichten.

Waren het drie berichten van mevrouw 'Ik hou je in de gaten'? Ze wilde die lach nooit meer horen.

Ze liep naar de bank en ging zitten met de telefoon in haar hand. Na een minuut belde ze haar voicemail.

Het eerste bericht was van Debby.

'Hé, lieverds. Sorry dat ik zo nalatig ben en niets van me laat horen. Liefde maakt blind. Zo blind zelfs dat ik misschien wel met hem ga trouwen. Ik twijfel of ik de sprong in het diepe ga maken of toch nog wacht op Rob Lowe. Vreemd eigenlijk dat Rob nog niet gebeld heeft. Hoe dan ook, hoe is het met jullie? We hebben elkaar al veel te lang niet gesproken. Bel me terug, ik hoor graag wat er allemaal gebeurt bij jullie. Heb je nog door de zure appel heen gebeten en je mail aan Daniel met "liefs" ondertekend? Hemeltjelief, ik kan alleen nog maar over de liefde praten. Ik heb het flink te pakken. Bel me.'

Meteen daarna begon het volgende bericht.

'Ellie, ik ben onderweg. Ik heb het adres ingevoerd in mijn navigatie en ik denk dat het wel gaat lukken. Als ik verdwaal bel ik wel even, dus kun je je telefoon aan laten staan? Mijn verwachte aankomsttijd is nu vijf over half negen. En mijn nummer is... Ik wacht even zodat je papier en pen kunt pakken...'

Ellie schoof snel naar de tafel naast de bank, vond een pen, scheurde een bladzij uit het tijdschrift dat bij de lamp lag.

'Goed, ben je er klaar voor? Voor als je me wilt bellen: 617-277-0350.'

Ze schreef het op en keek op haar horloge. Bijna half negen.

Het derde bericht.

Was er iets gebeurd? Stonden er files? Kwam hij later?

Ze kon de stem nauwelijks horen, maar het was in ieder geval een man en dus speelde ze het bericht nog een keer af. Een gedempte mannenstem, maar nu hoorde ze wat hij zei.

'Je tijd is gekomen, Ellie.'

25

'Ik heb het verknald, Louisa. Ik heb het alleen maar erger gemaakt,' had Ellie ingesproken nadat ze bij mevrouw Davis was geweest. En dat was precies zoals Louisa zich nu voelde.

Toen Joe was teruggekomen van de slagkooien en zij hem had verteld wat er in het huisje was gebeurd, was zijn gezicht betrokken. 'Ik zei je toch al dat het een achterlijk idee was, mam,' zei hij. 'Het klopt van geen kanten. Het is veel te gekunsteld. Er zijn veel eenvoudiger manieren om aan aandacht te komen. Bovendien, toen Ellie zei dat ze dacht dat ik het was, zette ze haar vriendschap met jou op het spel. Terwijl jij juist een van de mensen bent van wie ze aandacht zou willen. Dus dat is niet echt logisch.'

Joe had gelijk, maar dat was al tot Louisa doorgedrongen toen ze terugsjokte naar huis nadat Ellie haar had gezegd op te donderen. Ze had zichzelf de ruimte gegeven om Ellie te verdenken vanwege hetgeen de detective had gezegd, en waarschijnlijk ook omdat zij háár kort daarvoor zo gekwetst had. Toen ze de pijn en het onbegrip op Ellies gezicht zag op het moment dat zij doorkreeg wat Louisa dacht, had ze het meteen willen terugnemen. Maar het was al te laat geweest. Het was al uitgesproken. Na dat gesprek met Joe had ze nagedacht over een manier om de schade te herstellen, maar toen had Tim voor haar deur gestaan, vol woede en angst.

Hij had zijn hart uitgestort, staand in het midden van de woonkamer was hij tegen Joe en haar tekeergegaan over zijn ouders, waarbij de voornaamste boodschap was dat niemand hem ooit ergens bij betrok of zich druk maakte om wat hij er eigenlijk van vond. 'En nu wil ze naar Engeland. Ze zegt dat ik Lauren mag meenemen. Natuurlijk. Zo geregeld.

En die mailvriend van d'r kan elk moment arriveren. Geweldig. Daar zat ik echt op te wachten.' Hij plofte neer in een stoel en rolde met zijn ogen. 'Dit is zwaar kut.' Hij sprong op en zei: 'Ik moet Lauren bellen. Ik ga even naar de keuken. Goed?'

'Dat is goed,' had Louisa gezegd. Toen Tim de kamer uit was, had ze zich naar Joe gedraaid. 'En nu?' vroeg ze.

'Laat hem maar wat stoom afblazen, mam. Hij is vijftien. Hij is verward en kwaad en moet met zijn vriendinnetje praten. Weet je nog hoe ik was op die leeftijd? Toen ik zo verliefd was op Leslie?'

'Dat staat in mijn geheugen gegrift.' Louisa glimlachte.

'In het mijne ook.'

Ik hou van hem, Louisa.

Als die arts niet elk moment kon arriveren, was Louisa naar Ellie gegaan om het goed te maken. Maar zoals de kaarten nu lagen, kon ze Ellie alleen maar helpen door Tim op te vangen.

'Wie kan hierachter zitten, Joe?'

'God mag het weten.' Zijn blik ging naar het raam. 'De grote vraag is: wat willen ze?'

Je tijd is gekomen, Ellie.

Een mannenstem. Maar eerst was het een vrouw geweest. Met z'n hoevelen waren ze? Hoeveel mensen waren hierbij betrokken?

Je tijd is gekomen.

Ze keek hoe laat het was. Vijf over half negen. De verwachte aankomsttijd van Daniel. Zou hij eerder zijn dan die lui?

Ze stond op en controleerde alle sloten. Alles was dicht, maar iemand kon een steen door het raam gooien. Of de deur rammen. Ze zat gevangen. En als ze naar buiten ging, zat ze ook gevangen. Ze hielden haar in de gaten.

Ze ging naar het voorraam en verstopte zich aan de zijkant achter het gordijn.

Ze kon de politie nog bellen. Als haar tijd gekomen was, maakte het niet meer uit of ze de politie belde. Tim was veilig bij Louisa en Joe. Hem konden ze niets aandoen. Maar die vrouw had gezegd dat ze het zou weten als ze de politie zou bellen. En als zij het zou weten, zou die man het ook weten. En dan zouden ze er haast achter zetten, het karwei klaren voordat de politie er zou zijn. Daniel kon elk moment aankomen. Als ze het huisje in de gaten hielden, zouden ze zijn auto zien. Ze zouden weten dat zij niet alleen was.

Moest ze nu Daniel er nog niet was een mes uit de keuken pakken?

Ze stond op het punt naar de keuken te gaan toen ze op de weg naar het huisje een auto zag rijden. Dat moest Daniel zijn. Of die lui. Als verlamd zag ze de auto de oprit opdraaien.

Een oude blauwe Mercedes cabriolet. Een klassieker.

Wat?

Wat doet hij hier?

26

'Hoi, El.'
'Charlie. Wat doe jij hier?'
'Ik had een bespreking met iemand die in Hyannis woont. Ik dacht: ik ga op de terugweg even langs.'

Het was niet Daniel, maar het was in ieder geval iemand. Wie er ook toekeek, ze hadden Charlie zien aankomen. Ze wisten dat zij niet alleen was.

'Je ziet eruit alsof je een spook hebt gezien, El. Wat is er?'
'Ik word gestalkt. Ik kan het niet uitleggen, het is te ingewikkeld. En zo meteen komt er een vriend langs.'
'Als je een stalker hebt, kun je hier beter niet in je eentje zitten. Ik wacht wel tot die vriend er is.'
'Wil je dat?'
'Natuurlijk.'

Ze deed een stap opzij om hem binnen te laten.

'Waarom vertel je me niet wat er aan de hand is? Misschien kan ik helpen. Heb je de politie gebeld?' Hij ging op de bank zitten en leunde naar voren.

'Ik kan de politie niet bellen. En ik kan jou niets vertellen, Charlie. Het is te ingewikkeld.'

'Dat zei je al. Heb je jezelf in de nesten gewerkt, El?'
'Ik heb me nergens in gewerkt. Het ligt niet aan mij.' Ze ging op een stoel zitten en keek op haar horloge.

'Die vriend die komt... Is dat een man of een vrouw?'
'Jezus, Charlie. Wat doet dat ertoe?'
'Niet gaan katten, El. Dat is nergens voor nodig. Ik vroeg me af of je

weer een relatie hebt. Het zou me niet verbazen, trouwens. Je bent niet het type vrouw dat lang alleen is.'

'Wat bedoel je daarmee?'

Hij trok haar dit belachelijke gesprek in en zij liet het gebeuren.

'Alleen dat je iemand nodig hebt die voor je zorgt. Dat is altijd al zo geweest.'

'Niet meer, Charlie. Ik ben veranderd.'

'Echt?' Hij liet zich tegen de rugleuning vallen. 'Ik weet niet of mensen echt veranderen. Ze dénken dat ze veranderen.'

'Ik ben veranderd toen jij vertrok. Ik moest wel. En nu ben ik daar blij om. Omdat ik niet mezelf was bij jou.'

'Nou, daar zeg je nogal wat. Zo te horen heb je van die zelfhulpboeken gelezen.'

'Doe niet zo neerbuigend.'

Kon ze hem er maar uit schoppen. Daniel moest pech hebben of verdwaald zijn. Maar ze had liever Charlie bij zich dan helemaal niemand. En het was zonneklaar dat hij dat wist.

'Het spijt me,' zei hij. 'Dat was niet mijn bedoeling. Ik wil alleen maar zeggen dat jij iemand naast je moet hebben. Het liefst zou ik dat zijn.'

'Wat?'

'In alle eerlijkheid, Ellie. Ik heb een fout gemaakt.' Hij leunde weer naar voren en keek haar indringend aan. 'Ik had niet bij jou weg moeten gaan.'

Onbekende mensen stalkten haar, Tim was woedend op haar, Louisa dacht dat ze niet goed bij haar hoofd was. En nu zei Charlie dat hij een fout had gemaakt, dat hij niet bij haar had moeten weggaan.

'El? Heb je gehoord wat ik zei?'

'Ja.'

'En?'

'En niets. Het is voorbij. Je bent nu met Sandra.'

'Nee.'

'Ik snap het niet.'

'Heel simpel. Sandra en ik zijn uit elkaar. Ik had nooit bij jou weg moeten gaan. Ik hou van je en jij houdt van mij. Wij horen bij elkaar.'

Dat had hij ook gezegd toen hij haar ten huwelijk had gevraagd. 'Ik hou van je en jij houdt van mij. Wij horen bij elkaar.' En daarna: 'Wil je met me trouwen?' Dezelfde woorden en dezelfde toon. De band was teruggespoeld en opnieuw gestart, net zoals gisteren toen haar moeder haar wakker had gemaakt. Zestien jaar geleden had ze meteen 'ja' gezegd.

Hij keek haar nog steeds aan. En trok haar naar zich toe, zoals hij ook gedaan had op hun eerste avond samen.

'Nee. Dan is het net of ik ga slapen.'

'Hè?'

'Als we weer bij elkaar komen, Charlie, is het net of ik ga slapen.'

'Nu snap ík het niet.'

'Ik hou niet meer van je.'

'Jawel, dat doe je wel.'

'Nee, Charlie, dat doe ik niet.'

'Komt het doordat je verliefd bent op een ander?'

'Nee. Ja, ik bedoel, ik ben wel verliefd op iemand, maar dat doet er niet toe. Het gaat erom dat ik niet meer van jou hou.'

'Volgens mij doet het er wel toe, El. Je houdt van hem, wie hij dan ook is.'

'Ik... Luister, hij kan hier elk moment zijn. Hij moet verdwaald zijn, of hij heeft pech. Ik moet hem bellen. Maar mijn mening over ons blijft hetzelfde. Laat dat goed tot je doordringen. Het is te laat, Charlie. Er is te veel gebeurd.'

Hij sloeg zijn ene been over het andere en streek zijn hand door zijn haar.

'Goed. Ik begrijp wat je bedoelt en zal niet aandringen. Ik blijf hier tot die man komt en dan licht ik mijn hielen. Ik zal je niet meer lastigvallen, El. Ik wilde alleen maar zeggen wat ik voor je voel. Jammer dat het niet wederzijds is.'

Hij klonk niet verbitterd of boos. Hij vatte het juist heel sportief op.

'Dank je, Charlie.'

Hij was geen griezel. Of een ambitieuze egoïst. Debby had het mis: wie hem niet ontmoet had, kon geen oordeel over hem vellen. Hij was Tims vader. Hij was ten diepste een fatsoenlijk mens.

'Toe maar, bel hem maar. Zoek uit waar hij zit. Je kijkt zo bezorgd.'

Ze viste haar mobiel uit haar zak, en het papiertje met Daniels nummer. Het voelde raar om hem te bellen met Charlie in de buurt, maar het werd geen romantisch gesprek, ze wilde gewoon weten waarom hij later was dan gepland. Ellie toetste het nummer in.

Het geluid van een telefoon die overging in het huisje verwarde haar en terwijl ze haar mobiel tegen haar oor gedrukt hield, keek ze naar buiten. Hij moest er al zijn. Maar er was niemand buiten. Ze zag dat Charlie ging verzitten. Hij greep in zijn zak en haalde zijn telefoon eruit.

Hij werd gebeld op hetzelfde moment dat zij iemand belde?

'Hoi,' zei hij.

Ze hoorde het tegelijkertijd uit haar telefoon en uit zijn mond komen.

Het telefoongesprek met Lauren was afgelopen, maar Tim bleef nog even in de keuken. Hij wilde nadenken. Vlak voor het gesprek met Lauren had zijn vader gebeld met de vraag waar hij was. Tim had gezegd dat hij bij Louisa en Joe zat, waarna hij had toegegeven dat hij ruzie had gehad met zijn moeder. Hij voelde zich daar inmiddels wat rot over, maar hij wist niet hoe hij het goed moest maken.

'Maak je geen zorgen,' had zijn vader gezegd. 'Ik ben toevallig in de buurt en ga bij haar langs om te kijken hoe het gaat. Je moet ons even wat tijd geven, we hebben het een en ander te bespreken. Jullie twee kunnen het later wel bijleggen. Het is waarschijnlijk beter als je vannacht bij een vriend logeert.'

'Ik kan Lauren wel vragen of ik bij haar mag slapen. Op de bank of zo.'

'Goed idee.'

Hij had niet gevraagd wat zijn vader dan met zijn moeder moest bespreken, hij was allang blij dat zijn vader het heft in handen nam. En hij moest constant denken aan Lauren, hoe leuk het zou zijn om bij haar te logeren, als het tenminste mocht van haar moeder. Hij vond het geen probleem om op de bank te moeten slapen. Als hij mocht blijven, kon hij heel veel tijd met haar doorbrengen. Hoe aardig Louisa en Joe ook waren, het was een waardeloze dag geweest. De enige die hem nu een goed gevoel kon geven, was Lauren.

Dus had hij haar gebeld en toen had ze 'Wacht even' gezegd en het aan haar moeder gevraagd, waarna ze weer aan de lijn was gekomen en had gezegd: 'Het wordt de bank. En neem je beleefde, charmante Tim mee. Ik zou zeggen: doe er nog een schepje bovenop.' En toen had hij gezegd: 'Afgesproken.'

Nu had hij een moment voor zichzelf en hij vroeg zich af wat zijn ouders te bespreken hadden. Misschien dat zijn moeder zijn vader had gebeld met de mededeling dat ze naar Engeland wilde gaan. Wie weet. Maar hij kende zijn vader en wist dat die daar nooit mee zou instemmen. Dus dat zat wel snor.

Tim keek naar de twee gigantische gootstenen. Daar kon je een bad in nemen, dacht hij. Het zou echt tof zijn om hier een feestje te geven. Louisa zou hem toestemming moeten geven en ook zijn moeder moest het goedvinden, maar zodra dat gedoe met die gestoorde telefoontjes en zo voorbij was, zou ze weer normaal worden en dan zou het tijd zijn voor een feestje.

Dat ze zo krankjorum had gedaan, daar was hij echt bang van geworden. En ook van haar verhaal over dat meisje en het gesticht. Goed, hij was te ver gegaan. Maar zijn vader zou het allemaal in orde maken. Zolang hij niet kwaad was, kon zijn vader supergoed dingen voor elkaar krijgen. Iedereen luisterde altijd naar wat hij te zeggen had.

Tim stond op en ging terug naar de woonkamer. Joe en Louisa waren midden in een gesprek, maar ze hielden beiden op met praten en keken hem aan.

'Zou iemand mij naar Lauren kunnen brengen?' vroeg hij. 'Ik wil haar graag zien en ze heeft me uitgenodigd. Ik blijf daar slapen.'

'Natuurlijk, ik breng je wel,' zei Joe.

'Ik ga mee. Ik moet er even uit.' Louisa stond op.

Joe pakte zijn sleutels, Louisa trok snel een witte trui aan en ze gingen naar buiten.

'Doe je de deur niet op slot?' vroeg Tim.

'Nee. Hippies doen hun huis niet op slot, Tim. Ik weet dat ik niet in een commune woon, maar ik kan wel doen alsof.'

Ze stapten in de auto van Joe en reden naar de hoofdweg. Toen ze bij de afslag naar het huisje kwamen, zag Tim zijn vaders auto staan.

'Mijn vader is er al,' zei hij.

'Je vader?' vroeg Joe, die leek te schrikken.

'Ja, hij had gezegd dat hij bij mijn moeder langs zou gaan. Ik zie alleen zijn auto staan, dus die dokter is er nog niet. Mijn vader zal hem straks wel zien.'

'Dat kan nog interessant worden,' zei Louisa, en toen: 'Ik ben blij dat je vader er is. Ik ben blij dat je moeder niet alleen is.'

Hoe kon ze Charlie gebeld hebben? Ellie snapte er niets van. Ze had toch het nummer gebeld dat op het papiertje stond, het nummer van Daniel? Blijkbaar niet. Ze was er niet bij geweest met haar gedachten, ze moest automatisch het nummer van Charlie hebben gekozen, omdat hij hier was.

Charlie keek haar verbaasd aan, stak zijn handen in de lucht en legde zijn mobiel op de salontafel.

Nu toetste Ellie heel aandachtig het nummer in, langzaam, cijfer voor cijfer, en hield vervolgens het toestel aan haar oor.

Toen hij overging, ging ook de telefoon op tafel over.

Charlie boog zich naar voren en pakte het toestel. 'Daar gaan we weer.' Hij drukte op een knopje. 'Hallo, El.'

'Hè?' Ze staarde hem aan.

'Ik zei "Hallo". Nu moet jij hetzelfde doen. Dat is althans wat mensen doen als ze elkaar bellen.'

'Hoe... hoe kom jij aan Daniels telefoon? Ik begrijp het niet.'

'Het is mij ook een raadsel.'

'Ik snap het niet,' zei ze weer. 'Of misschien heb ik het nummer verkeerd overgeschreven.' Ze verwijderde het bericht van Debby en het bericht met 'Je tijd is gekomen', maar bewaarde dat van Daniel. Nu hoefde ze het alleen maar opnieuw af te spelen. Dat deed ze, en ze controleerde de door hem genoemde cijfers met de cijfers op het papiertje.

Ze waren precies hetzelfde.

'Het is wel zijn nummer. Dit moet zijn mobiel zijn. Hoe kom jij aan zijn telefoon, Charlie? Ben je hem onderweg tegengekomen? Maar hoe kun je dan... Ik begrijp het niet. Waar is hij?'

'Dat weet ik eigenlijk niet, El. In Cornwall misschien? In een vissersdorpje?'

'Wat?'

'Alhoewel, ik denk niet dat hij het type is dat naar een vissersdorpje gaat. Maar ik kan het verkeerd hebben. Oeps. Misschien zit hij daar toch wel.'

Het duizelde haar. Waarom had hij het over Cornwall? Waarom had hij het over een vissersdorpje. En hij zei 'oeps'. Charlie zei nooit 'oeps'.

'El? Gaat het wel?'

'Je weet van Cornwall? Hoe dan? Je moet hem gesproken hebben. En je hebt zijn telefoon... Heb je hem iets aangedaan, Charlie? Dat kan ik me niet voorstellen. Je gaat me toch niet vertellen dat je hem in elkaar geslagen hebt of zo?'

'Daniel slaan? Nooit van m'n leven. Ik moet er niet aan denken dat hem iets overkomt. Trouwens, nu ik aan hem denk, zie ik opeens voor me hoe hij steeds die blonde lok van zijn voorhoofd veegt. Best verleidelijk, vind je ook niet?'

Dit kon niet waar zijn. Het was volkomen onlogisch. Ellie bleef Charlie aanstaren, voor hem leek dit een heel normaal gesprek te zijn, hij was volkomen ontspannen.

'Toch is hij niet echt jouw type, toch? Een beetje te veel Hugh Grant, zullen we maar zeggen.'

'Wat?'

'En in alle eerlijkheid, geef jij echt iets om goede gezondheidszorg voor iedereen? We mogen het dan zo'n mooi idee vinden, maar zijn we werkelijk zo geïnteresseerd in al die details? Laat dat maar aan de politici over. Dat zou mijn voorstel zijn.'

'Ik weet niet... Wat... Hoe weet je dat? Hoe weet je dat allemaal? Ik snap het niet.' Ellies hart bonkte.

'Zo moeilijk is het niet.' Hij haalde zijn schouders op, sloeg zijn been weer terug en leunde naar voren. 'Je bent niet verliefd geworden op Daniel, El. Je bent verliefd geworden op mij.'

27

Joe had een borrel nodig. Of eigenlijk tien borrels. Ze hadden Tim afgezet bij Lauren. Haar moeder had gevraagd of ze even binnenkwamen en uit beleefdheid hadden ze wat zitten kletsen. Tim zou daar blijven slapen.

Joe vermoedde dat er niet over gangen zou worden geslopen. De moeder van Lauren wekte de indruk dat er met haar niet te spotten viel.

Nu reden ze terug naar huis, maar Joe had eigenlijk geen zin om naar huis te gaan en urenlang te praten over wie Ellie dit aandeed. Charlie Walters was bij haar, haar nieuwe vriend kon elk moment aankomen, dan zat ze met twee mannen in dat huisje. En ze konden toch niet achterhalen wie dat telefoontje had gepleegd of die brieven had geschreven.

Joe moest toegeven dat hij zich onbeschoft had gedragen toen hij kennis had gemaakt met Charlie, en hij was toch geraakt toen Tim hem had verteld over die arts. Hij was een beetje jaloers, dat kon niet anders.

Hij had een borrel nodig.

'Ik heb een idee,' zei hij toen ze bijna bij de weg naar Mashnee waren. 'Laten we naar die Chinees voorbij Buzzards Bay gaan.'

'Waar ze die karaokeavondjes hebben?'

'Ja. Waarom niet? We kunnen naar al die sterren in wording luisteren en wat van dat walgelijke eten naar binnen werken.'

Zijn moeder zette de auto aan de kant.

'Meen je dat nou?'

'Jazeker. Dan zijn we er even tussenuit.'

'Ik vroeg me juist af of we bij thuiskomst de politie moesten bellen.'

'Charlie is bij Ellie, die arts zal ook zo wel komen. En dan staat ineens de politie op de stoep. Ik denk niet dat ze dat zal waarderen. We kunnen morgen bij haar langsgaan. We kunnen ook morgen de politie bellen. Ze heeft haar ex én de man met wie ze serieus aan het daten is. Er kan haar niets gebeuren. Laten we even onze zinnen verzetten. Bovendien snak ik naar noodles met varkensvlees en whisky.'

Louisa knikte en keerde.

'Ik ben verliefd op jóú geworden? Hoe bedoel je? Ik ben verliefd geworden op Daniel. We schreven elkaar talloze mails. Daar heb jij niets mee te maken. Je bent niet goed snik.'

Maar zo zag Charlie er niet uit. Hij oogde zelfgenoegzaam, leek de touwtjes in handen te hebben.

'Alle advocaten zijn waarschijnlijk niet goed snik, ieder op hun eigen manier. De succesvolle tenminste. Alleen van die lange werkdagen word je al gestoord. Je hebt dus gelijk, maar ik ben bang dat het niet opgaat voor deze situatie. Wat wél opgaat, is gepaste zorgvuldigheid.'

'Wat?'

'Gepaste zorgvuldigheid. Voordat we een contract ondertekenen, moeten we een bepaalde voorzichtigheid in acht nemen. Wat erop neerkomt dat we onderzoek moeten doen, ons huiswerk moeten doen, zogezegd.'

Ellie kon niets uitbrengen.

'In dit geval was de gepaste zorgvuldigheid opvallend simpel. Ik wilde jou in de gaten houden, dus dat heb ik gedaan. Heus, Ellie, je moet voorzichtiger zijn. Cyberspace is een soort nieuwe wereld waar het woord "privé" weinig betekenis heeft. Vooral wanneer je nooit je wachtwoord verandert. En je niet meteen je mails verwijdert. Slordig om alles zo te laten staan.'

'Jij hebt mijn mails gelezen?'

'Natuurlijk.' Alsof hij zei: 'Natuurlijk heb ik de telefoonrekening betaald.'

'Ik heb wel zin in een kop koffie. Jij ook? Ben je je tong soms verloren? Ik ga er dan maar van uit dat jij niet wilt. Blijf waar je bent, El. Ik ben zo terug.'

Ze was volkomen verlamd.

Hij las haar mails. Hoe lang al? Hij had alle mails van haar en Daniel gelezen. Hij had Daniels mobiel. Had hij Daniel opgewacht op het vliegveld? Had hij zijn telefoon gejat?

'Je weet dat ik niet van oploskoffie hou, maar voor deze ene keer... Goed, waar hadden we het over?'

Charlie ging weer zitten en zette zijn koffie naast de telefoon, Daniels telefoon, op de tafel.

'O, ik weet het alweer. Ik zei dat ik al je mails las. Die nieuwe vriendin van je, Debby, die heeft trouwens een goed gevoel voor humor, al kan ze soms wat bot zijn. Hoe dan ook, niets om mij zorgen over te maken, allemaal vrij gezapig, maar toe, tja, toen kwam de grote schok. Internetdaten. Dat is niet alleen beneden jouw peil, El, het is nog gevaarlijk ook. En volstrekt respectloos tegenover mij.'

'Charlie, waar heb je het over? Ik snap het niet. Jij ging met Sandra. Wij waren uit elkaar. Ik...'

Waarom ging ze in de verdediging? Ze had alle recht om met andere mensen om te gaan. Hij dreef haar steeds in het nauw. Hij was degene die haar privacy had geschonden, en toch had zij de neiging zich tegenover hem te rechtvaardigen. Ze wilde Charlie niet nog meer macht in handen geven, maar hij had haar in zo'n positie gebracht dat ze niet anders kon.

'Zeg niet steeds dat je het niet begrijpt. Ik heb nooit gedacht dat je dom was, El, maar ik begin nu toch echt aan mijn eigen inschattingsvermogen te twijfelen.

Het spreekt vanzelf dat ik je niet alleen met die man wilde laten. Het was een kwestie van puur geluk, dat geef ik toe, dat onze vriend Daniel voor jullie afspraak een restaurant koos met een drukke bar. Ik zat achterin, maar had een uitstekend uitzicht. Toen ik zag hoe hij zichzelf bekeek in de spiegel, verbaasde het mij dat je niet meteen wegliep. Ik weet hoe afschuwelijk je dat vindt.'

'Was jij daar ook? In dat restaurant?'

Ellies gedachten vlogen alle kanten op, ze probeerde zich de inrichting van Acquitaine te herinneren, zich een beeld te vormen van de bar toen ze erlangs liep. Maar ze had er niet op gelet, ze was te zenuwachtig geweest, had alleen naar Daniel gezocht.

'Ik heb jullie gadegeslagen. Weet je nog toen wij elkaar voor het eerst ontmoetten? Dat was anders, hè? Hij blijft maar praten. Kanker of niet, die patiënten van hem gaan toch wel dood, van verveling.'

Paniek overviel haar. Dit was erger dan dat telefoontje, maar ze kon niet schreeuwen.

'Je hebt hem iets aangedaan, of niet soms? O, mijn god, Charlie, je hebt hem echt iets aangedaan.'

'Alsjeblieft zeg.' Zijn gezicht was één brok ergernis. 'Daniel Litman zit in Londen.' Hij leunde naar voren, zette zijn ellebogen op zijn knieën en zijn kin op zijn vuisten. 'Wat hem betreft heb jij een einde gemaakt aan wat je moeilijk een "relatie" kunt noemen toen je hem mailde dat jullie allebei een nieuw leven begonnen en hoopte dat het zijne mooi zou worden, of wat je dan ook schreef om hem af te wimpelen. Je bleef wel beleefd, natuurlijk. Je lijkt op mij, El. Je vindt manieren belangrijk. En ik weet zeker dat hij het goed opvatte.

Ik heb het vervolgens van Daniel overgenomen nadat jij hem aan de kant had gezet. Ik maakte een nieuwe account aan onder zijn naam; niet moeilijk als je weet hoe dat moet. Heb je het nu door? Elke mail uit Londen was van mij. Al die mails waar je zo van genoot: allemaal geschreven door mij.'

Al haar gekoesterde gedachten waren als eendjes in een schiettent. Bij elke zin die Charlie uitsprak werd er een, *bam*, aan flarden geschoten.

Nee, nee, nee. Dit kon niet. Dit was onmogelijk.

'Dus je begrijpt, Ellie, je bent verliefd geworden op mij. Je bent twee keer verliefd op mij geworden.'

'Nee. Dat is niet zo...' Ellie sloeg haar handen voor haar gezicht. Ze beefde, probeerde tot zich door te laten dringen wat hij zei, probeerde zich te herinneren wat Daniel in die mails had geschreven, alleen... Daniel had niets geschreven. Dat was Charlie geweest. Ze zocht naar een uitweg, naar iets in zijn verhaal wat niet klopte.

'Wacht eens... Jij kan het niet geweest zijn. In dat eerste bericht uit Londen had hij het over "Lang zal ze leven". Dat kan jij niet geweten hebben.'

'Je begint nu echt raar te doen, El. Wat heb ik nou net gezegd? Ik was ook in Acquitaine. Ik heb zelfs meegezongen.' Charlie pakte zijn koffie en nam een slok. 'Valt het kwartje dan eindelijk? Het ziet er wel naar uit.'

Hij nam nog een slok. 'Er komt ook zo veel op je af. Ik begrijp het wel. Neem de tijd. Ga alles maar na.'

Denk na. Denk na. Al die mails... Charlie heeft ze geschreven. Daniel niet. Daniel heeft niet meer geschreven nadat ze hem had gezegd dat ze beter geen contact meer konden hebben. Daniel was naar Engeland gegaan en had niet meer geschreven.

Maar als dat het geval was, als Charlie dit alles deed, had Daniel niet in dat vliegtuig gezeten.

En dat betekende...

'Je liegt.' Ze stond op. 'Je liegt dat je barst. Je zuigt alles uit je duim. Daniel heeft mij gebeld... Jij niet. Hij belde me toen ik bij mijn moeder was. Dat wist je niet, hè? Je wist het niet en nu zit je daar met die zelfvoldane blik in je ogen terwijl ik weet dat jij mij niet gebeld hebt. Híj belde me.'

'Ga zitten, El.'

'Nee. Je liegt. Hij belde me. Je liegt!'

Charlie stond op, liep naar haar toe en pakte haar pols.

'Ga zitten. Ik leg je uit hoe het met dat telefoontje is gegaan. Dat wil je weten. Geloof me.'

Hij pakte haar pols steviger vast, trok haar naar zich toe en dwong haar naast hem op de bank te gaan zitten.

'Laat mijn pols los! Je doet me pijn.'

'Ik laat je los als je naar me geluisterd hebt. Dan zul je begrijpen wat ik bedoel. Ik weet dat ik je veel pijn heb gedaan toen ik bij je wegging. Logisch dus dat je me dat heel erg kwalijk neemt. Jouw trots weerhoudt je ervan om tegenover jezelf toe te geven dat je nog van mij houdt en mij nodig hebt. Zo zit de mens nu eenmaal in elkaar, toch? "De hel kent geen furie" enzovoort. Je hield nog van me, maar dat mocht je van jezelf niet laten zien. Je hebt je gevoelens voor mij weggestopt zoals je het ongeluk hebt weggestopt.

En daar had ik moeite mee, El. Maar je kent me, ik wil dingen graag snel oplossen. En ik moest denken aan onze eerste avond samen. Weet je nog? Weet je nog dat je mij vertelde dat je net *Cyrano de Bergerac* had gelezen voor een cursus Engels? Weet je nog dat je zei dat je het zo'n schitterend boek vond? Ik wel. Dus ik werd Cyrano de Bergerac. Probleem opgelost. Je kon verliefd op mij worden zonder dat je trots je in de weg stond. Het is echt een van de mooiste liefdesverhalen aller tijden.'

'Hou je mond en laat me los!' Ze probeerde zich los te rukken, maar hij trok haar terug aan haar pols. 'Ik kan hier niet tegen. Je lult uit je nek, Charlie. Je hebt me helemaal niet gebeld. Ik ken je stem toch. Jij was het niet. Het was Daniel.'

'Echt?' Hij hoestte. 'Oeps, ik voel me niet helemaal lekker. Artsen mogen eigenlijk niet ziek zijn, of wel soms?'

'Heb je mijn telefoon afgeluisterd? Je hebt al mijn mails gelezen en mijn telefoon afgeluisterd?' Ze deed haar ogen dicht, voelde zichzelf wegzakken. Het gewicht van zijn woorden duwde haar een gat in, een afschuwelijke zwarte leegte.

'Ik hou niet van hoesten, dat weet je. Weer een uitzondering. Ik maak uitzonderingen voor jou. Maar nee, jouw telefoon heb ik niet afgeluisterd. Verveel ik je?' Hij gaf haar een paar tikjes op haar wang. 'Val je in slaap? Nou, laat ik je dan maar snel wakker schudden. Ik heb jouw telefoon niet afgeluisterd. Ik was het die belde. De mogelijkheden van de moderne techniek zijn eindeloos. Kijk, nu wil je wel luisteren. En dat is maar goed ook, want het is best boeiend. Luister naar wat ik te vertellen heb en val me niet in de rede.

Er zijn apparaten waarmee je je stem kunt vervormen. Niet die oude digitale dingen die je op televisie ziet, die klinken nep. Nee, het nieuwste van het nieuwste. En die zijn niet eens zo duur. Er zijn ook spionagewinkels, wist je dat? Spionagewinkels die dit soort spullen verkopen aan gewone mensen zoals ik.

Ik wist dat je op een gegeven moment met Daniel wilde praten en moest daarop voorbereid zijn. Het was riskant, ik weet het, maar ik had het apparaat uitgeprobeerd op andere mensen en ik wist dat het werkte. Toen je mij in die mail vroeg om je te bellen, kon ik toch niet anders?

Ik vermoedde dat je niet meer goed wist hoe zijn stem klonk. Het was een luidruchtig restaurant en ik zag dat je naar voren leunde en je hand op je ene oor hield omdat je hem anders niet verstond. Bovendien was het alweer een tijdje geleden. En ik belde laat, zodat je sliep. Dat zou ook helpen. Je zou een beetje suf zijn. Voor de zekerheid ging ik ook nog wat hoesten.

Het lastigste was om zijn manier van praten na te doen. Bij het schrijven gunde ik mezelf alle vrijheid. Het is vreemd, maar mensen die nauwelijks een normaal gesprek kunnen voeren, schrijven soms de sterren van de hemel. Dus ik moest mij Daniel Litman voorstellen als gesprekspartner. Hoe zou hij dingen zeggen? Welke woorden zou hij gebruiken? En volgens mij zou iemand die "oeps" zei, ook een woord als 'wauw' gebruiken.

El, wakker worden! Doe die mooie ogen nou niet dicht. Dit is echt goed nieuws. Hieruit blijkt dat je van mij houdt en dat je me nodig hebt. Kijk maar bij wie jij je toevlucht zocht toen het fout ging. Niet die hopeloze Joe Amory. Nee. Je wilde Daniel. Je wilde mij.'

Toen het fout ging.

Ellies ogen schoten open.

Natuurlijk. Charlie.

Een man en twee vrouwen stonden op het provisorische podium en zongen het laatste couplet van 'Bad Moon Rising'. Ze waren verlegen, in tegenstelling tot de vrouw voor hen, die vol overgave 'Black Velvet' ten gehore had gebracht.

Joe en Louisa klapten enthousiast na elk liedje en vooral na 'Bad Moon Rising', omdat het drietal met hangend hoofd van het podium was gestapt en duidelijk spijt had van hun actie. Hoewel de man een goede stem had.

Louisa had ook wel een borrel gelust, maar ze moest rijden. Thuis zou ze een glas wijn nemen, een groot glas.

Maar het was een goed idee geweest om hiernaartoe te gaan. Ze hadden gegeten, hun gemak ervan genomen en een paar verrassend goede stemmen gehoord.

Ze waren er even tussenuit geweest.

Met zo'n twintig andere mensen die er ook even tussenuit hadden gewild. In een donker, identiteitsloos Chinees restaurant waar je, nadat je al je moed had verzameld, kon plaatsnemen in de schijnwerpers.

Louisa wou dat ze ook een beetje kon zingen. Of zo veel gedronken had dat het haar niets meer kon schelen. Dat ze gewoon het podium op stapte, het stuiterballetje volgde en een nummer van The Rolling Stones meekrijste. Dat zou pas mooi zijn. Hoewel 'Bad Moon Rising' beter was, maar dat was al geweest.

De boze maan stond al aan de hemel, al een hele tijd.

Ze zou niet wachten tot donderdag, tot die afspraak met Andrews. Morgen ging ze naar Ellie en dan zou ze haar overhalen om samen naar de politie te stappen, ook als Daniel er was.

Louisa pakte haar stokjes en nam een grote hap noodles.

Charlie en Daniel zouden elkaar ondertussen wel hebben ontmoet. Hoe Daniel ook was, hij zou alle zeilen moeten bijzetten om in het bijzijn van Charlie geen slecht figuur te slaan.

Charlie Walters wist een situatie meteen goed in te schatten en daar op de juiste manier op te reageren. Hij was altijd degene die de lakens uitdeelde.

Zou Daniel de handschoen opnemen, net als Joe?

Thuis zou ze een groot glas wijn inschenken, achter haar computer kruipen en die Daniel googelen... Hoe heette hij verder ook alweer?

O ja. Litman.

Ze was wel nieuwsgierig naar de man voor wie Ellie gevallen was.

Ze keek op van haar bord en zag dat twee vrouwen van in de veertig, gekleed in korte broek en mouwloos shirt, zich opmaakten om een lied te zingen.

'Wedden om tien dollar dat het Abba wordt?' zei Joe.

Louisa wilde juist 'Dat is goed' zeggen toen ze de eerste noten van 'Take a Chance on Me' hoorde.

28

Charlie.

Ze had gedacht dat het de ouders van Hope waren.

Een tijdje had ze zeker geweten dat het Joe was. Ze had hem zelfs direct beschuldigd.

Charlie.

Het was niet eens in haar opgekomen dat hij het kon zijn.

Fout.

Onuitstaanbaar, ongelooflijk fout.

Hij zat naast haar, in een blauw pak, een smetteloos wit overhemd en een rood-blauw gestreepte das. Ze rook zijn 4711, de aftershave die hij altijd gebruikte.

Charlie. De man met wie ze bijna zeventien jaar getrouwd was geweest. Haar man. Die daar zo rustig zat. Naar haar keek. Ze zag dat hij wist wat ze dacht. Hij wist dat het kwartje was gevallen. Maar hij gaf geen krimp.

'Jij hebt het gedaan. Het strand, deze kamer, het fietsje, het briefje, de telefoontjes. Haat je mij dan zo erg? Jij bent toch zelf weggegaan? Ik heb jou nooit gekrenkt. Waarom haat je mij?'

'Zeg het nog een keer, El. Zeg dat je van me houdt.'

Hij hield haar zo stevig vast dat haar pols pijn deed. Haar hoofd stond op springen. Ze was verliefd op hem geworden. Ze was met hem getrouwd. Ze hadden Tim gekregen. Hij was advocaat. Hij werkte hard. Hij was succesvol. Hij had gezag. Mensen luisterden naar hem.

'Waarom heb je mij dit aangedaan?'

'Je moest weten dat je mij nodig had.'

Hij had regels. Hij was een perfectionist. Maar hij was niet gek. Soms wat te streng voor Tim, maar niet opzettelijk wreed.

De Charlie die zij kende zou nooit kleren door de woonkamer smijten. Zulke dingen zou hij nooit doen. Wat had ze over het hoofd gezien?

Ellie deinsde terug, maar hij trok haar naar voren.

'Je ontspoorde.' Hij praatte zacht, op fluistertoon. 'Je dacht dat je zelfstandig kon zijn. Een eigen leven kon leiden in een nieuw huis met een nieuwe man. Maar dat kan niet. Kijk waar je mee bezig bent, El. Je hebt wodka en wijn voor het grijpen staan, met Tim in de buurt. Zo slordig. En dat strandje. Ach, wat was je daar trots op. Je miezerige hoopje zand. En dan die lelijke meeuwen. Wat is er in je gevaren?'

'Wat kan jou dat schelen? Waar maak je je druk om? Jij was toch met Sandra? Wat is er met haar gebeurd, Charlie?'

'Herman Melville heeft een fantastisch verhaal geschreven, misschien ken je het wel van je cursus Engels. "Bartleby, the Scrivener". In het verhaal zegt Bartleby herhaaldelijk: "Ik doe het liever niet." Ik heb het liever niet over Sandra Cabot.'

Hij had zich voorgedaan als Daniel om haar weer verliefd op hem te doen worden. Hij had de woonkamer overhoopgehaald en die troep op het strand gegooid omdat hij niet wilde dat Ellie op eigen benen zou staan. Er was iets niet goed gegaan met Sandra. Het was misgelopen, en het was Charlie in de bol geslagen.

Ellie was nooit eerder bang voor hem geweest. Ze had zich altijd veilig bij hem gevoeld.

'Charlie, alsjeblieft, laat me los. Je doet me pijn. Zo ben je niet. Dat weet je zelf ook.'

Hij kneep nu zo hard in haar pols dat ze het uitschreeuwde van de pijn.

'Waarom heb je me nooit verteld van het ongeluk?'

'Charlie, je maakt me bang. Je maakt me echt bang.'

'Je weet niets te zeggen, hè? Je weet dat het verkeerd was om het voor mij te verzwijgen. Hoe vaak heb ik het niet gehoord: "Ik heb dit nooit aan iemand verteld, maar..." Van mensen die ik nauwelijks kende. Zij vertelden mij wel hun geheimen. Maar mijn vrouw? Die loopt al die tijd rond met een gigantisch geheim. Dat ze verzwijgt voor de man aan wie ze eeuwige trouw heeft beloofd. Ze vertelt niet eens dat ze psychiatrisch patiënt is geweest. Ik zou je voor de rechter kunnen slepen, weet je dat? Voor het achterhouden van informatie.'

'Dat moet je niet zeggen. Je begrijpt het niet. Ik had mezelf ervan overtuigd dat het niet gebeurd was. Ik deed van alles om het te vergeten. Zelfhypnose en...' Ze merkte dat hij niet luisterde. Zijn blik ging door de kamer, alsof elk woord dat uit haar mond kwam hem stierlijk verveelde.

'Charlie, hoe ben je erachter gekomen?'

Hij keek haar weer aan. En glimlachte.

'Je moeder is dol op me. Ze heeft het me verteld in een zeer goedbedoelde poging ons weer bij elkaar te krijgen. Ze zei dat ik niet begreep wat jij had moeten doorstaan, ze had geen flauw idee waarom je het mij niet verteld had. Voor haar ben ik als een zoon, snap je.'

Haar moeder. Natuurlijk. 'Volgens mij vergis je je,' had ze gezegd toen Ellie haar vertelde dat Charlie en Sandra gingen trouwen. Ze had met Charlie gepraat. Ze moet hebben geweten dat hij niet meer met Sandra was.

Maar waarom had hij haar gemaild dat hij ging trouwen?

Zodat zij eerder verliefd zou worden op Daniel? Om zeker te weten dat zij hem er nooit van zou verdenken iets met haar beslommeringen van doen te hebben?

Het was zo slim bedacht. En zo goed uitgevoerd. Hij had zich aan alle kanten ingedekt.

Maar dat kon slechts één ding betekenen. Hij had verwacht dat zij aan zijn voeten zou liggen, hem zou vertellen dat ze nog steeds van hem hield, bij hem terug zou komen.

Anderzijds, Charlie wist hoe de menselijke psyche werkte. Hij moest toch weten dat ze na al deze gebeurtenissen nooit bij hem terug zou wíllen komen.

Zodra deze gedachte zich in haar bewustzijn had genesteld, nam haar angst zo snel toe dat ze niet meer kon slikken.

Snel vooruitspoelen. Dit kan niet goed aflopen. Althans, niet voor Charlie. En ook niet voor mij.

'Dus jouw moeder verschafte mij alle informatie en die gebruikte ik. Jij zou waarschijnlijk zeggen dat ik je strafte. Misschien deed ik dat ook wel. Maar dat is niets vergeleken met jouw grote geheim. En het is nog minder vergeleken met dat vunzige avontuurtje met Joe Amory.'

Hij wist van Joe?

Natuurlijk wist hij van Joe.

Hij was Daniel.

Hij wist alles.

'Je dook de eerste avond meteen met hem de koffer in. Goed, dat zei je niet in die mail aan mij, maar het was aan alle kanten duidelijk. Walgelijk. Had je die dag je nagels gelakt? Zoals je ze lakte voor je afspraakje met Daniel? Je was een echte slet aan het worden. Je had geen idee hoe moeilijk het was voor mij – sorry, voor Daniel – om je niet terug te mailen en te vertellen dat je een slet aan het worden was.'

Ze moest ervoor zorgen dat hij haar losliet. Dan zou ze proberen te ontsnappen.

In de misdaadseries die haar moeder keek, probeert het slachtoffer vaak écht contact te maken met de misdadiger, tot hem door te dringen. Maar Charlie zou die tactiek meteen doorzien.

'Het toeval wilde dat Joe Amory mij met zijn gedrag in de kaart speelde. Het was echter mijn plicht om jou tegen hem te beschermen, voor het geval hij het weer goed wilde maken. Ik durf te wedden dat je heel graag wilt weten hoe ik zijn handschrift zo goed kon imiteren.'

Het was alsof hij iemand op een ontzettend geestige manier in de maling had genomen en nu trots vertelde dat het slachtoffer niets gemerkt had. Hij praatte erover alsof zij ook in het complot zat, alsof ze het heel grappig zou vinden. Hij had 'Natuurlijk' gezegd toen ze hem gevraagd had of hij al haar mails had gelezen. 'Natuurlijk.'

Alsof hij daar alle recht op had.

Er moest iets geknapt zijn in zijn bovenkamer, er moest een draadje los zijn geschoten.

Dit was echte waanzin. Ze had het eerder gezien, in het ziekenhuis. Bij patiënten die alle contact met de wereld hadden verloren. Sommigen schreeuwden constant hun longen uit hun lijf of gingen tekeer tegen de buitenaardse wezens die hen achtervolgden, anderen waren juist heel rustig. Die rustige patiënten waren het engst. Wanneer zij hun mond opendeden, klonken ze heel redelijk. Die schijnredelijkheid had tot doel een volstrekt onredelijke, krankzinnige persoonlijkheid te verhullen.

Ze had samen met hen op een afdeling gezeten. Maar ze was niet krankzinnig geweest, ze was ziek geweest.

'Ja, ik wil weten hoe je dat handschrift kende,' zei ze.

Hou hem aan de praat.

Terwijl hij praat, kan jij nadenken.

'Joe doet zijn auto niet op slot. Toen ik hier weer een keer was, wachtte ik tot twee uur 's nachts, liep naar de auto, opende het portier, pakte mijn zaklamp en bestudeerde de handtekening onder het huurcontract. Met die typische "e" aan het eind. Soms vraag ik me af in hoeverre het lot een rol speelt, El. Je kent me, je weet dat ik niet in die onzin geloof, maar op zulke momenten ga je toch twijfelen. Ik denk graag dat ik de goden aan mijn kant had.'

De enige sport waarin Charlie goed was geweest, was worstelen. Hardlopen kon hij niet... Hij weigerde op sportdagen steevast mee te doen aan die wedstrijdjes voor vader en zoon...

Maar voordat ze het op een rennen kon zetten moest hij haar eerst loslaten.

'Bij nader inzien wil ik misschien toch een kop koffie, Charlie. Kan dat?'

'Ik dacht het niet, El. Nu niet. Je moet naar me luisteren. Dit is belangrijk. Ik stuurde Joe een brief van jou, en ik stuurde jou een brief van Joe. Een van mijn klanten ging naar Washington. Ik vroeg hem die brief aan jou daar op de bus te doen. Begrijp je nu waarom ik over het lot begin? Ik wist precies wat ik tegen jou moest zeggen om ervoor te zorgen dat jij hem zou mijden als de pest. Zoals ik ook precies wist wat ik tegen jou moest zeggen toen ik Daniel was. Ik zou het eigenlijk niet hoeven te herhalen, maar ik doe het toch maar. Ik kén jou. Dat blijkt wel uit alles wat er gebeurd is. Ik ken jou beter als jij jezelf kent. Sorry, dán jij jezelf kent. Dat zeg ik steeds tegen Tim, dat hij daar op moet letten.'

Tim.

'Tim zal zo wel terugkomen. Ik denk niet dat jij wilt dat hij ons zo ziet. Terwijl je mij zo vasthoudt.'

'Tim komt niet thuis. Hij blijft bij Lauren slapen. Ook dat heb ik geregeld.'

Opluchting en wanhoop namen tegelijk bezit van Ellie. Charlie zou haar niet laten gaan omdat Tim terug zou komen, maar Tim zou hier in ieder geval niet mee geconfronteerd worden. Hij zat veilig bij Lauren.

'Ik ben bijna klaar met mijn korte verhandeling, El. Ik zal het snel afronden. Normaal gesproken praat ik niet zo veel, zoals je weet. Ik ben Daniel niet. Godzijdank.' Hij snoof minachtend. 'Ik schreef dat briefje met "Huil jij maar je ogen uit je kop" en stopte het in een envelop waarop ik in het handschrift van Joe jouw naam schreef. Achteraf gezien was dat een fout. Omdat het niet nodig was. Ik hoefde Joe niet verdacht te maken. Maar goed, ik heb het toch gedaan. Gewoon omdat ik het leuk vond. Dat telefoontje van vandaag pleegde ik ook omdat ik het leuk vond. En ook dat was niet nodig. Maar de verleiding om dat nieuwe apparaat te gebruiken is erg groot. Ik kan in een vrouw veranderen zonder dat ik hoef te investeren in een operatie.

Dat was een grapje, El.'

Hij jogde niet, hij kon niet hard rennen, maar hij deed wel aan krachttraining op de sportschool. Niet regelmatig, maar genoeg om kracht in zijn bovenlijf te hebben ontwikkeld. Hij tilde zware meubels op alsof ze niets wogen.

'Voordat ik hier kwam, sprak ik die boodschap in van Daniel. Later, terwijl ik onderweg was, dat bericht over dat "jouw tijd gekomen is". In de auto kon ik dat apparaat natuurlijk niet gebruiken, het lijkt op zo'n mengpaneel dat dj's altijd hebben, je neemt het niet even mee. Dus deed ik het op de ouderwetse manier, met een zakdoek over de telefoon.

Ik heb nog veel meer moeten regelen, natuurlijk. Zoals een nieuwe mobiel. En ik moest alles zo in elkaar zetten dat de politie je niet serieus zou nemen als je naar hen toe zou stappen – tot vanmiddag, toen mijn vrouwelijke alter ego jou die waarschuwing gaf. Maar je hoeft niet alles te weten.

Zo,' zei hij met een zucht. 'Dat was het.'

'Dan kun je me nu laten gaan.'

'Zeg dat je van me houdt.'

Wat zou hij doen als ze weigerde?

'Ik hou van je.'

'O, El. Dat was heel triest. Laten we het doen zoals we het over de telefoon deden. "Ik hou van je." Zo. Het is eruit. Ik hou van je.'
'Ik ook van jou.'

Het was niet niks. Hij moest er dus goed over nadenken, het er niet zomaar uitgooien als een klein kind. Hij zat met Lauren op de bank tv te kijken. Haar moeder was even weg, bij haar vertrek had ze Tim streng aangekeken. 'Ik ben om tien uur terug. Hou het netjes hier.'
Lauren maakte niet zoals gebruikelijk grappige opmerkingen over het programma, misschien had ze niet zo'n goede bui.
Misschien was het niet het goede moment. Ze was fantastisch geweest, ze had geluisterd naar zijn verhaal over zijn moeder en zelfs gezegd: 'Luister eens, ik zou ook hebben geschreeuwd als ik door een of andere idioot gebeld werd. Maak je niet druk. En is het zó erg dat ze een tijdje in een gekkenhuis zat toen ze, hoe oud, zeventien was? Hoe vaak ik niet denk dat ik ook naar het gesticht moet. Stel je voor: geen huiswerk meer.'
Hij had het op dat moment zo graag willen zeggen. Ze wist precies wat ze moest zeggen om hem een goed gevoel te geven. Alles wat ze deed was goed.
Maar misschien zou hij haar de stuipen op het lijf jagen. Hij vermoedde dat zij hetzelfde voelde voor hem als hij voor haar, maar hoe kon hij daar zeker van zijn? Als hij iets niet wilde, was het wel dat zij hem zou aankijken en zou zeggen: 'Je maakt een grapje, toch? Ik hoop het wel.'
Misschien moest hij wachten.
Onzekerheid was klote. Hoe kon je weten welk moment het juiste was? Dat leerden ze je niet.
Hij had zijn arm om haar heen geslagen, ze lag lekker tegen hem aan. Opeens maakte ze zich van hem los, draaide zich een kwartslag en ging in kleermakerszit met haar gezicht naar hem toe zitten, waarna ze de afstandsbediening pakte en de tv uitzette.
'Ik heb zitten denken,' zei ze.
Het was haar serieuze stem.
Dit kon de aanzet zijn tot 'Ik heb zitten denken. Ik heb ruimte nodig',

of wat meisjes dan ook zeiden als ze je dumpten. Hij wachtte en vroeg zich af hoe hij daarmee om zou gaan; hij moest kalm blijven, zijn zelfbeheersing bewaren en zich niet als een idioot gedragen.

'Jouw moeder heeft dat meisje aangereden... Dat moet verschrikkelijk voor haar zijn geweest. Als ik haar was, zou ik er alles voor overhebben om die dag over te doen. Zoiets moet je leven voorgoed veranderen. En toen dacht ik dat iedereen op een gegeven moment iets overkomt wat het leven voorgoed verandert. Een geliefde die sterft, zelf ernstig ziek worden. Je weet wel wat ik bedoel.'

'Ja. Ik denk van wel.'

'Ik weet dat ik heb gezegd dat het lot ervoor zorgt dat alles goed komt, maar daar ben ik eigenlijk niet meer zo zeker van. Misschien is het wel zo, maar je hebt dan nog steeds van die momenten dat je iets terug wilt draaien, of dat je denkt: laat dit alsjeblieft niet waar zijn. Zo'n moment hebben wij nog niet gehad. Oké, onze ouders zijn gescheiden en daardoor zijn er dingen veranderd, maar niet op die manier. Ik weet dat sommige kinderen daar altijd last van blijven houden, maar wij niet, toch? Wij zijn hetzelfde gebleven. We denken niet constant: was het maar niet gebeurd. En...'

'En wat?'

'En ik hoop dat het pas komt als wij oud zijn, echt heel oud, want dan heb je nog maar kort de tijd om te wensen dat iets niet gebeurd is. Sorry.' Lauren trok haar wenkbrauwen op en rolde met haar ogen. 'Ik denk veel te vaak over dit soort dingen na. Je zult me wel heel raar vinden.'

Hij strekte zijn armen, legde zijn handen achter in haar nek en trok haar naar zich toe. 'Ik hou van jou.'

29

'Charlie, wat doe je?'
'Dat zie je toch?'

Hij had haar naar zich toe getrokken en probeerde haar te kussen. Ellie week achteruit, maar hij pakte nu ook haar andere pols en trok haar weer naar zich toe.

'Laat me los.'

'Je houdt van me, El. Kom op nou.'

'Nee.' Ze kronkelde net zolang tot ze haar gezicht van hem kon afwenden.

'Wat is er nou weer, verdomme!'

'Laat me los!' Ze wrong zich in allerlei bochten en wierp zich naar achteren in een poging van hem los te komen.

'Doe maar niet alsof je preuts bent.'

'Charlie, hou op.' Ze gooide haar lichaam met al haar kracht naar achteren, maar hij liet haar polsen niet los.

Hij drukte haar plat op de bank en ging boven op haar zitten, zijn onderbenen lagen naast haar, zijn hoofd dreigend boven het hare. Hij drukte haar polsen naast haar schouders tegen de bank.

Ze trok haar been op en duwde haar knie in zijn rug. Hij leek er nauwelijks iets van te voelen. Ze probeerde het nog een keer, maar hij was iets naar achteren geschoven en zat nu met zijn volle gewicht op haar dijbenen.

'Je loog tegen me. Je houdt niet van me. Je hebt gelogen.'

'Charlie.'

'Heb je het hier met Joe gedaan? Op deze bank? Heb je hier met hem geneukt? Of op de grond?'

In haar polsen zat geen gevoel meer, ze voelde dat de aderen in haar bovenbenen dicht werden gedrukt.

'Niet doen,' smeekte ze.

'Wat moet ik niet doen? Waarom niet? Je houdt toch van me?'

'Ja, maar...'

'Maar wat? Geen gemaar, El. Weet je, volgens mij ben je een slet geworden en wil je het graag zo.'

Hij was te sterk. Een lichamelijk gevecht kon ze nooit winnen. Ze moest hem van haar af zien te krijgen, los zien te komen.

'We kunnen beter naar de slaapkamer gaan, Charlie.'

'Echt? Ik denk niet dat Joe het in de slaapkamer met je deed. Ik denk dat hij het hier deed.'

'We waren in de slaapkamer. Ik zweer het.'

'Ik geloof je niet. Je bent een leugenachtig sletje geworden.'

Hij liet haar linkerpols los, gaf haar een klap in haar gezicht. Het brandde. Haar wang brandde van de pijn. En ze was niet snel genoeg geweest om hem te slaan toen hij haar losliet. Nu had hij haar pols weer vast.

'Dat vind je lekker, hè?'

'Nee.'

Toen hij haar nog een keer sloeg, stompte ze met haar vrije hand zo hard mogelijk in zijn ribben.

'Au,' zei hij. Maar hij gaf geen krimp. Hij deed geen poging haar hand weer te pakken, dus bleef ze hem wild zwaaiend met haar vuist in zijn ribben slaan.

'Au, au, au. Dat doet pijn.' Hij ging niet van haar af, probeerde haar stoten niet te ontwijken.

'Ik ben klein, ik weet het, maar ik ben wel sterk. En jij bent een ukkie, El. Jij kunt mij echt geen pijn doen. Toe maar, sla maar.'

Een gevoel van volstrekte machteloosheid overspoelde haar. Haar stoten werden roffels, zijn ribbenkast een trommel.

Er was geen uitweg.

Maar er móést een uitweg zijn.

'Ik lieg niet. We deden het op bed, Charlie. Ik zweer het je, we deden het op bed.'

Ze zag dat hij in haar ogen zocht naar de waarheid.

'Misschien wel.' Zijn gezicht vertrok. 'Misschien wel.' Hij ontspande en zijn blik doorboorde opnieuw de hare. Ze dwong zichzelf hem strak in de ogen te kijken.

'Echt waar.'

Terwijl hij haar pols vasthield stond hij op, trok haar omhoog en draaide haar arm op haar rug.

'Halve nelson,' mompelde hij. 'Kom.'

Ze had zo weinig gevoel in haar benen dat hij haar naar de slaapkamer moest slepen. Ze dacht dat hij haar misschien zou loslaten zodra ze daar waren. Maar dat had ze verkeerd gedacht.

'We hadden altijd heerlijke seks, vind je niet?'

Ze stonden naast het bed.

'Vind je niet, El?'

Hij duwde haar arm hard omhoog en ze schreeuwde het uit. 'Ja.'

Ze zou alleen kunnen ontsnappen als ze hem kon afleiden. Maar hij had oog voor slechts één ding. Ook door krijsen of gillen zou hij zich niet laten afleiden. En niemand zou haar horen. Als ze zou gillen, zou hij haar weer slaan.

Charlie liet zich niet afleiden. Als hij zich concentreerde, was hij maar met één ding bezig. Hij had een keer een legpuzzel gekocht voor Tim. Maar de puzzel was te moeilijk voor hem. Charlie ging erbij zitten en concentreerde zich. Hij keek pas weer op toen hij klaar was. Ze weet nog dat ze dacht dat hij hem blijkbaar meer voor zichzelf had gekocht.

Dit spookte allemaal door haar hoofd toen hij haar arm losliet, haar op het bed duwde en voor haar ging staan.

'Geen domme dingen doen, El. Je weet dat ik je een klap verkoop als je iets probeert. Alleen wel harder dan zonet. Maar als je dat lekker vindt, wil ik best…'

'Nee.'

'Goed, vertel eens, hoe pakte Joe het aan? Rukte hij je de kleren van het lijf of trok je ze zelf uit?'

Charlie was zo gedreven dat hij nooit zijn concentratie verloor.

'Ik trok ze zelf uit.'

'Ga je gang. Maar geen domme dingen, hè.'

Hij keek op haar neer terwijl ze de gulp van haar spijkerbroek openritste.

Maar... er was altijd één moment waarop hij alles losliet. Altijd. Dat ene moment.

'Ik moet opstaan om deze uit te krijgen.'

Hij deed een stap naar achteren. Eén maar. Als ze nu probeerde de benen te nemen, kon hij haar gemakkelijk tegenhouden.

Ze wurmde zich uit haar broek.

'Doe je shirt uit.'

Ze trok haar shirt uit.

'Je onderbroek en je bh.'

Ze maakte het haakje op haar rug los, liet de bh vallen en stapte uit haar onderbroek.

'Ga zitten.'

Ze ging zitten.

En deed haar ogen dicht toen hij zich begon uit te kleden.

'Hij lag boven, nietwaar?'

'Ja.' Ze deed haar ogen open. Ze kon het niet helpen, ze deinsde terug toen ze hem zag. Zijn hand flitste door de lucht, hij sloeg haar weer. Tranen sprongen in haar ogen.

'Ga maar lekker liggen.'

Goddank. Goddank.

Ze schoof achteruit naar het midden van het bed en ging liggen.

Hij besprong haar, greep haar onderarmen.

'Als ik jou was, zou ik me niet verzetten, El,' fluisterde hij in haar rechteroor. 'Je kunt niet winnen.'

Ze gilde van de pijn toen hij bij haar binnendrong. Ze proefde de tranen die uit haar gesloten ogen biggelden. Bij elke stoot zei hij: 'Je bent van mij.' 'Je bent van mij. Je bent van mij.'

Hij hield niet op. Hij ging maar door.

Je bent van mij. Je bent van mij.

Ze kende deze man niet. Maar ze kende hem wel. Het was Charlie. En omdat het Charlie was, wist ze wanneer hij op zijn hoogtepunt kwam en dat het niet lang meer zou duren.

'Je bent van mij...'

Hij brulde. Alleen in deze situatie verhief hij zijn stem.
Bereid je voor. Wees er klaar voor.
Zijn hele lichaam beefde.
En toen deed Charlie wat hij altijd deed. Hij rolde van haar af en ging met zijn rug naar haar toe op zijn zij liggen.
Ellie sprong op. Ze vluchtte. Ze rende de slaapkamer uit, rende door de woonkamer naar de deur en naar buiten. Ze rende zoals ze in haar nachtmerries deed, met benen die bonkten van angst. Ze rende naar het huis van Louisa.

'Heb je genoeg gehad?' vroeg Louisa aan Joe. 'Ik begin moe te worden.
'Ik zou nog wel een whisky lusten, maar laat ik dat maar niet doen. Kom, dan gaan we.'
Ze hadden al betaald.
Louisa en Joe stonden op.
Een stevige vrouw in een felblauwe bloemetjesjurk zette de eerste noten van een lied in.
Louisa's gedachten gingen meteen terug naar een openluchtconcert in Californië: ze zat op het gras met Jamie en luisterde naar Janis Joplin die 'Take Another Little Piece of My Heart' zong.
Ze ging weer zitten.

30

Ellie stopte niet en keek niet om, dat durfde ze niet. De kleine steentjes op de oprit sneden in haar blote voeten, maar ze hield niet in. Ze vloog de trap op, pakte de deurklink en duwde hem open.

'Louisa?' riep ze. 'Louisa?'

Geen reactie. In de woonkamer brandde licht, maar Louisa was niet thuis. Joe was er ook niet. Er was niemand.

De telefoon.

De vaste telefoon stond op de boekenplank onder de foto's. Ellie rende ernaartoe en belde zo snel als ze kon het alarmnummer.

'Ik ben verkracht,' zei ze meteen nadat een vrouw had opgenomen. 'Hij zit achter me aan. Ik ben nu in het huis van de familie Amory aan het einde van de Agawam Point Road. Help me! Help! Stuur de politie.'

De vrouw wilde iets zeggen, maar Ellie hing op. Charlie kon elk moment binnenkomen.

Hij weet dat ik hier ben. Ik moet me verstoppen.

Maar waar?

Ze holde de trap op, struikelde over de een-na-laatste tree, krabbelde overeind, kwam boven, liep naar rechts en toen naar links.

De zolder.

Nee, dat is een plek waar iemand sowieso zoekt.

Toen Joe haar over Bert en het medicijnkastje vertelde, had ze gezegd dat zij zich met verstoppertje altijd in die kast in de naaikamer schuilhield.

Er was geen licht op de gang. Charlie was niet zo vertrouwd met dit huis als zij. Hij zou het knopje moeten vinden of op de tast zijn weg zoeken door de gang. En hij zou in elke kamer op zoek moeten naar het lichtknopje.

Dan had de politie meer tijd. Hij zou alle slaapkamers uitkammen. De naaikamer was aan het einde van de gang. Maar zou hij zo slim zijn om aan het einde te beginnen?

Doet iets.

Ze ging naar links en rende langs de slaapkamers naar de naaikamer. Het maanlicht viel door de ramen naar binnen.

Shit. Hij kan hier alles zien zonder het licht aan te doen.

Maar ik hoef niet iets anders te verzinnen.

Het kastje was een soort schuilplaats in de muur rechts van de piano. Misschien zat het vol rommel.

Stel dat het vol rommel zat?

Ze hurkte neer, trok het kastje open en zag een stapel bordspellen staan. Als ze die naar achteren schoof, was er nog ruimte voor haar. Ze was klein genoeg. Ze móést erin passen. Ze ging op haar knieën zitten en schoof wat spelletjes tegen de achterwand.

Ze kroop naar binnen en trok het deurtje achter zich dicht.

Ze paste erin. Precies. Ze had zich opgevouwen, haar armen om haar knieën, haar hoofd tegen haar benen.

Hoe lang zou het duren voordat hij haar gevonden had?

Hoe lang zou het duren voordat de politie kwam?

Ze kwamen heus wel, dat kon niet anders. Op een noodoproep reageerden ze toch altijd? Maar misschien dachten ze wel dat ze het uit haar duim zoog. Wat gebeurde er meestal in *Law & Order*? Had ze bij die serie ooit iemand horen zeggen dat ze altijd op een noodoproep reageren? Ze wist het niet meer.

Waar was Louisa? Waar was Joe?

Waar ze ook waren, ze zouden op een gegeven moment thuiskomen. Maar wanneer?

Wat zou Charlie doen als hij haar vond?

Haar nog een keer verkrachten. Of vermoorden. Of beide.

Het was benauwd. Muf en snikheet. Hoe lang zat ze hier nu al? Ze had klamme handen van het zweet op haar benen, dat vanaf haar voorhoofd op haar knieën druppelde. Ze mocht niet gaan huilen, dan hoorde hij haar misschien.

Hij zou niet roepen. Hij zou stil het huis doorzoeken. En grondig.

Maar voor hetzelfde geld begon hij aan de andere kant. Of beneden.

Als ze in het medicijnkastje had gepast, zou hij haar nooit gevonden hebben. Ze had zich ook kunnen verstoppen in een van de bergruimtes op zolder. Of buiten in de bosjes, op het speciale plekje van Joe. Maar daarvoor was het nu te laat.

Ze tilde haar arm iets op zodat ze misschien kon zien hoe laat het was, maar haar horloge had geen oplichtende wijzers. Ze had trouwens geen idee hoe laat het was toen ze de benen had genomen. Ze had geen idee hoe lang ze al in dit kastje zat. Het kon vijf minuten zijn. Of langer. Of korter. Waarschijnlijk korter.

Haar gezicht deed nog steeds pijn. Met haar natte handen voelde ze eerst aan de ene wang en toen aan de andere. Hij had haar zo makkelijk geslagen, alsof hij niet anders deed.

Maar Charlie sloeg mensen niet. Hij palmde ze in.

Hij was Charlie niet.

Hij was Daniel niet.

Hij was krankzinnig.

Ze hield haar adem in en luisterde of ze iets hoorde bewegen. Niets.

Misschien was hij wel helemaal niet in het huis. Misschien had hij zijn kleren aangetrokken en was hij in zijn auto gestapt en weggereden. Misschien was het tot hem doorgedrongen wat hij gedaan had en schaamde hij zich zo erg dat hij…

Nee. Hij had het beraamd. Het was geen plotselinge aanval van waanzin. Hij had het uitgestippeld, zorgvuldig, doelbewust.

Ze hoorde iets. Of leek het maar zo? Ze hield haar adem in.

Niets.

Ze moest het zich hebben verbeeld.

'Wat leuk. Een piano. Een heel oude piano,' zei Charlie.

'Laten we de lange route nemen,' zei Joe.

'Waarom?'

'Ik wil Buttermilk Bay in het maanlicht zien. Een schitterende naam, vind je niet? Buttermilk Bay.'

'Ben je dronken of zo?'

'Nee. Wat is er mis met de wens om Buttermilk Bay te zien? Weet je nog toen we daar met papa met de boot naartoe gingen? Toen het zo hard woei? Het ging er best wild aan toe.'

'Ja. Ik vond het zelfs eng.'

'Ik deed het in mijn broek. Maar ik wilde niet dat papa het merkte.'

'Hij had het niet erg gevonden.'

'Ik weet het. Maar ik wilde niet dat hij het merkte.' Joe gaapte. 'Kom op, mam. Even wat herinneringen ophalen. Dat kan toch geen kwaad?'

Toen de eerste keiharde aanslag klonk, schrok Ellie er zo van dat ze haar hoofd tegen de bovenkant van het kastje stootte.

Zou hij het gehoord hebben? Of werd het overstemd door de piano?

'Vals. Dat valt me van je tegen, Louisa.'

Hij bewoog. Waarheen? Terug naar de deur. Hij ging weg. Hij vertrok.

Weer een geluid, door de spleet onder het deurtje kwam licht. Hij had de schakelaar gevonden.

Hij verplaatste zich. Naar het raam.

'Dit is zo dom.'

Wist hij dat ze hier zat? Had hij het tegen haar?

'Gepaste zorgvuldigheid.'

Hij liep weer, nu naar de andere kant van de kamer. Daar stond een kledingkast. Ze hoorde hem de kastdeur openen. En toen weer sluiten.

Had ze zich maar op zolder verstopt. Daar zou hij wel het laatst kijken. Waarom had ze niet voor de zolder gekozen?

Voetstappen. Ze kwamen recht op haar af.

Het deurtje zwaaide open. Charlie hurkte neer. Ze keek recht in zijn gezicht.

'Laat me, Charlie. Alsjeblieft!'

Hij greep haar enkel en trok haar naar buiten. Ze zwaaide wild met haar handen, probeerde iets te pakken, maar kon nergens houvast vinden. Hij sleepte haar naar buiten.

'Ik heb de politie gebeld,' riep ze. 'De politie komt eraan.'

'Ik denk het niet, El. Ik heb ze ook gebeld. Ik heb gezegd dat mijn vrouw een hysterische aanval heeft en dat ze geen aandacht aan haar eventuele telefoontjes moeten schenken.'

Hij liet haar enkel los.

'Ik wil je niet beledigen, El, maar je ziet er niet uit.' Hij bukte en pakte haar bij een bovenarm. 'Niet om aan te zien gewoon.'

De politie kwam niet. Louisa en Joe kwamen niet.

Het is voorbij.

Ze deed haar ogen dicht.

Dit gebeurt niet.

Het gebeurt niet.

Ongeveer tien seconden nadat ze Buttermilk Bay gepasseerd waren, viel Joe in slaap. Louisa neuriede dat liedje van Janis Joplin terwijl ze langs de in onbruik geraakte bioscoop reed en ze moest zoals altijd aan die andere oude bioscoop denken, in Onset, een paar kilometer verderop. Die was ook dicht, al heel lang. Ooit had iemand die bioscoop een zomer lang gehuurd en omgebouwd tot een club waar bandjes speelden. De club heette Sergeant Pepper's.

Ze was er met Jamie naartoe gegaan en had een band gezien die Rigor Mortis and the Standstills heette. Na die zomer ging Sergeant Pepper's dicht. Wat onzettend jammer was. Het was leuk geweest als Tim en Lauren er nachtenlang hadden kunnen dansen.

Ze drukte het gaspedaal iets verder in, want ook zij was moe. Het was een goed idee geweest van Joe om naar die Chinees annex karaokebar te gaan, maar nu was ze doodop. Te veel muziek. Het was een feit: ze werd oud. Te veel muziek – vroeger zou ze dat nooit gedacht hebben.

Er waren nauwelijks andere auto's op de weg. Ze reed zonder problemen over Bourne Bridge. Toen Ellie vertelde over de acteur die Superman speelde en dacht dat hij kon vliegen, had ze haar onderbroken. 'Dat is een mythe. Zo is er ook een verhaal over een wegwerker die tijdens het werk in slaap viel en door een van zijn collega's werd bedolven onder het gietbeton. Zijn lichaam moet er nog steeds zitten, gedoemd tot eeuwige opsluiting in de brug. Dat verhaal vond ik altijd doodeng, totdat ik iemand precies hetzelfde verhaal hoorde vertellen, alleen dan over een wegwerker bij de Golden Gate Bridge.'

Juist toen Louisa zich afvroeg of ze Joe moest vertellen dat hij snurkte, zag ze het bord van Tedeschi's en bedacht dat ze nog een fles wijn

moest kopen. Ze was moe, maar wilde voor het slapen nog een glas wijn drinken. En ze had geen wijn in huis.
'Wakker worden, Joe. Je snurkt.'

31

Het gebeurt niet.
 Het gebeurt niet.
Ik kan me afsluiten voor het geluid van de sirene, ik kan me afsluiten voor alles.

Het brein is alle superhelden in één...
De sirene?

Ellie opende haar ogen.

'Shit,' zei Charlie. Hij zat weer boven op haar en drukte haar polsen tegen de vloer.

'Het is de politie... De politie komt eraan.'
'Onmogelijk. Ik heb ze gebeld.'
'Het is een sirene, Charlie. Steeds dichterbij. Ze komen.'
'Shit.'

Zijn ogen schoten wild alle kanten op.

'Ik kan...' Hij zweeg. Schudde zijn hoofd. 'Kom mee, El. Nu meteen.'
'Nee.'
'Je moet.'
'Nee.'

Hij keek haar strak aan.

'Wat is er in godsnaam met je gebeurd, El? Je bent weer gek geworden.'

Hij liet haar polsen los en stond op. Hij koos het hazenpad.

Ellie ging zitten, legde haar hoofd in haar handen en staarde naar de vloer.

Hij is weg. Hij is echt weg. Hij is weg.

Een ogenblik later maakte de opluchting plaats voor de volgende gedachte.

De politie zou hem oppakken. Ze zouden hem achter de tralies zetten. Misschien moest ze wel tegen hem getuigen.
Tim.
Hoe moest ze dit aan Tim vertellen?
Hij had haar verkracht. Hij had haar geslagen. Hij had haar bedreigd. Als de politie niet gekomen was, zou hij haar...
Tim.
Ik ben haar moeder, het was mijn taak haar te beschermen.
Hoe kon ze Tim beschermen?
Kon ze liegen tegen de politie? Kon ze zeggen dat het een misverstand was en hopen dat Charlie op wonderbaarlijke wijze bij zinnen zou komen?
Beneden riep iemand 'Hallo?'
Ellie stond op. Ze pakte de deken die over de pianokruk hing en wikkelde die om zich heen. Ze wierp nog een blik op het kastje met de bordspellen en liep toen de naaikamer uit.

Toen ze langs de Aptucxet Handelspost kwamen, herinnerde Louisa zich haar eerste kennismaking met Ellie en Tim. Ellie was zo aardig, en zo hartelijk. De verhuizing moet voor haar een enorme stap zijn geweest, helemaal na zo lang samen te zijn geweest met een man als Charlie. Ze kon zich voorstellen dat hij Ellie 'onder zijn hoede' had genomen, ze kon zich voorstellen dat hij in elke relatie de bovenhand had.
'Weet je, ik ging bij die Chinees naar de wc en een van die kerels daar zei dat de eerste man... de man die met twee vrouwen "Bad Moon Rising" zong... een hoge pief in het bedrijfsleven is.'
'Echt?' Louisa glimlachte, want hij had een verlegen en onzekere indruk gemaakt. 'Dan is hij een aangename variatie op de typische topman. En hij kan nog zingen ook.'
'Jezus, moet je die gek zien...'
Op de andere weghelft passeerde een auto die zo hard reed dat Louisa zich afvroeg of de bestuurder zijn wagen wel onder controle kon houden.
'Die rijdt zich nog te pletter.'
Ze draaide de Agawam Point Road op en dacht: bijna thuis. Een glas

wijn. Slapen. Daniel Litman google ik morgenochtend wel.

'Geen andere auto op Ellies oprit.' Louisa ging langzamer rijden en keek naar Joe. 'Waar is die dokter? Ze is alleen. Dat is niet goed. Moeten we even bij haar kijken? De lichten zijn aan.'

Joe ging rechtop zitten.

'Er staat een politieauto bij ons voor de deur, mam.'

Ze draaide haar hoofd en zag het nu ook.

'O nee. O god. Wat is er verdomme gebeurd?'

Ze parkeerden naast de politieauto. Nog voordat ze de motor uit had gezet, stapte Joe al uit en vloog de trap op.

Louisa draaide het sleuteltje om, liet het in de auto zitten en stapte ook uit.

Ellie zat op de bank met een deken van Louisa om zich heen. Een politieman zat op de stoel naast haar. Joe stond in het midden van de kamer, en zei: 'Ellie, gaat het?'

'Ellie?' Louisa holde naar haar toe. 'Lieverd. Wat…'

'Mevrouw Amory?' De politieman stond op. Hij was lang en dun, net als Joe, maar ouder, met grijs haar.

'Ja. Ja. Ik ben mevrouw Amory. Louisa. Gaat het, Ellie?' Ze ging zo snel mogelijk naast Ellie zitten.

'Het gaat wel.' Ellie knikte. 'Brigadier Powell is heel aardig voor me. Ik heb hem verteld… Ik heb verteld dat…' Haar stem stierf weg.

'Ze heeft een nare ervaring gehad, mevrouw Amory. Misschien is het een goed idee als u een kop thee of zo voor haar maakt.'

'Koffie,' mompelde Ellie. 'Alsjeblieft.'

Had ze wel kleren aan? Louisa zag geen kleding onder de deken. 'Een nare ervaring', had hij gezegd. Een nare ervaring en ze had geen kleren aan. Louisa's hart sloeg een slag over.

'Ik doe het wel,' zei Joe. 'Blijf jij maar bij Ellie, mam.'

'Joe is Louisa's zoon,' zei Ellie tegen de brigadier.

'Dat had je me al verteld. Maar dank je. Misschien koffie voor ons allemaal, Joe? Als jullie dat tenminste goedvinden. En ik heet David. Laat dat "brigadier" maar achterwege.'

'Oké. Ik ga koffie regelen.'

Joe verdween naar de keuken en Louisa pakte Ellies hand.

'Lieverd, het spijt me. Ik had je niet moeten achterlaten. Ik had nooit moeten...'

'Het was Charlie, Louisa.'

'Wát?'

'Het was Charlie.'

'De ex van mevrouw Peters heeft haar belaagd in haar huis,' zei David, de politieman. 'Ze is hierheen gevlucht, maar hij kwam achter haar aan. Hij was in dit huis, maar wist te ontkomen toen ik met mijn collega arriveerde. Hij moet ervandoor zijn gegaan, via de keukendeur. Mijn collega probeert hem nu op te sporen. We zijn een beetje onderbezet vanavond. Zoals gebruikelijk.'

Louisa draaide zich naar Ellie.

'Charlie? Hij...? Godallemachtig. Weet je zeker dat het wel gaat? Moeten we niet naar het ziekenhuis?' Ze draaide zich weer terug naar David. 'Moet er geen dokter komen? Nu meteen?'

'Wacht even.' Hij haalde een telefoon uit zijn zak. 'Ik moet dit even nemen.' Hij stond op en liep naar de trap.

'Ellie, er moet een dokter naar je kijken.'

'Wat moet ik tegen Tim zeggen, Louisa? Ik kan niet liegen. Ik kan niet doen alsof het niet gebeurd is. Maar Tim... hij kan het onmogelijk begrijpen. Hier komt hij nooit meer overheen.'

Joe kwam binnen met een dienblad vol bekers, hij zette het dienblad op de grond en gaf een beker aan Ellie.

'Ik heb er bij jou een scheut rum in gedaan. Goed?'

'Ja.' Ze knikte. 'Dank je.' Ze trok de deken strakker om zich heen en pakte met haar vrije hand de koffie aan. Ze trilde, maar het lukte haar om de beker naar haar mond te brengen en een slok te nemen. 'Dank je.'

'Mevrouw Peters?' David Powell kwam naar Ellie toe gelopen. 'Mijn collega heeft de auto van uw man gevonden.'

'Waar is hij? Waar is Charlie?'

Louisa zag de onvervalste angst op Ellies gezicht.

'Hij zat in de auto. Hij heeft een ongeluk gehad. Dat heeft hij niet overleefd, het ziet ernaar uit dat hij op slag dood was. Waarschijnlijk had hij geen gordel om. En het is een oude auto. Toen hadden ze nog geen airbags.'

Ellie draaide haar gezicht weg en keek door het raam naar buiten.
'Hij was dood voordat hij kon huilen.'
'Wat zegt u? Mevrouw Peters... ik ben bang dat u met mij mee moet om hem te identificeren.'
Die auto onderweg, die veel te hard reed, die zich te pletter zou rijden. Charlie Walters. Niet te geloven.
'Zijn er anderen bij betrokken?' Ellie richtte zich tot David Powell. 'Bij het ongeluk.'
'Nee. Het lijkt erop dat hij tegen een boom is geknald.'
'Tegen een boom?'
'Dat zegt mijn collega.'
Ellie liet haar hoofd hangen.
'Louisa, kan ik wat kleren van je lenen?' Ze zette haar beker op de grond. 'Ik moet naar Tim.'

15 augustus
Iemand schudde aan zijn schouder. Hij ging zitten, wreef de slaap uit zijn ogen en zag dat het Laurens moeder was.
'Tim, je moeder is hier. Ze wil je spreken.'
De lampen waren aan. Hij keek op zijn horloge. Het was één uur. Had hij tot één uur geslapen? Maar buiten was het donker. Zijn moeder wilde hem spreken. Om één uur 's nachts.
Hij had niets verkeerd gedaan, Wat had hij gedaan? Hij lag op de bank, niet op Laurens kamer.
'We laten jullie alleen,' zei haar moeder.
Hij keek waar Lauren was. Ze stond bij het kookeiland en keek hem strak aan, zichtbaar bang. Hij had haar nog nooit bang gezien.
Zijn moeder ging naast hem zitten. Ze pakte zijn hand. Ze huilde. Lauren en haar moeder gingen weg.
'Niet weggaan,' riep hij naar Lauren. Zijn blik volgde haar. Ze bleef staan en toen wist hij het. Door de manier waarop Lauren naar hem keek. Dit was het. Er was iets gebeurd wat zijn leven voorgoed zou veranderen.
'Tim...'
'Zeg het niet, mam.'

'Kom, Lauren, we moeten gaan.'

'Nee, Lauren. Blijf hier. Alsjeblieft.'

'Ze komt over een paar minuten terug, Tim,' zei Laurens moeder en ze pakte haar dochters hand en leidde haar naar boven.

'Tim, je vader...'

'Zeg het niet.'

'Kijk me aan, Tim. Alsjeblieft.'

Hij keek naar de grond. Naar het geelbruine tapijt. Sandra hield niet van het woord 'tapijt', volgens haar moest je 'vloerkleed' zeggen. Tim had zo veel mogelijk 'tapijt' gezegd, om haar ergernis te wekken.

'Papa heeft een ongeluk gehad.'

Hij zou het in orde maken. Hij zou het goedmaken met zijn moeder. Hij zou ervoor zorgen dat ze niet weg hoefden te gaan.

'Hij heeft een ongeluk gehad en hij...'

'Zeg het niet.'

Hij had niet 'Ik hou van je, pap' gezegd toen hij ophing. Hij had nooit met hem gepraat zoals hij met zijn moeder had gepraat toen ze vanaf The Country Club naar huis reden.

'Tim.' Zijn moeder had haar arm om zijn schouders geslagen. Ze drukte hem stevig tegen zich aan. Dat deed zijn vader nooit. Maar dat gaf niet. Hij was nou eenmaal geen knuffelig type. Hij had tegen zijn vader moeten zeggen dat het niet gaf. Hij had 'Ik hou van je' moeten zeggen toen hij ophing.

'Hij heeft geen pijn gehad, Tim. Dat moet je weten. Hij heeft niet geleden.'

Fout. Zijn vader had wel geleden. Hij had geleden omdat zijn zoon er een zootje van had gemaakt op school en nu zou hij nooit weten dat zijn zoon wel wilde, dat hij echt heel hard wilde werken, er alles voor overhad om hem een trotse vader te laten zijn, dat hij dat alleen nog niet gedaan had.

En nu zou hij het nooit weten.

'Ik had een negen voor geschiedenis. Dat heb ik hem niet verteld.'

'Tim, luister.' Zijn moeder pakte zijn hoofd en draaide het zodat ze elkaar aankeken. Ze huilde. 'Toen hij langskwam zei hij nog dat hij zo trots op je was. Hij zei dat hij zo veel van je houdt en dat hij zich geen betere zoon had kunnen wensen. Dat zei hij, Tim.'

'Dat verzin je.'

'Nee. Je vader houdt zielsveel van jou, Tim. Dat heeft hij altijd gedaan en dat zal hij altijd blijven doen. Je had hem moeten zien toen jij geboren werd. Ik heb nog nooit iemand gezien die zo blij en trots was.'

'Echt?'

'Echt. Ik zweer het.'

'Gaan we nu naar huis?'

Hij wilde niet dat Lauren terug zou komen en hem zou zien huilen. Hoe kon hij dat denken terwijl zijn vader net overleden was?

Zijn vader was dood.

'Natuurlijk. Louisa en Joe wachten buiten in de auto. Is dat goed?'

Hij knikte.

Louisa had het meegemaakt, iets wat alles voorgoed veranderde. Haar man was overleden. Joe had het meegemaakt. Zijn vrouw was overleden. En zijn moeder had het ook meegemaakt. En met iedereen ging het goed. Ze hadden ermee leren leven. Misschien dat het leven daarna toch nog goed kon zijn.

Maar het leven was niet goed. Dat kon niet, niet zonder zijn vader.

32

Louisa zat op het balkon van haar slaapkamer en probeerde de gebeurtenissen op een rijtje te zetten. Slapen kon ze niet, ze vroeg zich af of Ellie en Joe en Tim wel sliepen, of dat ze lagen te woelen in bed, zoals zij had gedaan voordat ze eruit was gegaan.

Ze kon de Mamas and the Papas horen zingen over het meest duistere uur vlak voor zonsopgang. Wat had ze een tijdje terug ook alweer over hen gelezen? O ja, dat John Phillips incest zou hebben gepleegd met zijn dochter. Jarenlang. Zelfs in de nacht voor haar huwelijk. Je zou maar zo'n vader hebben.

Misschien vind ik het niet erg om oud te worden. Ik luisterde vroeger zo vaak naar 'California Dreamin'', ik was zo verzot op dat liedje, het heeft waarschijnlijk ook invloed gehad op mijn beslissing om naar Californië te verhuizen. En dan doet een van de zangers van dat liedje zijn dochter zoiets aan.

Steeds vaker wil ik niets meer te maken hebben met een leven waarin mensen elkaar zulke afgrijselijke dingen aandoen.

Ze ademde de zeelucht in, dacht aan die keren dat ze met haar broer 's nachts hun kamer uit slopen om op dit balkon de snoep en cola te verslinden die ze verzameld hadden. Dit huis bevatte hun verleden. Ze was een klein meisje geweest dat in korte broek en T-shirt de trappen op en af vloog, rondrende in de tuin, in de boot uit varen ging en zich nergens om bekommerde, behalve dan misschien om het weer. En om die heerlijke shakes met witte en pure chocola.

's Zomers ging haar vader op vrijdagochtend altijd met de trein van Boston naar Buzzards Bay. En altijd kwam hij thuis met cadeautjes voor John en Louisa. Ze herinnerde zich een soort toverpapier waarop een mooie afbeelding verscheen wanneer je er met een speciaal potlood overheen ging.

Misschien moest ze naar de psych, dan kon ze die vertellen dat het allemaal door dat papier was gekomen, dat ze daardoor verwachtte dat alles vanzelf mooi werd. 'Dat bijzondere cadeau stond voor de tabula rasa van het leven, waaraan wij met ons gekrabbel invulling geven,' zou ze zeggen. 'Ik had alleen niet verwacht dat er zulke akelige, trieste, monsterlijke dingen tevoorschijn zouden komen.' En dan zou ze zeggen: 'Het enige wat ik wil, is weer vijf jaar oud zijn en mezelf in de armen van mijn vader en moeder werpen. Hoe doe ik dat?'

Ze trok de rits van haar vest verder dicht en overwoog om naar de keuken te gaan voor wat koffie. Slapen zou ze toch niet meer. Maar er gloorde licht aan de horizon. Ze wilde geen minuut van de zonsopkomst missen.

Ze moest iets betekenen, deze zon. Ze moest het begin van iets beters aankondigen.

De zon bekommerde zich om de wereld. Maar waarom niet om alle schepsels, zowel de levende als de levenloze?

Ellie was niet lang in het ziekenhuis gebleven en daarna meteen met David Powell naar het politiebureau gegaan. Terwijl Ellie werd ondervraagd, hadden Joe en Louisa buiten op haar gewacht. Daarna waren ze samen naar Lauren gegaan. Toen Ellie en Tim terugkwamen, was Louisa rechtstreeks naar huis gereden, ze was niet gestopt bij het huisje en Ellie had geen bezwaar gemaakt. Ze zat achterin met Tim, had haar arm om zijn schouder geslagen en drukte hem stevig tegen zich aan.

Tim had niets gezegd, maar Louisa hoorde hem zacht huilen. Eenmaal bij haar thuis waren ze alle vier meteen naar de keuken gegaan. Louisa schonk vier glazen water in, deed er wat ijs bij en gaf iedereen een glas.

Toen Louisa dertien was, overleed haar oma van moederskant. Ze kon zich nog goed herinneren dat haar familie een paar uur na de onheilstijding in de woonkamer van hun huis in Boston zat en over oma praatte. Ze had steeds naar haar vader gekeken met de gedachte dat iedereen zo ongevoelig was. Van al dat gepraat werd hij vast alleen maar verdrietig, had ze gedacht. Ze moesten het over iets anders hebben, wat dan ook.

Ze had niet begrepen dat nabestaanden de overledenen graag bij zich willen houden, levend willen houden. Ze hadden het nodig om over hen te praten.

'Ik heb je vader maar één keer ontmoet,' zei ze tegen Tim. 'Maar ik zag meteen dat het een hele intelligente man was. En opmerkzaam. Het viel hem op dat Joe en ik dezelfde wenkbrauwen hebben. Dat was mij nooit opgevallen. Vertel eens wat over hem.'

'Papa zou…' Tim slikte, sloeg zijn ogen neer en keek toen naar Louisa. 'Hij zou hebben gezegd dat het "een heel intelligente" moet zijn en dat iedereen "hele" verkeerd gebruikt.' Hij glimlachte. 'Dat soort dingen vindt hij belangrijk.'

'En terecht.'

Louisa wist ook dat je na iemands overlijden steeds in een andere tijd over diegene sprak. Je ging voortdurend heen en weer tussen tegenwoordige en verleden tijd, steeds met de wens in het heden te kunnen blijven.

'Wat vond hij nog meer belangrijk?'

Ze moest even vergeten wat ze wist, wat Charlie Ellie had aangedaan. Tim was een jongen die verdriet had om zijn vader. Dit was iets anders.

Tim begon te praten, en Louisa merkte al snel dat hij een mythe aan het vormen was, zoals mensen altijd deden. Zijn vader was de slimste en beste man ter wereld. Alles wat zijn vader aanraakte, veranderde in goud. Of Tim dat ooit anders zou zien, wist Louisa niet. Maar nu was dat ook niet van belang.

Tientallen jaren geleden was zij samen met Jamie bij een begrafenis. De overledene was een zanger en liedjesschrijver en een rokkenjager par excellence. Een van de sprekers, een goede vriend van de man, stond op en zei: 'Goed, iedereen hier heeft Luke gekend en van hem gehouden, maar tjongejonge, als het om vrouwen gingen was hij een geval apart. Hij wist van geen ophouden. En vrouwen lieten zich niet tegenhouden. Kijk eens om je heen, mannen. Hebben jullie ooit een kerk gezien met zo veel vrouwen erin? En tegen die vrouwen wil ik zeggen: het spijt me, maar jullie moeten niet denken dat Luke tweehonderd zussen had.'

Iedereen had dubbel gelegen.

Maar Luke had geen kinderen. Geen vijftienjarige zoon die naar zulke verhalen moest luisteren.

Ze luisterden naar wat Tim over Charlie te vertellen had. En Ellie vertelde soms ook wat, kleine anekdotes over Tim en zijn vader die stuk voor stuk ontroerend waren.

Na ongeveer drie kwartier zei Tim: 'Ik wil eigenlijk wel gaan slapen, mam. We kunnen toch wel hier blijven?'

Ellie keek naar Louisa. Ze knikte.

'Waarom nemen jullie niet samen de slaapkamer tegenover de mijne? De bedden zijn opgemaakt,' stelde ze voor.

'Dat lijkt me uitstekend. Dank je.'

Toen Tim aanstalten maakte stond Joe ook op, liep naar hem toe en legde een hand op zijn schouder.

'Het slijt, Tim,' zei hij. 'Ik zeg niet dat het snel gaat, want dat is niet zo. Ik zeg alleen dat het slijt.'

Tim knikte. Joe drukte hem kort tegen zich aan en deed toen een stap achteruit.

Ellie pakte Tim bij de hand en liep met hem de keuken uit.

'Wat zou er gebeurd zijn, mam?' Joe plofte neer. 'Ze heeft onderweg niets gezegd. Wat is er in godsnaam gebeurd?'

'Ik weet het niet. Ze vertelt het wel als ze eraan toe is.'

'Hij heeft haar aangevallen. Ze had die deken om, ze had geen kleren aan... Hij moet... Wat een klootzak. Ik weet dat we aan Tim moeten denken, maar jezus... hoe heeft die vent dat kunnen doen?'

'Ik weet het niet. Ik heb geen idee waarom er mensen zijn die anderen zoiets aandoen.'

'Waar was die andere kerel, die dokter?'

'Ik weet het niet, Joe.'

'Verdorie. Arme Ellie. Het is verschrikkelijk.'

'Inderdaad.'

Een paar minuten later ging Louisa nog even bij hen kijken. De kamer was open en ze stak haar hoofd om de deur. Tim lag op zijn buik op een van de bedden. Ellie zat op het andere bed en waakte over haar zoon.

Ze keek op en zag Louisa.

'Hij slaapt,' fluisterde ze. Ze stond op en liep naar de deur. 'Ik wil met je praten,' zei ze, weer fluisterend.

'Dan gaan we naar mijn kamer,' fluisterde Louisa terug. Ze staken de gang over. Ellie ging in de schommelstoel zitten, Louisa op het voeteneind van het bed, tegenover haar. Ze droeg een sportbroek die voor Louisa te lang was en een donkerblauw T-shirt dat boven op de stapel in haar kast had gelegen. Ze zag eruit als een tienermeisje, dacht Louisa. Een onschuldig, verward tienermeisje.

'Ik weet niet waar ik moet beginnen.'

'Begin bij het begin. Wat deed hij in het huisje? Waarom kwam Charlie langs?'

'Charlie was Daniel.'

'Wat?'

'Goed, laat ik bij het begin beginnen.' Ellie zweeg even. Ze haalde haar handen een paar keer onder haar ogen langs.

Toen begon ze haar verhaal.

Eigenlijk hadden er geen woorden voor moeten zijn. Het had nooit mogen gebeuren. Wat ze had meegemaakt, wenste je niemand toe. Het verhaal was nog maar net begonnen toen Louisa al wilde opspringen. Die gore kleine klootzak, had ze willen zeggen, maar ze hield zich in. Ze mocht Ellie niet onderbreken, ze moest alles eruit gooien.

Toen ze klaar was, zei Louisa: 'Arme schat. Arme, arme schat. Dat hij jou zo heeft behandeld, de moeder van zijn kind… Het is onmenselijk.'

'Ik heb hem niet verdacht. Als ik dat wel… Maar ik dacht dat hij niet wist van het ongeluk. Ik wist niet dat mijn moeder het hem verteld had. Ik begrijp niet dat ze dat gedaan heeft.'

'Ik kan hem wel verm…' Louisa slikte de rest in.

'Hij is met opzet tegen die boom gereden, Louisa. Hij besefte wat hij had gedaan. Hij heeft het voor Tim gedaan.'

Louisa merkte dat ze fronste. Ze kon Ellie in de waan laten, misschien zou het beter voor haar zijn. Charlie Walters was bij zinnen gekomen, in ieder geval voldoende om de eer aan zichzelf te houden en Tim te ontzien. Ze kon Ellie in staat stellen haar eigen mythe te vormen.

Nee. Ellie was een vrouw van zesendertig.

'Dat is niet zo. We zagen hem rijden. Hij scheurde als een gek. Heb je het wrak gezien en de politieauto toen je er onderweg naar het ziekenhuis langskwam? Ik ken die plek. De weg maakt daar een bocht en als je te hard rijdt en niet rustig door die bocht gaat, knal je zo op die boom. Er zijn daar vaker mensen van de weg gevlogen. Ze hebben het overleefd, maar ze zijn wel uit die bocht gevlogen.'

Ellie zweeg. Ze begon te schommelen. Een ogenblik later stopte ze daarmee.

'Ik ga douchen. Kun jij ondertussen een oogje op Tim houden? Kijken of hij nog slaapt.'

'Natuurlijk. Neem de badkamer aan het einde van de gang. Dan maak je hem niet wakker.'

'Dank je.' Ze stond op, liep naar het bed en ging naast Louisa zitten. 'Ik voelde me zo zwak... toen het gebeurde. Ik probeerde sterk te zijn, maar niets hielp... Ik sloeg hem aan één stuk door, maar het maakte niets uit. Ik was zo zwak.'

'Luister goed. Jij bent niet zwak. Je bent door een hel gegaan, de ergste hel die er is, en je hebt hem niet alleen overleefd, maar ook nog eens Tim beschermd. In de keuken luisterde je naar wat hij te vertellen had over zijn vader en jij vertelde zelf ook nog wat, omwille van Tim. Dan ben je sterk, Ellie, ongelooflijk sterk.'

'Het deed pijn. Toen Charlie... enorm veel pijn.'

'Och, Ellie.' Louisa huilde. 'Het spijt me zo. En ik vind het zo verschrikkelijk jammer dat we ruzie hadden. Ik heb je laten vallen als een baksteen. Ik begrijp niet dat ik zelfs overwoog om...'

'Dat zou ik ook hebben gedaan als ik jou was, Louisa. Charlie wilde het leven verwoesten dat ik aan het opbouwen was. En als Charlie iets wil... als Charlie iets wilde, dan zette hij alles op alles om het te krijgen. Maar...' Ze pakte Louisa's hand. 'Tim mag het niet weten. Alleen jij en ik en Joe en de politie weten ervan. Hij mag het echt niet weten. Dit is een geheim en dat moet zo blijven. Het is anders dan eerst, toen ik het ongeluk niet wilde accepteren. Dit is anders. Tim heeft een vader nodig op wie hij trots kan zijn. Snap je? Dat moet je snappen.'

'Ja.'

'Nu ga ik douchen.'

Louisa bleef op de drempel van de kamer van Ellie en Tim staan tot ze terugkwam.

'Ik heb een pyjama voor je gepakt,' zei ze en ze reikte hem aan. 'Tim slaapt nog.'

'Dank je. Ik probeer ook wat te slapen.'

'Ellie, je bent een fantastische vrouw. En een fantastische moeder. Vergeet dat niet.'

'Het enige wat ik nu wil zijn, is een goede moeder.' Ze keek naar Tim. 'Hij is de enige die telt.'

De zon kwam op, stukje bij beetje. Een eenzame tanker voer ronkend door het kanaal richting New York. Louisa wist nog goed dat zij en Joe een keer een onderzeeboot door het kanaal zagen varen. Wat waren ze toen opgewonden geweest. Dat had ze al jaren niet meer gezien. Haar blik gleed naar Mashnee Island, vanwaar Ellie altijd naar dit huis zat te kijken. Dromend over een ander leven.

Charlie Walters had Ellie fysiek en emotioneel verkracht. Hij had haar op onvoorstelbare wijze geweld aangedaan. Hij was grenzeloos geweest in zijn bedrog.

Louisa had het niet gezien, niet in de paar minuten in de Clam Shack. Zou Jamie het hebben gezien? Misschien. Joe mocht hem niet, maar dat had ze geweten aan de testosteron.

Ze kon zich niet voorstellen dat een man zo ver zou gaan, dat hij een vrouw van wie hij ooit hield, sterker nog, de moeder van zijn kind, op die manier kon bejegenen.

Nee, ik vind het niet erg om oud te worden. Dit is onverteerbaar.

Hij was in dit huis geweest, hij had Ellie hier beslopen. Hij was van kamer naar kamer gegaan om haar op te sporen. Hij moet ook in deze slaapkamer zijn geweest. Als Ellie niet had onthouden dat er zo'n kastje in de naaikamer was... Als de politie niet op haar telefoontje had gereageerd omdat ze het telefoontje van Charlie geloofwaardig vonden.

Nog nooit had Louisa iemand dood gewenst. Maar nu was ze blij dat Charlie op die boom was geknald.

'Door jouw dood zijn er een hoop problemen opgelost, klootzak,' zei ze hardop. 'En ik wil niet dat jouw aanwezigheid hier dit huis besmet.'

Ze stond op en liep naar het dressoir in de slaapkamer. Ze pakte het fraaie porseleinen potje dat ze jaren geleden gekocht had, liep weer naar het balkon en gooide het kapot tegen de muur. Toen het in stukken op de grond lag, zei ze: 'Ga weg. Rot op.' Ze wachtte even en raapte toen alle scherven op.

'Louisa?' Ellie stond bij de balkondeur. 'Wat doe je?'

'Boze geesten verstoppen zich op schitterende plekken,' zei ze terwijl ze de scherven op een hoopje legde. 'Dat heb ik geleerd van een Turkse man. Als er iets moois kapotgaat, is dat geen reden om van streek te raken. Zo raak je immers de boze geesten kwijt.'

'Dus je bent Charlie aan het verdrijven?'

'Precies.'

Louisa liep naar de andere kant van het balkon, ging zitten en tikte met haar platte hand op de vloer.

'Kon je ook niet slapen?'

'Nee,' zei Ellie en ze ging naast Louisa zitten. 'Maar Tim slaapt nog wel. Dat is goed, denk ik. Tenzij hij te veel slaapt.'

'Met Tim komt het wel goed, Ellie. Hij heeft een hoop mensen om zich heen die van hem houden.'

Ellie trok haar knieën op en sloeg haar armen eromheen.

'Ik heb gedoucht, maar voor mijn gevoel ben ik nog steeds niet schoon. Ik voel me smerig.'

Toen John een twintiger was, had hij een keer een meisje meegenomen. Hij was met haar gaan varen en had haar daarna weer teruggebracht naar Boston. Ze heette Sophie. Ze had zo angstig en bleek gezien dat Louisa hem een dag later had gevraagd of ze ziek was geweest. Hij zei dat Sophie een zelfmoordpoging had gedaan, maar haar polsen in de verkeerde richting en niet diep genoeg had doorgesneden. In plaats van naar het ziekenhuis te gaan had ze hem gebeld.

'Ik had haar meegenomen omdat ze het water op moest. De zee kan helend werken, Lou. De natuur krijgt dingen voor elkaar die ons niet lukken. Ik weet dat Sophie professionele hulp moet zoeken, maar ik wilde haar kennis laten maken met een ander soort hulp. Ze zei naderhand zich stukken beter te voelen.'

Louisa stond op en reikte Ellie haar hand.

'Kom mee.'

Ze haalde twee badpakken uit haar kledingkast, een voor haar en een voor Ellie.

'We gaan zwemmen? Nu?'

'Bij zonsopgang is het juist het mooist. Wacht maar af.'

Ze kleedde zich om in haar kamer, Ellie in de badkamer. Louisa pakte handdoeken en samen liepen ze naar buiten.

'We gaan niet de tuin in. We gaan naar de muur en klauteren dan naar die grote steen daar. Ik weet ook niet waarom, maar als het vloed is kun je daar beter zwemmen dan bij het strand. Het water is daar op de een of andere manier anders. Ik durf te wedden dat Tim het zou kunnen omschrijven.'

'Ik wil hem niet alleen laten, stel dat hij wakker wordt.'

'We gaan maar even. Langer als een paar uur slaapt hij nog niet.' Ze wilde zichzelf bijna verbeteren en 'langer dan' zeggen, maar ze dacht: stik maar.

Ellie en zij liepen naar de muur. Louisa liet zich voorzichtig zakken en wachtte vervolgens op Ellie.

'Joe zat uren op deze steen te dromen.'

'Ik weet het.'

'Er liggen hier wat stenen, maar het zal ons lukken.'

Ze liepen het water in en bleven staan toen het tot aan hun middel kwam. Het was spiegelglad, er waren geen boten, de zon ontwaakte en verspreidde haar licht over de hemel.

Ze namen een duik, maakten een paar slagen onder water en kwamen toen boven. Ellie zwom door, borstcrawl, haalde haar arm over haar hoofd naar voren en ademde opzij.

Toen ze de halve afstand naar de Steenberg had afgelegd, hield ze haar armen stil. Ze draaide zich om en keek watertrappelend naar Louisa.

'Schitterend,' zei ze.

33

21 augustus

De begrafenis was onwerkelijk geweest. Charlie had geen naaste familie, maar hij had veel vrienden, van wie er drie een toespraak hielden waarin hij werd geroemd om zijn intelligentie, geestigheid en deugdzaamheid. Ellie probeerde de man over wie gesproken werd te scheiden van de man die haar geweld had aangedaan. Maar dat lukte niet. Toen een van zijn vrienden over de universiteit begon, hoorde ze Charlie zeggen: *Je bent twee keer verliefd op mij geworden, El.*

Zijn stem zat achter in haar hoofd. De rinkelende ketting van een geest.

Ze was een keer verliefd op hem geworden, toen ze negentien was en als gevolg van het ongeluk nog steeds labiel. Misschien zou ze ook zonder dat ongeluk wel verliefd op hem zijn geworden. Dat wist ze niet. Maar ze was niet een tweede keer verliefd op hem geworden. Alles in die mails had hij geschreven met de bedoeling haar te misleiden. Hij kende haar goed genoeg om te weten wat ze fijn vond om te horen. Hij had haar gemanipuleerd, en goed ook. Maar dat kon je geen liefde noemen.

Haar moeder was niet verliefd op Sam Waterston, maar op het personage dat hij speelde. Als ze hem in het echt zou tegenkomen, zou ze zeggen: 'Jack! Jack McCoy! Ik hou van je.' En hoe fatsoenlijk en charmant Sam Waterston ook zijn mocht, daarna zou het alleen maar bergafwaarts gaan. Hij was Jack McCoy niet.

Tegen het einde van de dienst, toen Tim opstond en een gedicht voorlas, had ze gehuild. Niet om Charlie, maar om haar zoon.

De begrafenis vond plaats in Boston. Joe, Louisa en Lauren waren ook gekomen, om Ellie en Tim te steunen. Naderhand waren ze met z'n allen terug naar Bourne gereden, naar het huis van Louisa. Ellie moest er niet aan denken terug naar het huisje te gaan en Louisa had erop aangedrongen dat ze bij haar zouden logeren. Tim had de zomercursus weer opgepakt en Ellie voelde elke ochtend na het ontbijt de drang om naar die platte steen van Joe te gaan voor wat bezinning.

Ze zag een zeilboot deinzen op het kanaal. Louisa had uitgelegd wat 'deinzen' betekende en nu zag ze het met eigen ogen. De mensen in de boot probeerden op allerlei manieren wind te vangen en vooruit te komen, maar niets lukte en hun boot dreef langzaam achteruit. Ze zag dat er een motor achter de boot hing.

In godsnaam, start gewoon die motor. Ze wilde opstaan en het naar hen schreeuwen. Hoe langer ze aanmodderden, hoe kwader ze werd. Na tien minuten gaven ze het op. Ze startten de motor en voeren naar de spoorbrug.

Dat werd tijd, stelletje eikels.

Deinzen was als in een file staan, alleen dan erger. Deinzen was zitten op deze steen en aan Charlie denken.

Ze had de Daniel-map verwijderd van haar laptop. Ze had iemand gevonden die alle meubels uit Charlies huis wilde halen en hopelijk aan mensen zou geven die ze nodig hadden. Ze had ondertussen zo vaak gezwommen en gedoucht dat ze de huid van die avond wel kwijt moest zijn.

Maar ze dacht nog steeds aan Charlie. En ze hoorde nog steeds zijn stem, vooral in haar dromen. In sommige was hij de oude, charmante Charlie. In andere een angstwekkende, afschuwelijke man. Maar in elke droom, hoe onschuldig die ook begon, kwam hij op een gegeven moment binnenvallen. En dan werd ze wakker met hem in haar hoofd. Ze hield niet van hem, ze haatte hem niet, ze voelde niets dan woede. Ze was zo verschrikkelijk boos.

'Hé, je zit op mijn steen.'

Ze keek op en zag Joe boven haar op de muur.

'Ik ben al weg,' zei ze, maar hij was al naar beneden gesprongen.

'Nee, ik kom bij je zitten.' Hij liet zich op de andere helft zakken.

'Je moet ons inmiddels wel zat zijn. Tim en ik gaan binnenkort terug naar het huisje. Dat beloof ik.'

'Ik ben jullie niet zat. Maar jij ziet er wel uit alsof je het zat bent.'

'Dank je.'

'Sorry, zo bedoelde ik het niet. Maar je ziet er moe uit, alsof je aan vakantie toe bent.'

'Het lijkt eeuwen geleden dat we hier samen op die muur zaten.'

'Het is ook eeuwen geleden, niet qua tijd, maar wel qua gevoel.'

'Inderdaad.'

'Ik moet me nog steeds verontschuldigen voor die avond. Ik heb me misdragen. Het voelde alsof ik Pam verraden had.'

Ze hadden elkaar sinds die avond niet meer onder vier ogen gesproken. Niet dat ze elkaar uit de weg gingen, maar er had zich geen gelegenheid voorgedaan en geen van beiden had een gelegenheid geschapen.

'Ik begrijp het. Ik begreep het toen ook al. Alleen die brief begreep ik niet.'

'Weet je, die dag dat ik jou op het strand zag, als ik toen op je af was gestapt om erover te praten, waren we erachter gekomen. Dan zouden we ontdekt hebben dat we elkaar helemaal niet geschreven hadden.'

'Maar ook dan hadden we niet geweten wie dat wel had gedaan.'

'Dat is waar.' Joe zweeg even. 'Het was echt een rotbrief.'

'Was ik walgelijk neerbuigend?'

'Absoluut.'

'Jij ook. Het is een wonder dat we nog met elkaar praten.'

Hij lachte, stond op en ging op zoek naar een mooie gladde steen. Hij zakte een beetje door zijn knieën en liet de steen over het water stuiteren.

'Dat heb ik altijd al een keer willen doen.' Ellie stond ook op, vond een steen en probeerde hetzelfde te doen als Joe, maar hij zonk meteen toen hij het water raakte.

'Je moet hem laag gooien, bijna op dezelfde hoogte als het water. En haal je arm horizontaal naar achteren.'

'Oké.'

Ze gooiden om de beurt een steen. Ellie deed het steeds beter, maar ze kwam niet in de buurt van het record van Joe, die zijn steen tien keer kon laten stuiteren. Ze haalde hoogstens drie keer, en hoe vaker ze het probeerde, des te bozer ze werd.

'Ellie? Word je nou kwaad? Je hoeft geen wereldkampioen te worden hoor.'

'Ik wil het kunnen.'

'Je kunt het ook. Ik doe het al mijn hele leven. Je moet gewoon oefenen.'

'Het spijt me, Joe. Het spijt me dat ik op een gegeven moment dacht dat jij het was. Het spijt me dat ik jou en Louisa geconfronteerd heb met Charlie. Alles spijt me. Ik moet gaan. Ik hoop dat we elkaar snel weer zien, maar nu moet ik gaan.'

Ze liep weg, ze klauterde niet de muur op maar wandelde om de punt heen, via het strand van Louisa naar haar eigen strand en daarna het pad op naar het huisje.

Ze was er nu twee keer geweest, een keer om haar laptop te halen en een keer om wat kleren te halen. Geen van beide keren had ze bij vertrek de deur op slot gedaan. Ze liep meteen door naar de slaapkamer en ging op bed zitten.

Hij was sterker geweest dan zij. Hij had gewoon meer kracht. En op het laatst had ze hem zijn gang laten gaan, ze had niet meer tegengestribbeld omdat ze wist dat het haar enige kans op ontsnapping was. Toen hij 'Ga maar lekker liggen' had gezegd, was ze opgelucht geweest, want ze wist dat het gemakkelijker zou zijn als ze midden op bed lagen, dan had hij meer ruimte om opzij te rollen en met zijn rug naar haar toe te blijven liggen, zoals hij altijd deed.

Maar hij was sterker geweest. Ze had hem geslagen, maar dat had niets uitgehaald. Toen hij haar had geslagen wel.

Vrijwel iedere man kon vrijwel iedere vrouw de baas. Een vrouw kon nog zo slim zijn, in de meeste gevallen was ze machteloos. Het enige wat telde, was brute kracht.

Je bent van mij.

Hij had bezit genomen van haar lichaam. Ze had kunnen ontsnappen, maar alleen omdat de politie was gekomen. Hij had haar in de val gelokt en zij was er met open ogen in getuind. Dat hadden vele mensen misschien gedaan, maar daar had zij zelf weinig aan.

Ze deed alsof ze in orde was, maar dat was niet zo. Toen ze net met Joe bij het water stond, raakte ze zo verteerd door woede dat ze elke steen die ze zag wilde oprapen en in het water smijten. En de laatste tijd had ze Tim een paar keer zonder reden afgeblaft. En Louisa ook.

Als ze zo doorging, zou het op een gegeven moment misgaan.

En daar zou Tim het slachtoffer van worden.

Ze wilde Louisa niet tot last zijn, maar de gedachte om weer in dit huisje te moeten wonen en in dit bed te moeten slapen, was ondraaglijk.

Misschien moest ze alle mooie dingen die ze had kapotgooien om Charlie en haar woede uit te drijven.

Misschien moest ze dokter Emmanuel opsporen.

Nee.

Niet terugdrijven, Ellie.

Zet verdomme die motor aan.

34

14 september

'Je ziet er fantastisch uit,' zei Louisa zodra Ellie bij Tedeschi's uit de bus stapte. Ze omhelsde haar. 'Hoe was de vlucht?'
'Goed.'
De chauffeur was achter zijn stuur vandaan gekropen en stond naast de bagageruimte.
'Die twee vooraan zijn van mij. Dank u,' zei Ellie tegen hem. Hij bukte, pakte de tassen en richtte zich toen tot de vrouw achter haar.
Louisa en Ellie pakten ieder een tas en liepen naar Louisa's auto.
'Voelt het alsof je eeuwen weg bent geweest?' vroeg zij terwijl ze een portier opende.
'In sommige opzichten wel. Ik popel om Tim te zien.'
'Hij vertelde dat hij met je geskypet heeft.' Ze zetten de tassen achterin en Louisa deed het portier aan haar kant open.
'Ja, dat is geweldig, maar je bent toch ver van elkaar verwijderd.'
Ze stapten in de Saab en deden beiden hun gordel om.
'Weet je, Debby zei: "Als je van Tim of mij had gehoord over Skype, zou dit allemaal niet gebeurd zijn." Maar ze zei dat zij ook pas sinds kort Skype gebruikt en ik denk dat Tim geen reden had om het te gebruiken.'
'Ze heeft gelijk. Charlie was dan in de technologische kuil gevallen die hij voor jou gegraven had. Tenzij hij een of ander apparaat had gevonden dat hem op Daniel kon doen lijken.'
Het gesprek baarde Louisa zorgen. Ellie was drie weken bij Debby in Californië geweest. Ze was nog geen twee minuten terug en had het al over Charlie.
'Joe heeft een baan. Had ik je dat al verteld? Hij werkt voor een senator in Boston. Een vrouw.'

'Ja, dat heb je verteld. Weet je dat niet meer? De laatste keer dat je me belde. Wat leuk voor hem.'

'O jee. Ik verval in herhaling. Dementie-alarm.'

'Geloof je het zelf?'

Ellie zag er wel fantástisch uit. Veel minder moe. Een stuk gezonder.

Toen ze in de buurt van Atwoods kwamen, vroeg Louisa of ze zin had in koffie.

'Nee, dank je. Ik wil naar huis.'

'Ik heb een verrassing voor je. Ik hoop dat je het leuk vindt. Ik denk het wel.'

'De vorige keer dat je een verrassing voor me had, kwam je naar buiten met de fiets van Joe.'

'Och, Ellie. Het spijt me, ik...'

'Louisa, dat was een grapje. Als je drie weken met Debby doorbrengt, krijg je vanzelf de smaak van de galgenhumor te pakken.' Ze lachte. 'Maak je geen zorgen. Wat de verrassing ook is, ik zal mijn koffie niet uit m'n handen laten vallen en ook niet instorten van ellende.'

Ze lachte weer. Louisa wierp een blik opzij. Ellie oogde ontspannen. Ze had begrepen dat Debby een wiskundegenie was. Maar ze kon blijkbaar ook heel goed iemand opmonteren.

'Weet je, Lauren is hier veel geweest en nu ben ik het die verliefd op haar is,' merkte Louisa op. 'Ik fantaseer dat Tim met haar trouwt en dat we hier een gigantisch feest geven. Terwijl ik weet dat ze nog maar vijftien zijn en de kans klein is dat ze bij elkaar blijven.'

'Wie weet, Louisa. Tim gelooft nog steeds wat ik hem verteld heb, dat een gek uit mijn studietijd dat telefoontje pleegde, dat we erachter zijn gekomen wie het was en dat het allemaal geregeld is?'

'Ja.'

'Dat is mooi.' Ellie knikte.

Ze kwamen langs de boom waar Charlie tegenaan was geknald. Louisa voelde meteen de spanning in haar lijf, maar Ellie leek het niet te zien.

'Het is jammer dat je geen tijd had om naar San Francisco te gaan.'

'Inderdaad. Debby is er een paar maanden geleden geweest. Ze heeft er een tatoeage laten zetten. Je zou haar geweldig vinden, dat weet ik zeker. Ze zei dat ze snel langs zou komen. Haar relatie is op de klippen gelopen. Ze hoopt nog steeds op Rob Lowe. Ze wou dat Charlie nog leefde, dan kon ze wat goede stalkingtips van hem krijgen.'

'Haha. Je kan inderdaad stellen dat ze van de galgenhumor is, hè?'

'Het zou je nog verbazen hoe goed dat werkt. Ze heeft me ook veel alleen gelaten. Dat was ook goed voor me.'

Zie het onder ogen – open en eerlijk. Zo moest Debby zich opgesteld hebben. Ze had Ellie niet met fluwelen handschoenen aangepakt, ze was er heel open over geweest.

'Alleen zijn, galgenhumor, strand, cocktails en goede gesprekken. Dat helpt.'

'Een ander soort therapie?'

'Ja.' Ellie knikte. 'Maar geloof me, ik doe niet alsof het niet gebeurd is. Deze keer niet.'

'Ik geloof je.'

Toen ze Ellies oprit opdraaiden en voor het huis parkeerden, zag Louisa haar twijfelen.

'Het komt goed, lieverd.'

'Ik weet het,' zei ze, maar ze maakte nog geen aanstalten. 'Toen ik in Long Beach was, had ik een droom. Ik mag mijn dromen nu vertellen, zelfs als ze saai zijn. Hoe dan ook, ik droomde dat Charlie hier weer was, dat hij op mijn bank zat en me vertelde dat het een ongeluk was geweest. Het was niet zijn bedoeling geweest mij dat allemaal aan te doen. Het was een ongeluk geweest. En toen zei ik heel kalm: "Nee, Charlie. Ik weet wat een ongeluk is. Wat jij mij hebt aangedaan, was geen ongeluk." En toen werd ik wakker.'

'Heb je sindsdien nog over hem gedroomd?'

'Nee.' Ellie greep de hendel en duwde het portier open.

'Ik wil dat je eerst naar binnen gaat, voordat we de tassen pakken,' zei Louisa toen zij ook uitstapte. 'Kom.' Ze ging naar de voordeur, haalde de sleutel uit haar zak en deed open. 'Dit is mijn verrassing. Wat vind je ervan?'

Ellie stond op de drempel en liet haar blik door de kamer gaan. Louisa had de muren turquoise laten schilderen. Ze had een hele verzameling nieuwe meeuwen gekocht en die her en der neergezet. Ze had de bank en de stoelen anders neergezet en ze opnieuw laten bekleden met ruw, gebleekt katoen. En ze had jaloezieën voor de ramen laten maken.

'Ik vind het schitterend.' Ellie zette één voet in de kamer, en toen de andere. 'Schitterend. Vreselijk bedankt. Je bent geweldig.' Ze draaide zich om en drukte Louisa stevig tegen zich aan. 'Een betere verrassing bestaat niet.'

'Omdat je bang was dat je hier last zou krijgen van alle slechte herinneringen heb ik de slaapkamer ook laten schilderen en je bed op een andere plek gezet. Ik hoop dat je dat niet erg vindt?'

'Dit is zo'n opluchting, ik heb er geen woorden voor.'

'Mooi. Dan ben ik ook opgelucht. Zal ik koffiezetten?'

'Dat doe ik wel. Kom, dan gaan we naar de keuken.'

Louisa liep achter haar aan naar de keuken en ging aan tafel zitten terwijl Ellie een pot oploskoffie uit een keukenkastje haalde en de waterkoker vulde.

'Het is grappig.' Ze leunde tegen het keukenblad tegenover Louisa. 'Debby zei voor de grap dat ik Daniel Litman weer moest mailen. Een heel even dacht ik: ja, dat moet ik doen. Alleen maar om te weten hoe het met de echte Daniel Litman gaat. Maar toen ik besefte dat ik dan zijn naam weer moest typen, wist ik dat ik het niet kon. Zo raar. Stel dat het iets was geworden. Dat we echt iets met elkaar hadden gekregen, bedoel ik. Dan had Charlie niet kunnen doen wat hij gedaan heeft.'

'Hij was ook in het restaurant, hield je daar in de gaten. Als het had geklikt, zou hij dat hebben gezien. Weet je, misschien heb je Daniel Litman wel voor iets ergs behoed, Ellie. Ik denk niet dat Charlie had laten gebeuren dat jij en Daniel nog lang en gelukkig leefden. Hij zou het tegen hem opgenomen hebben. En dat zou slecht zijn afgelopen voor de dokter.'

'Daar heb ik nooit aan gedacht. Je hebt gelijk. Maar Daniel zal dat nooit weten. Dat is wel vreemd.' Het water kookte. Ellie draaide zich om en pakte de waterkoker op.

'Ik was bang dat je naar Californië zou verhuizen. Dat je dit huis zou verkopen en nooit meer om zou kijken.'

'Dat kon ik Tim niet aandoen,' zei ze en ze goot water in de bekers. 'Bovendien hoor ik hier thuis. Ik voel me goed bij de indianen.'

Epiloog

27 september

Het was een snikhete dag, wat voor eind september heel bijzonder was. Godzijdank hadden ze airco in het restaurant. Het was nog een leuk restaurant ook. En hij zag er aardig uit, en deed ook aardig. Het ging veel beter dan ze verwacht had.

'Weet je, uit mezelf had ik dit nooit gedaan. Een vriendin heeft me overgehaald. Dat zal iedereen wel zeggen, maar in mijn geval is het waar.'

'In mijn geval ook,' zei hij. 'Ik ben ook overgehaald door een vriendin. Het is een misdaad om op je tweeënveertigste vrijgezel te zijn, zei ze. Volgens haar doet iedereen het zo tegenwoordig.'

'Dat zal wel. Het is heel lastig om nieuwe mensen te ontmoeten. Op het werk is iedereen zo achterdochtig geworden. Ik dacht onderweg hiernaartoe trouwens nog dat jouw werk heel moeilijk moet zijn. Altijd maar zieke mensen moeten helpen.'

'Leuk is het niet.' Hij knikte. 'Maar wel bevredigend.'

'Dat moet wel.'

'Je hebt een mooie glimlach, weet je dat. Heel betoverend.'

'Echt?' Ze ging blozen, dat wist ze zeker. 'Vind je het goed als ik nog een cocktail neem? Ik was zo zenuwachtig voor dit hele gedoe, ik ben bang dat ik die eerste veel te snel op heb gedronken.'

'Natuurlijk.' Hij wenkte de ober, die meteen kwam. Zij kende ook mannen die uren moesten zwaaien voordat de ober aandacht aan hen schonk.

Hij had een vrij duur restaurant gekozen. Hij was arts. Een knappe, alleenstaande arts. Aantrekkelijker dan op de foto die hij op internet had gezet. Ze had de goede keuze gemaakt. Maar ze moest niet te veel drinken, anders zou ze stomdronken worden en waren al haar kansen verkeken.

'Nog een mojito, alstublieft,' zei hij.

'Nee, doe toch maar een wijntje. Een glas witte huiswijn. Meer dan goed.'

'Weet je het zeker?' vroeg hij.

'Ja.'

Ze vond zijn Amerikaanse accent leuk. Ze vond het sowieso wel leuk, een Amerikaanse man. Het was anders. En hij was niet alleen maar bezig met voetbal.

Het etentje verliep goed. Ze nipte rustig aan haar wijn, probeerde niet te gulzig te drinken. Hij stelde veel vragen en zij probeerde grappig uit de hoek te komen. Hij moest lachen, dus het leek te werken. Ze durfde te wedden dat hij nog een keer met haar uit wilde. Ze zag er opwindend uit en dat wist ze. En hij vond dat ook, dat voelde ze.

Ze was dan ook niet verbaasd toen hij de rekening vroeg en vervolgens zei: 'Weet je, ik zou graag nog wat verder kletsen. Ik ben met de auto en heb maar één glas wijn op, dus ik kan achter het stuur kruipen. Zullen we nog ergens naartoe gaan? Maak je geen zorgen, ik bedoel niet mijn huis. Ik zal je niet bespringen, dat beloof ik.'

'Dat had ik ook niet verwacht. Waar gaan we naartoe?'

'Ik weet het niet. Misschien een stukje de snelweg op en dan eraf om een leuke pub te vinden. Tijd zat. Ik beloof ook dat ik niet zal drinken. Maar het is misschien fijn om even weg te zijn uit Londen.'

Ze aarzelde. Maar hij was een arts, ze had hem gegoogeld en het was zo heet. Een hete, stralende avond in september. Dat kwam in Londen nooit voor. Daar moest ze gebruik van maken.

Hij glimlachte. Hij had echt een heel vriendelijke glimlach. En een mooi gebit. Dat sprak vanzelf. Hij kwam uit Amerika.

'Wat zeg je ervan?' vroeg hij.

'Ik zeg: doen! Waarom niet?'

Het boeide hem mateloos. Hoe kwam het dat de ene vrouw je interesse wekte en de andere vrouw niet? Het ging niet altijd om uiterlijk. Of om intelligentie. Of humor. Je kon er niet precies de vinger op leggen.

Hij had al zo lang gezocht en nu hij haar gevonden had, vroeg hij zich af of het misschien in heel kleine, eenvoudige dingen zat, zoals een accent. Bijzonder geestig was ze niet. Ze was aantrekkelijk, maar oogverblindend mooi kon je haar niet noemen. Alleen dat accent. Dat vond hij onweerstaanbaar. Hij had inmiddels heel wat Engelse accenten gehoord, maar dat van haar was anders. Ze zei dat ze in Wales was geboren, misschien kwam het daardoor.

Maar eigenlijk deed het er niet toe. Hij had haar eindelijk gevonden. Hij voelde de klik. In het verleden had hij die een paar keer bijna gevoeld, maar steeds was het op niets uitgelopen.

Soms had hij getwijfeld, en dan had hij nog een keer met de betreffende vrouw afgesproken. Want bij een tweede ontmoeting konden dingen opeens heel anders zijn. Voor hem. Of voor haar, dat kon natuurlijk ook. Er waren uiteraard ook vrouwen die meteen al weinig van hem moesten weten. Zo zat het leven nu eenmaal in elkaar. Hij zag zichzelf heus niet als een godsgeschenk voor vrouwen, zo ijdel was hij nou ook weer niet.

Hij deed uiteraard zijn best om een vrouw niet te kwetsen. Hij schreef een mail waarin hij zei 'Laten we nog eens afspreken', en als ze dan reageerden met 'Ja, dat moeten we doen', vermaakte hij zich met nog wat onschuldige mailtjes en verdween vervolgens uit cyberspace. Op die manier werd er niemand gekrenkt of gekwetst. Want een ander kwetsen, dat was het laatste wat hij wilde.

Ze had haar schoenen uitgeschopt en haar voeten op het dashboard gelegd. Lichtelijk irritant, maar het was niet de moeite waard om er iets van te zeggen.

'Ik weet een leuke pub bij Windsor in de buurt,' zei ze.

'Dat klinkt ideaal. Kunnen we daarna nog een wandeling maken in Windsor Great Park. Als het niet te laat is.'

Ze hadden vroeg gegeten. Ze hadden tijd genoeg.

Hij werd steeds enthousiaster. Hij had zo lang moeten wachten, en nu was het raak. Eindelijk had hij haar gevonden. Het bestond, liefde op het eerste gezicht. Of op het eerste geluid. Hij twijfelde er al aan, maar nu wist hij dat het bestond.

Hij had te doen met de vrouwen voor wie hij niet was gevallen. Zodra het besef tot hen doordrong, vroegen ze zich ongetwijfeld af: waarom koos hij niet voor mij? Ze zouden nooit weten dat hij nu de ideale vrouw gevonden had. Er werd niemand gekwetst. Ze zouden het heus niet in de krant lezen.

    Hij veegde zijn haar van zijn voorhoofd en drukte het gaspedaal in.

    Niemand had er een verklaring voor. Althans, geen rationele. De klik, daar ging het om.

    Hij hoefde het trouwens ook niet te verklaren. Hij was slim en had zijn zaakjes prima op orde. Zijn naam zou hoe dan ook niet in de krant komen. Hem zouden ze nooit te pakken krijgen.